徳間文庫

旗師・冬狐堂㈢

狐闇

北森鴻

徳間書店

目次

冬の狐

1

——冬狐堂《とうこどう》さん。

クリスマスソングが流れる町中で、不意に懐《なつ》かしい名前で呼ばれた気がして、宇佐《うさ》見陶子《みとうこ》は振り返った。今はその名前で自分を呼ぶ人が、どこにもいないことを知りながら、夕暮れの人混みになにかを探そうとする目つきになる。呼び声が気のせいだとは思わない。懐かしい響きを持った名前を胸の奥深いところで聞くときは、我が身に迫る危険を本能が教えてくれるときでもある。振り返ったのは、それを教えてくれるかつての自分が、人混みのどこかにたたずんでいるような気がしてならないからだ。

「大丈夫」と、陶子は小さく呟《つぶや》いた。

一時間ほど前から降り始めた粉雪が、今はうっすらと歩道を覆《おお》いはじめている。陶子は足元を確かめるように二度、三度と歩道の表面をなぞり、歩き始めた。極端にかかとの低いベタ靴をはいているとはいえ、雪は陶子のような仕事を営むものに思わぬ災害をもたらすことがある。ことに、商売物を手にしているときは、慎重になってなり過ぎるということはない。たとえ耐ショック仕様のジュラルミンケースの取っ手をしっかりと握りしめ、物《ブツ》がその中に注意深く固定されていても、である。本来ならば、目的の場所まで乗用車を使うことが望ましい。そうしないのは、今は運転免許証を公安委員会に返却した身であるからだ。

——免許だけじゃないけれど。

嗤《わら》ったつもりだったが、頰《ほお》がわずかに引き攣《つ》れただけのようだ。最近、そのような表情をよく見かけると、知人の一人に注意されたばかりだ。

繁華街を抜け、瀟洒《しょうしゃ》な民家の建ち並ぶ住宅街に足を踏み入れると、周囲の空気ががらりと変わった。人の背中を否応なしに押すような町中の雰囲気が消えて、そこにはしんと静まり返った夕闇がある。静まり返ってはいるが、そこここに灯《とも》る民家の明かりの中に、暖かな日々の暮らしを感じさせる空気の匂いを、陶子は感じ取った。それは陶子が決して味わうことのない、匂いでもある。

いくつかの曲がり角を右に、左に折れ、緩やかな坂道を上りきったところに、周囲とは明らかに使用目的の違う建物が現れた。自然石を積み上げた外壁と、同じ素材で作られたドーム状の建物とが、夕暮れの薄闇にもはっきりと、訪問者を威圧している。

インターフォンのボタンを押し、しばらくすると「はい」という男性の声が返ってきた。

「宇佐見陶子です」と告げるとすぐに、「お待ちしておりました、どうか裏へお回りください」

男の声がいう。その言葉に従おうとして歩き出した陶子は、壁の石積みに埋め込まれた真鍮《しんちゅう》のプレートの『荻脇美術館《おぎわき》』と書かれた文字を軽く睨《にら》んだ。

荻脇美術館は、戦前戦中を通じて郵船事業によって莫大《ばくだい》な財をなした荻脇桂三《けいぞう》の、個人コレクションを中核に創設された私立美術館である。巨額の資金をそれこそ湯水のように費やして、国の内外から集められた美術品は軽く一万点を超えるともいわれる。中でも陶磁器のコレクションは、私立美術館のレベルを遥《はる》かに超えることで知られている。ただし荻脇桂三のあまりに強引な蒐集《しゅうしゅう》には非難の声がないではない。美術市場の舞台裏で、荻脇がしばしば悪名を馳《は》せるのはそのためだ。

裏口から迎え入れられた陶子が学芸員とおぼしき女性に案内されたのは、ドーム状の建物の最上階をすべて使用する館長室だった。女性はドアをノックし、中から「はい」という返事を聞くと、そのまま立ち去ってしまった。

——後はご自由に密談を、ということか。

ドアを開けて、まず目に入ったのが正面の壁に掛かった十号ほどの油絵の小品だった。陰影をはっきりと描きわけた、人物像である。

「初めまして、宇佐見陶子です」と、豪華なライティングデスクで書き物をしている男性に声を掛けると、五十をいくつか過ぎた顔が、こちらを向いて、

「やあ、噂通りですね」

と快活そうに笑った。萩脇弘幸《ひろゆき》五十三歳。萩脇桂三の次男で、現在萩脇美術館の館長を務めている。そうしたデータを陶子は胸の内でそらんじた。

「どんな噂でしょうか」

「えらく別嬪《べっぴん》で、しかも目利きの……」

そこまでいって、萩脇が言葉に詰まった。軽口で済ませることのできない領域に足を突っ込むことを恐れたのだろう。お気になさらなくてもよろしいのにと、いおうとして、陶子もそれをやめた。萩脇にとっても陶子にとっても気にしないでいられるはずのない事実が厳然として、ある。

「中村彝《なかむらつね》ですか。未発表の作品が残っていたのですね」

先程目に入った油絵に話題を振ると、荻脇が「ほお」と、声をあげた。

「よくお分かりですね」

「美術学校時代から好きだったもので」

中村彝は、村山槐多《むらやまかいた》らと並んで大正時代を代表する洋画家の一人である。三十七歳の若さで早世《そうせい》したために、残された作品はあまりに少ない。バブル期、美術品もまた投機の対象であった狂乱の時代には、確か億を超える値が付けられたのではなかったか。

「うちは祖父の代まで、米屋を営んでましてね。貧乏暮らしだった中村彝が、米代の代わりに置いていったそうです」

荻脇が柔和な表情を作れば作るほど、逆に陶子の緊張は高まっていった。

荻脇と陶子の間では、すでに目に見えない商談が始まっていた。大正時代の早世の画家・中村彝や同世代の若き芸術家達の話をしながら、荻脇は陶子の審美眼に探りを入れている。それがはっきりと分かるからこそ、陶子もまた緊張の刃を胸に呑みながら、何気ない調子で話を合わせている。

「新宿の中村屋が彼らにとってのサロンであったそうですね」

「ほお。さすがに宇佐見さんはよくご存じだ。彝は中村屋主人、相馬愛蔵《そうまあいぞう》の娘に失恋をしているのですよ」

「娘さんというと……インド人革命家の妻となった人ではありませんか」

「そうです。ビハリ・ボース氏。今も中村屋のレストラン部に伝わるカレーは、ボース氏直伝だそうですよ」

「中村屋サロンには、彫刻家の荻原守衛《おぎわらもりえ》も出入りしていましたね」

「というよりは守衛が中村屋に出入りしたのがきっかけで、サロンが誕生したといってもよいでしょう」

「いつも思うのですが、大正という時代には、なにか不思議なエネルギーを感じます」

「確かに。明治の終わりから大正にかけて、日本はある種の芸術的エネルギーに満ちあふれていたとしかいいようがない。荻原守衛しかり、中村彝しかり」

「村山槐多に関根正二《しょうじ》もまた、ですか」

陶子の言葉に萩脇が頷いた。それは取引の相手として陶子を認めたという合図でもあった。陶子は利き腕の側から一時も離そうとはしなかったジュラルミンケースを、机の上に置いた。

「拝見しましょうか」

「どうぞ」

ケースを開け、萩脇へと差し出す。そのわずかな間に、萩脇は白い手袋をはめていた。二人を取り巻く空気が、急速に質感を持ち始めた。張りつめた糸を思わせる緊張感が周囲を支配する。

——たまらないな。

たまらないが、陶子はこの緊張感が嫌いではない。その場に立ち会う自分を誇らしく思うことさえある。

萩脇の白い手が、ケースの中身を慎重な手つきで取り上げる。同時に、やるせない溜息《ためいき》が一つ。固化した空気が熱を帯びはじめ、それに気づかぬように萩脇の呼吸が深くなる。

茶碗である。蛙目《かえろめ》粘土と呼ばれる半透明の珪石粒《けいせきりゅう》が混じった粘土を素材にしているために、独特の風合いが、碗の地肌に宿っている。形状はどこまでも素朴だが、時として粗野といって良いほどの飛躍が見られる。どことなくいびつで、そのくせ人懐こい。

「伊賀《いが》古陶。それも織部《おりべ》の継ぎ……か」

萩脇の声がかすれている。

古田《ふるた》織部を語るうえにおいて、欠くべからざる要素としてついて回るのが、「桃山時代の武人にして茶人」「千利休《せんのりきゅう》の弟子《でし》」という二つの言葉である。確かに織部は自らの陶工を指揮し、多くの焼き物を作らせている。後に「織部焼」の名前で様式化される焼き物である。

一方、織部が茶器として愛用した伊賀焼の古陶は別名「織部好み」と呼ばれ、やはり高い価値を認められている。いずれも独特の歪《ゆが》みや、割れ、自然釉《ゆう》の流れ具合などによって生まれる、破調の美ともいうべきものを備えている。それを敢《あ》えて「名器」と呼んで憚《はばか》らなかったところに、古田織部の美意識の底流を見ることができるだろう。

同じ事が「継ぎ」にもいえた。織部はしばしば器に「継ぎ」を加えることでも知られている。それが名器故に捨てるには忍びなく、欠けた部分を継いでても、というのではないらしい。伊勢松坂にあった彼の居城には、塗師《ぬし》と呼ばれる継ぎ専門の職人がいたとも伝えられる。器に気に入らない部分があると、織部はそれをわざと欠き、自分好みに継ぎを入れて別物に仕上げていたのである。

「この継ぎ目の見事さはどうだ。膠《にかわ》に混ぜ入れた金粉はどうしようもなく陳腐だが、だからこそ元の伊賀古陶の持つ無骨さを《おかしみ》にまで、高めている」

荻脇が一気にいって、深い溜息を吐《つ》いた。

「気に入っていただけましたか」

「もちろん。まさかこんな逸品がまだあったとは」

「十年ほど前に手に入れてから、一度も門外に出したことがありませんでしたから」

「まったく罪なことをする」

「それはわたしのような職業に就《つ》く……」

職業に就く者の宿業《しゅくごう》のようなものですよといいかけて、陶子はやめた。かつて陶子は《旗師《はたし》》と呼ばれる骨董《こっとう》業者であった。旗師とは店舗を持たない業者のことで、ときには客の依頼に応じて商品を市から競り落とすこともある。

だが、すでに陶子は骨董業者ではない。店舗は持っていなくても「冬狐堂」の屋号を名乗り、様々な市を渡り歩いた旗師はすでに、いない。

「是非にでも、うちで引き取りたい品物ですね」

「そういっていただけると、推参の甲斐《かい》がありました」

「推参などと……よくぞうちに話を持ちかけてくれたと、感謝するのはわたしの方ですよ」

荻脇が、赤ん坊でも扱うように、器をケースに戻した。手袋を外しながら、

「八百（万円）ならば、すぐにでも」

そういう荻脇の顔が、別人になっていた。

――これだから、この世界は！

今度は陶子が溜息を吐く番だった。

陶子が持ち込んだ茶碗は、どこに出しても恥ずかしくない伊賀古陶の名品であり、しかも古田織部が継ぎを加えたという、付加価値まで付いている。

「お話を持ち込んだときに、最低価格を千二百にしたいと、いったはずですが」

「ええ、もちろん伺っています。けれど、うちが出せるのは八百までですね」

「どこか、お気に入らない点がありましたでしょうか」

「あるはずなど……。全くのところ、すばらしいとしかいいようのない器です」

それでも、陶子の言い値では買うつもりはないと、荻脇はいっている。実のところ千二百という価格でさえも、捨て値に近いのである。あとはこの器にどれだけの価値を認め、それを金額という目に見える形に上乗せするか、陶子なりの挑戦的な思惑があった。

「多分、同じ物を二千以下で手に入れることは不可能だと思いますよ」

「わかっています。それでも出せるのは八百です」

荻脇の口調はどこまでも静かで、柔和で、それでいて独断的だった。

これが骨董の世界である。荻脇が陶子が旗師の看板を下げることになった経緯《いきさつ》をある程度知っているのだろう。狭い世界のことだから、なんの不思議もない。その上で、伊賀古陶の名品を破格の値段で売りたいと申し入れた陶子が、相当に金銭に窮していると踏んだのであろう。溺《おぼ》れる犬を棒で打つのが、この世界の常識であることを、陶子は改めて知った。

「残念です、この話はなかったことに」

そういって、陶子はジュラルミンのケースの蓋を閉じた。

「よろしいのですか。八百ならば、この場で小切手を切ってもよいのですよ」

「最低価格は千二百ですから」

「なるほど、ではお訊《き》きしますが、それには鑑定書がありますか」

「ありません、また必要だとも思ってはいません」

「ですが、この世界ではそれでは通用しないでしょう」

「違いますね。鑑定書などというものは、履歴書に過ぎません。本当の価値は見る者の美意識のみが決めることです」

「おまけにあなたは、骨董業者ですらない。古物商の資格のないあなたが、古物の売買を行うことは法律に違反しているのではありませんか」

「勘違いをしているのはあなたの方です。茶碗はわたしが十年前に買って、私蔵していた物です。これは商売じゃない。わたしがわたしのコレクションを売り込んでいるだけです」

陶子は敢えて言葉に感情を加えずにいった。

日本においては、骨董業者は勝手な営業活動をすることが許されていない。《古物営業法》にのっとり、《古物商許可証》を持った者だけが古物商を名乗ることができるのである。さらに全国の市に参加することを考えると、《古物行商許可証》が必要となる。いずれも地元警察署の生活安全課が許可証申請の窓口となっているのは、それだけ古物・骨董の世界が犯罪に近い場所に位置しているためである。ごく身近な例でいえば盗難品の現金化、闇での売買には、骨董業者がしばしば利用されるし、また積極的にそうした反遵《じゅんぽう》法精神に則《のっと》った行為に走る業者もいなくはない。要するに狐《きつね》と狸《たぬき》の化かし合いが日常の世界であり、骨董業者とは、そうした世界の住人達であるということだ。

荻脇が陶子のことを「骨董業者ですらない」といったのは、陶子が今は許可証を持っていないことを指している。

いくら伊賀古陶の名品を持ち込んだところで、しょせんは骨董業者でもない素人《しろうと》でしかない。それが言い値で品物を引き取ってもらおうなどとは、片腹痛い。荻脇の言葉にはそうした意味が込められているのだ。

「いいでしょう、九百までは譲歩しましょう」

「最低価格は千二百です」

「いいですか。なんならかつて冬狐堂という名で羽振りのよかった旗師崩れが、あちらこちらに品物を持ち込んでいるようだが、相手にしないでほしいと、触れを出すことも可能なんですよ」

「なんといわれようとも、価格を落とす気はありません。わたしの部屋の専用ストッカーには、商売を離れて蒐集したいくつかのコレクションが保存してあります。これは札束の厚さだけでは絶対に売るまいと決めた品物、逆にいえば、どれほど自分が窮地に陥ろうとも、満足のゆく値段以下では売らないと決めた品物なんです」

「そうですか」

荻脇の口振りはあくまでも静かだし、陶子も決して感情をあらわにはしない。売ろうとする人間は商品の価値を少しでも高めようとし、買おうとする人間はわずかな瑕《き》疵《ず》も見逃さず、そこを突いて価格を落とそうとする。ごく日常的なやりとりであり、感情的になる必要などどこにもない会話にすぎなかった。

「千の値を付けたら、うんといっていただけますか」

「いいえ千二百が最低価格です」

しばらく考えた後に、荻脇が、

「では、こちらに預からせていただくとして、鑑定に回すことになりますが」

「その場合は一週間以内にお願いいたします」

「ずいぶんと信用を失ったものだ」

荻脇は笑ったが、陶子はその気になれなかった。

鑑定期間を一週間と区切ったのは、それが贋作《がんさく》とすり替えられることを恐れたからである。熱ルミネセンス法や、走査型電子顕微鏡を使用した科学鑑定法は、骨董品、美術品の贋作を暴《あば》く切り札である一方で、時間がかかりすぎるという欠点を持っている。国内に鑑定能力を持つ機械が、あまりに少ないためだ。一つの鑑定に数ヵ月を要することも珍しくない。

「その間に、わたしが伊賀古陶の贋物を作るとでも?」

「この世界は、用心しすぎるということはありません」

「確かに。けれどそうなると困りましたね。わたしの一存で千二百もの大金を動かすことはできないものですから」

嘘だと思ったが、それを指摘するような愚かな真似《まね》はしなかった。文化財団荻脇美術館は、荻脇グループ直轄の財団である。そのコレクションの凄《すさ》まじさもさることながら、荻脇グループの黒字吸収団体でもあるという噂は、陶子の耳にも入っている。一千万や二千万の現金が、荻脇弘幸に動かせないはずがない。

言葉はすべて嘘だと思ってかかれ。言葉の裏側にある言葉を読みとれ。旗師稼業によって培われた本能が、それを教えてくれるのである。

「よいお返事をお待ちしておりますわ」

そういって、陶子は立ち上がった。

「ちょっと、お待ちください」

「まだ、なにか」

「わたしは、なにか交渉方法を誤りましたかな」

「いいえ、すべてこの世界の常識に則っていました」

「どうやら、さほど目先の現金にこだわっているわけでもなさそうですね」

「確かに。マンションは自分の持ち物ですし、とりたてて騒ぐほどの借金があるわけでもありません」

「では、どうしてこれほどのコレクションを……」

売却しようとするのか。少なくとも自分ならそんなもったいない真似はしないのにと、荻原の途切れた言葉の続きを、陶子は正確に聞くことができた。

「お金は必要です。けれどそれはわたしが生きるためのお金じゃない」

「なにかの資金……と考えるべきでしょうね」

「けれど詳細をお知りになる必要はありません。荻脇さんは相当する金額を提示して、この伊賀古陶を手に入れることだけを考えてください」

我ながら、きつい物言いだと思った。

けれど人は好むと好まざるとに拘わらず、寒風吹きすさぶ冬の道を歩まねばならないときがある。

——そして……まさに今のわたしは。

美術館の外に出るとすぐに、陶子はコートの襟《えり》を立てて歩き始めた。雪はいつの間にかやんでいる。背中を一度震わせたのは、寒さのせいばかりではなかった。

2

――さて、荻脇はいくらの値を付けてくるだろうか。

大きめのゴブレットにたっぷりと注いだ赤のワインを見ながら、陶子は荻脇の懐の弛《ゆる》み具合を予想した。値段交渉が決裂したからといって、商談そのものが霧散したわけではない。むしろ、荻脇の胸中は、いかにして例の伊賀古陶を手に入れるか、そのことのみで占められているはずだ。

「すべては目なんだ」

そう呟いて、グラスの中身を一口呑み込んだ。

伊賀古陶を初めてみたときのあの目。

手袋越しとはいいながら、器の地肌に触れたときのあの目。

荻脇の目は美術館館長である前に、コレクターのそれになっていた。骨董の世界とは、かくも狂おしく、また愚かなものであるか。だからこそ、一個の名器は悲劇も、喜劇も、狂乱劇さえもその懐の中に秘めることができる。

「やっぱり、ここにいたんだ、陶子」

その声で、陶子は自分が神宮外苑前のバーにいることを思い出した。

「硝子《しょうこ》さん！」

「ずいぶんと心配していたんだ。連絡も取れないし」

「……ごめんなさい」

「まあ、いいよ。でも大丈夫なのかい」

そういいながら、横尾《よこお》硝子が陶子の横に腰掛けた。バーマンに「フランク・シナトラを」といって、上着のポケットから煙草《たばこ》を取り出す。

「相変わらず、きついカクテルを飲むのね」

「ハードな仕事の後は、ハードなカクテルを。これがあたしの流儀だもの」

目の前におかれたカクテルグラスをゴブレットにぶつけ、「再会に乾杯」といって、横尾硝子はたった二口でジンベースのカクテルを飲み干してしまった。

かつて、といってもそれほど昔のことではない。旗師であった頃の陶子は、カメラマンの硝子とコンビを組んで仕事をすることが多かった。骨董の仕事は、現物を常に持ち歩くわけにはいかない場合がある。そんなときは、優秀なカメラマンの存在が不可欠となる。ただ器物を美しく撮ればよいというのではない。美しいだけなら広告専門のカメラマンはいくらでもいる。その物の持つ内在的な美しさ、時間と人の手とが物に刻み込んだ歴史の美しさを表現できなければ意味がない。横尾硝子はそれができる数少ないカメラマンの一人だった。

――あれからたった半年なんだ。

陶子が旗師でなくなってしまうきっかけとなった事件。その発端からすでに半年が経つ。過ぎていった時間、日々が、あまりに遠く感じられた。

横尾硝子の鼻筋の通った顔を見ながら、陶子は話すべき言葉を探し、逡巡《しゅんじゅん》していた。

「で、なにがあったんだい」

言葉を探す陶子に、まるで昼間の食事の内容でも問うように、硝子がいった。

「知ってるくせに」

「鑑札をひっぺがされたってことだけはね」

鑑札とは《古物商許可証》および《古物行商許可証》を指している。

「まさか、本当にやばいブツに手を付けたわけじゃないんだろう」

「本人にその意思がなくても、そうし向けられてしまうのが、この世界の怖いところ」

「楽しいところでもある、か」

「人ごとだと思って、お気楽にいってくれるなあ」

「その軽口があれば、とりあえずは大丈夫だね」

陶子は久しぶりに愉快な気持ちになりかけていた。降りかかった災難は、不幸としかいいようがない。それはそれで受け止め、いつまでも不幸顔をしないのが、陶子なりの流儀であった。にもかかわらず、この半年余りの間に身の回りを駆け抜けていった様々な出来事が、いつか陶子から笑顔を奪っていたことに、ようやく気が付いた。

「あたしにできることは？」

「今のところは……というよりもなにがどうなっているのか、よく摑《つか》みかねている状況ね」

「そりゃあ、きつい、きつい」

きついといいながら、硝子が三杯目のカクテルを注文した。陶子もそれに倣《なら》った。

「硝子さんの方は、いかが」

「それがねえ、大学の先生のお供でずっと地方まわり」

「大学の？」

「うん。東敬大学で民俗学を教えているセンセなんだけれど、蓮丈那智《れんじょうなち》って人」

「蓮丈那智……その人は男性、女性？」

「これがかなりの美形の女性。中性っぽいというか、アンドロイドっぽいというか」

蓮丈那智は私立東敬大学の助教授であるらしい。硝子の話によると、かなりエキセントリックな性格と、大胆な仮説を立てることで知られ、学界では異端視する向きもあるという。

「先生のお供で東北を一週間ばかり、ね」

「民俗学というと、古民具とか」

「あとは古文書とか、いろいろな撮影」

「でも面白そう」

「いずれ陶子にも会わせるよ。二人は気が合うんじゃないかって、前から思っていたんだ」

陶子には、古い友人の気遣いがなによりも嬉しかった。だからこそ硝子を巻き添えにしてはならないと、改めて思った。


三日後。

部屋に戻り、服を着替えているところへ電話が鳴った。コール三度で留守番電話に切り替わる。不在を告げるメッセージの後に発信音が流れたのち、メッセージを吹き込む相手の声を聞いてからでないと、電話にでないようにしている。

「荻脇です」という声を聞いて、すぐに受話器を取り上げた。

「宇佐見陶子です」

「ああ、ご在宅だったのですね。先日の伊賀古陶の件ですが」

　その声を聞いた瞬間に、陶子は自分の勘がまだ狂ってはいないことを確信した。荻脇の声質そのものが、あれを欲していると明確に告げているのである。

「いろいろ検討しましてね、やはりいただくことにしましたよ」

「ありがとうございます」

「つきましては、お値段の方ですが……千五百ではいかがでしょうか」

　陶子が示した最低価格は千二百万円である。ということは、荻脇は陶子の持ち込んだ伊賀古陶に三百万円の上乗せを提示したことになる。それが荻脇の認めた《価値》であるということだ。

「結構です。よい買い物をなさいましたね」

　皮肉でもなんでもなく、陶子はそう言った。あのレベルの物が再発見されることはまずあり得ないし、あったとして購入するとなると、二千万円以上の金が動くことは確かだった。

　現物をいつ納入するか、支払方法はどうするかなどといったことを簡単に話した後、荻脇が声質を変えて、

「ところで、宇佐見さん。あれから少し気になることを耳にしたのですが」

「と、いいますと」

「あなたが巻き込まれたトラブルに関して」

その声に、陶子はわれ知らず反応していた。視線が自然と専用ストッカーの方へと向いてしまう。ストッカーといっても、あらかじめ備え付けのクローゼットを改造して、コレクションの収蔵用にしたものである。

「なにか危険な物に手を出されたとか」

「いいえ、それは違います。わたしは正当な市において、正当なる値段である品物を競り落としたのです」

「だが……それがやばい物であると、あとでわかったのでしょう」

「………」

陶子はなにもいわなかった。荻脇にはなんの関係もない。関わりを持つべきことでもない。「宇佐見さん」と彼が言い募るのは、手に入れることになった伊賀古陶の出所として、陶子に不手際があっては困るからだ。そうしたことを、なによりも嫌う世界である。

「荻脇さん。ご心配には及びません。あの織部はどのような鑑定にかけても、価値が下がるような代物ではない」

「そりゃあ、十分に承知はしているが」

「余計なことに関わりを持つな、は我々の鉄則ですよ」

そういって受話器を置いた陶子は、ストッカーに目を向けた。
かつてその場所にあった「物」を、幻視しようとした。
二十センチ四方、高さ十センチほどの桐箱《きりばこ》である。
——半年前の市で、わたしは……アレを。
陶子が競り落としたのは一枚の青銅鏡であり、それがすべての発端だった。

神獣鏡

1

まったくのところ《市》というのは生き物であるとしかいいようがない。生きの良い市もあれば、そうでない病み上がりのような市もある。機嫌の良い市があると思えば、不機嫌を絵に描いたような市がある。陶子のように店舗を持たない骨董業者、旗師にとって、市とはすなわち生きる糧《かて》を得る場所だ。持ち込んだ骨董品を競りにかける場所であると同時に、新たな商品を競り落とす場所でもある。市の呼吸に自分の呼吸をいかに合わせることができるか、それが競りに勝つ秘訣《ひけつ》となる。

競りに勝つというのは、なにも品物を競り落とすということに限らない。どれほど値が吊り上がろうと、これだけは競り落としてみせると覚悟を決めさせる品物が、ないわけではない。が、そのような逸品に出会うのは年に一度あるかないかの、いわば奇跡のようなもので、希望は忘れずに持っておく程度がちょうどよい。となれば、あとは目的の品物をいかに安価で競り落とすか、あるいは品物の評価以上に値が上がった場合には敢えて見逃すこと、そのタイミングを逃さないことが旗師の腕の見せ所となる。そこで呼吸が問題となる。

——と、口でいうのは容易《たやす》いけれど。

この日。六月に入って第一回目の市が、平塚で開かれた。会主は平塚市内で骨董の店を開く高塚要《かなめ》。掘り出し物こそ少ないが、手堅い品物が流通することで知られる市である。市の空気は、会主の性格によって大きく左右されるといわれる。一時の熱病めいた骨董ブームの最中にさえ、そうした悪ふざけとは無縁のところで手堅く運営され続けた市は、それだけ専門の業者の評価が高いともいえる。

あらかじめ配付された目録の中から、宇佐見陶子が競り落とそうとしていたのは、二枚の青銅鏡だった。

《海獣葡萄《かいじゅうぶどう》鏡《どうきょう》二面。それぞれ直径十七センチ。大阪府堺市《さかいし》・鳥居氏所蔵品。年代等不明。出自は古刹《こさつ》の収蔵品と見られる》

目録には簡単にそう記されている。

骨董業者は、それぞれに守備範囲を持っている。民具を専門に扱う業者もあれば、書画を得意とする業者もある。無論、あらゆるジャンルに知識を持っていることは必要にして最低の条件ではあるが、それでも扱う物に得手不得手《えて》は存在する。あまりに手広く商売をすると、逆に《悪食《あくじき》》と呼ばれて、信用を傾けることさえあるのが、この世界だ。陶子が得意とするのは焼き物、ガラス器といった器物。そして古墳や遺跡から発掘された出土品、寺院の収蔵品と呼ばれる古物である。こうした品物は裏の世界で取り引きされることが多く、トラブルも少なくない。それでも取り扱いをやめられないのが、この仕事の業《ごう》かもしれない。

市の一週間前、陶子は世田谷《せたがや》の須田鹿之助《すだしかのすけ》から電話を受けた。須田は今はもう現役を引退しているが、世田谷区内でいくつかの店を持つスーパーマーケットチェーンのオーナーだ。五十歳を過ぎて始めた骨董趣味が病膏肓《やまいこうこう》となり、陶子にとっては上客、周囲の家族にとっては心配の種といったところだろうか。もっとも、陶子にいわせれば、須田の趣味はあくまでも趣味の範囲を逸脱するものではなく、彼の散財が資産を食いつぶす心配は、まずない。

本来、目録を見た顧客からの注文を受けて、競りに参加するのは《客師《きゃくし》》と呼ばれる業者の仕事である。が、現実には旗師も時にはそのような注文を受けることがあるし、須田のように上客で、しかも病気がちで外出が不自由な身である場合は、進んでこれを受けることにしている。

「目録を見ましてね、実にいい具合の青銅鏡があるじゃないですか」

「ああ、わたしも見ました。そうですね、出土品と違って、寺院の収蔵品であれば、状態もかなりいいでしょう」

「偽物であるということは？」

「それはないでしょう。会主の高塚氏は、手堅い市を開くことで知られていますから」

「となると……欲しいですなあ。どれほどの指し値がつきますかね」

「正直いって、こうした物は現物を見ませんとね」

「およその予想はつくでしょう」

「まあ……よほど状態がよくとも二枚で百もあれば落とすことは可能でしょう」

「百ですか」

須田の声が沈んだ。

「どうかしましたか」

「いや実はね、息子の嫁が……その、わたしの趣味がよほどに気にくわないのか、しきりと息子を唆《そそのか》しましてね」

多分、金額の問題ではないのだろうと察した。蒐集家とは、手に入れた品物を厭《あ》きるまで近くに置いておかねば気の済まない人種である。須田氏の身の回りの世話をしているであろう息子の妻に、新たに青銅鏡が二面も増えたことを知られたくないのではないか。

「いかがでしょう。とりあえず青銅鏡二枚を競り落とし、そのうちの一面はわたしが引き取ることにしては」と、陶子は提案した。

「よろしいのですか」

「須田さんにはいつもお世話になっていますし、それにわたしも興味がありますから」

「いやア、冬狐堂さんにお願いをしてよかった」

こうして陶子は高塚の市に参加することになった。


市が一個の生き物であるとするなら、競りに参加する陶子も会主も、競り子、流通する品物一品に至るまで、すべては生き物を構成する細胞であるといってよい。ところがこれらシングル・セルはそれぞれに意思と野望とを備えているから、面白い。他の業者はともかく、

――少なくともわたしにとっては。

陶子は唇を軽く嚙《か》んだ。

中央の壇上に会主と売り手、競り子が並んでいる。会主の音頭で手打ちが終わると、さっそく一番荷が解かれた。この瞬間から、会場内の緊張感が急速に高まってゆく。それまでの親睦会的な雰囲気に、刃の鋭さが加わる。表情こそ皆穏やかさを保っているが、それぞれが瞳の中に殺気に似た光を宿しはじめる。

「一番荷。奈良・春木堂さん。仏手一点」

壇上に仏像の手の部分が置かれた。立てた中指に宝輪を遊ばせているところから、如意輪観音《にょいりんかんのん》の一部であることがわかる。

傍《はた》から見れば、なんでこんな物が競りにかけられるのだろうと思われるに違いない。けれどこの世の中に仏像のマニアと呼ばれる人々は確かに存在するし、完全体ではない、たとえばこの仏手のように仏像の一部でもよいから手に入れたいと思う好事家《こうずか》もまた、少なくない。競り子が「一万二千からお願いします」と、発句《ほっく》（売り手の設定した最低価格）を告げた。

すぐに「一万五千」と声がかかり、二、三の業者が競り値を上げると、たちまち二万円を突破した。競りが生き物であるという喩《たと》えの実例は、こんな所にも現れる。発句が一万二千円だとすると、仏像本体の制作年代はさほど古くはないことが想像される。

――多分、江戸の中期か……後期か。

それより時代を遡《さかのぼ》ることがあるまいと思われるのは、仏手があまりに「品がよすぎる」ためだ。指先の造型、法輪の彫りの確かさの中に、どこかマニュアル化された職人の手が感じられるのである。にもかかわらず、値が吊り上げられるのは、これが一番荷であることが大きく影響している。一番荷を《ご祝儀《しゅうぎ》相場》と呼ぶ業者がいるように、競り市の口開けは品物を購買する気のない業者も競りに参加して値を上げ、場を盛り上げようとすることが間々《まま》ある。

仏手が三万二千円で落札された。続いて独鈷《とっこ》、翡翠《ひすい》の数珠《じゅず》、八寸ほどの聖観音像などが競りに掛けられる。いずれも売り手は同じ業者だ。それぞれがよい値段で競り落とされ、そのたびに笑いと、溜息と、そして淡い恨みが会場を少しずつ満たしてゆく。

売り手二番手は、古民具専門の業者である。

三番手は、江戸後期の切子細工《きりこざいく》が中心。

陶子の目指す青銅鏡は、四番手の競りに掛けられた。

壇上に置かれた二面の青銅鏡をより近くで見るために、陶子は席を最前列に移した。

――海獣葡萄鏡か。

目録に簡単に説明されていたとおりの青銅鏡が、壇上で鈍い光を放っている。海獣葡萄鏡とは、その名の示すとおり、鏡の背面に様々な獣と葡萄の模様をあしらった青銅鏡のことである。一般には奈良時代に制作されたといわれていて、別名《唐式鏡》とも呼ばれる。ただし唐式鏡には輸入物を含めて様々な形式があるし、奈良時代後期には螺鈿《らでん》細工や銀細工、七宝細工を加えた物まで作られているから、やはり海獣葡萄鏡の方が通りがよい。

席を移動しながら、陶子は素早く周囲に視線を泳がせた。同じように席を移した人間が五人いる。競りで争わなければならない業者が、最低五人いるということである。中の二人はほとんど眼中にない。最近この世界に入ったばかりの半素人《しろうと》で、おおかた陶子の動きを見て競りに参加する気になったのだろう。こうした素人は時に常識を覆すような愚かな高値をつけて、顰蹙《ひんしゅく》を買うことがないではない。が、この二人に限って、資金の面からいってその心配はない。そうした情報に常にアンテナを張り巡らせることも、骨董業者の日常の業務である。

――問題はあの二人だな。

一人は狛江《こまえ》で店を持っている畑中雅大《はたなかまさひろ》である。もう一人は下北沢・雅蘭堂《がらんどう》の越名集治《こしなしゅうじ》。畑中とは扱う品物の種類が被《かぶ》ることが多いし、越名の場合はどちらかといえば古道具屋に近いのだが、客師の真似事をしばしばすることで知られている。

なによりも、二人は競りというものを知り尽くしている。やっかいな相手といっていい。

ふと左の席に腰を下ろした五人目の男のことが気になった。高塚の市はおろか、都内及び近県で開かれるどの市でも見かけたことのない顔であった。もっともそうしたことが少なくない世界でもある。骨董業者を名乗るには地元警察署に申請して《鑑札》を取得しなければならないが、犯歴でもない限り簡単に手に入れることができる。そうして市の会員に登録さえすれば、あとは自由に出入り可能なのだから。

「では」と競り子が声を掛けた直後に、男が立ち上がって声をあげた。

「ちょっと待ってくれ。もう少し品物をよく見せてくれないか」

「いや、それは……！」

競り子の戸惑いはもっともだった。通常、競りに掛けられる品物を壇上で吟味《ぎんみ》するといった習慣はない。

「鑑定書はないのか。ならもっと近くで見てみたい」

男の口調は静かだが、執拗《しつよう》だった。

壇上で競り子と会主の高塚が打ち合わせを始めた。売り手の姿が見えないということは、高塚本人が売り手であるということだ。品物の出所が大阪府堺市の鳥居という家であることは、目録に書かれているから、高塚が鳥居家に委託されたのだろう。

「いいでしょう、時間を区切らせていただきますが、それでよろしければ」

高塚がいうと、男が壇上に向かって歩き出した。もちろん、こうした機会を逃す愚を陶子が犯すはずがなかった。畑中と越名がそれに続いた。

「どう見ますか」

陶子に言葉をかけたのは畑中だった。梅雨独特の湿度の中であるというのに、一分の隙もない市松格子の着物を着込んだ畑中の表情は、柔和で、そして少し怖い。五十の歳をとうに過ぎた先輩業者の問いに、陶子は、戸惑いながら、

「写しでしょうね、当然」

と応えた。

海獣葡萄鏡のオリジナルが盛んに作られたのは、奈良時代の初期である。その時代の正真物で、なおかつこれほどの保存の良いものであれば国の重要指定文化財に指定されてもおかしくはないし、ましてやこのような市に出品されるはずもない。多分、オリジナルを原型にして鋳型《いがた》を作り、そこに熱した原材料を流し込んで作られたのではないか。これを《踏み返し》といって、多くの青銅鏡はこの技法で作られている。

「どの時代あたりで写されたものでしょうかなあ」

畑中がまた質問を寄越した。

「ずいぶんと底意地の悪い質問ですね」

「いやいや、冬狐堂さんの目利きを参考にさせていただこうと思いましてね」

「まずは鎌倉期……ですか」

と、若い張りのある声が背後から陶子に代わって応えた。振り返ると、いつも寝ているようにしか見えない細い目が、これもまた一筋縄ではゆかない笑顔を浮かべている。

「雅蘭堂さん！」

「幕末から明治に掛けてはずいぶんと写し……というよりは偽物が作られたようですが」

「そうした写しにありがちな荒さがない」

これは畑中の自信に満ちた言葉である。

「会主は相当に物に自信があるようですね」

「もちろん、あれならば」

二人の会話を聞きながら、五人目の男の動きに目をやった。

――……！

自分で見たいといったくせに、男は青銅鏡にまるで興味がないといった風なのである。

「これが入っていた箱は？」

男が高塚に聞いた。

「箱？　ああ、そこに置いてありますが、銘はあっても箱書きなどありませんよ」

どうしてそんなものを、といいたげな口調で高塚が応えた。箱書きとは書画・器物を収める箱の蓋などに、その名称と正真物であるという極め書き（証明書き）を入れたうえで、署名押印したものである。高塚のいう「箱書き」とは、この極め書きのことを指している。極め書きを書けるのは作者本人か、その弟子、または研究者か専門の鑑定人といった、信頼の置ける人物に限られている。書画骨董を扱う世界において、箱書きのあるなしは値段と信用の度合いに大きな影響を及ぼすのである。

ただし、青銅鏡のような器物について、箱書きが入っていることはほとんどあり得ない。こうしたものに価値を見いだすようになったのは、幕末から明治にかけてのことであり、それまでは信仰の対象であり得ても、審美の対象では決してなかったからだ。

——では、なぜ男は箱にこだわるのか。

陶子は、男の動きから目が離せなくなった。

「冬狐堂さん、どうしましたか」

畑中の問いに、言葉ではなく目線で応えた。男の姿をちらりと目で追って、畑中を見た。

「ふむ」

「どう思われますか」と、陶子は唇と吐息とだけで声を作り、男に気づかれないように畑中に問うてみた。

「ずいぶんと奇妙な手つきをするお人のようだ」

「手つき？」

そういわれて改めて男の手元を見ると、確かに奇妙な手つきをしている。二十センチ四方、高さ十センチほどの桐の箱においた右の手が、ひどく不格好だ。親指と人差し指とで直角を作り、ちょうどアルファベットの「L」の形を、不器用に箱に添えている。癖であるといってしまえばそれまでだろう。が、骨董品業者は箱一つであろうと、慎重に扱うことが習い性となっている。そう考えるといささか奇異な手つきといえなくもない。

「よろしいでしょうか」と、高塚が吟味検証の終了を宣言した。席に戻りながら雅蘭堂の越名が、

「発句はいかほどになりますかね」

といった。

「それよりもわたしは、越名さんのバックにおられる方が、上限をいくらに設定しているかの方が、気になりますね」

「またまた、きつい物言いを」

四人が席に着くなり、競り子が「発句は三十からお願いします」と、声をあげた。

競りはタイミングがすべてといっても過言ではない。競り子の声に応えてすぐに畑中が「三十二」と値を吊り上げた。問題は次の値である。ここで大きな幅を持たせると、競りは一気にボルテージが上がり、時には競り子も買い手も制御ができないほど高値をつけることがある。

「三十二と五千」と、陶子は即座に二番手の声をあげた。あまり急激に値が吊り上がるのは、好ましい状況ではない。ただしすべては時と場合によって判断を下さねばならない。

競りが落札値段に近づきつつある状況では、ぽんと幅を持たせて値を吊り上げることがある。他の買い手が値を付けかねることで奇妙な間が生まれるのである。その瞬間に、競り子が「落札」を宣言すればこちらの競り勝ちということになる。

「三十二と八千」と値を付けたのは、越名集治だった。

「三十二と八千出ました。もう一声ありませんか」

競り子としては、もう少し場をヒートアップさせたいのだろう。しきりと競り値をあおり立てるが、

「三十三と三千」「三十四」「三十四と五千」

畑中、陶子、越名の三人が細かな値幅で競るので思うように走り出してくれない。

発句はあくまでも競りの出発地点であって、売り手の示す最小値段ではない。あま

りに値の動きが鈍く、競りが停滞した場合は《親引き》といって、売り手は品物を引っ込めてしまう場合もある。そうなると陶子と越名のように、顧客の依頼を受けて競りに参加している業者にとっては気まずい結果となる。

問題は値の落としどころをどのあたりに設定するか、である。それによって競りの値幅、声をあげるタイミング等を構成しなければならない。

競りを競馬に喩《たと》える業者もいる。先行逃げ切りか、あるいは最後の直線で一気に二位以下を引き離すか。どこで鞭《むち》を入れるのが一番効果的か。

「四十」と、声をあげたのは、陶子が「半素人」と判断した業者の片割れだった。間髪を容れず「四十一」と畑中が値を上げた。業者にしてみれば一気に値を吊り上げたつもりだったのだろう。

――競りを知らなさすぎる。

陶子は胸の内で笑っていた。

二面の青銅鏡の落とし値を、陶子は八十万円前後と読んでいる。三十四万五千円の値を、たかだか四十万円に吊り上げたところで競りが大きく動くことはない。むしろ即座に畑中に値を破られたことで、業者の側に逆に間が生まれてしまった。

まだ競りは序盤戦に過ぎない、そう読んで陶子が次の値を付けようとした瞬間、例の男が「七十」と、声をあげた。

陶子は瞬間的に「七十二」と反応していた。

とっさに値を付けたものの、思いがけない展開に文字通り手に汗を握っていた。一気に三十万も値が吊り上がることなど、滅多にあることではない。

左右に視線を配り、畑中と越名の様子を瞬間的に窺った。二人が次にどれほどの値を付けてくるか、探ろうとして、

――やられた！

陶子は思わず唇を噛んでいた。畑中も越名も、その表情から闘争心がまったく消えている。競りを投げ出したということだ。その二人に代わって、

「七十二と五千」「七十三」「七十三と八千」「七十五」

それまで競りに参加していなかった業者の間から、次々と値を吊り上げる声があがった。それはまさしく競り子の望む状況に他ならない。思いがけなく値が動いたことで、青銅鏡を競り落とすつもりのなかった業者まで刺激をしてしまったのである。こうなると値がどこまで上がるか、誰も予想が付かなくなる。誰が貧乏くじを引き当てるのか、競って奈落に落ちようとする愚か者の姿が、陶子には目に見えるようだった。

そこに参加すべきか否か、判断はその一点に絞《しぼ》られている。

――あの男、もしかしたら。

一気に値を吊り上げた男を見た。その表情を読むことはできないが、陶子は男の胸

の内に浮かぶ笑顔を正確に見て取った。

たぶん男は高塚に雇われた《サクラ》だろう。競りが停滞した場合は、大幅に値を吊り上げて場を作るのが男の役目なのだ。これに失敗すると《中折れ》といって、目も当てられない結果になるのだが、男には失敗しない自信があったのだろう。ちょっとした情報があれば、それは可能である。守備範囲の違う越名集治が競りに参加するということは、バックに顧客がいるということだ。となれば《親引き》を嫌うのは道理で、少々値を吊り上げても、そこで競りの勢いが止まることはない。

競りが始まる前にクレームめいたものをつけてみたのも、いわば演出の一つであったに違いない。それほど高塚は品物に自信を持っていたし、またそれ故にこそ安値で落とされることを望まなかったのだ。

だが、競りに通暁《つうぎょう》している越名はそれに引っかからなかった。畑中もまたしかり。つい先程まで別の業者を「競りを知らなさすぎる」と笑った陶子だけが、愚か者の仲間入りを、今果たそうとしている。

「七十六」の声があがった瞬間に陶子は判断した。やられっぱなしでは自分が許せなくなる。

「九十!」と声をあげると、会場がしんと静まり返った。わずかな間をおいて、競り子が「落札」といった。

二面の青銅鏡、須田鹿之助の依頼通り落札する事ができたものの、陶子の心中は穏やかではなかった。須田には百万円前後で落とせるだろうと話しているのだから、彼に金銭の面で迷惑を掛けることはない。

だが、青銅鏡の現物を目にして「八十万円前後で落とせる」と読んだのは、他ならぬ陶子自身なのだ。それが会主の高塚と、彼に雇われたであろう男の手腕にまんまと引っかかり、予想落札価格を上回る値段で引き取ることになってしまった。プライドで飯を食うことはできないが、それをなくしてしまってはただのブローカーになってしまう。いつの間にか傍にやってきた畑中が、

「よい買い物をしましたね」

静かにいった。表情の下には「これも勉強です」と、意地悪く笑う顔が隠されている。少なくとも陶子にはそう思えて仕方がなかった。

「まあ、利が薄い商売になるかもしれないが、物は確かなようだし」

そういったのは越名である。

「あの……やはりわたしはあの連中に？」

「さあ、それはどうかな。高塚と例の男が組んでいる可能性はかなり高いんだが」

畑中の口調から切れ味がなくなった。

「競り前のクレームでしょう」と、越名がいう。

「そうなんだ、我々を欺《あざむ》くために三味線を弾いたとは思えなくてね」

「高塚の表情も困惑気味でした。あれが演技なら、奴さん、商売替えを考えた方がいい」

二人のやりとりを、陶子は遠いところで聞いていた。

——そうだ、須田さんに電話をしなければ。

畑中と越名に簡単に挨拶《あいさつ》を済ませ、会場の外に出て携帯電話をバッグから取り出した。

「ああ、須田さんですか、冬狐堂です。例の青銅鏡ですが落とすことができましたよ」

「ああ、そりゃあご苦労様でした。で、いかほどで」

陶子は躊躇《ためら》うことなく「八十万円で」と応えた。

「さすがですなあ」

「では、状態のよい方を明日にでもお届けします」

「報酬は二割ということで」

「結構です」

一面四十五万円で落とした青銅鏡を四十万円で手渡し、その二割である八万円を報酬として受け取る。実益は少ないが、陶子のプライドがそうさせた。先程の越名集治の「利が薄い商売」という言葉が、途端に現実味を帯びて蘇《よみがえ》った。

ただし、そのことでいつまでも腐るほど宇佐見陶子の精神構造は柔《やわ》ではない。こうしたこともあるさと、気持ちを取り直して陶子は会場をあとにした。

マンションに戻ると、陶子はすぐにスーツを脱ぎ、部屋着に着替えた。洗面所で、薄くはいた化粧を丹念に落とし、掌から爪の先まで丁寧に洗った。化粧といっても極めて色の薄いリップスティックと、ファウンデーションのみであるし、爪はいつも短く切り込んでいる。マニキュアは、もう十年以上も使用したことがない。書画骨董を扱う人間としては常識の範囲の装いだが、それでも、陶子には邪魔に思えた。

部屋の中央の座卓に置いた風呂敷包みを解く前に、もう一度、ウエットティッシュで左右の指を拭って、表面の皮脂を完全に取り除いた。

風呂敷の結び目を解く瞬間は、いつだって心ときめくものを感じずにはいられない。それがなくなったら、たぶん旗師などという仕事は続けられないのではないか。たとえ包みの中身が、不本意な値段で引き取らざるを得なかった品物であったとしてもだ。

桐の箱を開けると、厚手の和紙に包まれた円盤状の器物が現れる。

――海獣葡萄鏡、か。

和紙をはずすと、青銅鏡の鈍黒い光がまず目に入った。長く収蔵された青銅鏡のみが持つ、時間を凝縮させた光である。出土品ではこうはいかない。土中で眠りについたものにもそれなりの良さはあるが、《鏡》の特殊性を考えると、やはり収蔵品には及ばない。鏡とは光を宿し、反射する道具であり、それ故にこそ神秘性を保つことができる。

大阪府の旧家に長く所蔵されていたものだというが、主人がこれを手に入れたのは明治の初めではないか、と陶子は推測した。当時のあまりに急速的な欧化政策は、反作用として自国文化の破壊をもたらす結果となった。その一つが廃仏毀釈《はいぶつきしゃく》運動であるが、それだけではない。あまりに多くの古物が破壊され、あるいは海外への流出を許してしまった、苦い時代を日本は持っている。そんな折、一部の素封家《そほうか》は競って寺社の宝物を買い漁《あさ》ったといわれる。そうすることで、破壊と流出を免れたものは多い。

この青銅鏡もまた、同じ運命を辿《たど》った器物の一つではないかと、思ったのである。見れば見るほど、深い味わいの青銅鏡だった。これならば九十万円で競り落としたといっても、誰もが納得するのではないか。もしかしたら、途中で競りを投げ出した畑中や越名は、大きな間違いを犯したのかもしれない。

だが、二つ目の箱を開けると同時に、陶子の表情が凍り付いた。そのままどれほどの時間が過ぎただろうか。陶子の唇が、ようやく一つの言葉を選び出し、漏らした。

「……三角縁《さんかくぶち》……神獣鏡《しんじゅうきょう》」

次の言葉は出なかった。

日本の古代史を論じようとするとき、しばしば話題の俎上《そじょう》に載せられるのが三角縁神獣鏡である。その名の示すとおり、この古代青銅鏡には大きな特徴が二つある。

一つは鏡の外周を、鋭角の傾斜を持った縁が取り囲んでいる点。その断面が三角であることから《三角縁》の名がつけられている。

もう一つは鏡背の《内区》と呼ばれる部分に、半肉彫り——浮き彫り——の神像と獣形の文様が神仙思想に添って施されていることが、《神獣鏡》の名の由来となっている。

三角縁神獣鏡は極めて謎の多い青銅鏡で、ことにその出自がはっきりとしない点が、多くの仮説や学説を生み出しているといえる。

その謎の青銅鏡が今、陶子の手元にある。けれど陶子にとっての謎は、青銅鏡の出自や文様に込められた思想云々《うんぬん》といったことではない。

——どうしてこんなものが……。

自分の手元にあるのか、そのことが最大の謎であった。高塚の主催する競り市で、陶子が九十万円の値で競り落としたのは、二枚の海獣葡萄鏡だ。現場で実物を確認してもいる。その片割れがどうして三角縁神獣鏡などに替わってしまったのか。単純に考えるなら市での取り違え、梱包《こんぽう》を担当した人間が、品物を間違った可能性をあげることができる。が、高塚の市で、他に青銅鏡が競りに掛けられた形跡がないことを陶子は知っている。

　なによりも三角縁神獣鏡が競りに掛けられるなどということがあろうはずがない。競りとはすなわち商品の売買に他ならない。そこにどのような美意識が働こうとも、競り台に載せられるのはあくまでも金品との交換対象であることにかわりがないのである。が、三角縁神獣鏡がそうした商品として市場に出回ったという話は、一度として聞いたことがない。この青銅鏡はどこまでいっても学術対象であって、古物商の手から手に、あるいは好事家のストッカーにしまい込まれる種類のものではない。

　――ということは、模造品？

　陶子は改めて鏡面を確かめた。

　出土品でないことは間違いがないようだ。鏡面に映った自分の顔には、わずかな歪みも曇《くも》りもない。出土品の場合は、どうしても素材の腐食によって鏡としての機能が劣化してしまう。それがないのは収蔵品の証でもあるが、だとすれば模造品の可能性がますます高くなる。三角縁神獣鏡が、どこかに収蔵されていたという話もまた、聞いたことがないからだ。

　さらに鏡背を細かく眺め、また鏡面に映った自分の顔を見ているうちに、それが起こった。

陶子は青銅鏡を手にしたまま、思考を停止させた。鏡背の文様の一つ一つが網膜に焼き付いて、映像が消えなくなる。正面から眺め、横から眺めて溜息を吐く。鈍く黒光りする青銅鏡の各部分に、吐息で曇りを生じさせるほどに顔を近づけ、また離して見る。何故この青銅鏡が自分の手元にあるのか、これが模造品であるか否かといった諸問題が、一瞬のうちに霧散してしまった。およそ三十分ほども青銅鏡を眺めていただろうか。

——これはあるべくしてここにある。わたしの両の掌に収まるべくして収まっている。

唐突に、陶子は結論をつけてしまった。

骨董の世界には魔物が棲《す》んでいる、とはよくいわれる言葉である。そもそも蒐集という行為自体、物欲の最も純化した、それ故にこそ歪みを生じた衝動であるということができるかもしれない。競りに掛けられた物、競り落として手に入れた物が商品であることに違いはないが、それが時として思いがけない価値——あくまでも己にとって、であるが——を秘めていることに気づいてしまう瞬間もまた、確かに存在する。

ある業者はそれを逢魔《おうま》が時《とき》と呼んで恐れる。またある業者は波長が合ってしまったのだと弁明する。古物商が古物商でなくなる瞬間、ただの蒐集家になってしまう魔の一時を、陶子は迎えていた。

もともと出土品や考古学上の遺物は陶子が得意とするジャンルである。得意とするということは、そのままそちらに深い関心と興味を抱いているということでもある。

高塚の主催する競り市で手に入れた青銅鏡は二枚。須田鹿之助に依頼された海獣葡萄鏡は手元にあるのだから、それを渡してしまえばなんの問題もない。たまたま手違いで手に入れてしまった三角縁神獣鏡が、

――わたしの個人ストッカーに納められたとして、誰に咎《とが》められることもない。

当然のことを当然のように行うまでだと、陶子は自分を納得させ、「そう、問題はどこにもない」と独りごちた。きっと今、自分はさぞやみっともない、そして浅ましい表情を見せているに違いないとも思ったが、それさえも気にならないほど意識は青銅鏡にのめり込んでいた。

多くの青銅鏡が古墳から出土することからもわかるように、青銅鏡は鏡であって鏡ではない一面を持っている。人の姿形を映し出す器具であると同時に、光を支配する呪術的な機能も備えている。その意味では、確かに陶子は三角縁神獣鏡の魔力に取り憑《つ》かれたといってもよい。

鏡面で陶然と笑う自分の顔が、どのような光の加減だろうか、わずかに歪んだ気がした。

2

　高塚の店の者、を名乗る男の声で「宇佐見陶子さんですね」という電話を受け取ったのは五日後のことだった。

「はい。そうですが」

「実は先日のうちの市で少々手違いが生じまして」

　その声を聞いた途端に、陶子は後ろ頭の奥に冷たい感触を覚えた。長い旗師稼業の中でいつの間にか備わった、警戒警報である。

　この業界で陶子のことを「宇佐見陶子」の本名で呼ぶ者は皆無といってよい。「冬狐堂」もしくは、陰で悪意と羨望を込めて呼ぶ場合は「女狐」、である。男は図らずも自分が骨董の世界の住人ではないことを、わざわざ告げたことになる。

「手違いといいますと」と、陶子は警戒心を押し殺して、敢えて問うた。

「これはお人が悪い。まさか宇佐見さんほどの旗師が、お気づきにならないはずがないでしょう」

「わたしは確かに二枚の青銅鏡を競り落としましたが」

「ですから、そのうちの一枚が、当方の手違いで別の品物と入れ替わってしまったのですよ」

「さて、おっしゃる意味がよくわかりません」

受話器の向こう側で呼吸が荒くなり、悪意とも殺気ともつかないマイナスの感情が、急速に膨れ上がるのをはっきりと感じた。それでも男は息を整え、十分に抑制された声で、

「洒落《しゃれ》や冗談でお電話しているのではありません」

といった。

「わたしも冗談をいうつもりはありませんわ。あの市で競り台に掛かった青銅鏡は二枚です。他にはありません。そしてその二枚をわたしが競り落とし、手にしています」

そう話しながら陶子は、意識のどこかでしきりと囁《ささや》く声を聞いていた。声は聞こえるのだが、それが言葉であるのか呪文であるのかよくわからない。

「ですが、確かに手違いがあって」

「競りにも掛けられないものが、どうして手違いでわたしの手に入るのですか」

「それは！」

男が、初めて感情をあらわにした声をあげた。

高塚の市で、他に青銅鏡が競りに掛かったかどうかの確認はすでに取ってあった。

高塚本人に電話を掛け、『寝言をいっているのか。自分で二枚とも競り落としておいて』という、不機嫌そうな回答を得ている。

「高塚さんのお店の方のようですが、そういえばお名前もまだ伺っていませんわね」

「……田中一正《かずまさ》です」

わずかな沈黙が、男の告げた名が偽名であると陶子の警戒心に教えてくれた。

受話器の向こう側が、別の男に交代した。打って変わって爆発するような陽気な関西弁で、

「えらいすんませんこって。こちらとしても恥多いことですさかいに、回りくどい言い回しをしてしまいました。じつはですな」

あの市に参加していた業者の一人に、青銅鏡の目利きがいた。実はその人に鑑定を依頼するつもりで、偶然に持ち込んでしまった青銅鏡が、これまた偶然に陶子が競り落とした青銅鏡に紛れ込んでしまったのだと、関西弁の男が立て板に水の勢いで一気にしゃべった。

「お手間とは存じますが、どうかあの青銅鏡をうちらに戻してもらえませんやろか」

「手間でもなんでもありませんが」

「そうですか、そらおおきに。ではさっそく明日にでも頂戴に参じますんで、よろしゅうお頼みもうします」

「ちょっとお待ちください」

「へっ!?」

そういいながら、陶子は次の言葉を慎重に選んだ。関西言葉の恐ろしさは、相手のリズムにまんまと乗せられ、こちらの思考がまとまらないうちに事態が前に進むことではないか。未だ陶子の警戒警報は鳴りやんでいない。

「あなたのお話は嘘ですね」

「と、いいますと」

「どうやらあなたも先程の方も、我々の世界をよくご存じではないようです」

男の嘘は明らかだった。市に私物を持ち込む人間などいるはずがない。ましてや競りは骨董業者の生命線ともいえる戦いの場だ。そこで安易に鑑定などできるはずもない。

「わたしの言葉の、どこに嘘があるとおっしゃるんで」

「ではうかがいますが、青銅鏡の目利きとはどちらのお店の方ですか。わたしも古代関係はそこそこの目端《めはし》が利くと自負しておりますが」

「それは……」

「競りに掛けるでもない物を、勝手に市会場に持ち込むことを、主催者も関係者も許すはずがありません。それに、あの場所での商品管理は徹底されています。どこかの誰かが勝手に持ち込んだ私物が、わたしの競り落とした大切な商品に混じることなど、考えられません」

「……ちゃんと会主の高塚さんには、許可を頂いておりますんで」

「本当ですか。確認をとってもよろしいですね」

「そら、もちろんですわ。ご自由に」

男のあまりに断定的な回答が、陶子を余計に不安な気持ちに駆り立てた。

理解の及ばない事態が起きつつあると、別の警戒の声を確かに聞いた気がした。

いつの間にか、男の関西言葉が、ひどく粘着質に切り替わっていることに気が付いた。

「では、高塚さんにご確認を頂いたら、例の品物をこちらに戻していただけるんで」

「………」

「お渡しいただけるんですな、それでええんですな」

その言葉で、陶子は男の電話の真意をようやく知ることができた。彼らは三角縁神獣鏡が陶子の元にあることを確認するために、電話を寄越したのではないか。受話器を握る掌に、しっとりと汗の感触を覚えた。そのときだ。

——思い出せ、思い出せ。

——思い出すって、いったいなにを！

意識のどこかで囁く声を、陶子はようやくはっきりと聞くことができた。

最初に思い出したのは、指だった。

次に男の姿形を意識に映像化した。

——あの時の、男の手つきだ。

高塚の市で見かけた奇妙な男のことを陶子は思い出した。競り台に載せられた青銅鏡二枚を、もう一度よく見たいと申し出た男。そのくせ鏡には触れようともせず、収納用の桐の箱に執着していた男の仕草の一つ一つを、陶子の記憶は蘇らせた。右手の親指と人差し指でアルファベットの「L」の文字を作り、不器用な手つきで桐の箱に添えていたのは、

——箱の大きさを確かめるためだ！

この仕事を長く続け、様々な器物を手にしていると、いつの間にか目測の技が身に付いてくる。たとえば有田の赤絵皿を一瞥《いちべつ》するだけで、年代と作者を特定すると同時に、その大きさと値段までもはじき出すことができるといっても、旗師として特に優秀な能力とはいえない。だが、どんな優秀な骨董業者にも新人の時代はある。陶子にもあった。そのときにしばしば用いられるのが、自分の身体を使った計測技術だ。きっちりと指を揃えた掌の長さ、横幅が何センチあるか、親指から人差し指まではどれほどであるか。あらかじめ覚えておけばかなり正確な数値を割り出すことができる。

市で見かけた男の仕草は、まさしくそれであった。

――ということは。

「宇佐見さん、どないしはったんですか。聞いておられますか」

男のまとわりつくような関西言葉が、陶子の記憶再生作業を断ち切った。

「エッ、はい。聞いておりますが」

「そんなら、改めてまた、お電話させていただきます。どうぞ高塚さんにはよろしゅう」

送信を切る機械音を聞いてなお、陶子はしばらく受話器を置くことができなかった。

陶子が競り落としたはずの海獣葡萄鏡を、三角縁神獣鏡にすり替えたのは、市で見かけたあの男に違いない。直感がそう教えていた。箱の大きさを確かめていたのは、自分の持ち込んだ三角縁神獣鏡が、完璧に桐箱に収まるかどうかの確認作業だったのだろう。

市に参加している人間ならば、どこに姿を現しても不審に思われることはない。競りがヒートアップしている最中であれば、人の耳目はそこに集中するから、鏡をすり替えることも可能だ。海獣鏡が収められている桐の箱を開け、同型の別物とすり替えることなど、手間というほどのものでもない。

――だからといって、謎は何一つとして解決していない。

男はなぜ、青銅鏡をすり替えたのか。

そして、陶子の元に電話を寄越した二人の男は、なぜ三角縁神獣鏡を取り戻したがるのか。

そもそも、あの鏡にはどんな謎が隠されているのか。

五里霧中という言葉が、今の陶子の置かれた状況のすべてを言い表している。

——ただ一つ。

陶子の感性に広がりつつある波紋は、ある種の危険をはっきりと予感していた。これが単なる青銅鏡の取り違えでは済まないことを。どうやら自分が、大きなうねりにのみこまれそうなことを。

そしてなにより。

あらゆる理不尽に対して、自分という人間が回避することをもっとも嫌う性格であることを、陶子は知っている。

部屋の本棚から美術家年鑑を取り出し、巻末の骨董業者一覧を指で追った。高塚の営む《高塚骨董商会》が定休日でないことを確認し、電話を掛けると、五回目の発信音の後に、「ただいま留守にしております」という、留守番電話機能のメッセージが流れた。高塚の店は彼が一人で切り盛りしていると聞いているから、どこか外で商談を行っている可能性は十分に考えられる。そう考えるのがもっとも常識的で、他の不測の事態など起こり得るはずはないと自分に言い聞かせながら、陶子は自身の言葉に偽りの匂いを感じた。

電話の男はこの事実さえも知っていたのではないか。陶子が高塚に確認の電話を入れたとしても、彼がその問いに応えられる状態ではないことを知った上での「ご自由に」ではなかったか。

ストッカーから三角縁神獣鏡の入った桐の箱を取り出した。鏡を手にして、その鏡面に映る自分に陶子は問いかけた。

「それでも、逃げ出さないいんだ」

鏡の奥の陶子が、きっぱりといった。

「流儀だから仕方がないじゃない」


電話口で田中一正と名乗った男、そして年かさの関西言葉を話す男が次にどのようなアプローチを試みるのか。陶子が相手の出方を待つつもりで静観しているうちに、十日が過ぎた。その間、何度か高塚の店に電話を入れてみるが、相変わらず留守番電話での応対が続いている。

陶子は思いきって平塚にある彼の店を訪ねてみることにした。平塚は町の歴史が古いこともあってか、骨董屋の多いことで知られている。高塚の店を訪問することを第一の目的として、なんの収穫もなければ、近くの店をいくつかのぞいて見るつもりだった。

「冬狐堂さん」

駅ビルを出るなり、聞き慣れた声にそう呼ばれて陶子は思わず後ろを振り向いた。

「雅蘭堂さん！」

下北沢の雅蘭堂・越名集治が細い目を一層細めて、まぶしそうに陶子を見ていた。

「どうしたんです、こんな所で」

二人の口から同じ言葉がついて出た。特におかしいわけでもないが、しばらく笑い合った後に、越名が表情を引き締めた。

「もしかしたら、高塚の所へ」

「じゃあ、雅蘭堂さんも」

「ええ、こないだの市で奇妙なことがあったものだから気になって」

「奇妙なこと？」

「そうか、冬狐堂さんはまだ知らないか」

越名が目で「あちらに」というのへ頷き、二人は近くの喫茶店へと入った。ウェートレスが注文を取りにくる前に、越名が上着のポケットから新聞のコピーを取り出した。

「これを見て欲しい」

新聞は、中央線での飛び込み自殺を報じた記事の所をコピーしてあるようだ。不謹慎な言い方かもしれないが、今や中央線は鉄道自殺の名所といってよい。ことに不況が長引くにつれ、人生最後の勇気をオレンジの電車に向ける中高年は、ますます増えている。特に珍しい記事でもない証拠に三行記事に毛が生えた程度の小さな扱いだ。

「阿佐ヶ谷駅のホームから飛び込んだのは、弓削昭之《ゆげあきゆき》さん三十六歳で、ポケットには遺書らしいメモの走り書きがあった……この記事がどうしたんですか」

「弓削昭之という名前が、珍しくて記憶に残っていたんだが」

そういった越名の口から思いがけない台詞《せりふ》が飛び出した。

「その弓削という男、高塚の市で妙なことを仕掛けてきた、あの男だよ」

「…………」

一瞬、陶子は言葉を失った。

「どうしたの冬狐堂さん、顔色がよくないよ。まあ驚くのは無理もないけれど」

越名の言葉に、陶子は応えることができなかった。

「で、でもどうして雅蘭堂さんがそのことを」

「うん、実はね……彼がポケットに残していたメモってのが、うちのチラシの裏に走り書きしたものだったんだ」

「じゃあ、それで警察関係者が?」

「念のためにといってね」

「でも、チラシなんてどこで手に入れたものかもわからないし」

「いや、手に入れた場所はわかっているんだ。彼はうちの店であれを手に入れた」

「来たんですか、店に直接!」

今度は越名が言葉を失う番だった。陶子の問いに頷いたものの、そこから先の言葉が続かない。ときおり陶子の顔色を上目遣いに窺い、また目を伏せる。

しんと勘が冴《さ》えるのを頭の芯《しん》に覚えて、

「もしかしたら、弓削という男はわたしのことを尋ねたのではありませんか。市の会場で、わたしと雅蘭堂さんが話し込んでいるのを見ているはずですから」

「そっ、そうなんだ。突然やってきてね、こないだの市で青銅鏡を競り落とした人のことを教えて欲しいと、かなりしつこく聞いていった」

警察にはそのことを話してはいない、冬狐堂さんに迷惑が掛かるかもしれないからと、付け加える越名の心配りが嬉しかった。

「いつのことですか」

「市の翌々日だったかなあ」

もう一度、新聞記事に視線を落とした。弓削昭之が、阿佐ヶ谷で電車に飛び込んだのは六月十一日。競り市の三日後であり、彼が雅蘭堂を訪ねた翌日でもある。

「それで少し気になってね。高塚ならば、例の男のことをある程度は知っているかと思って電話を掛けたんだが」

その後は陶子が辿った経緯とまったく同じであった。いつになっても留守番電話が解除されないことを不審に思い、平塚までやってきたところで、陶子とばったり出会ってしまったのである。

「で、冬狐堂さんはまたどうして」

そういわれて、陶子は瞬間的に三角縁神獣鏡のことを隠すことを決意した。曖昧《あいまい》に、青銅鏡の元の持ち主のことを聞きたくて、などと話を脇にそらせて、二人は喫茶店を出た。

高塚骨董商会のシャッターは閉まったままで、そこへ「しばらく休みます・店主」と書かれたポスターが貼られている。陶子は近くの骨董屋をのぞくのも忘れて、自宅へと戻った。

その夜。居間のマッサージチェアに身を沈めて、陶子は考えをまとめようとした。

三十五歳をいくつか過ぎ、目の前に四十歳という年齢の節目が見え始めた頃から、肉体は確実に負の年輪を刻むようになっている。若さが万人にとっての輝かしい権利であると同時に、その喪失《そうしつ》は同じ意味での義務といえる。ことに肩の凝りと背中の疼《とう》痛《つう》は、精神及び肉体の疲労を示すバロメーターのようになってしまった。負荷が度を過ぎると、背中は鉄板を貼りつけたようになり、息をすること、食物を摂《と》ることさえ苦しくなることがある。そうしたときに、マッサージチェアはかけがえのないパートナーとなって、陶子の苦痛を軽減してくれる。

チェアの背もたれに埋め込まれたローラーが、背骨に沿って走る筋肉をゆっくりと引き伸ばしに掛かると、われ知らずのうちに呻《うめ》き声が漏れた。

帰りの電車の中で、越名が冗談のようにいった言葉が、幾度となく反芻《はんすう》された。

「冬狐堂さん、ダイヤモンドの価値はどこで決まるかご存じですか」

「カラット（重量）、カット（研削造型）、カラー（色彩）、クラリティー（透明度）の四つのC……かと」

「そうですね。そうともいえるが」

「他に価値を決める基準がありますか」

「あくまでも一つのジョークですが」といいながらも、越名の目は少しも笑ってはいなかった。

「そのダイヤのために、いったい幾人の命が失われたか、それこそがダイヤモンドの価値を決める唯一にして無二の基準」

確かに、質のよくないブラックジョークだろう。だが、越名のいいたいことは言葉の端々から読みとることができた。

市に参加して奇妙な行動をとった謎の男、弓削昭之のことをいっているのである。後に弓削は下北沢の雅蘭堂を訪れ、陶子のことをあれこれ聞き込んでいったという。あげくに彼は中央線の電車に飛び込んで自殺を遂げている。

だが、本当にあれは自殺だったのか。

弓削という男はダイヤモンドに匹敵するなにかに捧《ささ》げられた、スケープゴートではないのか。そしてそこには姿を消した高塚の問題も絡んでいる。

陶子が越名に三角縁神獣鏡の件を話さなかったのも、それを考えたからであった。もしかしたら、人の命二つ分が容易に消えてしまうほどの、大きなうねりが陶子を押し包もうとしているのかもしれない。だとしたら、雅蘭堂の越名をそれに巻き込むわけにはいかない。一方で、そうではないかもしれないと思う、というよりは願う陶子がいることも確かだった。

すなわち。

偶然に手に入った三角縁神獣鏡は、偶然以上の価値などどこにもなく、ましてや弓削昭之の自殺は自殺以外の何ものでもない。高塚はどこかの旧家にでも招かれ、蔵開き同然のウブい（あまり骨董商の手垢《てあか》のついていない）お宝に囲まれて、今や浦島太郎同然に月日の過ぎるのを忘れている。

——そうであれば、どれほどかいいだろうに。

それを否定するのは、陶子の旗師としての経験であり、理性である。蒐集家とはすなわち、いつ何時でも理性の皮を脱ぎ捨てて獣の本性を、にこやかに笑いながら見せることのできる人種といってよい。欲しいものが目の前にあり、それが手に入れられないとなると、長年培った人間関係も、時には親子の情愛さえも即座に破壊できる人々が、少なからず存在する世界と言い換えることもできる。そうした中で生きてきた陶子にも、罪と汚れの意識を時に凌駕《りょうが》するほどの情熱が、ある。それを美意識と言い換えようが、蒐集家の性《さが》と言い換えようが、根っこにあるものは他の人々となんら変わることがない。要するにエゴをむき出しにした物欲である。

——わたしは……あの三角縁神獣鏡を手放したくはない。

時を凝縮して黒光りする、青銅鏡の表に、自分の顔を映していたい。それがいつ何時であろうとも可能であるためには、青銅鏡は部屋のストッカーにあらねばならない。

——例の男達にとって、あの鏡はどのような価値を持つのだろうか。

人の命を反古《ほご》にするほどの価値とは、一体どれほどのものなのか。

陶子はマッサージチェアからゆっくりと身を起こし、呻くように呟いた。

「海獣葡萄鏡だ」

そのことに気が付かなかった自分の愚かさを、罵《ののし》りたい気分になった。田中と名乗った男と、関西言葉の男。あれ以来、なんの連絡も寄越さないのは、なぜか。

「あくまでも市で不測の事態が発生し、二枚の鏡が入れ替わったのだと主張するのなら……」

言葉にしながら、背中の筋肉が再び引《ひ》き攣《つ》れるのを感じた。ミスを主張する限りは、男達は陶子の持つ三角縁神獣鏡と、誤って入れ替わった海獣葡萄鏡とを交換しなければならない。

「だが実際に鏡を入れ替えたのは弓削昭之だから」

弓削がいち早く海獣葡萄鏡を始末していたとすると、男達には《交換》というカードがすでに失われていることになる。それでも三角縁神獣鏡を手に入れようとするなら、手段はいくつも残されてはいない。

その翌日、陶子は新宿に出かけて、画材屋から四キロ余りの粘土を購入した。

3

無為のまま、二週間余りが過ぎていった。相変わらず二人の男からなんの連絡もなく、高塚の店が再開したという報《しら》せもない。雅蘭堂の越名からの電話によれば、

「高塚は一人暮らしで、特に親しい親戚もいないようです。そのせいでしょうか、今

回のように、不意に店を閉めて、ひと月でもふた月でも海外に買い付けに出ることも多いと聞いています」

越名の言葉は暗に、下手に捜索願を出すわけにはいかないと告げている。
そうそう青銅鏡の一件にばかり時間を割くわけにいかないのは、陶子も同じだった。旗師という仕事は、ある種の自転車操業でもある。この仕事に就いたばかりの頃だったか、ベテランの老旗師に「俺達は鮪《まぐろ》と同じだ」と教えられたことがある。鮪という魚は、一時でも止まることができないのだそうだ。泳ぐことをやめると、死んでしまうという。泳ぎながら食べ、排泄《はいせつ》し、そして眠る。

若い時分は、それをなにかの寓話《ぐうわ》ぐらいにしか思わなかった。そうでもしなければ、目利きにはなれないのだろう。けれど人の営みとはそうしたものではない。仕事は仕事、私生活は私生活と割り切らなければ、生きている価値はない。

老旗師の言葉が寓話でも象徴でもないことがわかるのに、一年ほどかかった。つまり手持ちの資金が底を突き、今ここにある品物をどこかに捌《さば》かなければ、明日の食事代さえ心許ない状態に追い込まれるのに、一年の月日が必要であったということだ。陶子が正真正銘の旗師になったのは、このときではなかったか。

そこまでではないにせよ、旗師稼業がいつまでも遊んでいることを許さないのは、今もあまり変わりがない。

——ついのめり込みすぎるのが、わたしの悪い癖だ。

業者間で使われる催事カレンダーをめくって、陶子はいくつかの競り市をピックアップした。会主に連絡を入れ、市への参加を決める。そうした作業を重ねてゆくことで、いつの間にか陶子は頭の中から青銅鏡の一件を追い出していった。

次の金曜日、午後九時から始まる市で、陶子は明治期の衣装簞笥《だんす》を競り落とした。落とし値は十五万。

栗材のどっしりとした造りで、飾りは蝶丸《ちょうまる》の象嵌《ぞうがん》。角々に施した覆輪《ふくりん》で仕上げている。蝶丸は丸の中に蝶の紋章を変形デザインして入れ込んだ細工のことで、覆輪とは、元は馬の鞍などの縁を鍍金《ときん》・鍍銀で被い飾る技術のことを指している。

惜しむらくは引き出しの一部にひどい損傷がある。言い換えれば、損傷があるからこそ、この値段で競り落とすことができたのである。

その夜のうちに陶子は、福島に在住する、指物師《さしもの》の許に電話を掛けた。競り落とした衣装簞笥の修復を依頼するためだ。

骨董を骨董として見た場合、なるべくなら修復はしない方がよいと考える業者、または蒐集家は少なくない。が、陶子は、物によると考えている。

ことに簞笥のような生活器は、使用に耐えてこそ価値があるというのが、陶子の信念である。かといって、下手な修復を施されて、せっかくの古色の味わいを失ってしまったのでは意味がない。

物の持つ気を失わせることなく、なおかつ使用に耐える修復を行うことができる職人は、決して多くない。福島の職人は、そうした業を我が手に宿す職人の中の一人である。

三日後、陶子は自ら運転する自動車で衣装簞笥を福島市内へと運んだ。指物職人は、二時間余りもかけて簞笥の細部まで調べ、「ひと月ほどでなんとかなるだろう」と、仕事を引き受けてくれた。どんな仕事でもただ引き受ければよいというわけではない。自分の技術で可能か否か、それに見合う品物であるかどうか、目で確認しないうちは、安易に仕事を引き受けない。それが自分の信念なのだと、職人の太い眉が問わず語りに主張しているようだ。

「だからこそ、あなたに仕事を頼むのだ」

という言葉は、敢えて口にする必要がなかった。

簞笥を仕事場に預け、陶子は市街へと足を運んだ。そのまま帰ってくるのは惜しい。せっかくだから市内の骨董の店でものぞいてみようというのは、旗師として当然の欲望である。とはいっても、さほどの掘り出し物を期待していたわけではない。昨今の骨董ブームは、《掘り出し物》という言葉を、ほとんど死語に変えてしまったといってよい。玄人も素人も、老いも若きも、古色がわずかでも見えれば、即座にそれを金額に換算しようとする。

それでも足を運ばずにいられないのは、旗師としての業かもしれない。

何軒かの店をまわり、さしたる収穫もないまま、「次の店を最後にしよう」と、一軒の骨董屋に入った。ほぼ同時に、

——ああ、この店は駄目だ。

と思った。店の空気はそこの主人の考えを如実に示す鏡のようなものだ。雑然と積まれた品物にも、店の造りにも、ここの主人のやる気のなさが滲《にじ》んでいた。

四十がらみの中年男が、奥で店番をしているのだが、陶子の姿を認めても「いらっしゃい」ともいわない。なるべく素人を装いながら、ということはいかにも素見《ひやかし》の客のふりをしながら、陶子は店内を往復した。どうせろくな物はないという予想は、的中するかと思われた。

が、薄汚れたガラスケースの中に無造作に置かれた刀の鍔《つば》を見るなり、陶子はぴたりと歩みを止めた。刀の鍔の横の根付けもまた、悪くない。鍔も根付けも、陶子の専門ではない。にもかかわらず、それらがあたかも命ある物の如く、語りかける声を聞いた気がした。双方に施された細工の一本一本の線が、心なしか浮き上がって見える。

一つ間違えば、装飾は安っぽさと悪趣味に走りかねない。

——刀の鍔はよくわからないけれど……。

根付けは、片肘《かたひじ》をついて眠り込んだ漁師風の男と、彼が腰にくくりつけた弁当箱を、いましも盗もうとする猿の図柄である。

いずれも値が付いていない。

「この刀の鍔はいくらですか」

陶子は、店の主人に聞いてみた。半ば眠り込んでいたような主人が陶子を見上げ、本気で買うつもりもないくせにといった口調で「九万」と、いった。

「その横の根付けは、おいくらで」

「これは細工の具合がいいからね、まあ十五万だな」

「二つで二十四万ですか」

合わせて三十万以下なら即座に買い取るつもりであったし、それくらいの現金は常に財布に入っている。が、敢えて陶子はそうしなかった。

「二十万くらいならなんとかなるんですけど」

「うちはカードは使えないよ」

「手持ちで二万円はあります。残りはすぐに銀行でおろしてきますから」

二十万以上の現金を持ち歩くのは、玄人《くろうと》か、よほどの蒐集家である。そのことを店の主人に知られたくなかった。知られることで、店の主人が値を釣り上げるのを避けたかったのである。

主人が陶子の全身を睨み回し、目元に好色そうな色を浮かべた瞬間に、このビジネスが成立したことを確信した。

「そう、現金だったら仕方がないね。いやア、あんたなかなかいい物に目を付けなすった。こりゃあいい買い物ですよ」

――まったくその通りだ。

ほくそ笑みは胸の内に隠しておいて、陶子は手付けの二万を支払った。銀行に行くふりをして表で時間を潰し、店主に残りの現金を支払って店を出たときは、今度こそ会心の笑みを隠すことなく浮かべた。


上野、根岸《ねぎし》の中間あたりに、《富貴庵《ふうきあん》》と彫られた木の看板がある。出入り口こそ二間《けん》しかないが、店の中にはいると、そこが意外に広々とした空間であることに驚かされる。屋号の下に小さく《刀剣・小物類》とあることからもわかるように、左右の棚には大小合わせて六十本以上の刀剣が並んでいる。よほど主人が几帳面であるのか、棚のガラスにはわずかな曇りもない。

――あるいは、よほど頑固であるか。

陶子が思ったところへ、

「どうせ客じゃねえんだろう。用件があるならさっさと済ましちまってくれ」

魚河岸《うおがし》の売り子を思わせる濁声《だみごえ》が浴びせられた。店の奥で、ワックスでも掛けているのではと思わせる見事な禿頭が、その目を一杯に見開いてこちらを睨んでいる。どこか名人・古今亭志ん生を思わせるこの男が、富貴庵の主人、芦辺《あしべ》である。

「ちょっと見てもらいたい物がありまして」

「だったら寄り道なんかしてねえで、物《ブツ》をこちらに寄越しな」

帳場に座った芦辺が、面白いものなどこの世になしといった顔つきで、いった。苦笑を堪《こら》えて陶子は帳場に向かい、大きめの帆布《ほぬの》のバッグから小風呂敷を取り出した。包んであるのは、例の刀の鍔と根付けである。江戸小紋の染め抜かれた小風呂敷を広げ、二つの品物を見せるなり、芦辺の大きな目がさらに大きく見開かれた。二分ばかり眺め、それを手にして前後左右にひっくり返しながら、濁声が、

「いつから宗旨《しゅうし》変えしやがった」

ぼそりといった。

「偶然に手に入った物ですから」

どこで手に入れたかをいわないのが、この世界の常識である。

「悪くねえ。鍔は……」

江戸時代の中期の作でと芦辺はいい、陶子の知らない職人の名前を口にした。根付けの作者は不明だが、こちらも悪い出来ではないと説明した上で、

「両方で四十五」

陶子が売るともいっていないのに、芦辺は勝手に指し値をつけた。

「六十」

「五十八」

「いいでしょう。お願いします」

わずかな言葉のやりとりだけで、交渉は成立した。

芦辺が帳場の金庫から札の束を取り出し、一枚一枚数えながらいった。

「それにしても」

「いつの間にか上々の目利きをするようになりやがった。まったく油断も隙もあったものじゃねえぜ」

すでに七十の坂を越え、骨董の世界で古狸《ふるだぬき》と呼ばれる芦辺に、「上々の目利き」といわれて、嬉しくないはずはない。専門でもない物に手を出すことは、すなわち大きな火傷《やけど》の因《もと》とは、この世界の常套句《じょうとうく》である。それを承知で、陶子は福島の骨董屋でこれを買い取ったのである。どうせ二十万円の買い物だから、などという奢《おご》りの気持ちはない。この品物の姿形が目に入った途端、確かに陶子は命無き物の声を聞いたのである。あるいは、匂いのようなものを感じ取ったといってよい。思わずそのことを口にすると、

「眼が開きやがったか」

　芦辺が無造作にいった。

「……眼……ですか」

「やれ古陶が専門だとか、浮世絵なら誰にも目利きは負けねえだとか、くちばしの黄色い連中が囀《さえず》っちゃあいるが、そんなものは正真の目利きでもなんでもねえ。この世界で本当に通用するのは、良い物と悪い物とを見極める眼、ただそれ一つッきりしかねえのさ」

「そんなものでしょうか」

「そのためには、いくつ駄物を眺めたって、無駄なんだ。己にとっての正真物、こいつを手に入れるためだったら、身上《しんしょう》を潰すくらいの腹アくくれる物と、出会うことができるか否か……」

　そういって、芦辺は黙り込んでしまった。

　その言葉を聞いて、陶子は不意に青銅鏡のことを思い出した。忘れていたわけではない。無理に心の片隅に追いやっていた、あの古鏡の鈍い光沢が、はっきりと蘇った。

　——三角縁神獣鏡。

「要するに一目惚《ぼ》れって奴よ。そんな物と出会える機会は、万に一つあるかどうか。生涯そんな出会いのない野郎の方が多いかもしれねえぜ」

芦辺はややあって言葉を続けた。

「それはきっと、幸福な出会いですね」

「出会ったのかい」

「もしかしたら、いえ……多分」

帳場の下に置いた火鉢から煙管《きせる》を取り出し、煙草《たばこ》を詰めた芦辺が身を屈《かが》めた。すぐに紫の煙が、股《また》のあたりから漂う。

「幸福な出会いか。そりゃ誰にもわからねえよ。もしかしたら無間《むげん》地獄の入り口に、われ知らずのうちに立っちまったのかもしれねえ」

それには応えずに、陶子は富貴庵をあとにした。芦辺のいった「無間地獄」という言葉が、いつまでも背中にまとわりついて、離れない気がした。

部屋に帰ると、ポストに一通の封筒が投げ込まれていた。消印がないところを見ると、直接ポストに放り込まれたものであるらしい。

『前略。

不躾《ぶしつけ》とは思いましたが、お留守のようなのでこのようなものを差し上げることにいたしました。

わたくし、個人的に青銅鏡のことを研究しておりますもので、滝隆《たきりゅう》一朗《いちろう》と申します。先日のことですが、平塚の高塚様の市で、宇佐見様が二枚の青銅鏡を競り落とされたことを、偶然に知りました。しかも、発掘物ではなく、収蔵物の逸品であることも耳に致しました。このようなことは宇佐見様には釈迦《しゃか》に説法ではありましょうが、青銅鏡の研究においては——それが中世以前の作であれば、ですが——収蔵物は非常に珍しいとされております。

わたしの知る限りにおきましては、奈良東大寺の正倉院に眠る数面の鏡と、他に数社の神社にご神体として祀《まつ》られている鏡がいくつかあるのみです。

つきましては、宇佐見様がお持ちの鏡をぜひ一度拝見させていただけないでしょうか。

あるいはもう、他へ転売されたでしょうか。

わたくしは骨董の世界のことはなにもわかりません。けれど宇佐見様が今も青銅鏡をお持ちであれば、重ねてお願いいたします。ぜひ一度、拝見させてください。もしも転売されたのであれば、どうか転売先をお教え願えないでしょうか。

また改めてご連絡させていただきます。

宇佐見陶子様

滝隆一朗　拝』

ワープロ打ちではない、見事な万年筆の文字を追いながら、眉をひそめた。

——こう出たか。

手紙は、いつかの二人組のうちのどちらかが書いたものだろう。片方は田中一正と名乗ったが、それが本名とは思えない。この《滝隆一朗》という名だって、十分に怪しい。

問題は青銅鏡の研究者を騙《かた》って鏡を見たあと、滝隆一朗がどのような行動に出るか、である。

「鏡は、別の場所に移した方がいいな」

誰にいうでもなく、陶子は呟いた。滝の申し出を断ってしまえばそれで済むのだが、

――のちのちまで、あの手この手で責められたのではかなわない。

との思いがある。できれば、この交渉ですべてに決着をつけてしまいたかった。そのためには、この部屋で青銅鏡を見せることは避けた方がよいと、陶子は判断した。部屋は陶子の領域であると同時に、外部から隔絶された密室でもある。中央線で命を落とした弓削昭之の名前が自然と浮かんで、陶子の背中に冷たい感触を残した。

不意に、ドアチャイムが鳴った。

インターフォンから聞こえる「夜分恐れ入ります。わたくし滝隆一朗と申しますが」という声が、陶子を狼狽《ろうばい》させた。三角縁神獣鏡をどこかに移さなければと考えていたところへ、そのタイミングを計ったかのような滝の訪問である。まずいなと思う一方で、

――だが、例の二人とは明らかに声の質が違う。

そのことが陶子の判断を鈍らせた。「お待ちくださいい。いま、着替えの最中ですので」と応えておいて、この場をどう乗り切るかを急いで模索した。

――仕方がないな。

陶子は玄関に向かい、チェーンを外すことなく、ドアを開けた。

「宇佐見陶子さんですね。骨董業者の」

「はい、そうですが」

チェーンの長さの分だけ開いたドアの隙間から、陶子は声の主を窺った。

「不躾だとは思いましたが、昼間に手紙を投げ入れておいた者ですが」

「滝……隆一朗さんですか」

ドアの隙間からかいま見る滝の容姿が、陶子をまた戸惑わせた。ネクタイなしの茶の背広姿はともかく、その首から上の様子が少々変わっている。特別怪異な容貌《ようぼう》であるというわけではない。ややたれ気味の細い眼は柔和な性格を思わせるし、すっきりとそぎ落とされた頬は、理知的であるといってよい。問題は髪だった。見た目は四十歳に届くかどうかであるというのに、耳の下まで伸ばした髪の毛には一本として黒いものが混じっていない。見事なまでのシルバーグレーなのである。

例の二人の男とは声のみでしか接触をしていない。けれど、声は様々なことを教えてくれる。相手の身長、体型、顔の作り。それが確実であるとはいえないが、声から受ける印象と、実物との間にはあまり差がない。滝の容姿は、電話の声から受けた二人組の印象を大きく裏切っていた。

「あの、少しお時間をよろしいでしょうか」

あくまでも柔らかな滝の声質が、ドアのチェーンを外す決意をさせた。

「汚い部屋ですが、どうぞお入りください」

「ありがとうございます」

敏捷《びんしょう》な動物のような素早さでドアの内側に滑り込んだ滝の身長が、三たび陶子を驚かせた。ゆうに百九十センチはあるのではないか。ひょろりとした長身、完璧なシルバーグレーの髪、そして柔和な笑みを湛《たた》える表情。そのどれもがアンバランスで、不可思議な印象を陶子に与えた。「わたし、こういう者です」と一礼しながら、滝が差し出した名刺には《古代技術研究家》という、これまた奇妙な肩書きが刷り込まれていた。

応接間兼リビングの十畳ほどの洋間に入るなり、滝が驚いたように立ち止まった。

「殺風景でしょう」

と陶子が笑うと、「いいえ、そんなことは」といいながら、滝は周囲を見回し、

「非常にシンプルな部屋ですね」

と、いいにくそうに呟いた。

「嫌いなんです。装飾って」

何事も必要なものは最小限揃っていればいい。そうした身軽さを陶子は愛し、実践してきた。部屋で目立つ調度品といえば、子羊革を丁寧に張ったソファーくらいのものか。もっともこのソファーは時にベッドに、時に購入した物の撮影台にもなるから、まんざら贅沢品《ぜいたく》とはいえない。

「珍しいですね。ふつうは花でも絵でも飾って、壁を賑《にぎ》やかにしたがるというのに」

「ふつうの女性は、ですか。じゃあ、きっとわたしは男の血が濃く流れているのでしょう」

「まさか、そんな」

お座りください、とソファーを勧め、陶子はキッチンに向かった。飲み物を用意するためだが、それだけではない。滝の視線から完全に隠れた場所に入ると、陶子は携帯電話を取り出し、先程受け取った名刺の番号を押した。三回目の発信音でつながり、「はい滝です。ただいま留守にしております。発信音のあとに」という、滝本人の声で吹き込まれた、留守番電話のメッセージが流れた。

――偽名ではないのかもしれない。

そう思うと、陶子の中にゆとりらしきものが生まれた。疑ってかかればきりはない。

名刺など簡易印刷で注文すれば一時間で作ることが可能だし、留守番電話のメッセージにしたところで、公衆電話からでも携帯からでもボタン操作次第で、外からだって自由に吹き込むことができる。警戒心を失ってはいけないが、それに拘泥《こうでい》するのはもっと愚かしい。

結局はなるようにしかならないのだからという、四十年に近い人生経験から得た究極の教訓に、陶子は従うことにした。

「お待たせしました」と、紅茶カップを載せた盆を持ってリビングに戻ると、滝隆一朗はソファーから立ち上がって、また深々と一礼した。

「ご無理をいって申し訳ありません」

「そんなことは……どうぞお座りください」

陶子がポットから紅茶を注ぎ終わるのを待っていたように、滝が「さっそくですが」と本題を切り出した。

「あの青銅鏡ですね、実は今は手元にないのですよ」

と告げると、滝の表情はあからさまな失望の色を示した。が、もちろんそれは真実ではない。

たとえ滝隆一朗が本当に青銅鏡の研究者であったとしても、三角縁神獣鏡を見せるわけにはいかなかった。高塚の市で競り落としたのは、あくまでも海獣葡萄鏡ということになっている。入れ替わりの経緯を説明したところでなんの意味もないし、かえって不信感を抱かれることにもなりかねない。

「わたしが競り落とした青銅鏡のうちの一枚は、さるコレクターに依頼されたものですから、そちら様に引き渡しました。そちらをご紹介するのは構いませんが……滝さんのご期待に添える結果にはならないかと思われます」

「なぜでしょう」

「コレクターとはそういうものだからです。彼らの中には、自分の蒐集物を他人に公開したいという欲望と、誰にも見せたくないという欲望が、実に不思議な形で両立しているのですよ」

「うーん、わたしにはよく理解できませんが」

「ことに研究者が相手となると、彼らは途端に慎重になります。自分がよかれと思って購入した物を、勝手に審査され、けなされたのではかないませんから」

そういって、陶子は資料の整理用に使っている階段簞笥から、紙袋を取り出した。中から8×10サイズのリバーサルフィルムを取り出し、滝に手渡した。

「現物はありませんが、写真に撮ってありますから、よろしければ」

購入した品物は、それが依頼による物であれ、個人の収蔵物にする物であれ、すべて写真資料として残すようにしている。後々トラブルにならないための自衛策である。

よほど気に入った物はカメラマンの横尾硝子に撮影を依頼するが、普段は自分で35ミリカメラを操る。須田鹿之助に渡した海獣葡萄鏡のフィルムは、硝子が撮影したものだ。

「それでよろしければ、差し上げますが」

そういったが、滝からは返事がない。フィルムに見入ったまま、言葉を無くしているのだ。

「これは……なかなかの鏡ですね」

「状態の良い物です。ただ、わたしは鎌倉、もしくはもう少し時代を下ったあたりの写しと見ていますが」

「そうかもしれない。けれど、これは是が非でも実物を見せてもらわねば」

その「是が非でも」という言い方が、陶子の気持ちに小さなひっかき傷を作った。

「ずいぶんとご熱心ですね。けれど青銅鏡の形状を研究するのであれば、その写真で十分ではありませんか」

すると、滝が「名刺に書いてあったでしょう」と、少年のように笑った。

「わたしは古代技術研究家ですよ」

――古代技術研究家。

なんだかよくわからない肩書きであるし、胡散《うさん》臭いといえば、これほど胡散臭い肩書きも珍しい。

「滝さんのご研究というと……」

するると、一瞬だけ頬を赤らめ、鼻の上を二度三度と掻《か》いて、

「青銅鏡を作っているんです」

滝の唇が思いがけない言葉を吐き出した。

「鏡を作る？」

「ええ。宇佐見さんは、青銅が銅と錫《すず》、それに少量の鉛の合金であることはご存じですか」

「それくらいの知識なら、あります」

「わたし、自分の家の庭に古代と同じ造りの炉まで設置していましてね」

「あの……まさかそれで青銅の素材作りから？」

「はい」

「どうしてそんなことを！」

「どうしてでしょうなあ。強《し》いていうなら青銅鏡の魔力に魅入られたとしかいいようがないのですが」

「魔力ですか」

「青銅鏡は単に姿見として機能していたわけではありません。『魏志倭人伝』にあり

ますね。邪馬台国《やまたいこく》の卑弥呼《ひみこ》が魏の国から百枚の青銅鏡を譲られたと。つまり卑弥呼にとって青銅鏡は権力の象徴であったわけです。また、近世のキリシタン弾圧時代には、魔鏡という一種のトリックミラーですが、それが信仰の対象になったこともありました。鏡とは、私たちのいる世界と別の世界の橋渡しをしていたのかもしれません」

滝の話は次第に熱を帯びてきた。

この時点で、陶子の中から滝への不信感はほぼ消えていたといってよい。滝の口調には、陶子の持っている三角縁神獣鏡を手に入れたいという欲望も、また、そのためならばなにをしても構わないという狂気も感じられない。ただひたすらに、自分の青銅鏡作りのために、正真物の青銅鏡、たぶん滝にとっては《オリジナル》ということになるのだろう、それに触れてみたいだけなのである。

ようやく、滝の意図が読めてきた気がした。

「もしかしたら滝さん、写真では駄目というのは」

「はい。原型を取らせて頂くのが目的ですから」

なんの躊躇《ためら》いもなく言い放つ滝を、陶子は半ばあきれながら見た。仮に須田鹿之助を紹介したところで、原型を取ることを許すはずがない。蒐集家にとって、自分の所蔵品がオリジナルであるということは、それが唯一無二であるということでもある。誰が好きこのんで、レプリカの製作を許すだろうか。

そう告げると、滝は「やはりそうですか」と、肩を落とした。

滝の表情を見ているうちに、陶子に一つの考えが閃《ひらめ》いた。これまで「三角縁神獣鏡を見せるわけにはいかない」と思い詰めていたものが、なにかの拍子に反転してしまった。

滝隆一朗が敵ではないという証拠はどこにもない。だからこそ、彼に例の三角縁神獣鏡を見せるべきではないか。これが高塚の市で競り落としたものであることを伏せ、別の所から手に入れたということにして、

——そうして、反応を窺えばよい。

それで滝の態度が豹変《ひょうへん》しても、彼の体格を考えれば大したことはできないだろうと、陶子は高を括《くく》った。

「滝さん」

「なんでしょうか」と柔らかい声が返ってきた。

「お見せしたいものがあるのです。せっかくここまで来られたのですから」

「青銅鏡ですか?」

「ええ。ずいぶん前に手に入れたものですが……とても変わった品物です」

途端に滝が表情を崩して、「ほお」と声をあげた。

「嬉しいですなあ。それはわたしが粘土で鋳型を取っても良いということですか」

「それは……まあ、とりあえずご覧になってはいかがですか」

「そうですなあ。まったくその通りです。まずは物を見てみないことには話にならない」

　陶子はストッカーから、三角縁神獣鏡の収められた桐の箱を取り出し、机の上に静かに置いた。箱を開けたのは滝の手である。袱紗《ふくさ》に包んだ青銅鏡を取り出したのが陶子の手。袱紗をめくるのが滝の手。交互に手を動かし、ようやく現れた青銅鏡を、一瞥するなり滝の表情が変わった。

「これは！」

　一言いったきり、言葉は滝の胸の奥深い淵《ふち》に、すべて呑み込まれてしまったらしい。唇は完全に引き結ばれ、手つきが極度に慎重になる。裏を返し、形状を見つめ、半肉彫りの文様を目で丹念に追う。

「いかがですか」

「………………」

　滝の口から一言も漏れないことが、かえって陶子を安心させた。自分の眼を疑ったことはないが、それでも他人と評価が違えば幾ばくかの不安が生まれるのは仕方がない。だが古代青銅鏡の研究者を名乗る滝隆一朗をしてさえ、言葉を失わせるほどの《なにか》を、この鏡は有していることになる。

「すばらしい」

長い時間かけてようやく口にしたのが、この言葉だった。にもかかわらず、滝はその後に「だが」という一言を付け加えた。

滝の一言が、陶子のプライドに小石を投げかけた。

「なにか不都合でも」

それには応えずに、滝がポケットからルーペを取り出した。さらに丹念に鏡背の文様を睨《ね》めるように観察する。

「見事だ。まったく見事としかいいようがない。これほどの技術を持った職人となると、わたしには加納夏雄《かのうなつお》くらいしか思い浮かばないが」

「加納夏雄？」

聞いたこともない名前を耳にして、陶子は思わず鸚鵡《おうむ》返しの問いを滝に投げかけた。

「そうです。ご存じありませんでしたか。明治初期に活躍した、彫金の名人です。日本で初めて作られた一円銀貨は、彼が原型を彫り上げたものなのですよ」

「彫金師ですか」

加納夏雄がどのような人間であったかを理解したところで、滝のいわんとすることがまるでわからない。陶子の表情をからかうでもなく、ひどく大まじめに、

「これは古代青銅鏡ではありませんね。多分、明治期でしょう。詳しいことはX線蛍

光分析機でも使わなければわからないが、この色合いから見て、錫の含有量がかなり少ない。これは明治期に作られた青銅の特徴でもあるのですよ」

と、滝がいった。

「はあ」

「それに、これは鋳造物でさえもないようです」

「鋳造物ではない？」

「ええ。青銅の塊を、相当な硬度を持った鑿《のみ》で削りだしたものでしょう。その技術力の凄まじさには、見ていて寒気が走るほどです」

あまりに意外な言葉に、言葉を失うのは陶子の方だった。

「これが明治期に作られた、彫金細工」

数分後に、これだけの言葉をようやく吐きだした。

「美術品としての価値はすばらしいものがあります。たぶんあるのでしょう。いやア、旗師という職業人の眼は、こんなものまで探し出すのですねえ」

滝がなんの他意もなく、ひたすらに感動し尊敬する口調でいった。だが、いくら旗師としての眼を褒《ほ》められようとも、終《しま》いには「恐ろしいほどだ」と付け加えられても、陶子の思いは複雑だった。

――これは、本物ではない。

それまでの緊張の糸が、一気に切れる感覚を覚えた。

「ただ残念ですが、わたしの研究の材料にはならないようです。それに、この文様も少々気に掛かりますね。どうも作意が過ぎるようで……」

それ以上の表現が見つからないのか、滝はひどく歯切れの悪い言葉遣いになった。

「不自然とでもいえばいいのか」

「この青銅鏡のどこが不自然なんです」

陶子は、やや問い詰める口調でいった。

「不自然という言い方が気に障ったのなら謝ります。だが、少なくともわたしはこのような文様配列を見たことがない」

三角縁神獣鏡の鏡背に彫り込まれた文様について、多くの研究書が上梓《じょうし》されていると、滝は説明した。

「その多くが、神仙思想との関連を指摘しています」

「ええ、わたしも少しは調べてみました。この鏡にも東王父と西王母が描かれていますね」

「そうです。東王父は、東の大海に浮かぶ山中に住み、人の不死を司《つかさど》るといわれています。また、西王母は西の崑崙《こんろん》山中にあって、これもまた不死を司るといわれています。この二つの神像を鏡の上下に配置し、左右を神獣で取り囲むのが一般的な三角縁神獣鏡の文様、図像なのですよ」

「これもそうなっていますが」

「いえ、決定的な違いが一つあります。それは」

といって、滝が口ごもった。

「どうしたのですか」

「なんでもありません」と、即座に応答があったが、そこにはなにか嘘の匂いがした。

「なにかお気づきになったのですね」

「……ええ、まあ」

「教えていただけないのですか」

「どうしたものだか。わたしにも自信がないのであまり軽はずみなことは」

「構いません。わたしはただの古物商であって研究家ではありません」

「そういうことになりますか」

滝は言葉にしながら、二つの神像を指さした。

「ふつう、二つの神像は中心に頭を一部向けているものなのです。これは鏡の世界はあくまでも円の世界であり、東王父・西王母いずれも上下の関係はない事を意味しているのでしょう。二つの神秘の力が完全に均衡《きんこう》を保つことによって、この世界が成り立っていることを示しているともいえる」

その説明を聞いて、ようやく陶子は目の前の三角縁神獣鏡が他と異なる点を理解した。

「東王父の頭部が、三角縁の方向を向いている！」

「これはなにを意味しているのでしょうか」

そういわれても、陶子にはなにも応えることができなかった。首を横に振ると、

「この鏡には、上下の方向性が存在するということですよ。東王父が必ず上に来るように、そうでなければ意味を成さないように、この鏡は作られているのです」

滝の言葉には確信の響きがあった。

――上下の位置関係を特定した鏡。

どうしてそのような文様を彫ったのかは、わからないと滝が付け加えた。

「ですが、なんにせよこの鏡は、もっと詳しく調べる必要がありますね。できれば科学鑑定を含めて」

必要があれば、相談に乗ると言い残して、滝は帰っていった。

陶子には、あまりに多すぎる疑問が残されたのみである。仮に滝のいうように、鏡が明治期に作られたとしよう。だが、誰が、いったいなんのためにこれを作らねばならなかったのか。当時、日本には急激な欧化政策の嵐が吹き荒れていた。旧来の日本文化など屑《くず》同然、ゴミ以下とまでいわれた時代である。そんな折に、日本古来の青銅

鏡の複製を作る必要などどこにあったのか。

あるいは、早くから日本の文化に注目していた外国商人達に向けて作られた物かとも考えた。が、それにしては造りが入念すぎるのである。

――そして、もう一つ。

滝は文様の謎という、とびっきりの宿題を置いていってくれた。

陶子は、下北沢の雅蘭堂に電話を掛けてみた。青銅鏡に詳しい業者がいないか尋ねると、

「いますよ、とびっきりなのが一人」

「誰です、どこの業者？」

「旗師で冬の狐の異名を持つ業者です」

「からかっているんですか」

「いやア、本気、本気。あなたほどその手のものに詳しい業者を、わたしが知るはずがない」

ただし、と雅蘭堂の越名がいった。

「どうしても詳しく知りたいなら、専門の研究者に聞くのが手っ取り早いでしょうね」

「学芸員ですか」

学芸員は、博物館などに勤務する研究者である。器物の保存を旨《むね》とする彼らと、販売を旨とする骨董業者は、互いに相容《あいい》れない宿敵のようなものである。言葉を渋っていると、越名が、

「一人適任がいます。大学時代の友人ですが、自称、古代技術研究家を名乗っていますがね」

「それってもしかしたら、滝隆一朗という人じゃありませんか」

「へっ！　どうして滝の名前を？」

「三十分ほど前まで、ここにいたんです」

「なんだ、そうだったんですか。あいつ本業は」

と、越名が国立のさる美術館の名前を挙げ、そこの学芸員だと告げたとき、ドアチャイムが鳴った。滝が忘れ物でもしたのかと、受話器を置いて玄関へ向かった。無防備にドアを開けると、二人の男が立っていた。

4

「いつぞやは電話で失礼いたしました」

二人の男の片方、身長百八十センチ以上はあるかと思われる長身の男が、馬鹿に丁

寧な言葉でいった。

「あなたは……」

「ええ、田中一正です」

男の物言いは、丁寧というよりは機械的ですらあった。それを引き継ぐように、もう一方の中年男が、

「夜分にすんまへんなア」

こちらはひどく人懐こい関西訛《なま》りでいった。

「ちょっとよろしいですか」

「青銅鏡の件なら、電話でお話しした以上のことは、なにも」

「その件ではありますが……今日は当方の事情を聞いて頂くだけで結構ですんで」

「しかし」

「お願いします」

二人の男が同時にいった。「わかりました」と陶子はいったが、その代わりにマンションの近くにある喫茶店を指名した。

「ふふふ、わしらのこと、えろうに警戒されておられるようですなあ」

「当然でしょう。これでも独身の女性ですから」

若い、という言葉はさすがに付け加えなかった。

二人を先に喫茶店に向かわせ、簡単な着替えをして陶子も部屋をあとにした。

店に入ると、男が二人横に並んで、ほとんど正座のように背を伸ばしているのが目に入った。まるでこれから説教を受ける中学生のようだと、密《ひそ》かに苦笑できるだけのゆとりを陶子は取り戻しつつあった。店主に珈琲《コーヒー》を注文し、席に着くなり中年男が
「わたし、林原睦夫《はやしばらむつお》と申します」と、挨拶をした。

「それは本名ですか、それとも」

「偽名とちゃいます。天地神明に誓こうて本名ですわ」

そういって林原は、自分が大阪府堺市にある弓削という旧家の使用人であることを付け加えた。

「弓削……というと」

「お恥ずかしい話ですが、先日鉄道自殺を図った弓削昭之は、手前どもの主人の遠縁に当たるものでございます」

首の後ろをちくりと刺激する感覚が走った。

――なんだ、この厭《いや》な予感は。

「手前どもの恥ゆえに、宇佐見様には本当のことをお話しできず、かえって話を混乱させたこと、まずはお詫《わ》び申し上げます」

「本当のことですか」

「はい。実を申さば例の青銅鏡は、昭之さまが勝手に家から持ち出されたもの。いわば盗品で」

盗品という言葉が、陶子に手酷《てひど》い打撃を与えた。


古物を扱う業者にとって鬼門といってよいのが《盗品》の一言である。骨董業者の鑑札は、地元警察署の生活安全課が取り扱っていることからもわかるように、この世界には一般の常識とはいささか異なる価値観が存在する。異なる価値観を持った住人が、少なくないと言い換えてもよい。美を愛《め》でる気持ちが時として倫理観を凌駕《りょうが》してしまう場合があるのだ。

そうした気持ちがなくとも、取り扱う品物に盗品が混じる場合が、ままある。盗品は、骨董業者の命取りになりうる爆弾でもある。

「あの青銅鏡が、盗品？」

陶子は、思わず声が裏返るのも構わずにいった。

「はい。弓削昭之さまは少々お手癖の悪いところがおありで。しかも最近は不動産投機に失敗されたばかりか、よくない連中とのおつきあいを始めたりと」

「それで？」

「かなり金銭的にもお困りの様子で。あげくに……」

「それで家にあった青銅鏡を持ち出したと」

「はい。たぶん東京の骨董業者にでも売り捌くおつもりではなかったかと」

「では、どうして平塚の市に参加したり、そこで扱われる品物に青銅鏡を紛れ込ませたりする必要があったのです」

「すぐに手前どもは昭之さまを追いかけました。そして説明したのです。あの鏡は、当家の先々代が、さる彫金師に作らせたものと聞いております。いわば手慰みのような品物。決して価値のあるものではないと、手前どもが説明すればするほどに、昭之さまはかたくなになられて。仕方なしに警察に盗難届を出さざるを得ないと申し上げますと、昭之さまはすっかり狼狽《ろうばい》されて」

たぶん、後先を考えることなく、市に青銅鏡を隠すことにしたのではないかと、林原睦夫がいった。

「そうですか。では盗難届はまだ出ていないのですね」

盗難届が出ていないということは、すなわちまだ盗品ではないということだ。

「出した方がよろしいですか」

「いや、それは」

憎らしいほどに林原の口調は落ち着いているし、たぶん勝利を確信している。陶子には少なくともそう思えた。

「宇佐見さまには、本当にご迷惑をおかけしたと、ただただお詫びするしかありません。昭之さまがあのようなことになり、取り替えられた青銅鏡の行方もわかりません。ですから、相当の金額を補償させていただくということで、ご納得いただけませんか」

あくまでも林原のいうことには筋が通っていて、反論の余地もない。そのことがかえって陶子を苛立《いらだ》たせた。どれほどの時間が過ぎただろうか。冷たくなった珈琲を一口すすり、ようやく陶子の口から、

「……わかりました」

という一言がこぼれ落ちた。無念さが、僅《わず》か六文字分の言葉の中にも滲むのはどうしようもなかった。

「そうですか。いやあ安心いたしましたわ、ほんまに」

いつの間にか、林原の言葉が、元の関西訛りに戻っている。どうやらこの男は、その時々のテンションによって言葉遣いを自由に変えることができるらしい。あるいは、

──それを武器にしているのかも。

そのことに気が付いたところで、どうなるものでもない。あれほど執着した三角縁神獣鏡は、すでに陶子の手を離れつつある。

林原、あるいは彼の主人に当たる人物が盗難届を出してしまえば、青銅鏡にはたちまち盗品の名札がつけられることになる。入手の経緯はどうであれ、陶子がそれを持ち続けることは不可能であるばかりか、その所有権をあくまでも主張すれば、非は陶子の側に生まれることになる。

「ここでお待ちいただけますか」

そういって店を出たものの、釈然としない思いはますます濃くなっていった。

部屋に戻り、ストッカーから桐の箱を持ち出した。そのまま林原に返すつもりだったが、旗師としてではない、蒐集家としての陶子が「もう一度だけ」と呟かせた。

箱を開け、三角縁神獣鏡を取り出す。その鏡面に自分の顔を映しながら、

「いよいよ、お別れだね」

百年の恋に終わりでも告げるように、いった。

――結局のところ、わたしにはなにもわからなかったんだ。

この三角縁神獣鏡がどのような目的で作られたのか。そしてどうしてこれほどまでに、自分を惹《ひ》きつけるのか。

考えるよりも、一刻も早く旗師の顔に戻らねばと、自分に言い聞かせた。物との出会いは「縁次第だ」と、教えてくれた同業者もいた。

三角縁神獣鏡をしまう前に、もう一度鏡面に光を当ててみたのは、未練からではな

い。鏡面の傷の有無を確かめるためだ。そうした意味で、陶子は確実に旗師に戻りつつあった。

だが、部屋の電灯の光を反射し、寝室の暗がりに鏡が映し出した丸い光の面を見た瞬間、陶子は声を失った。丸い光の面に、なにかが映っている。淡い影のように見えたそのものを、なおも見つめると、やがて奇妙な鳥の姿が浮かび上がった。

「魔鏡……だ」

陶子は自分の言葉に驚いた。

魔鏡。滝隆一朗が、会話の中でわずかに「一種のトリックミラー」と説明したことを思い出した。江戸時代、キリシタン弾圧に耐えた信者が、その信仰を守るために考えたともいわれている。見た目にはただの鏡でも、そこに光を当て、反射させてやるとマリア像が浮かび上がる仕掛けになっているという。

だが、陶子が手にした三角縁神獣鏡が映し出したのは、人物像ではない。青銅鏡に隠された秘密の一端を見た気がして、逆に陶子は納得した。このような仕掛けがあるからこそ、林原達は、執拗《しつよう》に鏡を取り返したがったのではないか。

――もっとも。それはわたしが無遠慮に立ち入ってはいけない世界に関することかもしれない。

今度こそ陶子は、本当に鏡を手放す気になった。

喫茶店に戻ると、桐の箱を黙って林原に渡した。代わりに二百万円の金額が書き込まれた小切手が差し出された。

「これはいただきすぎです」

「いや、お納めください。手前どもの良心の問題ですよって」

何度か同じやりとりを繰り返して、結局陶子は小切手を受け取った。それは、二度とこの鏡に関して口を出さないという、暗黙の契約でもある。そのつもりが、

「それは魔鏡だったのですね」

なぜか陶子は、その一言を口にしてしまった。別に意識したわけではない。不意にこぼれ落ちた失言だが、

「気づかはったんですか」

あまりに陰惨な林原の声が、陶子を逆にあわてさせた。この場をどうにか取り繕わねばと、思うのに、言葉はますます陶子自身を裏切っていった。

「変わった鳥の像が。三本足の鳥の像というと……あれはもしかしたら」

「宇佐見さん！　余計な言葉は慎むべきやと、思いますが」

だが、陶子はやめなかった。一期一会《いちごいちえ》といってよいほどの青銅鏡との縁を、断ち切ろうとするものへのささやかな皮肉であったかもしれない。

「あれは、八咫烏《やたがらす》ではありませんか。ということは、もしかしたらその鏡は八咫鏡を

模して作られた物では」

林原の態度が激変した。頰を紅潮させ、語気も激しく、

「あまりに不敬が過ぎましょう！」

そういって、桐の箱を田中に持たせ、林原は席を立った。

後に残された陶子は、自らの言葉を後悔するでもなく、

「八咫鏡……か」

もう一度呟いた。

罪と罠

1

林原が三角縁神獣鏡を持って帰った翌日から、陶子の資料探しが始まった。鏡は果たして本当に魔鏡であったのか。その技術によって描かれていたのは、八咫烏であったのか。直感が教えてくれたように、八咫鏡を模したものであったのか。

滝隆一朗に連絡を取ることも、考えた。古代技術の研究家を自称し、例の三角縁神獣鏡が明治期の作であることを見抜いたほどであるから、その知識はかなり専門的であることが予想できる。が、現段階で、彼のスタンディングポジションがはっきりし

ない以上、

——接近しすぎることは、危険だ。

その思いが、陶子を単独行動に走らせた。

旗師にとって、古文書を読むことはさして難しいことではない。むしろ、扱う品物の由緒来歴を調べることは、日常業務の一つであるといって良い。永田町の国会図書館でいくつかの資料を当たるうちに、《八咫烏》《八咫鏡》という言葉、ないしはその意味がひどく曖昧《あいまい》であることがわかってきた。

八咫烏の伝説は、記紀神話《神武《じんむ》東征》の条に吉兆の導き手として記述される。

だがそれだけではない。

八咫烏は、中国では太陽に住む伝説の神鳥であり、時には太陽そのものを指すこともあるという。

「太陽そのもの……つまりは日輪か」

言葉にしてみて、改めて奇妙な違和感を覚えた。

八咫鏡についても、資料は多くを語ろうとはしない。

そもそも八咫鏡の《咫《た》》とは、古代の尺度を表す「あた」が語源であり、八咫鏡という言葉自体、「相当な大きさを持つ鏡」の意味がある。すなわち三種の神器のみを指す言葉ではないということだ。ましてや、どの資料を調べてみても、八咫烏が八咫鏡に描かれているなどという記述は見つからなかった。

要するに陶子の直感はすべて仮定でしかなく、単純な言葉の語呂合わせに過ぎないと、資料は告げているのである。

部屋に戻ると、意外な客がドアの前で待っていた。

「やあ」

「滝さん、どうしたのですか」

長身の滝が、人懐こそうな表情で「近くまできたものだから」と、いった。

「お忙しいのじゃありませんか。下北沢の雅蘭堂さん、ええっと、越名さんから聞きましたよ」

「実は僕のところにも越名から連絡がありました。いやあ、実に狭い世界ですね」

「本当に」

「今日は、面白いものを持ってきましたよ。先日、良いものを見せていただいたお礼です」

「なんでしょう、楽しみですね」

いつの間にか滝のペースに乗せられ、陶子は彼を部屋の中に招き入れていた。

珈琲を用意し、リビングへと運ぶと、滝は鞄《かばん》の中から袱紗包みを取りだしていた。

「それは?」

袱紗に包まれていても、その形状から中身は容易に想像できる。だが、敢えてその名称を口にすることなく、滝に問うてみた。答えはなく、その代わりに袱紗がゆっくりと開かれた。

「……青銅鏡ですね」

「はい、わたしが以前作ったものです」

「滝さんが？」

「いったでしょう、古代技術研究家だと」

「そうでした」

「ただし、こいつはただの青銅鏡ではありません。先日の話の中で、魔鏡について少し触れたでしょう。ずいぶんと興味を持たれたようにお見受けしたものだから」

「すると、これは！」

あまりのタイミングの良さに、陶子は思わず声を高ぶらせた。

滝が取り上げたのは直径十五センチほどの小型の青銅鏡だった。

鏡面を前後左右に動かし、電灯の光を集めて壁に投射すると、そこにぼんやりとした像が現れた。ひどく曖昧でつかみ所がなく、像であることはわかるけれど、それが何であるかは指摘のしようがない。

「これ、桜の花を刻んだつもりなのですが」

「ああ、そういえば」

そう念じれば、確かに桜の花に見えなくもない。その程度の像であった。

「おわかりですか」

「それほど難しい技術なのですね」

「なにせ、ミクロ単位の凹凸を鏡背に刻み、光の反射に影響を与えるのですから。かつての隠れキリシタンたちが、魔鏡を使って信仰を続けたという伝説も、あくまで伝説に過ぎないのかも知れませんね」

「でも……」

「どうしたのですか」

「いえ、なんでもありません」

陶子は煩悶《はんもん》した。

滝がどういおうと、自分ははっきりと三本足の烏の像を見たのだと、口に出したかった。あの青銅鏡は紛れもない魔鏡であったのだと。その上で、滝に質問をぶつけたかった。あれこそは八咫鏡を模したものではなかったのか、と。

「どうしたのですか」と、滝が同じ言葉を発した。彼が手にする青銅鏡は、ゆらゆらと不安げな像を壁に投影している。それは紛れもない陶子の精神状態そのものだった。

躊躇《ためら》った後、陶子は滝に「見たのです」と一言いった。

言葉はたちまち増殖して、三角縁神獣鏡のことにまで至った。

「というと、あの鏡が？」

「はい、明治期に作られたと滝さんはおっしゃいましたね。あれは確かに魔鏡でした」

三角縁神獣鏡を手に入れた経緯、手放した経緯を敢えて省略したのは、滝隆一朗に対して全面的な信用をおいたわけではないからである。

「魔鏡……か」

「像は八咫烏だと思います。滝さん、あれはもしかしたら、八咫鏡を模したものではないでしょうか」

思い切って口にすると、気持ちが少し楽になった。その代わりに、滝がひどく難しい表情になり、唇を引き締めたまま沈黙の人となった。錯綜《さくそう》する情報の中から、必死に言葉を選び出し、精査し、

——それでもなお口にすることを躊躇っている。

陶子にはそう見えた。

さらに沈黙の後、

「平家物語をご存じですか」

滝が唐突にいった。

「いえ、あまり詳しくは」

「まあ、そうでしょうなあ。別に恥じることではありません」

なにを思ったのか、滝が、

「二位殿やがていだき奉り『波の下にも都のさぶろうぞ』となぐさめたてまってちひろの底へぞいり給う」

と、たぶん平家物語の一節であろう文章をそらんじて見せた。

「あの……それは」

「平家物語の中でも、もっとも哀切を持って語られる安徳《あんとく》天皇入水《じゅすい》のシーンです。幼い安徳天皇を抱いて『水の中にも都がありますよ』そういって、二位殿は海に飛び込むのです。そのときに、いわゆる三種の神器を道連れにしたと、物語にはあるんです」

「三種の神器！」

「私のいいたいこと、おわかりですね」

「ええ。神器は一度失われている」

「もっと奇妙な話があります。山口県の下関市にある赤間《あかま》神宮は？」

「いえ、知りません」

「安徳天皇の墓があり、耳なし芳一《ほういち》の怪談の舞台になった場所です。平家一門は下関市の壇ノ浦で滅亡しているんです。先ほどの『波の下にも都』の一節ね、あれは竜宮城のことを指しているともいわれています。それを受けて赤間神宮の水天門は、竜宮城を模しているのです。安徳天皇を偲《しの》ぶ《先帝祭》というお祭りもあるそうです」

「それが、なにか」

「赤間神社には奇妙な碑があるのですよ。内容はよく覚えていないのですが……あるいは関門海峡から八咫鏡を引き上げたという内容であったか」

「八咫鏡を海から！」

「それだけでも奇妙なのですが……平家の滅亡は十二世紀の末です。それから七百年も海中に眠っていた青銅鏡が果たして原形をとどめていたかどうか、はなはだ疑問が残りますね」

「どういうことでしょう」

「八咫鏡、ことに三種の神器の一つを指す八咫鏡については、非常に謎が多いし、また様々な思惑が存在するということです」

そういう滝の表情は、決して笑っていなかった。

思惑が存在するからこそ、危険も伴う。

――それは時として、常識を凌駕するほどの危険をもたらすこともある。

滝の表情がそういっている。

皇室内の出来事を克明に綴《つづ》ったとされる『皇朝史略』によれば、八咫鏡はこれまでに三度の火事に遭い、形状を大いに損なったとある。中でも三度目の罹災《りさい》、後朱雀《ごすざく》天皇の治世に当たる長久《ちょうきゅう》元年（一〇四〇年）九月九日の火災では、灰燼《かいじん》からわずかな部分が見つかったのみであったという。

だとすれば、鏡は後世に幾度か作り直されたことが考えられる。つまり八咫鏡とは物体というよりは覇権者の哲学そのもの、それを裏付けるために存在する思想体系と考えて良いのではないか。

滝と話をしてから二週間が過ぎている。

もう三角縁神獣鏡のことは忘れよう。これ以上関わったところで、それはストーカーまがいの歪んだ愛情でしかないではないか。そう思いながら、ついなにかの拍子に、あるいは空いた時間に陶子は古代青銅鏡のこと、八咫鏡のこと、そして三角縁神獣鏡のことなどを調べている自分に気づいて、苦笑することもしばしばだった。

金沢で代々網元を営んできた旧家で、財産分与の関係上、先代の蒐集した古美術品を処分したいそうだという電話が、下北沢の雅蘭堂からあった。どうやら古九谷のウブい物があるらしい。そうした情報の交換を、いっさい行わない業者が多い中で、越名と陶子の関係は比較的珍しいといえる。越名にいわせると、

「その分、わたしもおいしい砂糖菓子を度々ご馳走になっているから」

ということだが、どう考えても受け取った情報の方が多い気がする。その分、雅蘭堂で引き取ったのはいいが、売り捌きがうまくいかない、いわゆる「店に居着いてしまった物」を、他へ嫁がせるのを手伝ったことは何度かある。

今回も金沢での情報を受け取ったあとで、「新羅壺《しらぎつぼ》の小さいのを付き合わされちゃって」という一言がおまけについた。

「新羅壺。それは珍しいですね」

「五つ（五万円）で引き取った物ですから、たいしたものじゃないのだけど」

「六で良かったら引き取りましょうか」

「そうしていただけると助かるのですが」

競り市では、このような《つき合い》と呼ばれる取引がしばしば行われることがある。思ったように値が付かず、親引きとなった物が、裏でやりとりされるのである。そうしたつき合いをほとんどしない陶子でさえ、年に一度や二度は仕方なしに目利きに適《かな》わない物を引き取ることがあるほどだ。

「世間が狭いから」

二人で笑ったあとで、越名が意外なことをいった。

「そういえば、高塚が店を開けたそうですよ」

「高塚！」

その言葉が、一瞬にして陶子を三角縁神獣鏡を巡る世界へと引き戻した。

「今まで、店を休んでなにをしていたんでしょうか」

陶子が青銅鏡を競り落とし、それがすり替えられた市の、高塚は主催者であり、そしてすり替えを行った弓削昭之が中央線で鉄道自殺を遂げた前後から店を閉めて行方がしれなかった男である。

「ずいぶんとおいしい目にあったらしい」

「すると、どこかの旧家で？」

「あくまでも本人曰《いわ》くですが、ひと山ふた山のお宝に囲まれて、すっかりと浦島太郎していたそうです」

「本人曰くということは、もう話をしたのですね」

「高塚から電話があったのですよ。大正時代に輸入されたアンティークのいい物が、ひと揃いあるから二百で引き取らないか、とね」

「それはまた、ずいぶんと大きな商いですね」

昨今のお宝ブームのせいか、この世界は百枚単位、千枚単位の万札が常に乱れ飛んでいるかの如くに思われているようだ。が、現実は五万、十万の値でさえも躊躇うことがある、地味な取引が圧倒的に多い。そこでの二百万という貨幣価値は、決して安くはない。

「まあ、物が良ければ、西洋アンティークは動かしやすい商品ではあるし……とにかく一度見てみようというと、奴さんえらく鼻息が荒いんだ。業者はわたしだけじゃない。なんなら他に当たってもいいんだ、みたいなものの言い方をするから、こちらも頭に来た。上等だ、って啖呵《たんか》を切ったんだが、今は少し後悔をしているところなんだ」

「珍しいですね。雅蘭堂さんにしては」

しかし、と陶子は思った。

――それほど大きな宝の山を見つけたのなら、少しは噂になっても良さそうなものなのに。

なんといっても狭い世界なのである。どこの店の誰が、どんな掘り出し物を見つけてきた、という情報はたちまち業界内に知れ渡る。

「宝の山は、どこにあるんでしょうねえ」

「まあ、それは口を割らないでしょう」

たとえ高塚でなくても、それを口にはするまい。好きこのんで他人と宝を分け合うほど、この世界の住人は優しくはない。

「おたがいに」

と、電話口で二人同時にいった。

その高塚から電話があったのは、越名との話を終えて、受話器を置いた直後のことだった。

「明治の頃の西洋画に興味はないかね」

高塚が、やけに粘り気のある口調でいった。

陶子は、旗師になってから絵画を扱ったことは一度としてない。絵は画商が扱う物であり、古美術の世界とは明確に棲み分けが要求される。中には両方の世界に棲息《せいそく》しようとする業者がないではないが、そのときはきちんと顔を使い分けている。

ただし、古美術商・冬狐堂を離れたただの宇佐見陶子となると話は別だ。美大の出身であり、かつてはその指先を油絵の具で汚し続けたこともある。

高塚から、明治期の西洋画と聞いて、陶子は一瞬心を動かした。それを気づかれないように、わざと素っ気なく、

「西洋画ですか……残念ですが」

と、探りを入れるつもりでいった。

「興味はないかね。本当にないんだね」

「わたしが取り扱うには、ちょっと」

「それは、残念だ。冬狐堂さんなら絶対に気に入ると思ったんだがね」

精神を構成する歯車などというものがあるとしたら、まさしくこの瞬間、陶子の歯車は軋《きし》みをたてたことだろう。極めて明確に、魚を釣り落とす図柄がイメージされた。こうした経験は、そうあるものではない。これを逃したら、きっと自分は手酷く後悔することだろう。

高塚の口調は、そう思わせるに十分な、自信を備えていた。

——冷静に、冷静にならなければ。

その思いが、

「ところで、長いことお店を休まれていたようですが」

と、陶子にいわせた。

「ああ、ちょっと東北の旧家にね」

「なるほど、蔵開きですか」

「それほど大袈裟《おおげさ》なものじゃない。だが、お見せしたい西洋画も、そこで見つけたものなんだ」

敢えて作者の名を伏せ、西洋画としかいわないところにも、嫌らしいほどの自信が滲んでいる。

「誰の作品ですか」

「それは……見てのお楽しみにしておいた方が良いのじゃないかね」

お前は絶対に絵を見にやってくる。そして魅了され、どんなことをしてでもそれを手に入れたくなる。高塚の口調はそういっているし、陶子もまたそれに屈服しつつあった。

「知り合いの画廊主がいますから、紹介しましょうか」

喉《のど》の奥に異様な渇きを覚えながら、陶子はようやくそういった。

「結構。ではいつにしようかね」

高塚の言葉は魔力を発揮しつつあった。

古美術商が声高に物の良し悪しを語るときには、一抹《いちまつ》かあるいはそれ以上の注意が必要とされる。相手の言い分は三割がた割り引いて聞いておけば、間違いがない。怖いのは「あなたならいくらの値を付ける」といった物言いをするときだ。手の内の物によほどの自信があり、なおかつ相手の眼を値踏みするときには、得てしてこうした言葉が投げかけられる。とはいいながら、それを逆手に取る業者もいるから、話はややこしくなる。一部で「魑魅魍魎《ちみもうりょう》が跋扈《ばっこ》している」といわれるのはそのためだ。

陶子がそれを知らないわけではない。

苦すぎる失敗の思い出もある。かつて贋作事件に巻き込まれ、心身共に傷ついたことを陶子は決して忘れてはいない。

そうした要素をすべて加減しても、高塚の申し出は十分に魅力的だった。今や陶子はお預けを食らった犬のようでもあった。

——明治期の西洋画か。

明治という時代は、西洋画の世界でも黎明期であったこともあり、作品も画家も数が極めて限られている。今さら高橋由一《たかはしゆいち》や青木繁《あおきしげる》といった、超がつくほどの大物の隠れた作品が発見されるとは考えづらい。また、そのような作品を陶子のレベルで取り扱うこともできない。一歩間違えば重要文化財にも指定されかねないのだ。値は当然のことながら億を超える。

あるいは、西洋画といっても油絵ではないかもしれないとも思った。

幕末期に輸入された石版印刷の技術は、明治になると驚異的な発展を遂げる。カメラオブスキュラを使った西洋画法と石版印刷の技術を積極的に取り入れる画家も現れている。石版業と写真業を営む傍ら、洋画塾も開いた横山松三郎《よこやままつさぶろう》などがこれに当たる。横山の作品で、十号ほどの傑作であれば多分六百万円前後で動くのではないか。

——ほかに思い当たるとすれば。

そのとき、陶子の脳細胞が、ある一人の男の名前をはじき出した。

「まさか、ね」

言葉にしてみて、なおさら自分の考えが飛躍しすぎることを実感した。

正確にいえば、明治生まれではあるが、その男が活躍したのは大正期である。しかも極めて短い。数え年の二十四歳で亡くなっているということは、今でいえば二十二、三歳だ。早熟の天才といわれた男。油絵の傑作であればやはり億の値が付くが、デッサンや水彩の作品ならばそれほどではない。しかも、彼の作品であれば、どこかで新たに発見されても不思議ではない。

陶子はその名を胸に、高塚に会う日を指折り数えた。

「……村山槐多……まさかこんなものが」

そういったきり、陶子は絶句した。

九月も後半にさしかかったというのに、暑さがいっこうに引く気配がない。だが、少なくとも陶子が急速に体温の上昇を感じたのは、そのためではなかった。耳の後ろにかっと血の脈動を感じ、瞬きさえすることができなくなった。

引きちぎったようなB4サイズの画紙は、あるいは元はスケッチブックの一部であるかもしれない。そこに描かれているのは中年女性の横顔である。基本の線は鉛筆もしくは細いコンテ。そこに薄く水彩で着色を施してある。

それを見た刹那《せつな》に、陶子の中からいっさいの迷いと疑問符とが霧散した。

どうして高塚は、画商でもない自分にこの絵を見せる気になったのか。場合によっては引き取れということだろう。陶子が専門の画商でないからこそ、怪しげな絵を見せる気にでもなったのかと、最初のうちは疑いを抱いていた。それならそれでもいい。冬狐堂を侮《あなど》ったことを激しく後悔させてやるだけのことだ。そうした感情と意気込みを懐深くに呑んで、店にやってきた陶子に、高塚が無造作に見せたのは、ごく簡素な額に入れられた一枚の絵であった。

村山槐多。

明治二十九年に横浜に生まれ、その短い生涯において、天才の名を恣《ほしいまま》にした画家にして詩人。彼が彗星《すいせい》の如く画壇に現れ、名声を博したのは十九歳の頃だ。キュービズムなどに影響を受けた彼は水彩と版画の展覧会を開いて、これが絶賛される。それから六年。大正八年に病で早世するまでに、数々の賞も受けている。なによりも、「火だるま槐多」とまでいわれた彼の画風の激しさは、当時の芸術家に多くの影響を与えたといわれる。

一方で、天才は時に奇人とも呼ばれたようだ。十八歳で後輩の男性に恋をし、二十一歳ではモデルの女性に恋をしている。お玉さんというその女性に対する思慕は、今でいうならストーカー行為にまで達していたらしい。

強いてレッテルを貼るとするなら、生きていることそのものが絶望とデカダンスであった、ただただ堕《お》ちてゆく魂。その落下速度の激しさ故に、あらゆる画風を超越した、「ひたすらに激しい」としかいいようのない作品を残した男。それが村山槐多である。

現在においても、槐多の絵は高く評価されている。画壇においてのみならず、陶子の内面、感性においても、である。

「なかなかでしょう」

という高塚の声に、陶子は無言で頷いていた。

「それにしても、どうしてこんなものが」

「大正五年に、槐多は例のモデル女性との恋愛騒動を起こしています。その後失恋して、東京を離れたとされていることは？」

「知っています。では、放浪中にどこかで」

「絵筆を取ったのでしょうなあ。ある意味で槐多にとって、絵を描くということは食事をするよりも切実な、生きる源《みなもと》でもあったでしょうから」

それ故にこそ、村山槐多の作品が今もどこかの蔵で見つかることが、時折ある。すべてが傑作というわけではないし、中には戯画めいたものもある。槐多の作品は、値の幅が大きいとされる所以がそこにある。

「けれど、これにはサインがありませんね」

一目見て、これが槐多以外の誰のものでもないと確信しながらも、敢えて陶子はそういった。

——絵に屈服しないことだ。

そうなれば陶子は、高塚の言い値に従う単なる蒐集家になってしまう。村山槐多の信奉者ではなく、一枚の絵をあくまでも商品として扱う《業者の眼》を見せつけることで、バランスを取ろうとした。

「そうですね。確かにサインがない。それにあれだけ多くの画家に影響を与えた槐多ですから、贋作、あるいは模倣作品がないとは限らない」

事実、槐多の作品とされながら、疑問符がつけられているものも多く存在する。

「となると……専門の鑑定にかけることになりますが」

「結構です。しかしこの絵をどこかに持ってゆくことは遠慮しますよ。写真をそちらで撮影してください」

そういって、高塚が眼を細めた。その表情が、残酷な言葉を用意する悪魔かなにかのように見えた。

「ただし、その場合は他の業者にも同時に声をかけさせていただきます」

あまりに当然の一言が、陶子を狼狽《うろた》えさせた。

他の業者、ということは専門の画商が争奪戦に参加するということでもある。

「あの……どうして画商を差し置いて、わたしに？」

「この絵を見せたのかと、お尋ねですか」

「ええ。その通りです」

「わたしは絵については専門じゃない。そんなときに冬狐堂さんが美術畑の出身であることを思い出したのですよ。それに、市ではいつも儲けさせていただいてますからなあ」

高塚の言葉がいつになく丁寧で、わざとらしささえ感じられる。だがそのことさえも、このときの陶子は気に掛けるゆとりを失っていた。

「いただきます」

冬狐堂ではなくなった陶子は、そういった。

満足そうに笑う高塚に「七百で、いかがですか」というと、意外にも、

「妥当でしょうね」

とあっさりと返事があった。

陶子名義の銀行口座には、常に三百万から五百万の資金が商売用としてプールされている。それとは別口座に自由になる資金が二百万ほどある。商売用の資金に手を付けるわけにはいかないから、自宅マンションを抵当にして銀行から借り入れをすることになる。そうしたことを瞬時に計算しての「七百」という数字であった。当然のことながら、高塚は値を吊り上げるだろう。それがこの世界の常識である。密かに上限を計算しつつあった陶子は、いささか拍子抜けした。

ほんの一瞬、

――やはり贋作か模倣。

そんな思いが胸をよぎったが、すぐに別の陶子、旗師ではない、村山槐多という天才の水彩画をなんとしてでも手に入れたいと願う陶子がそれを否定した。

「手付けで三十。あとは二十日以内に現金で指定口座に振り込むという形でいかがですか。振り込みを確認したらすぐに、美術品の専門運送を呼びましょう」

高塚の言葉に頷くことで、この商談は成立した。バブルが崩壊《ほうかい》した今でも、陶子の住む自宅マンションの資産価値は少なくとも二千万はくだらない。五百万ほどの融資であれば、銀行の稟議書《りんぎしょ》も簡単に通ることだろう。

「ですが、振り込みを終えた時点で、わたしが直接うかがいます」

「おやおや、ずいぶんと慎重な」

そうではない。一刻も早くその絵を手に入れ、思う様《さま》、眺めていたいからだとはいわずに、陶子はもう一度頷いた。

二週間後。村山槐多の水彩画は、正式に陶子の所有物となった。

この世界を駆け巡る情報には、特殊な加速装置でも付いているらしい。絵が陶子の部屋のストッカーに収められて三日もしないうちに、都内の美術館から「槐多を買い取りたい」というアプローチがあった。その翌日には地方を含めて三件、美術館からの同じ申し出があり、陶子はそれを丁寧に断った。これを売り抜けるつもりはないし、当分は貸し出しもしない。

渋谷と銀座のさる老舗《しにせ》画廊のオーナーを名乗る人物から、非難めいた電話もあったが、軽く受け流しておいた。画商と古美術商が棲み分けをするのは当然だが、陶子は別に古美術商として絵を購入したわけではない。そのことを告げると、相手は沈黙するしかないのである。

だが。至福の時が唐突に打ち切られたのは、わずか十日後のことだった。


その日、部屋に入った瞬間に違和感を感じたのは、ある種の本能であったかもしれない。

女性の住まいとも思えない、飾り気のない部屋の様子に変わりはないが、強いていうならなにかが欠けている。朝までは部屋のそこここに充満していたはずのエネルギーが、どこかへと漏れだしたようにも思えた。あらされているわけでもなく、なにかが無くなったわけでもない。これはいったいどうしたことかと、思案するよりも早く、陶子はストッカーに向かっていた。二重のシリンダー錠を開け、一瞥をしただけで陶子は違和感の原因を知った。

「ない！　わたしの槐多が……槐多がない！」

そう叫《さけ》んだところで、どうなるものではないと知りながら陶子は叫ぶしかなかった。ストッカーの中をもう一度見回す。

あるいは自分の見間違いであることを、もしくは別の場所に移動させたことを忘れているのではないかと、懇願しつつ見回し、記憶を探った。けれど槐多の水彩画を収めた樹脂製の平箱はどこにも見あたらない。冷静に現実を見据えなければという、自分への叱咤《しった》は、この際なんの意味も持たなかった。

それでも、ストッカーの中にあるほかの品物の異常がないかを確認することは忘れなかった。これもまた、本能のなせる業としかいいようがない。

ストッカーから失われたものは、手に入れて間もない村山槐多の水彩画の他にはない。そのときになってようやく、

——どうして、槐多だけが。

という疑問が勃然《ぼつぜん》とわき上がった。ストッカー内には他にも陶子の蒐集物がいくつもある。七百で買い取った槐多ほどではなくとも、金銭的な価値でいえば十分に盗むに価するものばかりだ。にもかかわらず、槐多のみが盗まれたことが、不思議といえば不思議である。

なによりも、槐多が盗まれたか否かさえ、陶子には明確な判断を下すことができなかった。外から帰ってきて、部屋のドアの鍵穴に鍵を差し込んだ記憶は、生々しく残

っていて間違いがない。ストッカーにしたところで、二重のシリンダー錠を「きちんと、開錠した」という記憶は、ほんの今しがたのことで疑いようがない。では陶子以外のいったい誰が、どのような手段で鍵を開けたのか。もちろん、合い鍵を渡しておくような、親密な関係にある人物は今のところいない。

「どうして、こんなことが」

そういいながら、陶子は電話機に向かった。プッシュボタンを三つ押し、すぐに繋《つな》がった相手に向かって、

「空き巣に入られたようなんですが」

陶子は電話の向こうの警察官にそう告げた。

まもなくやってきた二人の警察官に、陶子は事情を説明した。といっても、盗まれたものが絵画であり、また陶子が旗師という古美術のブローカーであることから説明しなければならないから、要領を得ないこと甚だしい。

「描いた絵？　というと、ご自分で描かれた絵のことですか。あなた、古美術商でしょう。それとも画家もなさっているのですか」

「そうじゃなくて、村山槐多という、大正時代に活躍した人の絵です」

「その人は有名なんですか」

「十号ほどの絵、といってもわからないか。だいたいこのくらいの大きさの」

陶子は、空中に五十センチ四方ほどの四角を描いて見せ、これくらいの大きさの絵で、一億円以上するだろうと説明したところで、警察官二人の表情が変わった。ただし、一人はその額に驚いた表情に、一人は途端に胡散臭いものでも見る表情に、ではあるが。

「わたしのところから消えたのは、七百万ほどの水彩画です」

「一億と七百万ではずいぶんと差がありすぎますが」

「ですから、一億というのはあくまでも十号ほどの傑作の場合です。すべてがすべて、そんな高値で取り引きされているわけではありません」

そういうと今度は、七百万円でも十分に高値でしょうと、疑わしそうな問いが返ってくる。わずか一時間ほどのやりとりで、陶子はぐったりと疲れを覚えた。

「ところで、厳重に鍵を掛けたはずの部屋に、それほど簡単に侵入できるものなのですか」

そういうと、二人の警察官が顔を見合わせ、目線でなにかを打ち合わせるような仕草の後に、

「鑑識が正式に調べないと、正確なことはいえないのですがね」

一人がいった。

「実はシリンダー錠という奴は実に簡単に開けられるのですよ」

これはもう一方の言葉だった。

「簡単に開けられる?」

「ええ、ピッキングといいましてね。割と弾力性のある細い針、これがミニドライバーの先についていると想像してください。それを鍵穴に差し込んで、中を探るんです。すると熟練者なら数分で鍵を開けることができるのですよ」

そういえば、と陶子も思いだした。そのような手口による空き巣が全国で激増しているというニュースを見た覚えがあった。

――でもまさか、自分の住まいが。

それが正直な感想であった。

最近では専門の教育――つまりは窃盗《せっとう》の教育――を受けたグループも出没しているらしい。そういった連中は、家の住人と鉢合わせになるや、たちまち居直って窃盗犯から強盗犯に早変わりするという。そうでなかった分、まだ不幸中の幸いですねと、警察官の口調がいっている。

――冗談ではない。

陶子は本気で怒りを覚えていた。七百万円の問題ではないなどというつもりはない。陶子のようにたった独りで営業活動をする旗師にとって、その金額が少額であろうはずがない。それでも手に入れたいと願い、現実に手にしたはずの村山槐多の作品が、忽然《こつぜん》と目の前から消えた。怒りは喪失感を遥かに凌駕していた。

「ただ、盗まれたのが絵一枚だけというのも気に掛かりますね」

警察官の言葉に、頷いて返事した。

「そうなんです。ストッカーには他にも……」

「金目のものがあったのですか」

「古美術品の価値は、正確には趣味と嗜好《しこう》の定めるものですから、万人に公平であるとは限りません」

そういって、陶子は警察官をストッカーに案内した。元は小さめのウォークインクローゼットであった五畳ほどのスペースに、湿度と温度を調節するための装置を取り付け、ドアの鍵を二重にしただけの簡素なストッカーである。現在は二十点余りの品物を、作りつけの棚に収蔵している。

「たとえば、その箱ですが」

桐の平箱を開けて、中から有田焼の大絵皿を取りだした。それを警察官に渡し、

「江戸時代のものですが、これほどの大きさならば四十万近くで取り引きされます」

そういうと、警察官が期待通りに反応した。皿を持つ手に力を込め、慌てて陶子に差し戻した。

「これで四十万円！」

「他にもあります。そこの箱に入っているのは江戸切子というガラス細工ですが、これなども市場に出せば三十万はするでしょう」

警察官の口から「まるで宝の山だな」という言葉が漏れ聞こえた。それに呼応するように、もう一人が、

「だったら、ますます変じゃないか」

と首を傾げた。

「そうなんです。どうして槐多の絵だけを持っていったのか」

そういいながら、陶子は警察官の視線の意味を知って慄然《りつぜん》とした。

──彼らは、わたしを疑っている！

警察官にとって古美術などという世界はそれこそ別世界といってよいことだろう。

胡散くささを隠さぬ口調で、

「先程のお話ですと、村山槐多という人の絵は、相当な額だそうですね」

警察官の問いに、陶子は黙って頷いた。

住む世界が異なるといっても、そこで通用する貨幣の価値は、こちらの世界となんら変わりがない。警察官という人種は、そうした事柄については、驚くほど敏感な嗅覚を備えているらしい。二人が目線で会話するのが、そしてその中身が手に取るように理解できた。

「宇佐見さん。一つお聞きして置かねばならないのですが」

もう一人の警察官が、やけに丁寧な口調で話しかけてきた。

──きたか。

「保険についてのご質問ですか」

先手を取ると、「ええ」とやや戸惑った声が返ってきた。

「申請はしています」

「当然でしょうなあ」

「ですが、残念なことにまだ入っていません。書類を提出していないのですよ」

「どういうことですか」

保険会社にとって、一枚の絵が真正であるか偽物であるかはあまり関係がない。正当な保険料が支払われさえすれば、万が一の場合の補償はきちんと行われる。だが、この「正当な保険料」という言葉に裏がある。同じ上限の保険を掛けたとして、真正の証明があるものとないものとでは掛ける保険料に格段の差が生じるのである。

「するとなんですか。仮に一千万円の保険を掛けたとして、絵が本物である場合とそれが証明できない場合では、掛け金が違うと」

「簡単にいうとそうなります」

だからこそ、陶子は槐多の絵に真正の証明をつけたかった。保険金のことばかりではない。証明をつけることで、この世に新たな槐多の作品が出現したことを、宣言したかった。

「では、その証明というのは」

「専門の鑑定士にお願いするつもりでした」

「おかしいじゃありませんか。だとすれば絵はここにあってはいけないことになる」

「それは！」

心の問題であるといっても、警察官が納得してくれるとは思えなかった。絵ばかりではない。品物を手に入れてすぐに手放すような真似を、陶子はしない。まず心ゆくまで蒐集家の目で愛し、堪能してからでないと商売物にはしない。

そう説明しても、二人の警察官はなおも疑わしそうな眼の色を隠そうとはしなかった。

保険金が支払われない以上、今回の被害は今年度の損益として計上し、穴埋めをする以外にない。陶子は高塚から受け取った領収書のコピーを添付して、被害届を出した。

それにしても、なぜ手に入れたばかりの槐多の絵だけが、という疑問がいつまでも消えなかった。けれど、それればかりに気を取られているわけにはいかなかった。旗師としての日常は、それほど時間的なゆとりを持つことを許さない。

狛江《こまえ》市の競り市に参加すると、すぐに幾人かの同業者が「大変な目にあったね」と声を掛けてきた。もちろん、純粋な同情ばかりでないことは、肌をつくような空気の具合で十分に理解できる。それほど甘い世界ではない。中にあからさまに「場違いなものに手を出すから、大きな火傷《やけど》を負うんだ」と、侮蔑の視線を投げて寄越す業者もいる。

それにいちいち目くじらを立てたり、反論するほど柔な精神は持ってはいない。そのつもりであった。

ところが市が始まって間もなく、陶子はなんとも名状しがたい、奇妙な空気を味わうことになった。競りの呼吸が合わないとでもいえばいいのか。自分一人が競りの空気から閉め出されたように馴染めず、呼吸を読みとることができなくなっていた。けちのつきはじめは、英国製のブローチの競りだった。遠目にも細工の具合が良く、二十万前後で落とすのが理想的だろうと、陶子は値を踏んだ。競りが始まり、ほぼ予想通りに値が上がってゆくので、一気に二十万の値を付けようとすると、それよりもわずかに早く、別の業者が「二十五万！」と値を吊り上げた。五万は決して少額ではない。わずかに躊躇っていると、競り子が落札を宣言してしまった。

それで焦りが出たのか、次に三十万で競り落とした李朝白磁の壺は、あとでよく見るとひどい継ぎの入った二級品だった。

「女狐の目が曇り始めたらしい」

声なき声が、市の会場を駆け巡るのは早かった。溺れる犬を、わざわざ水に飛び込んで助けるほど奇特な人間は、この世界には一人としていない。実際はそうでないにせよ、少なくとも陶子にはそう思いこませるに十分な状況が整いつつあった。

なにをどう競り落とそうとしても、うまくいかない。

「冬狐堂さん、今日はもう止した方がいい」

雅蘭堂の越名がそう声を掛けてくれるまで、陶子は彼が同じ会場にいることさえ気が付かなかった。

「あの……わたしは」

「こんな時もあるさ。傷が大きくならないうちに、ね」

そういわれて、陶子はひどく惨めな気持ちになった。

憮然《ぶぜん》とした表情を隠すこともなく、会場を去ろうとした陶子は背後から「宇佐見さん」と声を掛けられた。聞き覚えのある、関西訛りの声は、林原であった。

「……林原さん……?」

「いやア、ずいぶんと探しましたで。お部屋に電話を差し上げてもいっつも留守番電話やし。しゃあないから競り市の会主に片っ端から電話をして、ようやく、捕まえることができましたわ」

「どうして、わたしを？」

「実は」と、林原は明るい声でいった。

今回のことでは陶子にずいぶんと不愉快な思いをさせた。ついては弓削家の当主が挨拶をしたいといっていると、早口で捲《まく》したてる。

「今からですか」

「今日、この市に参加されるという話を聞きつけましたんで、先に店を用意させていただきました。いや、店というても、たいした場所ではありまへん。小さなビストロなんですが」

人に会って話をする気分ではなかった。だが、すでに店を用意しているという林原の言葉を聞いて、陶子は心を動かされた。それに、弓削家の当主という人物にも会ってみたかった。会って、あの三角縁神獣鏡のことを、聞いてみたい気分になったのである。

さらに二、三のやりとりの後、林原を自分の車に乗せて高輪《たかなわ》の住宅街にあるというその店に向かうことになった。

「当主の方はわざわざ堺から上京されたのですか」

「へえ、こちらにちょっとした用向きもございまして」

「なるほど」

ビストロの近くには駐車場がないというので、高輪台でいったん車を置いて、そこからはタクシーに乗り換えた。五分も走ると、周辺は雑踏が消え、閑静な住宅街となる。その一角に、まるで蹲《うずくま》るように建つ石造りの店を一目見て、陶子はそこが気に入った。「本日貸し切り」の札が下がっているのを見て、林原に「いいのですか」と目で問うと、それには応えずに、

「どうぞ、中へ」

林原はいった。

程良く冷房の効いた店内は、明るい赤色系に統一されている。一番奥のテーブルで、今しも立ち上がって一礼する人物を見て、陶子は意外な気持ちになった。

「あの……」

「お初にお目に掛かります。わたくし弓削家当主の、弓削妃神子《ひみこ》ともうします」

女性というにはあまりにも若すぎる、どう見ても十代にしか見えない弓削妃神子が、笑って手を差し出した。その手を握り返すのも忘れて、陶子は、その場に立ち竦《すく》んだ。

「あなたが……弓削家の当主」

「はい、弓削妃神子です」

聞けば、まだ十七歳であるという。笑うと、花が開いたような印象さえ受ける少女

と、当主という言葉の響きとの間に横たわるギャップに、陶子は当惑を隠しきれなかった。

「両親が五年前に亡くなりまして。でも当主といっても、なにもわからないんですよ。すべては林原に任せっぱなし。お雛様《ひなさま》みたいなものかしら」

お雛様という言葉が、これほどよく似合う少女を、久しぶりに見た気がした。

席に着くと間もなく、料理が運ばれてきた。それに白ワインのデキャンタ。未成年の妃神子は当然のこととして、陶子も車で来ているからワインは飲めないと断ったが、林原の強引な勧めもあって、仕方なしに一杯だけ、口にすることにした。

オマール海老と香草を、酸味の利いたワインビネガーソースで和えたものを口に運び、その味わいがまだ舌に残る間に白ワインを含むと、清冽《せいれつ》としかいいようのない豊満な海の香りが口内に充満する。良い料理と良い酒は、あらゆる不幸を帳消しにする特効薬であることを、陶子は改めて知った。

なによりも、弓削妃神子という少女には、人を惹《ひ》きつけずにはおかない不思議な魅力があった。どれほど他愛のない話でも、彼女の唇から語られると言葉は宝石の輝きを放つのである。そればかりではない。彼女の気持ちを少しでも曇らせる言葉を、誰も選択できなくなる。

体が弱いこともあって、高校には行かなかったこと。だから友達は極めて少なく、遊びというものをほとんど知らなくて、ずいぶんと寂しい思いをしたことなど、妃神子はゆっくりと語った。

けれど、妃神子を見ていると、そんなことがどうでもよくなってくるから不思議であった。携帯電話にしがみつき、決してかわいらしいとも思えないファッションに身を包んで街を占領することが、女子高生としての人並みならば、そんなものはなくても良いとさえ思えてしまう。

「宇佐見さんに、此度《このたび》のことでは本当にご迷惑をお掛けしたと申し上げましたら、『どうしてきちんと礼をいわないのか』と、逆にお叱りを受けまして」

林原が済まなそうにいった。

「もういいんですよ」

「本当に内輪のことでご迷惑を」

妃神子がそういえば、それ以上の追及はできなくなる。陶子の中から、三角縁神獣鏡のことを聞き出したいという気持ちが、きれいに失せた。同時に、この日の不愉快な出来事も忘れようとしていた。

結局一杯でワインは済まず、数杯を胃袋に納め、食事を終えた。「本当にありがとうございました」と、何度も礼の言葉を口にする妃神子に見送られ、タクシーで高輪台駅に戻った。

このままタクシーで家に戻っても良かったが、車のことが気になった。

——グラスで、四杯ほども飲んだろうか。

口にしたワインの量を計算した上で、陶子は運転して帰ることに決めた。商談ではこうしたことは間々あるし、その対処法も十分に心得ている。

まずは酔いを醒《さ》まさなければならない。

駐車場近くの自動販売機で冷たい缶のお茶を買い、それを持って愛車に乗り込んだ。火照った喉に茶の冷たさが快い。

なんとなく眠気を感じ、欠伸《あくび》を一つした。

こうして摂取したアルコールをある程度さまし、あとは小一時間も睡眠をとれば十分だろう。その最中にもしも警察の職務質問を受けた場合は事情を説明し、十分に酔いを醒ましてから帰るつもりだといえばよい。

シートを倒した途端に、陶子は異変に気が付いた。

世界が回っている。

それも猛烈な勢いで。

——おかしいな。それほどの量を……！

慌ててシートを元に戻そうとした。座席下のシートレバーを探ったが、どうしても見つからない。それどころか、腕にも掌《てのひら》にも力が入らない。陶子は自分の身に起きようとする出来事が、なにひとつ理解できなかった。

急速に意識を闇が包み込もうとする。抗《あらが》うことのできない闇。身体が闇の中心に向かって際限なく深く、深く沈もうとする。

闇の一点で、光が一、二度明滅した気がした。

――腕になにかの刺激が。

それは確かな知覚だった。

夢を見ているのか、現実に誰かが会話をしているのか、よくわからなかった。

「ここまでしなくともよかろうに」

「少し酷い気もするが、仕方がない」

「まあ、この女は危険すぎる存在だから」

「その通りだ。危険は確実に排除しなければならない」

「あのお方のためだ、ためらうな」

――あのお方？　わたしが危険ですって。

問いかけようにも舌は動かず、喉も声を発してくれない。

「こいつは、これでお終いさ」

「そうあってくれればいいが」

そこであらゆる知覚が完全に途切れた。

2

壁も天井も、わざとらしいほど白い。「清潔という名の暴力」という言葉が、なぜか胸の奥に浮かんだ。全身にひどい痛みと、胸が悪くなるような不快感がある。その場所が病院のベッドであることに気が付くのに、しばらくかかった。

それがわかったところで、事態を把握できたわけではない。車の中で睡眠をとり、酔いを醒まそうとしたことまでは覚えているが、そこからどうして病院へと転移してしまったのか、記憶はなにひとつとして教えてはくれない。

「目が覚めましたか」

陶子は、こちらをのぞき込むナースキャップの若い女性の顔に、焦点を合わせようとした。が、彼女の顔の輪郭が奇妙にぶれてうまくいかない。ややあって、自分の頭部から顔にかけて、包帯によって厳重に巻き固められていることに気が付いた。そのために目のまわりの筋肉が圧迫されて、焦点を合わせることができないのである。

「あの」と唇を動かそうとした瞬間、顔面を錐《きり》で抉《えぐ》られるような痛みが走った。思わず、獣じみた呻き声が漏れた。

「無理をしない方がいいですよ。フロントガラスで顔面を強打したようですから」

——フロントガラス？

どういうことだろうかと、陶子は自問した。車の中で眠ろうとして、急に気分が悪くなったことは覚えている。あるいは、誰かが救急車を呼び、それで病院に搬送されたのかと漠然と考えていたのだが、そうではないらしい。

「でも心配はないそうですよ。額に一ヵ所傷がありますけど、とても浅いものだからまず残ることはないでしょうと、先生が仰有《おっしゃ》っていました。あとはすべて打撲《だぼく》だそうです。青あざが一週間ばかりは消えないでしょうけど、それも」

エンジンにキーさえ差し込んでいない自分が、どうして顔面を強打するようなことになってしまったのか。もしかしたら、助けを求めようとして表に出て、そのままフロントガラスに向かって倒れ込んでしまったのか。

「でもあまり無茶をしない方がいいですよ。今回はこれくらいの事故で済みましたけど」

——事故？　わたしは事故を起こしたのか。

看護婦が静かに顔の包帯を解き始めた。

締め付けが無くなり、顔の筋肉が解放されると、今度はその状態が気になる。唇だけを動かして、

「鏡はありますか」

と、問うと、看護婦はなにもいわずに、ベッドサイドの手鏡を渡してくれた。四十年近くも連れ添い、見慣れたはずの宇佐見陶子がどこにもいない。そこにいるのは、顔半分を醜く腫らした、別人だった。

額の傷にあてられたガーゼを、看護婦が取り替える間も、陶子は手鏡を手放すことができなかった。顔面の腫れは、殊に頬のあたりがひどく、青黒い血管のようなものまで浮かんでいる。

「毛細血管が切れてしまったのですよ。でもじきに消えますから」

そういわれたところで、衝撃が和《やわ》らぐわけではなかった。額の傷も、看護婦がいうほどには軽くないように思えた。縫合《ほうごう》の跡こそないものの、赤黒い肉の谷間がはっきりと見える。この顔のまま、一生過ごさねばならないかも、という怯《おび》えにも似た思いは抑えようとして抑えきれるものではなかった。

一方で、どうしてこんなことになってしまったのか、冷静に考えようとする陶子がいた。

病室のドアが開き、明らかに医師ではない風体の中年男が「失礼しますが」と、入ってきた。言葉では「失礼」といいながら、その表情も態度も横柄といってよいほどふてぶてしい。

「宇佐見……陶子さんですね」

「そうですが」

「高輪署の望月《もちづき》です。一昨日の事故について、詳しくお聞きしたいと思いましてね」

「一昨日……ですか」

陶子は首を捻《ひね》って、病室の時計を見た。すでに午後六時を回っている。

「わたしは、丸二日近くも眠っていたのですね」

そういうと、望月がなんともいえない険悪な笑顔を浮かべて、

「当たり前でしょう。あれだけのアルコールを摂取したのだから」

吐き捨てるようにいった。

「あれだけのアルコールというと」

「とぼけるんじゃないよ、あんた。ここに運ばれてきたときに、血液を採取してアルコール濃度を検査されているんだ。いいかね、誰がどう見ても酒気帯びなんて生やさしい量じゃないぞ。あんたは明らかに泥酔《でいすい》状態で車を運転し、それで電柱にぶつかったんだ。これで死人が出なかった方がおかしいくらいだ」

「ちょっと待ってください！」

顔面の痛みも忘れて、陶子は叫んでいた。

自分は確かに知人に誘われ、食事の最中にワインを何杯か口にした。けれどその酔いを醒まそうとして、車の中で一眠りしたのだと、夢中で説明したが、望月はわずか

な憐憫《れんびん》の情も見せてはくれなかった。

「じゃあ、運転席の横に転がっていたブランデーの空き瓶《びん》はどう説明する。救急隊員がいってたよ。こちらが酔いそうなくらい、アルコールの匂いが車中に充満していたって」

泥酔、電柱に激突、ブランデーの空き瓶といった単語が、別世界の言語のように陶子の耳に響き渡った。けれど自分が置かれた状況は、現実以外のなにものでもない。

そのことをなによりも証明しているのが、この顔の傷であり、痛みである。

「とにかく。傷が良くなり次第、署に出頭するように。調書を取りますから」

「と、いわれてもわたしには」

「出頭しない場合は、即座に逮捕状を請求します。それから……ゴールドの免許を持っているくらいだから違反は初めてのようだが、あまり過度の期待はしないように。初犯は酒気帯びで処理することもあるが、あなたの場合はあまりに悪質だ。おまけに器物破損もあるから、免許の取り消しは確実だと覚悟をしておいてください。まあ、それを決めるのはわたしじゃないが、甘い調書は絶対に取らないから」

それだけ捲したてると、望月は帰っていった。その後ろ姿を呆然《ぼうぜん》と見送って、陶子は自分が抜き差しならない状況に追い込まれていることを確信した。

――誰かがわたしを陥れた。

それもまた、確信といってよかった。

だが、誰がなんのために、という質問に答えを出すことは、今の時点では不可能である。不意に弓削妃神子の可憐な笑顔と、林原の軽快な関西訛りとが頭に浮かんだが、すぐにそれをうち消した。

三角縁神獣鏡に関連した一連の出来事は、すべて過去のものでしかない。それを決定するための会食であったはずであるし、あの妃神子が気持ちの良い笑顔の裏側に、人を陥れる計略を隠していたとは思いたくなかった。

商売柄、トラブルがこれまで皆無であったわけではない。どこかで誰かの恨みを買ったかもしれない。そんな人物がたまたま車中で睡眠をとっている陶子を見かけて、とも考えてみたが、とても現実的ではない。

堂々巡りの思考の末、陶子は考えるのをやめた。といって、飲酒運転を認めるわけにはいかない。戦うべきところでは戦い、その中で真相は見えてくるだろうと、気持ちを整理した。

幸いなことに、二日もすると顔の腫れは引き始め、頭部の精密検査も、異常なしという結果が出た。

退院して、すぐに高輪署の望月に連絡を取ると、

「では三日後に出頭してください」

と皮肉混じりの言葉が返ってきた。

その翌朝。久しぶりに我が家のベッドで熟睡していた陶子は、電話の呼び出し音に叩き起こされた。

「冬狐堂さん？　冬狐堂さんだね」

それは、見舞いをいうために寄越したのではないとすぐにわかる、越名の切迫した声だった。

陶子の脳細胞が急速に活性化した。そうなるように努めた。越名の声は、尋常ならざる事態が起きたことを示している。その仔細《しさい》はわからないまでも、寝ぼけ眼《まなこ》で聞いてよい話ではなさそうだ。

「どうしましたか」

「ううむ……どういえばよいのだろうか」

自分で電話を寄越しておきながら、越名は言葉を詰まらせた。

「冬狐堂さん、少し前のことになるが、ずいぶんと珍しい物を手に入れたそうですね」

「もしかしたら、槐多の水彩画のことですか」

「わたしの耳にも入っているんだが、その……槐多は今どこにありますか」

「その件についても、もうお耳に入っているのではありませんか」

この世界を駆け巡る情報は驚くほどの速度を有している。陶子が槐多の名品を七百万円で手に入れたこと、それが盗難にあって今は手元にないことを、越名が知らないとは思えなかった。

不意に、

——これは全くの偶然か？

という思いにとらわれた。槐多の水彩画の盗難事件と今回の不可思議な交通事故とを、陶子は頭のどこかでリンクさせようとした。けれど、そうした問いは常に「誰が、どうして」という疑問にぶつかり、そして解答への道筋を失ってしまう。途絶えたはずの道筋の向こうに、三角縁神獣鏡や、弓削妃神子、林原睦夫といった人々の顔を見つけようとしても、それは憶測以上のなにものでもない。

「聞いていますか、冬狐堂さん」

「はっ、はい。聞いています」

「では、やはり噂は本当なのですね。冬狐堂さんが槐多を手に入れ、それを失ってしまったというのは」

「噂ではありません、事実です」

「そうですか」

今度は越名が沈黙した。そして沈黙を破ったのも越名自身であった。

「その絵は、もしかしたら中年女性の横顔ではありませんか。コンテかなにかで線を入れ、水彩で淡い色をのせた」

「ええ、その通りですが……」

「やはり。実は昨日銀座の画廊に一人の男が、それによく似た絵を持ち込んでいるんです」

「では、わたしのストッカーから絵を盗んだ犯人が」

絵を金に換えるために画廊に現れたのかと思った。だがそうではなかった。

「男は冬狐堂の代理のものだといったそうです」

越名の口調は静かだが、含みがあるようだ。陶子は反論した。

「それは嘘に決まっています。わたしがあれを手に入れたことは多くの人が知っていますし、槐多の知られざる逸品となれば注目を集めるのはわかっています。だからきっとわたしの代理を名乗って」

「そうであればいいのだがね」

越名の口調に、ふと不安を覚えた。

「どういうことですか」

「画廊の主人がいうには、確かにタッチは槐多なのだが、どこかが、その」

「まさか、贋作。いえ、それはないでしょう。だってあれが盗まれてまだ、十日しか経っていないのですよ」

その間に贋作を作ることは不可能といってよい。ましてや、画廊の主人が一目で見破ることができず、首を傾げるほどのものを作るとなると、相当の期間が必要となる。

「第一、わたしは被害届を出しているんです」

「そこなんですよ。被害届を出すときに、写真を貼付していますよね」

「ええ。買い取ったものはなんであれ、すぐに撮影しておくのがわたしのやり方ですから」

古美術商であれ、画廊であれ、盗難品に触れることは、すなわち商売人としての生命を縮めることでもある。銀座の画廊主は、自らが業者間の防犯委員会の座長を務めていることもあり、そうした情報が手に入りやすかったのだという。といった事情を説明した上で、越名は、

「どうやら、冬狐堂さんのところから盗まれた槐多の写真、その紙焼きを手に入れていたようなんです」

「だったら一目でわかるじゃありませんか」

「ところが、確かに同じ構図なんだが、微妙に異なる点があるそうで」

「異なる点？」

「たとえば写真では黒目がちであったものが、三白眼であったり、着物の柄が違って

いたり」

「まさか……槐多が同じ構図で違う絵を残していたということですか！」

「そうとしか思えないらしい。しかも、どこかに違和感が残るそうなんだなあ」

「だったら、どうしてわたしの名前を？」

「そこなんだ。その画商から昔アンディ・ウォーホルを買い取ったことがあってね。いい男なんです。それで奴から連絡があったのだが」

越名と陶子が、親密とはいえないまでも顔見知り以上であることを知っていたのだろう。

「ああ、それで越名さんを通して確認を取るために」

「しかも、持ち込んだ男は絵を預けたまま三日も取りに来ないのだそうで」

確かに異常といえた。

絵画のように、詳しい鑑定が必要な場合、売り手が店に絵を預けることはままある。その場合、画廊は預り証を発行し、売り手に渡すのである。預り証には画廊の名前、絵の種類、売り手の氏名と連絡先が明記されている。

「ところが、その預り証に書かれた相手の住所も、名前も、すべてでたらめだったとか」

「そんな馬鹿な！」

「でしょう。それでいよいよ怪しいということになったそうなんだ」

「画廊主は、絵をどうするつもりでしょうか」

「もちろん、冬狐堂さんの買い入れた槐多であれば、しかるべき機関を通じて返却することになるでしょう」

「でも、わたしの元から盗まれた槐多でないとすれば」

「そりゃあ、なんといっても村山槐多だもの。喉から手が出るほど欲しいに決まっている。男が現れるのを待って、商談を進めることになる」

「贋作であったなら?」

「そのまま警察に持ち込むか……」

越名の言葉が止まった。「いずれにせよ」と呟きに似た言葉が漏れたようだが、よく聞き取れなかった。

「そうですね。贋作にせよ、別物にせよ、わたしはその絵を確かめなければならない」

「そうしてもらえるとありがたい」

その際は自分も付いてゆくからといわれ、陶子は返答に窮した。ずいぶんと傷の具合が良くなったとはいえ、まだ顔面にはそれとわかるダメージが残っている。その顔を越名に見せることに、気が引けた。

「あの……わたし一人で行けば済むことですから」

「水臭いじゃないですか。それに幻の槐多であれば、わたしも興味がある」

仕方ないので、「会ってびっくりしないでくださいね」というと、

「どうしたんです。なにかあったのですか」

その言葉で、越名が交通事故のことを知らないのだと察した。

「ちょっと事故で、その、顔に怪我を」

「怪我？　そりゃあ、大変だ」

「大したことじゃないんです。ただフロントガラスに顔をぶつけてしまって」

「大丈夫だったのですか」

それが、自分の身に覚えのない、不可解な事故であることを、陶子は告げなかった。独りで生きるということは、独りでトラブルを解決するということでもある。都合の良いときにだけ、仲間との連帯意識を振りかざす狡《ずる》さを、陶子は持ち合わせてはいない。

二日後に高輪署に出頭する都合を考え、越名とは翌日待ち合わせることにした。

それが傷跡を隠す目的であるとはいえ、日頃は皆無といってよいほど化粧気のない陶子が、濃いめの化粧をしているのがよほど珍しいのか、越名がしきりに頷いては、

「女っぷりが上がりました」と、同じ言葉を繰り返す。その言葉を聞くたびに、陶子は冷たいものが背中を伝うのを感じた。陶子達にとっては化粧はおろか、装飾品でさえも時には凶器となることがある。素肌と違って古美術品は、クレンジングクリームを使って汚れを落とすことができないし、指輪で傷ついた場合は専門の修復に出さねばならない。すっぴんはプロの証ともいえた。

様々な顔を持つ銀座という街が、実は日本でも有数の画廊街であることはあまり知られていない。雑居ビルのテナントに紛れるように、無数の小画廊が点在している。

越名と訪れたのは、金春《こんぱる》通りの一角にある、そうした雑居ビルの中にある画廊であった。建築物としての歴史が、ゆうに半世紀は超えていそうなビルにはエレベーターがなく、二人は狭くて急な階段を上っていった。

「すごいビルですね」

「建物ごと骨董の競り市に出したいような、でしょう」

画廊はビルの最上階にある。階段を上りきり、木枠とガラスで構成されたドアを開くと、途端に極彩色が目に飛び込み、弾けて散った。

「聞こえたぞ、越名」

極彩色と見えたのは、色とりどりに彩色されたリトグラフであった。様々な色遣いの中心に立つ中年男性が「ようこそ、宇佐見陶子さんですね」と、手を差し伸べた。

「五木健吾《いつきけんご》。五木画廊の主人です。画廊としては一流だが、しばしば守備違いの骨董に手を出しては、火傷をしている」

越名がそう説明した。

「ということは、いつもお前が売りつけている品物……あれは、もしかしたら！」

「よせやい。冬狐堂さんにおかしなことを吹き込まんでくれ」

二人のやりとりを聞きながら、陶子の頭の中は槐多の作品のことで一杯になりつつあった。

「あの」と声を掛けると、五木が表情を改めて、

「わかっています。作品を今お持ちしますよ」

そういって、画廊の奥へと消えた。

間もなく、五木が持ってきた額入りの絵を見るなり、陶子は頬が強張《こわば》るのをはっきりと感じた。

「いかがです?」

「わたしの持っていた槐多です。けれどこれはわたしの持っていた槐多ではない」

矛盾した言い回しであることは十分承知の上で、陶子はそういわざるを得なかった。

構図を見れば、陶子が買い取った絵とまったく一致していることは明らかだった。

画家が同じモチーフで何枚もの絵を描くことは珍しくない。岸田劉生《りゅうせい》の《麗子像》

の一連のシリーズがそうであるし、ムンクは同じ構図で油絵、版画とそれぞれ作品を残している。だが、目の前にある槐多の作品は、そうしたものとはまったく別の制作意図で描かれたとしか、思えないのである。

越名から伝え聞いたとおり、細部が確かに違っている。陶子の手元にあった作品が黒目がちであったにもかかわらず、こちらは不気味な三白眼だ。また着物の図柄も、微妙に違っている。常識的に考えるなら、これは陶子の持っていた槐多とは別の槐多と判断するしかない。

「でも、構図が」

「構図がどうかしましたか」

五木がいった。

「あまりに似すぎているのですよ。いいえ、似ているなどというものじゃない。これはわたしの持っていた槐多そのものなんです。写真に撮ってわたしの持っている写真と重ね合わせてみるのが一番わかりやすいと思うのですが」

「まったく、一致しているのですか」

「たぶん」

「それは妙ですね。いくら正確に模写したとしても……それが同じ作家の手になったとしても、多少の違いはあるでしょう」

「でも同じなんです。わたしにはそうとしか思えない」

そういって陶子は、絵の右端に描かれた花瓶を指さした。すすきの穂が三本ほど挿《さ》してある。

「この細部など、まさにそっくりなんです」

念のために、額からはずしてみた。古色の浮いた画紙で、新物でないことは一目瞭然である。ただし、古い画紙などの調達は比較的容易であるから、これをもってして贋作でないとは言い切れない。さらに細部を確認するために、陶子はルーペを取りだした。

「なにかわかりましたか」

「どうやら印刷ではないようですね」

「それくらいは一目でわかりますよ」

五木の口調にわずかに皮肉めいたものが混じったようだが、陶子は気にしなかった。

「画紙の裏面にあった染みの具合などは、明らかにわたしの持っていたものとは異なります」

「では、やはり別物！」

「そうとしか思えないのですが」

陶子は断言できない自分に苛立っていた。

印刷物の《色》とは、単純にいえば《点》の集合体である。赤《マゼンタ》、藍《シアン》、黄《イエロー》の三原色の点と黒の点を配合することによって、あらゆる色は作り出される。従って、高倍率のルーペで印刷物をのぞけば、当然のことながら、この《点》を確認することができる。

五木の画廊に持ち込まれた槐多の作品には、そうした印刷物の特徴が見られない。

「済みません。わたしの手には負えないようです」

陶子は素直に降参した。

「それはどのように解釈すればよいのでしょうか」

「どのようにでも。これはわたしの持っていた槐多ではありません。それは確かです」

「ならば、わたしがどのように処分しても構わないと」

「贋作であるとすれば、たぶんわたしのところから失われた槐多を元に、誰かがこれを仕立てたのでしょう。それも、わたしの知らない」

知らない技術で、といおうとして、陶子は頭の芯に鈍い痛みを覚えた。いつか、遠い昔に似たようなことがなかったか。そんな言葉が、頭の芯にするりと侵入してきた。

「どうしましたか、宇佐見さん」

五木の声は、陶子の頭をすり抜けて、どこかへ消えてしまった。

——どこかで、聞いたことがある。あれは学生時代だったろうか。

だが結局、記憶の正体を見ることはできなかった。

「五木さんは、どうお考えですか」

「真贋についてですか。だったら、これは紛れもない槐多です。わたしの画商人生を賭けたって構わない」

「そうですね。でも出自がわからないことには、不安ではありませんか」

「でも、これは槐多なのですよ」

五木の声には、一点の疑いも、曇りも感じられなかった。

画廊を辞して、陶子は越名と近くの天ぷら屋へ入った。しゅうしゅうと音を立てる揚げたての天ぷらを前にして、しばらくの間は画廊での出来事を忘れた。それが話題になったのは、食後の日本茶をすすり始めた頃だった。

「どう思われます」

と、陶子は越名に聞いてみた。すると、

「五木の目は確かですよ」

素っ気ないほどの返事があった。どうやらつきあいが相当に長いらしい。

「滅多なことでは目を誤る男じゃありません」

その五木が正真物という限り、疑う余地はないと越名の口調が語っている。

翌日。陶子は高輪署へ出かけていった。警察側は事故の調書を取ることが目的であろうが、陶子本人には、そのつもりは毛頭ない。身に覚えのない事故の当事者にされ、たとえどのような形にせよ、罪を被せられるなど、まっぴらであった。万が一、調書をでっち上げなどしようものなら、告訴も辞さない覚悟を胸に確認し、高輪署を訪れた。

「別に、それならそれで構わないよ」

交通課を訪れ、望月の前ではっきりと調書に応じる意思がないことを告げると、返ってきたのはあまりにもあっけない言葉だった。

「構わないというと」

「別にあんたの調書などなくてもいいんだ。わたしは、事故処理に当たって得たデータを、正確に書類に起こし、検察に提出することが仕事だ。それを判断するのは検事の仕事」

事故当時、陶子の血液中から多量のアルコールが検出されたという事実さえあれば、他の証拠など、たとえそれが供述調書であってもさしたる意味は持たないのだと、望月は説明した。

「それともなにかね。誰かに無理矢理アルコールを飲まされた、とでも？」

「そんな記憶はありません」

「アルコールを少しでも吸収すると、それを元に体内でアルコールを自家醸造する、といった特異体質であるとか」

「そんな便利な体質があるんですか」

「少なくとも、わたしは知らないがね」

望月の口調は、陶子を馬鹿にしきっていた。明らかに自分で引き起こした事故を、そうではないと言い張る駄々っ子のような女、責任感の欠片《かけら》もない馬鹿な女。言葉の端々にそうした侮蔑の気配が滲《にじ》んでいる。

「しかし、わたしは！」

言い募れば言い募るほど、陶子は泥沼にはまるのを感じていた。いっそのこと、飲酒運転を認めて、電柱にぶつかったのも自分だと、供述してしまおうかとさえ思った。あるいは素直に調書に応じれば、飲酒が酒気帯びに書き替わるかもしれない。けれど、そうすることを許さない矜恃《きょうじ》が、陶子にはあった。

「わたしは、戦います。たとえどんな事態になっても」

「ご自由に」

立ち上がり、帰ろうとする陶子の腕を、望月が押さえた。

「まだ、帰ってもらっては困るんだ」

「調書には応じません」

「そうじゃない。別の用事があるんだとよ」

「別の用事？」

「ああ、交通課じゃないよ。あんたにはなじみの深い生活安全課の連中が、どうしても話を聞きたいそうなんだ」

望月が内線の電話を使って二、三のやりとりを行った後に、生活安全課へ出頭するよう、命令の口調でいった。

「どうして生活安全課が。わたしにいったいなにを」

何度か同じ質問を繰り返したが、望月はなにも応えてはくれなかった。ただ、人を小馬鹿にしたような薄笑いを浮かべ、「行けばわかる」というのみである。階下に下りて、廊下を突き当たったところが生活安全課であることを陶子に告げると、もう興味はないとでもいいたげな様子で、望月はデスクの書類に目を落としはじめた。

生活安全課の職務内容には、古物取り扱いの鑑札の発行及び管理の他に、少年犯罪の予防と捜査、銃砲刀剣類の取り締まり、風俗営業、薬物の取り締まりなどがあり、多岐にわたる。だからといって、古物取り扱いの鑑札業務以外には、陶子に関係があるとは思えなかった。

あるいは、盗まれた絵画に関することかとも思ったが、そうであれば部署が違う。

窃盗に関する捜査は捜査第三課によって行われるはずである。その程度の知識なら陶子にもあった。

望月にいわれたとおりに階下の《生活安全課》という札の下がった部屋に赴《おもむ》き、

「宇佐見陶子と申しますが」と声を掛けると、右端のデスクに座った男が、ああ、と立ち上がった。

「宇佐見陶子さんですか。わたし、高輪署生活安全課の田端と申します」

言葉遣いは丁寧だが、ひどく怜悧《れいり》な感じのしゃべり方をする男だった。削ぎ落とされたようなラインの頬、薄い唇が、田端という男の性格を、陶子の直感に告げていた。

「あの……なにか」

「どうぞお入りください」

そういって田端は、陶子を奥の小部屋に案内した。取調室ではないようだが、こんな場所で接待を受けたら、さぞや気分が悪かろうと思わせるほど、殺風景な小部屋である。一対のソファーと小さなテーブルがあるにはあるが、全体に漂う陰気臭さは隠しようがない。

「実はちょっと見ていただきたいものがありましてね。これなのですが」と田端がジュラルミン製のケースを、部屋の隅に設置された保管庫から取りだした。

「これに見覚えがありますか」

「あるといえばあるのですが」

「やはり！」

「誤解しないでください。これは中にクッション素材の入ったキャリングケースです。我々の業界ではごく一般的なもので」

そういいながら、なぜか陶子は背中に冷たいものを覚えていた。

人生という奴は、などと大袈裟《おおげさ》に構える必要はないが、生きて物を食べ、眠り、呼吸を重ねる間には、様々な理不尽《りふじん》が降りかかってくることを、人は学ばなければならない。理不尽の気配をいち早く察知し、その被害を最小限に食い止めることこそが、理知というべきものの正体だ。そんなことを、仕事のパートナーであり、友人でもあるカメラマンの横尾硝子と、ワイン片手に話したことを、ふと思い出した。

机の上に無造作に置かれたジュラルミン製のキャリングケースが、ひどく禍々《まがまが》しい気配を放っている。陶子にはそう思えて仕方がなかったし、それこそが理不尽に対するある種の予感であることを疑わなかった。

「では、これは宇佐見さんの持ち物ではないのですね」

田端が、確認するようにいった。

「ええ。わたしのものであれば」

陶子は、ケースの右の底を指さした。この部分に《狐》という文字が入るのだと説明すると、なぜか田端の口元に、薄い笑みが浮かんだ。交通課の望月の笑みと酷似している。

「なるほど、狐ですか。宇佐見さんは冬狐堂という屋号でビジネスをなさっているとか」

「その狐です」

「難しい業界ですからね。やはり騙《だま》し合いもあるのでしょう」

「狐が人を騙すというのは、人間の勝手な思いこみですよ」

そのとき、部屋に入ってくる人の気配を感じた。そうとしかいいようのないほど静かな、足音も呼吸の音もない登場の仕方で、

「済みませんね、お忙しいところを」

枯れ枝のような老人がいつの間にか立っていた。

老人といっては語弊があるのかもしれない。体軀《たいく》は限りなく細く、髪の毛にも白い物が混じっているが、その眼は少しも年老いていない。柔和な笑顔はそれ自体が彫刻のようで、喜怒哀楽とは別の意味を持っているように見えた。男は「市橋です」と名乗って、田端の横に腰を下ろした。

「すると、このジュラルミンケースは宇佐見さんのものではないと」

田端と同じ言葉を口にしたことで、市橋が二人のやりとりを最初から聞いていたこ

とがわかった。

——食えない警察官だな。

警察官とは、そうした人種であることを、かつての経験が告げている。

「では、これには見覚えは」

田端が、ケースから紙状のものを取り出した。それを見て陶子は思わず息を呑んだ。

失われた槐多が、そこにあった。

「どうしてこれが！」

声を荒らげたのも、無理からぬことだった。薄手の簡易額縁に手を伸ばそうとすると、市橋の手が素早く伸びて、それを取り上げた。玩具を取り上げられた子供の表情になるのもかまわず、陶子は、

「それはわたしの」

悲鳴のような声をあげた。

「そうかもしれない。これの所有者は確かにあなたかもしれない。けれど今はお渡しすることができないのです」

「なぜですか」

「もしかしたら犯罪を立証するための重要な証拠になるかもしれないからです」

市橋の言葉に、田端が「二課の管轄《かんかつ》ですが」と付け加えた。

——二課？　三課の間違いではないの。

そう思ったが、警察の組織内にいる人間がそうしたことを間違えるはずがない。

「わたしはその絵が盗難にあったという届けを出しています」

「そこがまさしく問題なのですよ」

市橋が笑顔のまま、いった。

「盗まれたものではないと？」

「そうであると、奇妙なことになってしまうのです。宇佐見さんはあのジュラルミンのケースを見たことがないという。この絵はその中に入っていました。そして……ジュラルミンケースはどこで見つかったと思いますか？」

「そんなこと、わかるはずがないでしょう」

「いいや、あなたは知っているはずだ」と、田端が断定的にいった。

「このケースね、破損したあなたの車のトランクに入っていたんです」

馬鹿な、といおうとしたが、声が喉に貼りついたまま出てこない。唇をむやみに動かしても、肺の中にあった空気をいたずらに消費するだけだった。

「あなたは確かに絵の盗難届を出しておられる。殊に美術品は足が速いものですから、届けは可及的速やかに全所轄に配布されるのですよ」

足が速いとは、すぐに闇で処分されるということなのだろう。事故車、それも明らかな飲酒運転であることから――事実は異なるが――、薬物所持の可能性もあるということで、車内がくまなく調べられたらしい。そこで発見された絵が、盗難届の出ているもので、おまけに車の持ち主は届けを出した本人である。そうした事情を市橋は丁寧に説明した。

怪しまれない方がおかしいほどの状況に置かれていることに、陶子はようやく気が付いた。

「ご説明願えますか」と、市橋がいった。

「………」

陶子はなんとか状況を把握しようと努めたが、しばらく逡巡した後に、諦めた。

「わかりません」

「どうして、あなたがわからないのですか」

「あの事故でさえも、身に覚えのないことなんです。わたしは酔いを醒まそうとして、車内で仮眠を取っただけなのに、いつの間にか病院で治療を受けていた」

絵のこともそうだ。槐多の絵を購入し、十日ほどで空き巣に入られた。犯人は他の美術品には目もくれず、槐多のみを持っていった。それが今になってどうして、事故で破損した車のトランクから発見されたのか。

「説明してほしいのはわたしの方です」

そういうと、田端が、

「説明もなにも、簡単な話だ」

なんの感情も込めずにいった。最初から感じていたある種の怜悧さが、はっきりと剃刀《かみそり》の鋭さを持った気がした。

「保険のことですか」

先ほど田端の口から「二課の管轄」という言葉が出たことを思い出した。捜査二課は詐欺、背任、横領といった知能犯捜査を行う部署であることを、誰からか聞いたことがある。けれど、槐多の絵に関して、陶子は保険にはまだ加入していない。そういっても、田端の無表情は変わらなかった。陶子は次第に息苦しさに似た苦痛を覚え始めていた。

「実は、ケースの中にはこんなものも入っていました」

市橋が取りだしたのは、8×10サイズのフィルムを入れるビニールの袋であった。中に数枚のフィルムが入っているが、ポジだかネガだかはわからない。

立ち上がった田端がいったん部屋を出て、フィルムをチェックするためのライトボックスを両手に抱えて戻ってきた。スイッチを入れたライトボックスの発光板の上に置かれたのは四枚のモノクロ・ポジフィルムだった。正確にいうなら、ポジフィルムではない。それを見た途端に、陶子には正体が分かった。

——そうか……銀座の画廊で見た、あの槐多は！

陶子は五木が見せてくれた槐多の正体を、この瞬間に摑んでいた。同時に、自分が恐ろしい状況に置かれつつあることも、自覚した。

「これ、わかりますよね」

「……なんとなく」

市橋の言葉に、そう応えるしかなかった。

「なんとなくではないでしょう。あなたはご存じのはずだ。ご自身の口から、こいつの正体をお聞かせ願えませんか」

「わたしがこれがなんであるかを知っていることと、これをわたしが作らせたということとは……」

陶子は口調に絶望を滲ませた。

自分の言葉、その一言半句も、二人の警察官には真実の声として響いていない。それは二人の表情を読むまでもなく明らかだった。

「ですから、この四枚のフィルムはなんですか」

市橋の言葉はあくまでも柔らかい。真綿で首を絞められるという言葉を、十分に実感させてくれるほど柔らかかった。

「たぶん……一枚の水彩画を四色に色分解した製版フィルムです」

「やはり、ご存じなのですね」

「ですから、それはわたしが職業柄」

「実にうまいことを考えたものだ。まさかこんな技術があるとは知りませんでした」

市橋のあまりに確信に満ちた言葉付きに、陶子ははっきりと別の予感を得ていた。

――別の切り札を持っている。それは……まさか。

陶子の予感をあっさりと裏付けるように、奇術師にも似た手つきで、市橋がケースから別の紙片を取りだした。十号ほどの、ひどく古びた画紙である。それを裏返すと、五木の画廊で見たものと、そっくり同じ画像が、陶子の目に映った。

今はもう、はっきりと断言することができる。

村山槐多の贋作である。

「写真製版技術を使うとはね」

少しばかり感心した調子の田端の言葉は、しかしなんの慰めにもなっていなかった。

絵画の贋作に写真技術を使う方法は、それほど目新しいものではない。写真というとすぐに印画紙に写し出された光沢面を想像するかもしれないが、要は光に反応する感光剤を塗った媒体であれば、どんなものにでも写真転写は可能だ。それが画紙であろうとカンバスであろうと、変わりはない。

一九六五年のことだ。当時、真贋の論争のただ中にあった藤田《ふじた》嗣治《つぐはる》作《猫》の鑑定に画期的な手法が取られた。日本では初めて、原子炉を使った放射線分析が試みられたのである。その結果、作品の一部から銀が検出され、この作品が写真技術によって転写されたものであることが証明されたのである。現在ではX線蛍光分析機などによって、簡単に鑑定を行うことができる。ただし、そうした機械が身辺にあれば、の話であって、そうでない場合、写真による贋作は驚くほどの効果をもたらすことがある。

一つには、贋作者がほとんど手を入れない分、元の作者のタッチをほぼ完璧に画面に再現できる点が挙げられる。しかも印刷と違って、写真の画像は驚くほど細かい。なまじの顕微鏡では判断が付かないからこそ、原子炉実験が行われたのである。

五木が見せた贋作は、さらに巧妙にできていた。

単純に写真転写による贋作を作るのなら、わざわざ四色に色分解する必要はない。ポジフィルムからのダイレクトプリントの要領で画紙に転写し、上から薄く本物の色を乗せてやれば、ほぼ完璧なものができる。

四色の色分解は、通常はカラー印刷に用いられる技術だ。印刷の基本となる、《赤》、《藍》、《黄》の三原色と、《黒》を色フィルターによって分解し、それぞれの色の版に分けたものが製版フィルムである。それぞれの版に色を乗せ、輪転機にセットして、紙を通せば四色のカラー印刷ができあがる。

——だが、これを作った人間は……天才だ。

もちろん、印刷に製版フィルムを使ったのではなかった。印刷物なら、よほどの素人でない限り、すぐに見抜くことができる。製版フィルムは、写真用の焼き付け機にかけられ、感光剤を塗った画紙に転写するために使われたのである。するとどうなるか。一枚一枚の色版は、まさしく村山槐多のタッチを持つモノクロポジフィルムだ。たとえば黒の版を使って、写真転写をすれば、真正の槐多と同じ構図でありながら、微妙にタッチの異なる槐多が画紙に転写されることになる。あとは本物の水彩の色を——もちろん、大正当時の画材を手に入れる必要はあるが——のせれば、滅多なことでは見破れない贋作ができあがる。さらに考えを進めるなら、黒版と藍版を組み合わせての転写、赤版と黄版の組み合わせ、黒版と黄版の組み合わせなど、順列・組み合わせの計算で、単純に二十四枚の槐多ができあがることになる。

もちろん、公開が原則の美術館に販売されることはないだろう。けれど今でも槐多のファンは多いし、その希少性から大変な値が付くことも、よく知られている。好事家、投機目的の半玄人《くろうと》など、購買層は限りなく広く、厚い。

そのようなことを考えながら、陶子は一方でまったく別のことを考えていた。

五木の画廊で見たあの贋作の槐多を、

——絶対に市場に流通させてはならない。

このことだった。一刻も早くこの場を切り上げ、なんらかの手を打つ必要がある。

「しかし、写真製版を使った贋作とはね」

市橋と田端が、ほぼ同時に同じ言葉を呟いた。その言葉の意味を知って、改めて陶子は愕然《がくぜん》とした。どうしてそのことにこれまで気が付かなかったのか。二人の警察官は、写真製版を使った贋作技術を正確に見抜いている。美術関係者ならいざ知らず、生活安全課の刑事と贋作の技術とは、あまりに世界が、かけ離れてはいないか。

陶子の不安は、田端の次の一言で現実のものとなった。

「銀座の五木画廊にあった村山槐多とかいう画家の絵、ずいぶんと値が張る代物らしいですね」

「どうしてそのことを！」

声はうわずり、隠しようのない狼狽を田端に知られたことは確かだろう。それでも陶子は問わずにはいられなかった。だが田端は問いに応えず、「スプリング・エイトという機械をご存じですか」と、抑揚のない声でいった。

「スプリング・エイト……ですか。ええ、そのような機械があることは耳にしていますが」

「私たちも、詳しいことはわからないのですがね。ずっと以前のことになりますが、町内会の夏祭りで出されたカレーに、砒素《ひそ》が混入されていた事件があったでしょう。あのときにも使われた、高性能分析機です」

「それが、なにか」

「調査を依頼しようと思っているのですよ」

陶子は、素肌に刃物を突きつけられた気分になった。困難ながら、できうる限りの平静を取り繕い、

「なんのことでしょうか」

そういってはみたものの、気持ちは限りなく絶望の淵へと落ち込んでゆく。

「五木画廊に、〈冬狐堂という古美術商の使いだという男がやってきて、一枚の絵を買い取ってくれないかと持ちかけたそうです。それが村山槐多という画家の描いた人物画。確かにこの絵は冬狐堂が所有していたものなのですが、奇妙なことに冬狐堂は、この絵が盗まれたという、盗難届を出している」

田端に呼応するかのように、

「奇妙でしょう。実に奇妙だ」

市橋が、喜色を滲ませた声でいった。人を追いつめるのが楽しくて仕方がない、追いつめられたものの顔色を観察するのが嬉しくて仕方がないという、声なき声が聞こえるかのようだ。

「しかもです。その後に交通事故を起こした冬狐堂は、なぜかその車のトランクに、盗まれたはずの槐多の絵を所持していた。絵だけではありません、それを四色に分解

した製版のフィルムまでも……あった」

「絵は確かに盗まれたんです。それに事故のことだって、わたしには身に覚えのないことですし、ましてや盗まれたはずの槐多が車のトランクにあったといわれても、いったいなにがどうなっているのか」

必死に抗弁を試みたが、それがいかに信憑性《しんぴょうせい》のないものであるかを、陶子自身が誰よりも実感していた。

「では、あなたはなにも知らないと？」

「そうです」

市橋の目の奥に、底意地の悪い光が宿った。

「なるほど、すべてはあなたの知らないところで起きた出来事であると。こうおっしゃるわけだ」

「そうとしかいいようがありません」

「となると、あなたを陥れようとしている誰かが、どこかにいることになりますね。なにか心当たりはありませんか」

市橋の言葉に「三角縁神獣鏡が」と、いおうとして、陶子はやめた。すべての原点ともいうべきところに、例の青銅鏡があると、直感が教えている。けれど確証などどこにもないし、なによりも、競り市で青銅鏡を手に入れ、そしてそれを本来の持ち主の元に返却しただけの話といわれれば、他に反論のしようがない。

「あなたのご意見はご意見として伺っておきますが……こう考えることも可能だとは思いませんか」

市橋に代わって、田端が続けた。

「冬狐堂という古美術商は、ある時有名な画家の絵画を手に入れた。もちろん、それを売れば利益は上がるだろう。けれどより多くの利益を上げる方法を、冬狐堂は思いついた。すなわち、色分解によって生まれた四枚の製版フィルムを使って、巧妙な贋作を作ることを、です。そのためには、自分の手元からオリジナルを消しておいたほうがよい。自分と贋作との関係を絶っておくのが目的です。だから冬狐堂は絵画の盗難届を出した」

「勝手な憶測です！」

そういって、陶子は唾《つば》を呑み込んだ。喉がごくりと音を立てた。

「憶測？　ではどうしてあなたは盗難届の出ている絵画を所持しているんです」

「それがわからないといっているじゃありませんか」

「とても納得のできる説明ではありませんね」

「できる、できないの問題ではありません。真実なのですから」

「真実とは万人を納得させうるものであると、私たちのような職業に就く者は考えますが」

「けれど、冤罪《えんざい》は数多くあります」

「冤罪とはまた、大仰《おおぎょう》な言葉ですねえ。まあ、いいでしょう。すべては、スプリング・エイトの分析結果を待ちましょう」

「では、あの絵を鑑定に」

「すでに依頼をしています」

あまりの手際の良さに、陶子は絶望感の中で確信した。すべて罠《わな》なのだ。世界最高の放射光分析機械スプリング・エイトは、ごく短時間のうちに、五木画廊に持ち込まれた槐多が贋作であることを見破るに違いない。そして、冬狐堂の使いを名乗った男は、永久に見つからないことだろう。自分を陥れるために周到に仕組まれた罠を、陶子は確信した。

けれど、まだ挽回《ばんかい》の余地が残されていないわけではなかった。

「では、五木画廊に現れた男は、どうして冬狐堂の使いなどといったのでしょうか。わたしが贋作を売り捌く目的で盗難届を出したというのであれば、冬狐堂の名前を出すはずがありません」

「そこが頭の痛いところなんですがね」

市橋が、鼻の頭を撫《な》でた。

「このことこそが、誰かがわたしを陥れようとしているという、なによりの証拠ではありませんか」

「そうともいえませんよ」

　ぽつりと、田端がいった。

「どうしてです？」

「あなたが村山槐多を手に入れたというニュースは、業界中に知れ渡っているそうですね。けれど、それが盗難にあったというニュースは、まだあまり知られていない。そのタイムラグを利用して別のことを考えた」

「タイムラグ？」

「あなたは、同じ構図、異なるタッチの村山槐多が二枚あったことにしたかったのではありませんか。そして一枚は処分するという口実をつけて、五木画廊に持ち込む。他の業者にも二、三、当たってみたのですがね。五木という画廊の主人、なかなかの目利きだそうじゃありませんか。その五木をうまく騙すことができたなら、これから先、贋作を販売するに当たっての試金石となる。ちがいますか」

「だから、盗難のニュースが流れる前に、新作として五木画廊に槐多を持ち込んだと」

「盗難にあったというニュースが流れたしても、その日時までは、警察は公表しませんし、なによりも最初から槐多が二枚あったことにしてあれば、問題はどこにもありません」

ふと、陶子は疑念にかられた。

「一つ聞いてもよろしいですか」

「なんなりと、どうぞ」

「もしかしたら、警察になにかを密告した人間がいるのではありませんか」

でなければ、この手際の良さを説明することはできない。そう考えての問いであったが、二人の警察官は我が意を得たりといった表情で、相好を崩した。

「それは、自白の一部と受け取ってよろしいのですね」

といったのは市橋である。

――苦しいな。息苦しい。

それが偽らざる実感だった。

尋常ならざる事態が、四方八方から迫って陶子を押し包もうとしている。けれど抗う術《すべ》がどうしても見つからない。

「けれど、これは……まだ事件とはいえませんよね」

陶子は、最後の反撃を試みた。

槐多の贋作が実在したとしても、そこに金銭の流れが生まれなければ、詐欺罪は成立しない。贋作は、通貨の偽造と違って、作る行為そのものが罪になるわけではない。模写は、芸術活動の一つの手段でしかないのだから。

　陶子の苦しすぎる抗弁は、

「立派に犯罪行為として成立しますよ。贋作とわかっている絵画が、真作として画廊に持ち込まれた段階で、立派に未遂罪《みすい》がね」

　田端の言葉によって、あっさりと否定された。それどころか、陶子は自らの一言によってますます窮地に追いやられたことに気が付いた。

「いや、決してわたしが贋作を作ったということを認めているわけではありませんが」

「わたしはてっきり観念されたのかと思ったのですが」

「違います。わたしは無関係です」

「スプリング・エイトという分析機械は、たいそうなものらしいですな。あなたの配下が持ち込んだ絵画から、感光剤を検出することなど朝飯前だそうです」

「配下じゃない。無関係だといってるじゃありませんか」

「別にいいんですよ。私たちはあくまでも冬狐堂の使いを名乗る男が、贋作を持ち込んだことさえ証明できれば。そしてその絵に、盗難届が出ていることを立証すれば、あとは別の課の……知能型犯罪を捜査する二課の仕事となるのですから」

その物言いは、陶子の供述があろうがなかろうが関係ないと言い捨てた、交通課の望月とまったく同質だった。

「今日のところはこれくらいにしておきましょう。検査結果は一週間ほどで出るそうですから。そのときに改めて詳しいお話を聞くことになります」

田端が極めて事務的にいった。

「……一週間」

それは、陶子が自らの無実を立証するためのタイムリミットでもある。

「売り出し中の古美術商だかなんだか知らないが、やっていることはただの詐欺師と同じですね」

市橋の言葉が、容赦なく陶子のプライドを切り裂いた。さらに追い打ちを掛けるように、

「こんな輩《やから》に鑑札など持たせてはいけないんだ」

とまでいわれ、陶子は血の気が引く音を聞いた気がした。

――鑑札が剝奪《はくだつ》される！

それはまさしく、死刑宣告に等しかった。

どこをどう通って帰ったものか、まるで記憶がないまま、陶子は自宅マンションへと辿り着いた。

3

誰かに会いたい、と心から思った。渇きにも似た焦燥感が、身体に深く深くこびりついたようで、気持ちが落ち着かない。何度かアドレス帳に手を伸ばし、カメラマンの横尾硝子や雅蘭堂の越名に電話をしようとして、やめた。

誰かに話をして、

「全部、冗談だよ」

といって欲しかったのかもしれない。村山槐多の作品が盗難にあったことも、交通事故のことも、そして贋作のことも。どれもこれもが質《たち》の良くない悪戯《いたずら》で、引っかかった自分を楽しそうに笑ってみている、どこかの誰かが「悪かったね」といってくれたら、どれほど救われることだろう。

「でも、これは現実なんだ」

手にしたワイングラスの中身を、ぐいとあおって、陶子は呟いた。現実ではあるが、実態が摑めない。何者かが悪意を持って陶子を陥れようとしている。そのことは紛れもない事実なのだ。わからないのは、一連の事件の背後にある意思、背骨といってもよかった。どうして自分がこのような目に遭わねばならないのか。陶子は恐ろしいほどの理不尽の渦中《かちゅう》に、立ち竦む己の姿を確かに見ることができた。

恨みを買うことがない、わけではない。古美術品の移動と共に金銭の授受が行われ、そこに利益と不利益の関係がある限り、なんらかの形で恨みを買うことは十分にあり得る。

「だが、そんなことが事件の根っこにあるとは考えられない」

新たにワインをグラスについで、陶子は一つ一つの可能性を潰《つぶ》していった。恨みを抱きそうな人物は誰か。この一年余りの取引を思い出し、人物の名前と顔とを引っぱり出しては消してゆく。

そして最後に残ったのが、村山槐多を売りつけた高塚だった。事件について、とりあえずの原点を高塚に求めるなら話はまっすぐに繋がる。すべてはそこから始まったと考えることで、陶子は事件を整理しようとした。

高塚は、今度は事件を仕組み、そして陶子に槐多を売りつけた。それが盗み出されることも、陶子が偽装の交通事故に巻き込まれることも、その車内から失われたはずの槐多が出てくることも、最初から織り込み済みの、計画の一部に過ぎなかったと仮定する。

問題は、高塚がどんな理由があって、突然陶子への悪意をむき出しにしたか、である。

それだけではない。ピッキングを使った盗難も、写真製版を使った贋作も、あまりに専門的な匂いが強すぎて、たかだか古美術店の主人にすぎない高塚には似つかわしくない気がした。

いずれにせよ、スプリング・エイトによる鑑定の結果が出る一週間後が、陶子にとってのタイムリミットである。それまでに高塚を問い詰め、真相を究明しなければならない。

ただし、証拠と呼べるような代物はどこにもない。高塚が、「槐多を売りたがっている人物の代理になっただけだ」といってしまえば、それ以上に彼を責める術はない。

「やはり、高塚の弱みを握るしかないのかな」

声に出すことで、陶子は己を鼓舞しようとした。退《の》っ引《び》きならない弱みを摑んだ上で、高塚に真相を語らせる。それが姑息《こそく》な手段であるとか、アンダーグラウンドの取引であるとかいったことは、この際忘れることにした。

洗面所で、鏡に映った自分の顔から、絆創膏《ばんそうこう》を剝《は》がしてみた。傷は完全にふさがっているが、まだはっきりと赤い筋が額に残っている。新しい絆創膏を貼ることもなく、

「上等じゃないの」

陶子は、宣言した。

自分に向かって罠が仕掛けられたことは疑いようもない。けれど、罠に引っかかっ

たまま黙って死を待つつもりはなかった。どこまで自分の力が及ぶかはわからずとも、仕掛けられた罠を嚙《か》み破る覇気《はき》だけは、決して失わないつもりだった。額の傷は、戦闘モードに入った証として、他人に見せつけてやろう。商売仲間に、道行く人々に。そして綿密な罠を仕掛けてくれた張本人、もしくは張本人達に。

絶望の淵に立とうとも、戦うことを諦めまいと誓ったそのとき、電話のベルが鳴った。オカルトのいっさいを信じず、予言、予兆といった類の話についてジョーク以上の興味を示さない陶子が、珍しいことにふと不安を覚えた。

電話の主は、雅蘭堂の越名だった。

「冬狐堂さん、夕方のニュースを見ましたか」

いつになく切迫した越名の声に、不安感はますます大きくなっていった。

「どうかしましたか」

「高塚が……平塚の高塚が殺されたよ」

「まさか!」

「昨夜のことだが、店に強盗が入ったらしい。ちょうど近所の人が、逃げようとする犯人グループを目撃したらしいんだが……日本人ではないようだね」

陶子は、半ば呆然としながらその言葉を聞いた。

すべての糸が途切れた、との思いだけがはっきりと確認できた。

槐多の絵は無事、手元に戻ってきた。絵画贋作に関する一件に関しては、実被害が出ていないことが考慮されて、起訴を免れることができたからだ。とはいえ、疑わしきは罰せずの法精神の中で、ただ一つの例外があることを、陶子は痛感せざるを得なかった。

「疑わしきは即罰する」

贋作事件に関わった可能性があるとして、地元警察署の生活安全課は陶子の鑑札取り消しを決定した。古美術商にとっての事実上の死刑宣告。

「不返の流罪」ともいうべき立場に陶子は置かれた。

また交通事故に関しては飲酒運転によるものと判断され、免許取り消しと、反則金が科せられた。

我が身に起こった出来事を理解するのに一週間。

失われたものが、決して帰ってこないことを確認するのにさらに一週間。

それでも陶子は、かつての宇佐見陶子ではなかった。

気が付くと街を彷徨《ほうこう》し、小さな古美術店の前で立ち竦む自分に気が付くことがある。掌にのせるとちょうどよい大きさの萩焼《はぎやき》茶碗を見つめ、小一時間ばかりもそのままでいたこともあった。

——わたしはいったいなにをやっているのだろう。

その問いに答えてくれる人間は誰一人としていなかった。溺れる犬に、わざわざ手を差し伸べる物好きがいないことを改めて知った。

あれほど親密に連絡を取り合っていた下北沢の越名でさえも、鑑札を失って以来、電話一つ寄越さなくなった。あるいはそれが、彼なりの思いやりなのかとも考えたが、あまりに自分に甘すぎるようで、気持ちの中から越名の名前を消去した。

鑑札を失ったからといって、古美術の世界から完全に追放されたわけではない。どこかで安価に仕入れた品物を次の店に持ち込み、利ざやを稼ぐ方法はまだ残されている。そもそも店舗を持たない旗師である陶子にとっては、そうした仕事こそがメインであったのだから。

だが、現実には無為に日々を浪費する自分の姿があるばかりだ。

陶子から失われたのは鑑札であり、運転免許証であり、気力であった。そうしたものが身の回りから消えて、初めてわかったことがいくつかある。自分がいかに張りつめた生活を送っていたか、そしてその生活を好んでいたか。虚実の入り交じったこの世界で息をし、目を光らせることこそが、陶子の血肉でもあった。

そしてもう一つ。

自分が決してやられっぱなしで済ますことのできない性分であるということを、陶子は確信していた。沈黙の時間がいかに長くとも、永遠ではあり得ない。いつか気力が充実し、自分を罠に陥れてくれた者達への宣戦布告を行う日がやってくるのを、陶子は待っていた。

そして、心の痛みをアルコールで紛らわせるような愚かさを、陶子は持っていなかった。

死風景

1

陶子の部屋に、思わぬ同居人ができたのは、十一月も半ばを過ぎた日のことだった。

その日、鎌倉のある美術館で松本竣介《しゅんすけ》の遺作展を見た帰りに、生後間もない茶虎《ちゃとら》の雄猫を拾った。ふつう捨て猫とは、空き箱の中でミイミイと鳴いているものであるが、茶虎は陶子の顔をじっと見て、

「寒いじゃないか。早く部屋に連れていってくれ」

とでもいっているように思えたのである。拾って帰るか、見過ごすか、そうした選

択の余地さえない、あまりの堂々たる風貌に、自分でも気がつかないうちに、陶子は茶虎をコートのポケットに入れていた。

「今日からあんたの名前はガスパール」

よほど空腹であったのか、一心にミルクを飲む茶虎に向かって、陶子は、そういった。すると、「まあ、仕方がないか」というように、茶虎はミャアと返事をした。

ガスパールが同居人となってからの陶子の生活は、一変した。激変といってもよかった。動物を飼ったことなどこれまでなかったにもかかわらず、ガスパールはある意味で飼いやすい猫であった。なにしろ世話がほとんどかからない。にもかかわらず、生活が変わったのは、陶子の気持ちの持ちようが変わったのかもしれなかった。世話がかからない代わりに、ガスパールは決して陶子に媚《こ》びようとしない。猫の持つしなやかさ、身勝手さにすっかりと魅了されてしまったのである。二十代の頃、短い期間ではあるが結婚生活を送ったことがある。そのときでさえも、

——これほど心がときめいたかな。

かつて夫であった人の顔を久しぶりに思い出して、陶子は苦笑混じりに詫びの言葉を口にした。

諸外国ではずいぶんと昔からある療法だが、最近では日本でも《アニマルセラピー》という言葉を聞くようになった。動物に触れることで、気持ちの癒《いや》しを得るとい

う心理療法の一つだ。

「ねえ、ガスパール」

傍若無人《ぼうじゃくぶじん》にも、陶子の定位置を占領してソファーで眠りこけるガスパールに向かって、陶子はしばしば話しかける。その声に反応することもあれば、まるで無視することがある。が、そんなことは関係がなかった。話しかけるだけで、気持ちが柔らかくなる。

「どうして、こんなことになっちゃったんだろう」

ガスパールは眠りこけたままだ。

「誰かに恨みを買ったのかな」

恨み、という言葉に反応してガスパールが目を覚ました。陶子にはそう見えた。じ

っとドアの方を見るガスパールの目の奥で、瞳孔《どうこう》がきゅっと絞られた。

「宇佐見さん、宅配便です」

と、男の声がした。

陶子の部屋に届けられたのは、B４サイズの封筒であった。それがわざわざ宅配便

で届けられたのはなぜか。その謎は、差出人の名前を見るとすぐに解けた。

――配達日の期日指定か。

普通郵便と違って、宅配便は配達日を指定することができる。そして差出人は、ど

うしてもそうしなければならない理由を持っていたのである。

「まさに死者からの宅配便というわけね」

差出人は、殺された高塚であった。いつのまに忍び寄ったのか、ガスパールが足元で一声鳴いた。

「大丈夫よ。幽霊にまで恨みを買うほどあくどい真似はしていないもの」

そういって、陶子は封筒を鋏《はさみ》でカットした。

高塚があの世から宅配便に託して送りつけたもの。それは一枚の写真だった。相当に古い写真を、さらに複写し、四つ切りサイズに引き延ばしたものだ。

山の中を思わせる場所で、着物姿の六人の人物が横一列に並んで写っている。服装から見て、大正からこっちということはなさそうだ。なにかの旅行の記念に撮影したとも見えるのだが、不気味なことに、二人の人物の顔が削り落とされたように欠けている。

「なんなの、これは」

そう呟いてみたが、もちろんガスパールが応えてくれるはずもない。

ワーキングデスクから、鑑定用に使う大型ルーペを出してきて、写真の細部を観察することにした。まずは顔の欠けた人物にルーペを当てた。

「どうやら、元の写真の顔部分を、刃物かなにかで削ったみたいね」

そのときの毛羽《けば》のようなものが、はっきりと見えた。

「それから……これは旅行じゃないわ」

顔の欠けた人物の隣、尻をはしょった男が手にしているのは、杖ではなく持籠担《もっこかつ》ぎの六尺棒らしい。

「すると、なにかの工事現場かしら」

写真の不気味さ、不可解さもさることながら、なぜこのようなものを高塚は送りつけてきたのか。考えられるとしたら、

「殺されることを予見していた高塚が、保険代わりにこれを用意していた」

口に出して陶子は、背筋に冷たい感触を覚えた。再びルーペを使って写真の細部を観察した。一番右端の人物――これも顔が欠けている――をのぞいて、思わずあっと声をあげそうになった。最初はざるのようなものでも手にしているのかとも思ったが、そうではなかった。

直径が二十センチに満たないほどの大きさで円形のもの。

――三角縁神獣鏡。

古い写真をさらに複製しているために、断言はできないものの、その大きさ、形状、微かに見える文様は、あの青銅鏡に酷似していた。

翌日、それを確認するために、陶子は知り合いの映像技術者の元を訪ねてみた。写

真をスキャナーでコンピュータ内に取り込み、解析処理を施すことで、はっきりとした映像を得るためだ。

　今やディジタル技術の波は、古美術の世界にも容赦なく押し寄せている。ディジタルカメラで撮影した写真が、カタログ等に使用されることも少なくない。その際に勝手に修正を加える業者がいることを考えると、専門技術者との伝《つて》は必要不可欠である。

「これだけ画像がぼけていると完全には……」

　技術者は、写真をスキャナーの鏡面にセットしながら首を傾げた。

「できる限りでいいんです」

「と、いわれましてもね」

　自分は十分に忙しい。こんなことに付き合う暇がないほど忙しいのだが、宇佐見陶子という人の頼みだからこそ、仕方なしに手伝っているのだと、男の口調がそういっている。ついでに、この借りはいつかまとめて返していただきます、とも。

　コンピュータの画面に、写真が取り込まれた。マウスを操作して、鏡の部分だけを拡大する。この時点では、鏡が例の三角縁神獣鏡であるかどうかは、判断できない。それでなくても不鮮明な画像が、拡大されたために一層ぼけてしまっているからだ。

「うっすらと残った線を解析して、消えてしまっている線を類推するわけですが」

　マウスをクリックすると、画面に走査線が走って、画像をやや鮮明なものにした。

「これが限界ですか?」

するると、技術者が意地の悪そうな表情になって、

「もっと鮮明な方がいいのでしょう」

鼻で笑うようにいった。

「もちろん」

「これを解析します。そしてさらにもう一回」

二度目のクリックで、画像はかなり鮮明になった。鏡背の文様がはっきりと確認できる。

はたして。画像は、紛れもなくあの三角縁神獣鏡であることを示していた。鏡背の文様、東王父と西王母の位置関係が、例の鏡とぴったりと一致したのである。陶子は技術者に頼んで三角縁神獣鏡のみを拡大した映像を一枚、そして顔を削られていない人物四人の拡大映像をそれぞれプリントアウトしてもらった。

「冬狐堂さん、今度一緒に食事でもどうですか」

帰り際に技術者がいった。どうやら彼には陶子がすでに旗師でなくなったニュースは、まだ伝わっていないらしい。曖昧な笑顔を浮かべて、陶子は、

「ええ、近いうちに」

近いうちがどれくらい先のことなのか、明確にはせずにいった。いいながら、自分

の狭さに辟易《へきえき》しそうになった。

　死者からの宅配便、その中身である写真をどのように理解していいのか、陶子には見当もつかなかった。高塚がなにを考え、なにを託そうとしたのか。そもそもこの写真にどれほど重要な情報が隠されているかさえもわからない。暗中模索、五里霧中といった言葉のみが、頭の中で明滅する気分だった。

「しかし、これを無駄にするわけにはいかない」

　見知らぬ街の見知らぬバーで、バーボンを舐《な》めながら陶子は呟いた。

　世田谷区の三軒茶屋に行けば、なじみのビア・バーがある。不思議な魅力のマスターがいて、おいしい料理とドリンクがいつも柔らかく迎えてくれる。そんな中で常連客達と、ゆったりと他愛のない話でもすれば、さぞや気持ちが安らぐことだろう。いっとき不愉快な事件のことを忘れることも、可能であるかもしれない。けれど、陶子はそうはしなかった。事件が片づくまで、あの店は自分へのご褒美として、取っておくことにしたのである。片づかなければ、永遠にあの懐かしいスツールに座ることはない。それでも構わないと思えるほどに、陶子の意志は固かった。

　──与えられた屈辱は、きっちりと自分の手で返済しなければ。

そうでなければ冬の狐の名が廃《すた》る。

高塚からの贈り物、というよりは宿題を受け取ってから、陶子は急速に自分の中で膨れ上がる気力を感じていた。

「よろしいですか」

不意に、男の声がして、陶子の返事を待たずにすぐ隣のスツールに腰を下ろした。

「お独りですか。それとも待ち合わせを?」

グレーのスーツもまだよく似合わない若い男を、陶子は見つめた。

「もし良かったら、ご馳走させてくれませんか」

「ありがとう。いただくわ」

「本当ですか、いやあ嬉しいなあ」

陶子はカウンターの中のバーマンに、

「サントリーの《山崎》をストレートのダブルで」

と、声をかけた。オールドファッションドグラスになみなみとつがれた琥珀《こはく》色の液体を、若い男に向かって艶然と微笑《ほほえ》みかけながら、一息に飲み干した。

「………」

唖然《あぜん》とする男に向かって「ごちそうさま」と、ひとことだけ礼をいって、陶子は立ち上がった。

――さて、宿題を片づけなければ。

レジで精算をしながら、ふとバックバーのガラス戸に映った自分の顔を見た。

――なかなか太々《ふてぶて》しくなったかな。

唇を歪め、ガスパールを真似て、にいと笑ってみた。

マンションへの道のりをゆっくりと歩み、酔いを醒ましながら頭の中を整理しようとした。

問題はいくつかに分類されている。
＊あの写真に写っていた六人の男達は、なにをしていたのか。
＊写真はいつの時代のものなのか。
＊三角縁神獣鏡と写真の関係、接点はどこにあるのか。
例の三角縁神獣鏡が発掘品であるなら、問題のほとんどはそれによって解説される。男達はどこかの古墳を発掘、もしくは盗掘して鏡を取り出したのである。ところがあの、いったんは陶子の手元にあった三角縁神獣鏡には、それらしい錆《さび》は一点もなかった。写真技術が日本にもたらされたのは幕末の頃であるから、あの写真は、それ以降に写されたものとなる。また、古墳時代をぎりぎりまで近づけたとしてもせいぜい七世紀までであるから、ゆうに千年以上は、あの鏡は土中にあったことになる。それで腐食の痕跡が全くないということはあり得ない話だ。

なによりも。

陶子は《古代技術研究家》などという、訳の分からない肩書きを持った滝隆一朗のことを思い出していた。例の青銅鏡が、明治期に作られた彫金細工であることを、滝は断言したではないか。だからこそ、一点の錆も腐食の痕《あと》もないことに、陶子は納得《なっとく》したのである。

「なにかあれば、相談に乗る」

と、いってくれた滝の飄々《ひょうひょう》とした容貌を、陶子は思い出した。あるいは、この写真と、コンピュータで解析し、プリントアウトした映像とを見せれば、何事かわかるのではないか。

マンションの前まで来て、陶子は玄関ホールに人影を確認した。

「やあ、久しぶりだね」

深みのある声がそういった。

「ご無沙汰しています。雅蘭堂さん」

「なにか電話連絡でもあるかと待っていたんだが」

「連絡ができるような状態ではないことは、雅蘭堂さんだってご存じじゃありませんか」

「そういってしまうと、身も蓋もない」

立ち話はなんだからと、部屋に誘うと、越名はゆっくりと首を横に振った。

「そうもしていられないんだ」

「贋作者と会っていることを知られたら、雅蘭堂の看板に傷が付きますか」

「それほどご大層な看板じゃない。でも……宇佐見さん」

冬狐堂とは呼ばず、敢えて本名を越名が呼んだことで、陶子は自分と古美術の世界とが、幽明境《さかい》を異《こと》にするほどに離れてしまったことを実感した。

「あなたは本当に贋作者になってしまったのですか？」

陶子は越名の唇が「贋作者」と動いたことで、少なからぬ衝撃を受けた。

「本気で、そう思っているのですか」

「思いたくはない。だが、君が村山槐多作品の盗難届を出しておきながら」

「越名さんが本気でそう思っているのなら、弁解の余地はありませんし、敢えて弁解しようとも思わない。でも、わたしはこれまで天に恥じるような商売はしたことがないんです。たとえ百万人の人間がわたしを打擲《ちょうちゃく》しようとも、この言葉を取り下げることは決してしない」

思いがけない激しい言葉が唇を吐《つ》いて出たことに、驚いたのはむしろ陶子だった。

「そうですか、だが……だったらどうして」

「わたしもそのことが知りたいのです。そしてそれを知らないうちは、決して白旗を振ることはない」

「強いな、強いよ」

越名は「冬狐堂さん」といいたかったのかもしれなかった。唇がそのような形に動こうとしたのを、陶子は見た。けれど待ち望んだ言葉を聞くことはできなかった。

「心当たりはあるのかい」

そう尋ねる越名に、果たして彼を事件に巻き込んで良いものか、迷いながらも結局、高塚が送りつけてきた写真を見せることにした。

「高塚が送りつけた？　だって彼はもうこの世の住人じゃないよ」

「たぶん、宅配便の期日指定を利用したんでしょう」

「そういうことか」

陶子はバッグから例の写真を取り出した。プリントアウトした方を取りださなかったのは、三角縁神獣鏡のことまで知られたくなかったからだ。

「こんなものをどうして高塚は」

「わたしに送りつけたんでしょうね」

「この右端にいる人物が持っているのは、青銅鏡のようだ。とすると、これは……盗掘団かなにかの写真」

そこまでいった越名の唇が、急に引き締められ、代わりに沈黙を陶子にまで強いた。たっぷりと時間を掛けた後、

「この人物、確かどこかで」

越名は言葉を濁《にご》すようにいった。

「知り合いですか！」

「そういう意味じゃないんだ。だがどこかで……たとえば書物の中でだったかな、資料の中でだったかな。確かにこの顔には見覚えがあるんだ」

「どうか思い出してくれませんか」

「少し時間をくれませんか」

そういって越名は、写真を手にしたバッグにしまおうとした。

雅蘭堂の越名が「見覚えがある」といったのは、写真中央で前方を睨《ね》め付けるように立っている、口ひげの男である。その姿はいかにも大物然としていて、周囲を威圧しているかのようにも見える。

「あの、コピーではいけませんか」

「それは構わないけれど……今はカラーコピーも優秀になっているからね」

「済みません。できればわたしも、その写真について調べてみたいんです」

二人は近くの文具店に行き、できる限り鮮明に画像がわかるようにコピーを取った。さらにラミネートシートでコーティングしたものを、バッグにしまい、「あの」と、いった。いいたくても言葉にすることのできなかったものを吐き出すように、

「なにも古物商の鑑札がなければ、商売ができないわけじゃない」

いかにも苦しげな物言いに、逆に陶子の方が同情的な気分になった。

「そうですね。一度失われた鑑札は、たぶん戻っては来ないでしょうし」

「そっ、そんなこともないだろうが」

「いいんです。気休めは雅蘭堂さんらしくないですよ」

「…………」

二人の間を、寒風が駆け抜けていった。コートの裾が大きく揺れて、音を立てた。今過ぎていった風は、自分と越名とを明確にわけ隔てるための、神の裁量かもしれない。そんなことを思いながら、

「けれど、わたしはこのままでは終わらない」

その言葉は、自らに言い聞かせたつもりだった。

「誰かと戦うつもりかい」

「必要とあれば、誰とでも」

「相手はわかっているのだろうか」

陶子は、首を横に振った。

「けれど必ず探し出してみせます。高塚さんもそれを望んで、この写真をわたしに託したはずだから」

「危険が待っていても？」

その問いに、陶子は笑顔でもって返事をした。

「やれやれ、すっかりと勝負師の顔になってしまっている」

「きっと、業が深いんですね」

静かな、静かな炎を胸に感じながら陶子は、越名に背を向けて歩き出した。背後でなにかを告げる越名の声が聞こえたが、敢えて耳を塞《ふさ》ぐようにしてその場を離れる努力をした。「まずは資金を作らねば」と、陶子の唇が独りごちた。

2

年が明け、新世紀を迎えて間もなく、陶子の銀行口座に荻脇美術館から千五百万円の入金があった。例の伊賀古陶の代金である。

——これで資金は揃った。

あとはどうやって戦いの狼煙《のろし》を上げるか、である。敵の姿形さえ見えないのだから、狼煙もへったくれもあったものではない。周囲はそういって笑うかもしれない。愚か者のあがきと誹《そし》るかもしれない。けれど、陶子には漠然とした予感があった。今にも大きなうねりが動き出しそうな、感覚である。

「ガスパール、わたしの勘に間違いはないよね」

部屋に居着いた茶虎の子猫に、陶子は問いかけた。ニイッと返事をするガスパールは「もちろんだよ」とも「知るか、そんなこと」とも取れる表情をしている。その小さな身体を抱え上げると、掌の中で激しく暴れ、右手の親指の付け根に細い爪痕を残して、ガスパールは逃げていった。おそらくガスパールには、飼われているという意識さえないかもしれない。大きく伸びをうち、毛繕いを始めた子猫の目線に顔を合わせた。

「お前はいいなあ。お気楽で」

そういってみても、こちらを見ようともしない。やがて毛繕いにも厭きたのか、居間の入り口まで歩いていったガスパールが、突然、陶子を振り返って一声鳴いた。

「待ち人だよ」

陶子には確かにそう聞こえた。

ドアチャイムが鳴り、一呼吸おいて、もう一度鳴った。

「陶子、いるかい。あたしだよ」

インタフォンから、カメラマンの横尾硝子の陽気な声が聞こえた。ドアを開けると、硝子の背中にもう一人、長身の人影があった。

「いつか紹介するっていっておいたろう」

「ああ、それじゃあ」

人影が、するりと陶子の前に立った。モンゴロイドとはかけ離れた、どこか中性的な容貌の女性が、

「初めまして、蓮丈那智です」

「というと、民俗学者の……硝子さんから伺っております。宇佐見陶子です」

陶子は、一瞬の幻を見た気がした。年齢こそ近いようだが、顔つきも、髪型もまるで違う蓮丈那智に、極めて自分と近しい空気を感じ取ったのである。鏡の中に、もう一人の自分を見るような感覚に戸惑いさえ覚えた。それは那智にとっても同じであったかもしれない。

二人はしばらく見つめ合い、そしてどちらからともなく、笑い声をあげていた。

「どうしたの、二人とも」

硝子が、ぽかんと口を開けた。

「なんでもない」といったのも二人同時だった。

「で、今日は？」

「ちょうど先生の仕事で撮影をしたフィルムを届けにいってね」

まるで我が家での立ち居振る舞いのように、硝子が居間のワインストッカーからルージュボトルを取り出した。「サンテミリオンか」とひとこと呟き、なんの遠慮もな

い手つきで、栓《せん》を抜く。

「ちょうど、陶子の話になったんだ。そしたら先生がいたく興味を持ってね」

専用グラスではなく、ゴブレットにワインを注いで、硝子が蓮丈那智にそれを手渡した。

「興味というと、やはり天敵として？」

陶子の問いに、那智はうっすらと笑って応えなかった。


民俗学という言葉から、たいていの人が思い浮かべるのは柳田国男《やなぎたくにお》の《遠野物語》であろうか。だが、現実には民俗学は民話の採集だけではなく、古民具の歴史と変遷、祭祀《さいし》、ジェンダーの意識変化と、その範囲は無限といってよいほど広い。民俗学者が百人いれば、百通りの民俗学が存在するといってもよいかもしれない。当然の事ながら、古美術商との接点も多くなる。ただし、両者の間には絶対に相容れない深い川のようなものがある。古美術品を商品として扱い、それを流通させる業者と、同一のものを研究・保存の対象と考える民俗学者は、天敵の関係にあるといっても過言ではない。

「まあ、あまり仲の良い存在じゃないね」

硝子が、いった。

「噂はかねがね伺っていたのですよ。ずいぶんと目の利く骨董業者がいて、冬の狐の異名で呼ばれていると」

透明感のある那智の声が、陶子の心にずしりと響いた。骨董業者という言葉にも、冬の狐という言葉にも、悪意はない。悪意はなくても、今の陶子を傷つけるには十分すぎる効果を持っていた。

「今はもう……骨董業者じゃないんです」

陶子がそういうと、三人の間に気まずい空気が澱《よど》んだ。それを振り払うように、

「まあいいや。それよりもなにかつまむものはないの」

「そんな気の利いたものはうちにはない」

「まったく、独身の三十女は仕方がないね」

硝子とのやりとりが、絶望的な空気を救ってくれる気がした。

「ずいぶんと大変な目に遭われたようですね」

那智が、真顔になっていった。

「大したことじゃない……とはいえませんね」

「やはり誰かの恨みを買ったとか」

「それもわかりません。五里霧中なんです」

そういいながら、二人のグラスの中身が気持ちの良いほどの勢いで、なくなっていく。

同じ速度で会話も打ち解けていった。

硝子の説明によれば、蓮丈那智は異端の民俗学者と呼ばれているらしい。その美貌とは裏腹に、言動は常に冷静で、学界の重鎮《じゅうちん》に媚びることは一切ないという。それでも彼女に不埒《ふらち》な行為を仕掛ける輩《やから》も少なくはないが。

「必ずといっていいほど、手痛いしっぺ返しをくらうんだよ、その手の連中は」

硝子がおかしくて堪《たま》らないといった口調で笑う。

「おまけに、おかしな事件に巻き込まれる才能も持っているんだ」

「おかしな事件？」

「民俗学の調査のことをフィールドワークというんだって。ところが蓮丈先生がフィールドワークに出かけると、必ずといってよいほど事件に巻き込まれる。先生の研究室に、内藤《ないとう》って助手がいるんだけどね」

どうやら内藤は、絵に描いたようなお人好しで、なおかつ那智には絶対的に従順であるらしい。事件に巻き込まれるたびに、

「確実に学者生命を削っている気がする」

これは、那智の言葉だった。陶子は思わず、

「そりゃあまた、不幸な」

と笑った。

「でも民俗学とはある意味で不幸の原点を探る作業でもあるんだ」

「そうなんですか」

「不幸と災厄《さいやく》の源を探ることでのみ、浮かび上がる日常の歴史もある」

その言葉が、陶子に一つの決意を促した。同時に、硝子が蓮丈那智という民俗学者をこの部屋に連れてきた理由を、理解した。同じ世界に住み、違う視点を持っている那智ならば、なにか有益なヒントをもたらしてくれるかもしれない。

横尾硝子を見ると、グラスの中身を飲み干し、すでに次のボトルの選定に取りかかっている。押しつけるわけではなく、詮索《せんさく》するでもない。那智先生に相談するのはあんたの勝手だよとでもいいたげな、硝子の態度が嬉しかった。

「実は、見ていただきたいものがあるんですが」

陶子が事件のあらましを説明し、高塚が送ってきた写真のことに話が及ぶと、

「写真？」

那智が、興味を示すようにいった。

「これなんです」

六人の男が並ぶ写真と、コンピュータの解析によって得られた画像とを見せると、

どこか無機質なところのある那智の表情が、翳《かげ》った。

「まさか、これは」

そういったまま、蓮丈那智は黙り込んだ。

沈黙は時として必要以上の効果をもたらす。ことに那智のように不思議な美貌を持った人物の沈黙は、周囲の空気を完全に支配する能力があることを、陶子は改めて知った。「あの」と問いかけることさえ躊躇われたが、結局は好奇心と知的欲求とが、

「心当たりが、なにかおありなのですね」

と、陶子にいわせた。

だが、なおも那智は沈黙を保ったまま、写真を食い入るように見つめている。一個の塑像《そぞう》と化した彼女が、人間としての機能を取り戻したのは、さらに数分の後であった。

「宇佐見さん、あるいはあなたは、とんでもないものに巻き込まれているのかもしれない」

「とんでもないもの？」

「容易ならざる事態、といってよいかも、ね」

那智の口調が、その言葉の持つ重みについて誇張でもなんでもないことを告げていた。

「どういうことですか」

「もし、わたしの記憶に間違いがないとしたら、この人物……」

那智が指さしたのは、写真中央に立つ口ひげの男、下北沢・雅蘭堂の越名が、「見覚えがある」といった、まさしくその男だった。

「歴史的に、有名な人物ですか」

越名と那智とが共通して知っている、となるとそれは歴史上の偉人かなにかであろうかと、予想して口にしてみた。

「ある意味ではそういえるかもしれない。少なくとも歴史学、それも考古学の世界では比較的よく知られた人物だから」

「誰なのですか」

「……税所《さいしょ》……篤《あつし》。明治時代の初期、堺市がまだ大阪に統合されておらず、堺県と呼ばれていた時代の県令だよ」

「県令というと、今の県知事ですね」

那智が黙って頷いた。

「というと、これは明治時代の写真ですか」

「それだけではないかもしれない」

那智の言葉が、急に歯切れが悪くなったことに陶子は気がついた。

「なにかの土木工事の現場のようですが」

「宇佐見さん。税所篤という人物はね、あることに手を染めたことで、歴史上にその名前を残しているんだよ」

「きっとそれは……人の道に背《そむ》くようなことでしょうね」

そうでなければ、あなたはもっとはっきりとした物言いをするはずだと、言葉の裏側に意味を含めて陶子はいった。

「昭和二年、《文藝春秋》の七月号ではなかったかと記憶しているのだが」

そういって那智が、自らの記憶を辿る口調で話し始めた。

このとき、雑誌の特集として掲載されたのが「柳田国男・尾佐竹猛《おさたけたけき》座談会」と題された記事であったという。この座談会には菊池寛、芥川龍之介の二人の作家も参加し、世相の四方山話《よもやまばなし》が数々披露された。尾佐竹猛は当時大審院判事の要職にあり、明治時代の高官達の内輪話、ことに刑事事件については当然ながら造詣《ぞうけい》が深かった。

そんな中で紹介されたのが、明治初年の政府高官達による古美術蒐集にまつわる裏話であった。中でもひどいとされたのが、堺県令・税所篤であったらしい。

「古美術蒐集?」

陶子は、急に世界が自分に近づいた気がして、思わず口にしていた。

「そう、ただしそれらは奈良や京都の神社仏閣に伝わる秘仏や、秘宝の類」

「よく蒐集なんてできましたね。お寺にしたって神社にしたって、手放すはずがないのに」

「だから……彼らは様々な策を弄《ろう》した」

「策を？」

「古美術品を強引に借り受け、贋作を作らせてすり替えたり、またそのまま返さなかったり」

「それじゃァ、まるで犯罪じゃありませんか」

「当時の県令というのは、自分が大名の後継者、ぐらいの意識しかなかったろう。任命されたが最後、県内のすべては自分が掌握した、と思い込んでいたにちがいない」

「許されたのですか、そんな暴挙が」

「そのような時代だったからね」

だが、税所篤の暴挙はそれで済まなかった。

自分は民俗学者であって考古学者ではない。だから詳しい話はできないけれどといいながら、蓮丈那智のもたらしてくれた情報は、十分すぎるほど貴重なものだった。

税所は薩摩藩《さつまはん》の出身で、西郷隆盛や大久保利通らとも親交が篤《あつ》かったという。明治元年から新政府に出仕した彼は、その後河内《かわち》、兵庫、堺の各県令を歴任している。堺県令に就任したのが明治四年。それから堺が大阪に統合される明治十四年まで、税所はまさしく堺に君臨する盟主でもあった。

「その間に彼は、堺県に奈良県を統合させている」

「堺に奈良……！」

陶子にも、税所篤のしてのけた暴挙とやらの正体が、おぼろげながら見えてきた気がした。那智を見ると、唇を引き結んだまま、小さく頷いた。

「そう。税所篤は次々と古墳の盗掘を始めた」

「古墳の盗掘！」

「もちろん、表向きは墳墓の修復や維持管理を目的にしていたけれど」

しょせん盗掘は盗掘にすぎないと、那智はきっぱりといった。

彼《か》の人物の名が、己れの胸に焼き付いた気がした。

「……税所篤」

その名前を呟いて、陶子は唇を噛んだ。

「彼については、常に毀誉褒貶《きよほうへん》が付きまとっている気がするね」

「というと？」

「考古学、特に古墳を研究する学者にとって、天皇陵ほどジレンマに苦しめられるものはない」

古墳研究の基本は、誰がどのように主張しようとも、そこに《発掘》の二文字を据えないわけにはいかない。発掘こそがすべての始まりであり、研究対象であり、成果の証明であるのだそうだ。那智の説明に陶子は頷いた。発掘物を取り扱うことの多い陶子には、十分すぎるほど理解できる世界である。

「しかし、天皇陵発掘の前には、とんでもない障害がある」

「宮内庁の許可ですね」

「基本的にいえば、宮内庁は管轄する陵墓について、発掘の許可を下ろすことはまずありえない」

たとえば、仁徳《にんとく》天皇陵だ、と那智がいう。これがその名の示すとおり、仁徳天皇の陵墓であることは、長く信じられ、疑われることはなかった。しかし近年、このことに疑念を抱く研究者が多くなり、《仁徳天皇陵》の呼称を敢えて避ける傾向にある。代わって《伝仁徳陵》あるいは《大仙《だいせん》陵古墳》などと呼ばれているという。

「確かに、これも発掘を許可さえしてしまえば、結論がすぐにでも出てくるかもしれないのに」

「宮内庁の頑迷さが、それを許さないのですね」

「彼らの態度に憤りを覚える研究者は少なくないだろうね」

そういって、那智が笑った。税所篤は私的趣味が目的とはいえ、禁断の地に鍬《くわ》を入れたという点においては、確かに画期的な偉業を成したことになる。

「ただ問題なのは……」

そういった那智の表情が急変した。口を半開きにしたまま、焦点の定まらない目つきで、どこか遠い場所を見ている。

「どうしたんですか」

陶子の問いにも答えず、やがて「馬鹿だな、わたしは」と、いった。先ほどの写真をもう一度手に取り、それを凝視して、

「大仙陵古墳なんだ」

「えっ？」

「これは大仙陵古墳かもしれない」

那智の唇が思いがけない言葉を吐いた。

大仙陵古墳は大阪府堺市に位置する、全長四百八十五メートルの前方後円墳だ。一般的には仁徳天皇陵の名で知られる。

堺県令・税所篤を含む六人の男が並んだ写真が、大仙陵古墳で撮影されたものかもしれないと那智はいう。

「どうしてこんなことに気が付かなかったのだろう」

「税所篤は、大仙陵古墳の発掘も行っているんですか」

「そういう説がある」

だが、この件について那智はそれ以上を語らなかった。記憶に少しでもあやふやな部分がある以上、学者として、それを口にするのは良くないからといって、

「その代わり、なるべく詳しい資料を早急に揃えておこう」

と、約束してくれた。礼をいいながら陶子は、なぜか雅蘭堂・越名のことを考えていた。

——越名さんも、写真の男が税所篤であることに気がついたのだろうか。

その記憶に自信がないからこそ、写真を預かって、調べてみるといったのではないか。

三角縁神獣鏡。税所篤。大仙陵古墳。三つの単語が頭の中に浮かんでは消えてゆく。

「蓮丈先生、一つ聞いてもいいですか」

「先生は余計。遠慮はしないで頂戴」

「税所篤という人は、明治政府の役人だったのでしょう。すると、おかしな事になりませんか」

明治新政府の樹立《じゅりつ》を王政復古とも呼ぶように、それまでの幕藩体制から天皇中心の中央集権国家への移行こそが、維新の骨子《こっし》であるといってよい。その政府の中枢にいるはずの税所篤が、果たして天皇陵の盗掘などするものだろうか。

「それが大きな謎なんだ」

「ということは、盗掘をしていない可能性もあるのですか」

「そう。大仙陵古墳の発掘については、あくまでも可能性の領域を出ていないと記憶している」

そのあたりを中心に資料を調べてみると、那智はいった。その言葉を聞いた途端、陶子の背中に冷たい感触が走った。事件の根っこが明治初年の税所篤にまで遡《さかのぼ》ると仮定してみた。

——それに触れた挙げ句、どんな目に遭った?

自分の身に降りかかった理不尽に思い至ったとき、陶子は自らの愚かさを知った。

「先生、調べるのはわたしの仕事です。先生はご自身の研究に専念してください」

「どうしたの、急に」

「先生は、この一件とは無関係なんです」

すると、那智は唇に酷薄《こくはく》そうな笑みを浮かべ、

「こんな面白そうな素材を手放す気は、ない」

いつの間にか近寄ってきた硝子までもが「当たり前だね」と、宣言した。

「それに税所の古墳盗掘にはもう一つの大きな謎が隠されている」

那智がいった。

税所は他にもいくつかの古墳の発掘に関わっているという。中にははっきりと公的

文書に残っているものもあるらしい。

「ところが、なぜか発掘したはずの遺物がほとんど現存していない」

「税所が私物化したということですか」

　那智は首を横に振った。

「どこにもないんだ。わずかにボストン美術館にそれらしいものがあると聞いているけれど」

「なんだ、それじゃあまるで幻のコレクションじゃないか」

　硝子が口を挟むと、

「そう。だからこそ研究者の中には《幻の税所コレクション》と、呼ぶものさえあるほど」

「幻の税所コレクション……」

「わたしは民俗学者であって考古学者じゃない。けれど、税所の行動にはなにか別の意思が働いている気がしてならない。そしてそれを探ることは、わたしの研究の道筋から、まんざらはずれているとは思えないんだ」

　そういう那智の表情には、何事かを決意した人間特有の強い意思が滲んでいた。

　蓮丈那智と横尾硝子が帰ると、陶子はすぐに旅支度にかかった。二人はああいったものの、騒動に那智や硝子を巻き込むわけにはいかなかった。初めて会ったというのに、陶子には那智の思考方法、行動様式が手に取るようにわかる気がした。どこかで相通じるものでもあるのだろうかと、旅行鞄《かばん》に衣類を詰めながら苦笑した。

　朝一番で、堺市に向かうつもりだった。

　大仙陵古墳の発掘について、なにか記録があるとすれば、堺市の役所に行けばわかるのではないか。電話で確認を取ってからとも思ったが、役所という特殊な価値観によって成り立っている世界の住人は、時として驚くほど怠惰《たいだ》で傲慢《ごうまん》な態度をとることがある。それで無為に時間を過ごすよりも、無駄を承知で直接、行動に移す方が陶子の性《しょう》に合っていた。

　電話のベルが鳴り響いた。

「はい、宇佐見です」という留守番電話のメッセージのあとで、

「下北沢の雅蘭堂です」

　越名の声を聞いて、受話器を取り上げた。

「宇佐見陶子です」

「ああ、いらっしゃったのですね。実は先日お預かりした写真の件だけど」

「あれのことは、忘れてください。お願いですから」

　陶子は、本心からそういった。

　恐ろしいのです、という訳にはいかない。

「あれが、堺県令の税所篤であることを、陶子さんも知ったのですね」

「そのことを教えてくれる人がありました」

「では、税所篤の墳墓盗掘についても」

「はっ、はい」

「君が巻き込まれた事件だが……その根っこは思いもよらないほど深いところにあるかもしれないよ」

　だからこそ、恐ろしいのである。事件を調べ、不埒なことを仕掛けてきた連中へのリベンジマッチを試みようとすればするほど、そこに横たわる闇の深さ、暗さが身に沁《し》みるのである。今はもう越名の商売仲間とはいえなくなってしまった陶子にとって、彼の協力がなにものにも換えがたい戦力となることは、明らかだった。また、それを申し入れれば、越名はきっと拒むことはしないだろう。故にこそなおさら、

　——この人まで巻き込んではいけない。

　そう思うのである。

「雅蘭堂さん。ありがとう、でもこれ以上は」

「ずいぶんと冷たいことをいってくれるじゃないですか。それに……これは罪滅ぼしでもある」

「罪滅ぼし?」

「わたしは君を信じ切れなかった。いつの間にか骨董業者の嫌な《眼》が、染みついてしまっていたらしい」

「そんな言い方をしないでください。信用と不信とが、同じ意味合いで使われるのがこの世界じゃありませんか」

「そうはいっても……ね」

「わたし、明日から堺に行ってみようと思います」

「というと、税所についての件で？」

「どこまで調べることができるかは、わかりませんが」

例の写真が、大仙陵古墳で撮影された可能性があることを告げると、受話器の向こう側で「ふむ」と、くぐもった声がした。ややあって、

「税所が行った盗掘によって、出土したはずの遺物が現代に伝わっていないことは？」

「……知っています」

「どうやら、冬狐堂さんには良い軍師がついているようだ」

久しぶりにその名称で呼ばれて、陶子は胸に熱いものがこみ上げるのを感じた。今はまだ敵の正体さえもはっきりとは見えていないけれど、それでもこの戦いをやめるわけにはいかない。

——誰のためでもない、自分のために。

「参考になるかもしれない、今からファックスを流します」

越名がいって、いったん通話を切った。

しばらくして、ファックスから吐き出されたのは、どこでコピーを取ってきたのか、那智の話の中にも出てきた『文藝春秋』誌昭和二年発行の七月号掲載の座談会記事だった。

『柳田國男　尾佐竹猛座談會』

と大きくタイトルが打たれ、柳田・尾佐竹両氏の他に参加者として、芥川龍之介、菊池寛の名前もある。問題の内容は、座談会の終わり近くにあった。

＊

尾佐竹　〇〇の〇〇〇の古色蒼然たる物を持つてゐたでせう、あれも問題になりましたね。

柳田　ナマじ鑑定眼が、あるものだからね。或は我意も強かつたかも知れませんね。

尾佐竹　併し、あの時代の人は、そんな事は何でもなかつたのでせう。Kなんかも……

柳田　〇〇〇事件ですか。それから一番ひどいのは〇〇子爵ですね。

尾佐竹　堺の縣令をして居る時分に奈良の大抵の社寺の古物などを持つて歸るのです

ね。あれなんか縣令の勢で強奪したり又はすり替へるのですからね。
芥川　さういふのは裁判沙汰にならなかつたのですか。
尾佐竹　明治初年の縣令といふものは大名の後繼者の積りで素破らしいものであり司法權も警察權もまた一部の兵權も有つてゐるといふ大したものでしたからね。そして民間は奴隷根性が抜けぬ時ですからね。
柳田　奈良の古物といふものは、あの時分によほど多く無くなつたといひますね。
尾佐竹　縣令が御覧になるからといつて取寄せて返さぬ、又は、刀の中身などをすり替へて返へす。それはまだいゝとして、屬官が旅費を貰つて出張して古墳を堂々と發掘して、その地方の豪家に命令して泊つて、そして貴重品は縣令様のポツケツトに納まるといふのですからね。（後略）

＊

柳田の発言の中にある《〇〇子爵》というのが、どうやら税所篤のことらしい。昭和二年のこととはいえ、正確な氏名を掲載することは不可能だったのだろう。ほとんどの内容は、那智の話を補完する程度のものでしかない。

読み終えるのを待っていたかのように、越名から電話がかかってきた。

「いかがでした」

「参考になりました。けれどここには大仙陵古墳の盗掘については書かれていませんね」

「ああ、そのことか」

それならといって、受話器の向こうで紙の束をめくる音がした。

越名が、電話口で資料を読み始めた。

それによると明治五年、大仙陵古墳の方墳部が一部崩壊して、露出した石室から石棺が発見されたことは、歴史学の世界では有名な逸話なのだそうだ。

「方墳部の崩壊ですか」

「どうやら台風による大雨で、地盤が弛《ゆる》んだらしい」

当時の記録が堺市の旧家に残っていて、それによると、竪穴式石室の中に長持の形に酷似した石棺があったという。その外側には金メッキを施したような武具、鉄製剣、ガラス容器などがあり、それらはすべて写生図を取ってから元の通りに埋め戻されたという。

「記録が残っているのですか」

「昭和三十年代頃までは、自然災害による偶発的な事故と解釈されていたようだね」

「なるほど、それならば昭和二年の座談会では、大仙陵古墳盗掘について触れていないのも道理です」

「あるいは、敢えて触れなかったか」

「というと？」

「高度な政治的意図が隠されていたとしたら、たとえ尾佐竹や菊池寛、柳田国男が揃っていたとしても、そこに触れるわけにはいかないはずだ」

「高度な政治的意図ですか。確かに、天皇親政を謳《うた》った明治政府の高官が、よりによって天皇陵を侵すはずがありませんよね」

「だからこそ、今回のことには深い闇と根深いものが潜んでいる気がしてならないのさ」

たとえ極秘事項として闇に葬り去られたとしても、人の口に戸を立てることなどできようはずがない。噂は人口に膾炙《かいしゃ》して、いつか表の世界に伝わるという性質を常に備えている。

「そのあたりのことが、堺でわかるといいのですが」

陶子の言葉に「難しいね」と、越名が短く応えた。難しいことはわかっている。けれど必要とあれば明治五年の歴史にまで、陶子は遡らねばならない。

「ともかく気をつけて」

「今以上に悪いことなど起きるはずがないじゃありませんか」

「そうとも限らないさ。昨今の景気と同じだ。底を打ったつもりが、実はまだ二番底が待っていたり、ね」

「厭なことをいわないでください」

「心構えの問題だよ」

そういって越名は、引き続き写真の別の人物、特に顔の部分を消されている人物について調べてみようといって、電話を切った。

すり寄ってきたガスパールを抱きかかえ、

「いよいよ、戦闘開始」

陶子は自らにいって聞かせた。

3

新幹線を新大阪で下車し、そのまま陶子は大阪市立博物館へと向かった。そこに明治五年当時、大仙陵古墳から出土したという、石棺などを写生した図が保存されているためである。

教えてくれたのは、蓮丈那智であった。

『明治壬申年九月七日和泉国大鳥郡仁徳天皇御陵南登リ口地崩出現ノ石棺并《ならび》石郭《カク》ノ図』

といって、柏木政矩《かしわぎまさのり》という絵師が書き残したものであるという。

博物館で、学芸員と見られる職員に図の閲覧を乞うと、「学術研究ですか」とごく当たり前の問いが返ってきた。

「いえ、そうではないのですが」

「では、教育委員会の閲覧許可をお持ちですか」

「ありません」

「それでは……ちょっと無理ですね。あれは非公開の閉架資料ですから」

あまりの素っ気なさに、腹を立てることさえできなかった。そこをなんとか、といっても通じる相手ではなさそうだ。陶子は、

「大仙陵古墳における、明治五年発掘の状況が知りたいのです」

ストレートに問いかけてみた。それで駄目ならば諦めるしかない。すると、学芸員の眼鏡の奥に、違った表情が浮かんだ。

「明治五年の発掘と仰有いましたね」

「あれは、県令税所篤による発掘だったのではありませんか」

「一般的には、台風被害によるものとされています」

「今でも、それが定説なのですか」

「違う……と主張する学者もいるようですね」

「でも、わたしは素人だからよくはわかりませんが、石室というのはかなり深いところにあるのでしょう。それが台風程度で崩れて露出するものでしょうか」

学芸員の男が、陶子をじっと見て、

「確かにその通りです。実はあれが税所篤による発掘であると、僕の先輩に当たる研究者も主張していましてね」

陶子は、快哉《かいさい》の声を密かにあげた。

勝負を左右するのは常に冷静な判断と、情報の解析であることはいうまでもない。けれどそれだけでは勝つことができない。運気の流れをいかに自分側に呼び込むか。それは偶然に頼るのではなく、自らの能力のすべてを使って流れに体当たりし、こちらに運を呼び込むということである。

陶子ははっきりと、勝負の流れがこちらに傾いたことを感じ取った。それを証明するように学芸員がいった。

「お見せしましょう」

常岡《つねおか》と名乗った学芸員が博物館の一室へと案内してくれた。スチールの本棚と素っ気ないデスク、そして閲覧のための台が一脚あるだけの、だからこそ部屋を使用する人間の誠実さ、研究以外の事物への無関心さを主張する小部屋である。

「少しお待ちください」といって、常岡が部屋を出ていった。戻ってきたときに、彼は数枚のコピー用紙を手にしていた。

「現物はお見せするわけにはいきませんので」

常岡がコピーを閲覧台に広げて見せた。

一目で石室とわかる図が二枚。古代の甲冑《かっちゅう》と思われる図が五枚。石室の図は真上から見た形状とその石棺の置かれた状況を示した『石棺平面図』。これを正面から見た形状と石棺が出土した状況とを示す『石棺正面図・墳丘図』の二枚で構成されている。

「これが、出土した石棺を写し取ったものですか」

「ええ、同じものが八王子の郷土資料館にも保存されています」

「八王子?」

「昭和五十七年に発見されたのですよ。どうやらこの図を正確に模したものらしい」

コピーは図だけではなかった。そのほかに毛筆で書き残された文書が五枚。『壬申十月大山(大仙)陵ヨリ顕レシ石棺ノ拵へ同図添』と、書かれているのがようやく読みとれた。

「これは、堺市内に住む神社の宮司《ぐうじ》で、古川躬行《つねゆき》という人物が残したものです」

「現場を見た人なのですか」

「どうやらそうらしい。彼は寺社の宝物の鑑定人のようなことをやっていたようです。

中には石棺発見の翌月、現場に赴いた役人からの聞き取りもあります」

そういって、常岡が文書を読み始めた。達筆といってよいほどの筆跡であったから、陶子が読めないと思ったらしい。が、そのときにはすでに陶子は文書の内容の大方を理解していた。

「とても興味深い内容ですね」

「エッ」と、いったまま常岡が読み上げるのをやめた。古川は、こう書き残しているのである。

『現場を見た教部省の官員が、仁徳天皇の時代に石棺はまだ作られていないし、甲冑も後世のもののようだ。この石棺は柩《ひつぎ》ではなく、宝物を入れる石櫃《せきひつ》ではないか、と話しているのを聞いた』

そのことを告げると、常岡が「驚いたな、やはり研究者ですか」といった。それには微笑むだけで応えずに、

「わたしには、石棺にしか見えませんが」

「そうですね。けれど、これが方墳部から出土したことが問題なのですよ」

陶子は常岡の話に耳を傾けることにした。事件に巻き込まれてから、陶子なりに調べたことがいくつかあったが、しょせんは付け焼き刃にしか過ぎない。

——専門のことは専門家に。

それは商売についても同じ事がいえる。陶子の沈黙に気分を良くしたのか、常岡は饒舌《じょうぜつ》になった。

「一般的に、前方後円墳の場合、石棺の納められる石室は円墳部にあるのですよ。ただ、例外がないではない。一つの陵墓に複数の人物が葬られる例もあるのです。これは被葬者の縁者である場合が多いようです。被葬者の妻などは、二つの石棺を並べて葬られることがあります」

いずれにせよ、そのときの記録を最後に大仙陵古墳の発掘調査は行われていない。あの世界最大の墳墓と、そこに埋葬されていたものに関する資料は、あまりに少ないのだと語る常岡の口調には、研究者らしい憤りのようなものが感じられた。

「……あの」と、言葉を濁して尋ねると、

「では、どうして明治五年の発掘が税所篤による盗掘であるといえるのか、ですね」

「ええ、まさしくそこなんです」

すると、常岡がキャビネットから青い色のファイルを取り出した。その中からまたコピーを取り出して陶子に見せてくれた。

「これは昭和四十八年に発見された資料なんですが……俗に『堺県公文録』と呼ばれているもののコピーです。漢字ばかりで読みにくいかとは思いますが」

そういいながら、常岡が陶子の表情をのぞき込むような目つきになった。それを感

じて、

――わたしを試すつもりか。

常岡の挑戦を敢えて受ける気になった。

古美術商は基本的な漢文や、崩し字などを読むことを要求されることが多い。箱書きや来歴といった、品物の素性を示す文章を、いちいち専門家に読んで貰っていたのでは埒《らち》があかないからだ。

『当県管内大鳥郡仁徳帝御陵ノ義……』

から始まる文章に目を通すと、常岡やそのほかの学者がどうして税所による盗掘を疑うのか、およそのことが理解できた。

「お分かりですか」

「なんとなく。これは税所が教部省教部卿に宛てたある種の『伺書』ですね」

それによると、税所は仁徳帝御陵が鳥の糞《ふん》などで著しく汚れているために、四月十五日に清掃作業を許可してくださるよう要請し、許可された。それに従い作業を進めたところ、とんでもないものが見つかったのである。

堺県公文録にはこうある。

『此節掃除取掛リ候折、御陵内掃除ノ路筋高サ四間計ノ所ニ至リ、大ナル盤石ノ傍ニ小石等有之取払候処、右大石ノ下タ空穴ニテ覘見候処、甲冑……』

要するに、鳥類の巣や糞を掃除していたら、偶然石室を発見したと報告しているのである。そこには「台風による被害云々」といった言葉は一つとしてない。

「おまけに、翌年にはもっと奇妙な通達が、教部省から出されているのですよ」

青いファイルから次の資料が取り出された。

それを見ながら陶子は自らの判断の正しさと、運の良さを天に感謝したい気持ちになった。この調子なら、およその資料はこの博物館で揃えることができるのではないか。そうでなくとも、五里霧中でしかなかった調査に明確な道筋ができつつあることは確かなようだ。

「これによると、教部省は税所が行ったとされる清掃作業について、後日これを視察しているのです。ところがされているはずの清掃はなにひとつできていない。相変わらず汚いままだ。これはいったいどうしたことか。にもかかわらず勝手に石室を開けるとは畏《おそ》れ多いも甚だしい。即刻作業を中止するようにと、通達しているのです」

「それはひどいですね」

「さらに教部省の通達だけでは甘いと判断したのか、政府はもっとも重い通達である《太政官達《たっし》》まで発して陵墓の発掘を禁止しているのです」

一連の文書を整理するとこうなる。

まず、従来いわれていたように、大仙陵古墳が台風で崩壊したために、石室が露出したという事実はない。県令・税所篤が鳥類の糞や巣を清掃する目的で、作業を命じたのである。石室はその際、偶然発見されたものであると、税所は政府に報告している。

だが、政府は後にこれを視察。清掃が少しも為されていないことを詰問した上で、作業の中止と発掘作業の禁止を通達している。

「つまりは、政府もまた税所の盗掘を疑っていたと」

「そう考えるのが妥当でしょうねえ」

ただし、これらはあくまでも状況証拠であって確証ではないと、常岡はいった。

だが、陶子は極めて確証に近いものを持っていた。例の写真である。六人の男が写っている、作業場のような写真。その隅に、白い大きな塊が写っている。なにか岩の塊だろうぐらいにしか考えていなかったが、今こそその正体を陶子は知ってしまった。

閲覧台に広げられたコピーの一枚を陶子は凝視した。

――『石棺正面図・墳丘図』……。

正面と左右に二つずつの突起を持った楕円形の石棺こそが、写真に写っている石の塊の正体なのである。

胃袋のあたりがキリリと痛んだ気がした。

政府への報告書によれば、税所は偶然見つかった石室と、そこにあった甲冑類などをどうすればよいか、政府教部省に問い合わせている。ところが、である。その報告書が提出されてわずか六日目には、『石棺正面図・墳丘図』を描いた絵師・柏木政矩が派遣されているのである。いつの世でもそうだが、政府や役場といった所に迅速《じんそく》な対応を求めるのは、それは求めた方に非があるというほかない。ましてや天皇陵の発掘に関する許可が、簡単に下りるはずもない。

そして例の写真である。

税所は石棺の中身を調査し、これを記録しただけではない。石棺そのものを石室から取り出しているのである。

「あの……素人考えですけれども、古墳の発掘というのはきっと大変な作業なんでしょうね」

陶子の質問に、なにを思ったか常岡が右腕の袖を捲り上げて見せた。太い。とても研究者の腕とは思えなかった。

「はっきりといって、土木作業です。それも驚くほど過酷な。税所への疑いは、まさにその点でもあるのですよ」

一般的にいって、石室がそれほど浅い場所に作られることはまずないそうだ。ましてや大仙陵古墳ほどの規模のものになると、鳥の糞を掃除していたら偶然に石室が現れたということは、あり得ないのだと常岡はいった。

「つまり、初めから発掘の意図があって」

「人員と道具を揃えた上でないと、見つからないというのが、我々の論拠です」

陶子にはもう一つの疑問があった。

「確かそのときに発見された遺物は、そのまま埋め戻されたのではありませんか」

「そうなっていますね」

「では、どうして税所が『盗掘をした』などという風評が流れたのでしょうか」

風評という言葉を使ったことを後悔したが、常岡は気に掛けていないようだった。

「確かに……甲冑や刀剣といったものが埋め戻されているならば、それが現在に伝わっていないのも道理です」

「いくら税所に骨董趣味があったといっても、まさか天皇陵の遺物を取得するなんて」

「不敬の極みでしょうね。けれど、大仙陵古墳から遺物が取り出されたことは確かなんです。少なくともその一部といわれる物は、存在しています」

陶子は、蓮丈那智の言葉を思い出した。

「その一部というのがまさか……」

「ええ、ボストン美術館にあるのです」

ボストン美術館は世界でもトップクラスの収蔵品を誇り、また浮世絵の研究機関としても知られている。

「ここに、《仁徳天皇陵出土》と明示されている遺物があるのです。一つは獣帯鏡《じゅうたいきょう》。そして環頭大刀《かんとうのたち》の把頭《つかがしら》です。他にも馬鐸《ばたく》と三環鈴《さんかんれい》があって、これらを一括してかの墳墓から出土したものとして扱うこともあるのです」

「鏡ですか！」

「三種の神器を持ち出すまでもなく、鏡は天皇家の……というよりは古代における支配者層の象徴ですからね」

ボストン美術館にこれらの遺物が持ち込まれたのは、伝えられるところによると明治四十一年のことであるという。ただしそれ以前に収蔵され、明治四十一年に初めて大仙陵古墳出土が認識されたと考える研究者もいるらしい。

「しかし、どうして天皇家に関わる遺物がボストン美術館に伝わったのですか」

「確か、昭和の初めに出た研究書に、そのあたりのことが書かれていたな」

常岡が、デスクの上のコンピュータを起動させた。どうやらここでも、膨大量に及ぶ資料をコンピュータで管理しているらしい。陶子の考えを読みとるように、

「こいつが導入されてから便利になりました。研究室とは別に必要だった、資料保管室が無くなりましたからね」

そういう間にもコンピュータが立ち上がり、常岡はCD－ROMをドライバーにセットした。画面に浮かんだマークをいくつかクリックすると、古い雑誌の誌面が現れた。

『百舌鳥耳原洪宝録《もずみみはらこうほうろく》』

というタイトルが目に入る。

「これによると」と常岡が説明する前に、すでに陶子の視線は画面を追いかけつつあった。それによると、明治二十五年のある日、百舌鳥村——大仙陵古墳は百舌鳥古墳群の中にある——の農民を名乗る老人が、堺市の古い神社の宮司を訪ねてきて、鏡と大刀の把頭、馬鐸、三環鈴を買ってくれないかと申し入れたのだそうだ。驚いた宮司は「畏れ多くも仁徳天皇陵のものではないか」と詰問したそうだが、老人は笑ってそれには応えなかったという。遺物を買い取った宮司は長くこれを愛蔵していたが、京都の有名な古美術商に乞われてやむなくこれを手放してしまう。

「そこから先の足取りは不明となっていますね」

「ええ、明治の頃といえば、日本から実に多くの美術品や古物が失われていますし」

「廃仏毀釈などという事もありましたしね」

常岡の目が、心なしか曇った気がした。

かつて日本は、自らが育てた文化を否定し、破壊し、そして反古同然に捨ててしまった暗黒の時代を持っている。あまりに急激な欧化政策は、やがて廃仏毀釈運動という、破壊活動にまで発展し、多くの寺社の宝物が灰と化してしまった。また、《御雇《おやとい》外国人》と呼ばれる外国人技術者、商人、研究家らによって、膨大な量の美術品が海外に持ち去られたことも、歴史上の事実だ。経済的な矛盾、体制的な矛盾のみならず、精神的な矛盾さえも抱え込み、呻吟《しんぎん》したのが明治という時代の真実でもある。

「でも……おかしいな」

陶子の呟きに常岡が敏感に反応した。

「どうかしましたか？」

「税所篤が大仙陵古墳の盗掘を行ったことが事実であるとしますよね。その理由が、彼の骨董趣味にあったと、ある座談会で述べている人がいるんです」

「それは、尾佐竹猛と柳田国男の座談会ですか」

「ええ、そうなんです。だとしたら、どうして百舌鳥村の老人が、出土品を持っていたのでしょう」

「彼は盗掘の際に作業員として雇われたのかもしれませんね」

「そして、鏡などを現場から盗み出した？」

「発掘ではよくあることです。トロイの発掘で知られるシュリーマンなどは、金の装飾品が盗難に遭うのを恐れ、肝心な部分の発掘は深夜、自分一人で行っていたほどです」

「だとしたら、税所もどうして同じ事をしなかったのでしょうか。鏡は天皇陵に埋葬された副葬品の中でも、特に重要な地位を占めるのではありませんか」

「それは……そうですね」

「自分自身が行わずとも、十分に信用のおける人にやらせるという選択肢だってあったはずじゃありませんか」

その質問には答えずに、常岡が表情を変えて「宇佐見さん」といった。その目の奥にあるのは、どうやら猜疑心《さいぎしん》のようだ。

「そろそろ教えていただけませんか。宇佐見さん、どうして税所篤のことを調べているのですか。少なくともあなたは研究者ではないようだ。この世界は非常に狭いんです。あなたが研究者なら、噂のひとつも耳に入らぬということはありえません」

「…………」

「おまけにあなたは、尾佐竹猛と柳田国男の対談まで知っている。あれは確か昭和のごく初めに発行された雑誌に載っていたはずだ」

陶子は逡巡していた。どこまでを常岡に話して良いのか。これから先、アドバイスを得るためにはある程度の事情を話しておく必要はあるだろう。それがわかっていながら、陶子はなおも迷った。

「あなたは何者ですか」

穏やかではあるが、決して妥協することのない強い意志を言葉に滲ませて、常岡がいった。

「わたしは……古物商です」

正確にいえばそうではない。かつて旗師であったものの、今は古物商の鑑札を剝奪《はくだつ》されたただの民間人である。そのことは伏せて、敢えて古物商を陶子は名乗った。途端に常岡の表情が険しくなった。

「業者ですか。参ったな……まさか古物商だとは思わなかった」

言葉の裏には、とてもそうは見えなかったという驚きと好奇心、己の愚かさをなじる後悔とが見え隠れしていた。

「済みません」

「我々研究者とは天敵関係にある人物に、情報を与えていたのですね。わたしは」

陶子はもう一度、済みませんと謝罪の言葉を口にした。それで納得してくれたとはとても思えない。事実、

「骨董業者が、どうして税所篤の大仙陵盗掘などに興味を持つのですか」

常岡は新たな疑問を投げかけてきた。

「それは！」

言葉に窮した陶子の目の奥を探るように、常岡が「そうか」と呟いた。

「なにかが発見されたのですね。大仙陵古墳出土という触れ込みで、あなた方の市場に遺物が出回ったのですね」

「それは、違います」

「だったらどうして税所の一件を嗅《か》ぎ回ったりするのです」

お前達業者は、金のためにのみ動き回る、そうして研究者の鼻先から大切な資料を奪ってゆく略奪者だろうと、常岡の表情が問わず語りしていた。

とっさに陶子は、架空の物語をでっち上げることにした。架空といってもでたらめではなかった。その物語を口にすることで、頭の内部に散乱する要素に一つの道筋をつけようとした。

「堺市のさる旧家に、一枚の青銅鏡があるのです」

「それが、大仙陵古墳から発掘されたものだと?」

「いえ、正確には違います。そのときに発掘された青銅鏡を模したものであると」

陶子の頭の中には、三角縁神獣鏡の姿がはっきりとイメージされていた。青銅鏡の研究家を自称する滝隆一朗は、あれが明治以降の作であると断言している。となると青銅鏡はなにかを写したものでなければならない。

「さる旧家というのはどこですか?」

陶子は唇を引き結んだまま、迷った。

「いえません」

「君たちはいつもそうだ！」

常岡の感情が爆発した。

「申し訳ありませんが、相手のプライバシーの問題もあります」

「だったら匿名《とくめい》でもかまわない。我々にとって大切なのは、その持ち主の名前ではなく、遺物そのものなのだから」

「それは……嘘ですね」

「なに！」と、常岡の両目が大きく見開かれた。

「研究の成果を発表するためには、資料の出所をはっきりとさせておかねばなりません。第三者の判断に委《ゆだ》ね、それを検証してもらうためには匿名の資料などというものが許されるはずがないじゃありませんか」

今度は常岡が沈黙する番であった。

民俗学者の蓮丈那智と話をしてみてわかったことがある。それは研究者という人種の持つ、恐るべき幼児性についてだ。研究のためであれば、多少の嘘も背信も、許されてしかるべきだという解釈が、どこかに働いているのかもしれない。常岡の、匿名でも構わないといった言葉に、陶子ははっきりと嘘の匂いを感じていた。

「違いますか、常岡先生」

「まあ……それは確かに。だが」

「向こうはあくまでも、青銅鏡が大仙陵古墳から出土したものを模したものであるか、そうした事実はあるのかを調べたがっているのです」

陶子はまた一つ嘘を吐いた。しかもその嘘は、研究者である常岡を完全に騙《だま》しきる嘘だった。

「そういうことか。なるほど、それで税所篤が盗掘を行った事実があるかないかを調べているのか」

「もしもここで先生が、強引に資料の提供を申し入れたなら、それこそ相手方は強硬手段に出るかもしれませんね」

「というと？」

「そんなものは存在しないと一言いえばよいのです」

「馬鹿な！　重要な歴史資料じゃないか。それに文化財保護法に引っかかるかもしれない」

「まず無理ですね。だって彼らが所有しているのは青銅鏡の写しであって、オリジナルではない」

陶子は話しながら、完全に主導権を手中に握ったことを感じた。

「どんな鏡なのだろう」

　語気を弱めて常岡がいった。

「そうですね。それくらいはお話ししても良いかもしれません。鏡は……三角縁神獣鏡です」

　その言葉に、常岡は再び驚愕《きょうがく》のうめき声を上げた。すべては陶子の計算通りであった。

　天皇陵と目されてきた古墳から出土した青銅鏡。それを正確に模したものが現代に存在し、しかもそれは謎の多い三角縁神獣鏡であるという。考古学の研究者である常岡が興味を示さぬはずがない。

「見たい、見たいな……是非にでも」

　常岡の表情が急に弛んだ気がした。玩具売場の前でいつまでも立ちつくす、幼児の顔つきに似ている。そしてそんな無垢《むく》なる研究者を利用しようとしている、自分を、陶子は激しく嫌悪した。

　――だが、わたしはあまりに無力すぎる。

　戦いに必要な武器を手に入れるために、だがその武器の提供者を危険な目に遭わせることなくすませるために、陶子は敢えて欺瞞《ぎまん》の水底に自らを置くことを、心に決めた。

「或いは、お見せできるかもしれません」

「本当か」

「もちろん、相手方が納得すれば、ですが」

「どうやったら納得するのだろう」

「税所篤の盗掘が証明されるなら」

「そんなことができるなら、とっくにやっている！」

陶子は盗掘に関して、すでに物的証拠というべき例の写真を手にしている。だが、どうしても分からない問題が残されている。

「先生、どうして税所は天皇陵を盗掘などしたのでしょうか」

「それは……」

すべての疑問がその一点にかかっている気がした。なぜ、税所は骨董趣味という一言では済まされそうにない、過激な行為に走ったのか。

「もしかしたら、非常に大きな意志が働いていたのかもしれないね」

「というと？」

「これは税所一人の問題ではなく、もっと大きな意志、政府の要人とか、或いは政府そのものによって企てられたとか」

「矛盾点があります。政府は太政官達まで出して税所の行動を非難しているのではありませんか」

「矛盾でもなんでもないさ。当時の明治政府は決して一枚岩ではない。薩長土肥の旧四藩を中心に構成された新政府は、同時に四派閥の抗争の場でもあったはずだ。特に薩摩と長州は苛烈《かれつ》ともいえる派閥抗争を繰り広げていたはずだからね」

陶子は、税所篤が薩摩の西郷隆盛とも親交があったという話を思い出した。

「では、もしかしたら税所は薩摩閥の思惑によって」

「あくまでも仮説だが」

明治政府内の派閥抗争などという、想像もしなかった言葉に、陶子は戸惑い、戦慄《せんりつ》を覚えた。

その夜、大阪市内のホテルに部屋を取った陶子は、窓の向こうに広がる夜景を厭きることなく眺め続けた。極彩色のネオンが美しかったわけでも、瞬く星の光に魅了されたわけでもなかった。その眼は夜景を見ながら、夜景ではないものを探し出そうとしていた。それはなにかと問われても、言葉にすることができない。網膜に映し出そうとして映し出せないもの、物質的な力では見ることのできないもの。強いていうならば、すでに時間の膨大なエネルギーの経過と共に、失われたものを、陶子は凝視しようとしていた。

「過去を遡る行為というのは、どこか胡散臭い作業でもあるのですよ。人はしばしば自分に都合の良い要素だけを取り出し、繋《つな》げ、勝手に物語をでっち上げようとする。たぶん歴史学とは、そうした恣意《しい》性をできうる限り排除し、可能な限り真実に近い物語を抽出《ちゅうしゅつ》しようとする作業なのかもしれませんね」

別れ際に、市立博物館の常岡がいった言葉が、恐ろしいほどの現実感を帯びて思い出された。

常岡はこうもいった。

「けれど歴史学は時に、いや、実に頻繁に個人の思惑や国家の思惑によってねじ曲げられ、利用される宿命をも持っているのですよ」

常岡が例に挙げたのは、「チンギスハンは源義経《みなもとのよしつね》である」という、少しミステリーを読んだことのある人間であれば、誰もが知っている異説を取り上げて説明した。

「元々は江戸時代の単なる噂話に過ぎないんです。講釈ネタ程度の話といってもいい。ところが明治になって、この説は急に現実味を帯びて注目されるようになりました。なぜだかわかりますか。つまりは、対大陸戦略用のプロパガンダとして利用されたのですよ。大陸進出は、太閤《たいこう》秀吉の時代からの悲願でもあります。けれど近代社会において、戦国時代の国盗り物語の理屈を再び持ち込むわけにはいかない。そこでこんな理屈を作り上げようとした者がいたのです。『大陸の統一ともいえる元帝国の基礎を作ったのは実は日本人だった。大陸進出は侵略ではなく、いわば歴史の繰り返しに過ぎない』とね」

話の直後に陶子は「そんな馬鹿な屁理屈《へりくつ》を」と思わず呟いてしまった。常岡はにこりともせずに、

「そう、馬鹿馬鹿しい屁理屈です。けれど歴史学者まで巻き込んで一大論争となったという事実も、忘れてはならない」

そうした言葉を思い出すと同時に、陶子の頭の中でしきりと明滅するある名前があった。

「弓削……一族」

確信があるわけではないが、しきりとあの男達、そして妃神子という年若い当主のことが思い出された。

弓削という名前から陶子がまず想像したのは、《弓削道鏡》である。

——確かあれは天平《てんぴょう》年間のはずだから。

無論、弓削一族が道鏡の流れを引くとは限らない。だが、弓削という姓そのものが、相当に古い歴史を持っていることは容易に想像できる。明治になって、姓を名乗ることを許された平民が、急拵《きゅうごしら》えにつけたものだとは到底思えない。しかも、である。

三角縁神獣鏡の精密な写しを保存していたとなると、相当な旧家、名家なのではない

か。それも、《古代技術研究家》を自称する滝によれば、例の三角縁神獣鏡が作られたのは、明治時代の可能性が強いという。

漠然とではあるが、陶子は弓削の一族と税所篤との関係について考えようとしていた。

「たとえば」

と、口にしたとき、携帯電話の着信音が鳴った。

「宇佐見さん、わたしだ。蓮丈那智」

「ああ、蓮丈先生！」

「どこにいるの？　何度もご自宅に電話を入れたのだけれど、ずっと留守番電話になっているし」

居場所を明かして良いものかどうか、僅かな時間迷ったが、結局は、

「大阪にいるんです」

と告げると、電話の向こうで「あら」と那智の意外そうな声が聞こえた。

「というと、もしかしたら堺に」

「その前に大阪市立博物館に行って来ました」

「では、例の文書を見たのね」

「おかげさまで、いろいろと勉強になりました」

「その行動力には、頭が下がるね。うちの助手にも聞かせてやりたいぐらい」

まったく不思議な人だな、と陶子は思った。どこか冷たい印象を与えるほどの美貌の持ち主で、なおかつ学会では《異端の民俗学者》の異名さえ与えられているという。にもかかわらず、蓮丈那智の口から吐き出される言葉には、皮肉めいたものが一切感じられない。常に真実と本音のみによって、編まれているようだ。

「ちょうどよかった。先生にお聞きしたいことが、あったんです」

「というと？」

「弓削という名字についてですけれど」

「弓削……というと、弓削道鏡の弓削かな」

「ええ。相当に古い一族なのでしょうね」

「確か、物部《もののべ》一族の中にそんな名前があったはずだけど。名前からわかるように、弓造りを生業とする一族のはずだ。そして物部は軍部を束ねる一族」

「あの、すると蘇我《そが》と物部の……」

「そう、あの物部」

思いがけない名前を聞いて、陶子は再び戸惑った。なにもかもが、自分の思考のスケールを遥かに凌駕しているのではないか。そんな気さえしてきた。「陶子さん」という那智の声に、ようやく我に返った。

「済みません、ちょっと考え事をしていたもので」

「電話をしたのは他でもない。実はわたしも例の文書……大仙陵古墳からの出土品に関する文書を見てきたんだ」

「というと、八王子で発見されたという写しですか」

「そう。でも陶子さんも同じものを見たのなら、報告の必要はなかったかな」

那智もまた、古写真の片隅に写っていた白い大きな塊が、『石棺正面図・墳丘図』に描かれたものと同一であることを知ったのである。はたして、

「もう間違いない。あの写真は大仙陵古墳を発掘した現場で写したものだし、そして石棺を外に出したという事実がある以上、税所篤が盗掘を行ったことに疑いの余地はない」

那智が言葉にするだけで、すべては真実の響きを持つ。そのことを陶子は改めて確信した。

「ところで」と、那智がいった。

「あの……」

「先ほどの弓削という姓についてだけれど。それも今回の事件に関わっているんだね。わかった、そちらの方面はわたしが調べてみよう。『新撰姓氏録《しんせんしょうじろく》』という文書を調べれば、比較的簡単にわかるはずだ」

那智が言い終わる前に、陶子はきっぱりと「やめてください」と言い切った。

「どうしたの？」

「もういいんです。先生、これ以上はもういいんです。お願いですから」

蓮丈那智と初めて会った日の事を、ふいに思い出した。自分はあのときも同じ事をいわなかったか。陶子が巻き込まれたトラブルに、他人まで関わりを持つ必要はない。あのときは、ただ漠然とそう思ったのだ。けれど今は、危機感の度合いが違っていた。手を出せば間違いなくひどい火傷を負いそうな、それはもはや予感などというものではなく、根拠こそ希薄だが確実な未来のように思えて仕方がなかった。

「厭な予感がするんです」

「陶子さん。わたしはね……正義の味方を気取るつもりはない。だからあなたの敵討《かたきうち》を手伝おうとか、不逞《ふてい》の輩に鉄槌《てっつい》を下そうなどとは思っていない。ただ研究者として見過ごせないと判断したなら、そのことを途中で投げ出すようなことは、学究者のプライドに賭けて絶対にしない」

似たような言葉を、自らも口にした覚えがあった。

陶子は一瞬、蓮丈那智という人物の人生と自分のそれが、相似形であるかのように錯覚した。

人は誰も、譲ることのできない一線を胸の深いところに持っている。けれど、それはいつも天秤《てんびん》の一方の皿に載せたおもりのようなもので、反対側の天秤に載せられたものの性質、重さによっては時に譲歩の可能性が残されていないではない。多くの人間にとって、たとえば命を引き替えにしてでも譲れない一線などというものは、存在しないに等しいはずだ。

——けれど。

と陶子は思った。現実に命のやりとりの場になったことなど、想定する必要があるだろうか。守りたいものがあり、許せないものがあって、その場に居合わせた自分がいる。そのときは素直に怒り、牙《きば》をむきだして立ち向かえばよい。傷つくか否かは、しょせん結果論でしかない。蓮丈那智の言葉の端々から、そうした無言のメッセージが聞こえる気がした。

「それにしても例の写真だけれど」

那智が言葉を濁した。

「わからないことがいくつかあります。まずはどうして二人の人物の顔が削り取られているのか」

「ある種の呪術的効果を狙ったと、民俗学者なら考えるところだね」

「呪術的効果ですか」

「人形の起源を遡ると、人の身代わり、《よりしろ》というのだけれど、そこに行き着く。どうも日本人は写真についても、同じ効果を求める傾向にあるらしい。その人物と同じ顔、同じ姿が焼き付けられたただの紙なのだが、そこに本人の身代わりとしての要素を求めてしまう」

「つまりは、二人の人物に邪悪な思念を送るために？」

そういいながら、陶子は、那智という人物が決してそのような考え方をしないと確信していた。自分がそうした考え方をしないように、那智もまた「呪術的効果」などとは思っていないのではないか。

「その通り。これは一つの考え方でしかない」

まるで陶子の心をのぞき込んだように、那智が冷静極まりない調子でいった。

「となると……二人の人物がいつか、この場所にいてはまずいとか」

「顔が削り取られたのがいつか、ということも考えなければならない」

そういって那智は「それにしても」と、また同じ言葉を呟いた。

「あの写真から受ける禍々《まがまが》しい印象は、どこに根元を持っているのだろうか」

同じ事を陶子も考えていた。人物の顔が削り取られているだけではない。写真にはどこか死の匂いがする。

携帯電話のスイッチを切って、陶子はベッドに横たわった。

——死の匂い……死風景。

大仙陵古墳を盗掘した六人の男達は、いったいなにを考え、どのような思惑の下に集ったのか。また、彼らの足跡を追うことで、果たして陶子が巻き込まれた理不尽を解き明かすことは可能なのか。

六人の男のうちの一人は、税所篤であることが判明している。残りの五人の中に、或いは弓削一族の誰かがいるのではないか。そう考えると、一連の事件の流れが漠然とながら見えてくる気がした。

「弓削一族は税所篤となんらかの繋がりを持っていて、大仙陵古墳の盗掘に加わった」

言葉にしながら、陶子は半身を起こして、メモ帳を取りだした。「弓削一族」とメモに書き付け、その横に税所の名前を並べた。

「そして大仙陵古墳から発掘した三角縁神獣鏡を、正確に模した青銅鏡を制作する」

メモに「三角縁神獣鏡」と書いた。そしてボールペンで三つの単語をぐちゃぐちゃに消した。

「駄目だ。どうして発掘した三角縁神獣鏡のコピーを作る必要があるの」

そこから先のことは、容易に想像することができる。弓削一族にとって、コピーした三角縁神獣鏡は門外不出、決して人目に触れてはならないものだったのである。それを敢えて持ち出したのが、鉄道自殺を遂げた弓削昭之である。ただしその死の真相は、まだ明らかではないし、彼が鏡を持ち出した理由もわからない。

三角縁神獣鏡は紆余曲折《うよきょくせつ》を経て、陶子の所有するところとなった。そこに登場するのが林原睦夫と田中一正である。二人の目的は青銅鏡を取り戻すこと。それには成功したが、彼らはなおも陶子の行動を恐れた。

「だから、わたしを社会的に葬るために、彼らは罠を仕掛けた」

それが例の村山槐多の一件であり、交通事故の顚末《てんまつ》でもある。無論、高塚が協力者であったことは間違いない。そのために高塚は、命を失うことになった。あるいは、協力者であることを強調した上で、法外な要求でもしたのではないか。

「でも、すべては机上《きじょう》の論理でしかない」

陶子はそう呟いて唇を嚙んだ。

なぜ大仙陵古墳は盗掘されなければならなかったのか。そして弓削一族はなぜ、三角縁神獣鏡のコピーを作らねばならなかったのか。

不意に、もう一つの疑問がわき上がった。

「どうして、あんな写真を残す必要があったの」

わざわざ、盗掘者であるという証拠になる写真を、なぜ撮らねばならなかったのか。

そこに重要なヒントが隠されている気がした。

時の巡礼

1

『マイハニー、元気かい。僕は元気だけれど少しブルーな気分さ。一日も早く帰っておいで。僕は首と爪を長く伸ばして待っているよ。君のガスパールより』

携帯電話へのメッセージを、陶子は山口県の下関で受け取った。こんなことをするのは、横尾硝子に決まっている。ペット専用ホテルに預けてあったガスパールだが、旅が長くなれば同じホテルに延長して預かって貰うか、そうでなければ別のホテルに預け換えなければならない。そのことを頼もうと電話をすると、「だったらうちの臨時同居人になればいい」と、硝子はいってくれた。

すぐに電話を掛けると、硝子が出た。

「旅する狐さんは、今頃どこの空の下？」

「昨日の夜に、下関に着いたところ」

「というと、山口県の？」

どうしてそんなところに、という響きを込めて硝子がいった。それには答えずにガスパールの様子を聞くと、

「彼はとってもいい子にしているよ。うちの革張りのソファーセットを、爪研ぎ専用品に決めたこと以外は」

「ごめんなさい。悪戯をしたらきつくしかって頂戴ね」

「そんなことはどうでもいいんだが。そっちの旅は長くなりそうかい」

大阪の市立博物館で見知ったことを硝子に告げた。すると受話器の向こう側から、溜息のようなものが聞こえた。

「明治時代の盗掘に、新政府の思惑……ねえ」

「あまりに荒唐無稽《こうとうむけい》すぎて、わたしも信じられないほど。でもそれが真実であるなら目を背《そむ》けるわけにはいかないもの」

「そういう人種を、世間ではなんというか知っている？」

「トラブルメーカー」

「大当たり」

二人でひとしきり笑った後に、硝子が声を改めて、

「でもね、わたしは本当の動機はもっと卑近なところにあると思う」

「どうしてそう思うの」

「だって明治初期といえば、もう百年も昔の話じゃないか。どうして今更、人の命を奪ってまで、秘密を守ろうとするの」

人の命を奪って、という言葉が硝子の口から飛び出したことに、陶子は少なからぬ衝撃を覚えた。

「あの……硝子さん？」

「聞いたよ。雅蘭堂の越名さんから。思ったよりも大変な目に遭っているんだってね。あんたの悪い癖だよ、なにもかも一人で抱え込もうとするんだから」

「そうじゃない、そうじゃないけれど」

続きは言葉にならなかった。

「確かに陶子のいうとおり、問題の根っこには明治五年の天皇陵盗掘があるかもしれない。でもね、そのために……その事実を隠蔽《いんぺい》するために殺人を犯すほど、人はロマンチストかな」

るのが、殺人とロマンチストという、およそ相反する言葉を平気で同列に並べることができ
——横尾硝子というカメラマンの特殊なセンスかもしれないな。

そんなことを思って黙っていると、硝子の言葉が畳みかけるように続いた。

「弓削昭之はどうして青銅鏡を持ち出したのだろう。わたしには、そのあたりに真相を解くカギがあるように思えて仕方がないよ」

「じゃあ、わたしが調べていることはすべて無駄になると?」

「そうはいっていない。けれど時間を遡ることに夢中になっていると……特に陶子はその気《け》が強いんだ。結局好きなんだね。でもあまりに夢中になって足をすくわれやしないか、あたしはそれが心配なんだ」

「ありがとう」

「礼なんかいいよ。それよりも、そっちの方面はあたしと越名さんに任せておいて頂戴。止めたって無駄だよ。もう決めたんだ。あんたと同じ闇の中に入ってみようと。それが一番いいことなんだよ。あんた一人で立ち向かったって、勝ち目は極めて薄い」

「だからこそ!」

「いいから黙ってお聞き。敵はきっとこう思っていることだろう。どうせ女一人だ、

いざとなったら荒事に持ち込んでも構わない。だからこそ、あんたはやりもしない交通事故をでっち上げられ、挙げ句に命の次に大切な古物商の鑑札まで失った。でもこれ以上一人で立ち向かえば、今度はあんたが高塚の二の舞になるだろう、かといって、冬の狐はこれで引き下がるほどやわじゃない。だったら皆を巻き込むんだ。相手が容易に手を出せないほど、誰もかもを巻き込むんだ」

硝子の言葉には、炎の激しさがあった。

——全員を巻き込む。

それは斬新《ざんしん》ともいえる作戦であった。陶子が一人戦いに敗れ、どこかの路上で遺体を晒《さら》したとしても、事故か或いは小さな事件として処理されてしまうことだろう。だが、三角縁神獣鏡に関わった複数の人間が次々に殺害されるようなことになれば、警察も本気で捜査するしかなくなる。いや、それよりも、敵がそうした事態を望むはずがない。

「これはもう戦争だよ。負けるわけにはいかない」

ややあって、受話器の向こうから「ミィ」と、ガスパールの声がした。あたかも「負けるんじゃないよ」とでもいっているように、陶子には聞こえた。

電話を切ると、すぐに外出の準備にかかった。といっても大した装備が必要なわけではない。バッグに高性能の小型デジタルカメラを詰め込み、着替えをすればそれで済む。念のため、カメラのバッテリーの交換用に昨夜から充電しておいたリチウム電池も、バッグに入れた。一般市場に登場した当時は、単なるコンピュータ付属の玩具でしかなかったデジタルカメラだが、この一年ほどの性能の向上には目を見張るものがある。画素の緻密《ちみつ》化に伴って画質はいよいよ写真に近づき、形状も信じられないほど小さくなった。

だが欠点はある。諸性能の向上に反比例して、ほとんど進化していないのがバッテリーの問題だ。撮った写真をその場で確認できるという、もっとも重要な機能を駆使するためには、液晶の画面を作動させなければならない。これが思いの外バッテリーを食ってしまうという欠点は、今もあまり改善されていない。

ホテルを出て、陶子はタクシーを拾うと、運転手に「赤間神宮まで」と告げた。

下関市にある赤間神宮を訪ねる気になったのは、滝隆一朗がふと会話の中で漏らした、「八咫鏡《やたのかがみ》が赤間神宮に奉納されているらしい」という一言が、どうしても気になっていたからである。

海岸に沿った広い道路を十分も走ると、右手に大きなドーム状の建物が見えた。

「あれは、大規模な水族館ですよ」

陶子の視線に気がついたのか、運転手が人の良さそうな笑顔を浮かべて説明してくれた。すぐ先にあるのが、かつては日本一の水揚げ高を誇った下関漁港と、唐戸《からと》市場。大きな交差点にさしかかったところで、右手に煉瓦《れんが》造りの洋館が見えると、運転手は「あれが旧英国領事館です」と、いった。

「お客さんは、お仕事かなにかで？」

「ええ、ちょっと。ついでに有名な赤間神宮でも見ておこうかと思って」

「じゃったら、季節がちいと早かったですなあ。せっかく来られるんじゃったら、先帝祭のある五月が、気候的にも一番ええときじゃのにねえ」

「先帝祭というと？」

「安徳天皇さん……ちゅうても若い人にはわからんですかいの」

「平家物語の、安徳天皇でしょう」

「そうです。その安徳天皇さんの御霊《みたま》を慰めるためのお祭りですいね」

「賑やかなお祭りですか」

「平家に仕えちょった女官の中には、遊女に身を落とした者も多かったそうです。その故事を偲んで、花魁《おいらん》姿の若い女性が神宮へ詣でる《上臈参拝《じょうろうさんぱい》》ちゅうような行事もありましてなあ」

　観光タクシーではなくとも、地元のことはある程度知っているのだろう。陶子は運転手に、

「赤間神宮に八咫鏡が奉納されていると聞いたのですけれど」

と、尋ねてみた。

「八咫鏡ちゅうたら、三種の神器の一つでしょう。それじゃったら、安徳天皇さんが壇ノ浦入水の折に一緒にもっていっちゃったはずじゃが」

「それを、海中から引き上げたというようなことは」

「さあ、聞かん話ですのう」

間もなく右手に、竜宮城を模して造られたという、赤間神宮の水天門が見えた。

案内板によれば、赤間神宮は元は《阿弥陀寺《あみだじ》》と、称していたらしい。それが明治になってから寺号を廃し、最初は天皇社、明治八年には赤間宮と称したという。赤間神宮の名は、昭和十五年に定められた。そうしたことを頭に入れておいてから、陶子は水天門をくぐった。季節はずれのせいか、境内には人影もほとんどない。門を出てすぐ右手に《安徳天皇阿弥陀寺陵》がある。そのすぐ裏手が、有名な怪談《耳なし芳一》ゆかりの芳一堂。

やみくもに歩き回っても時間の無駄だと思って、陶子は社務所を探した。

その肩がぽんと叩かれ、「どうしてこんな所に」と、張りのある声で、呼びかけられた。

「滝さん！」

長身の滝隆一朗が、黒いものは一本としてない見事なシルバーグレーを、海風に揺らしながら立っていた。

「どうしてあなたがこんな所に」

陶子は、滝と同じ質問を口にした。とたんに、滝の表情の中に困惑の色を確かに見た気がした。

「ええ、ちょっとこちらの市立美術館に用があって」

さる絵画の預り証のことで下関にやってきて、ついでに寄ってみたのだという、滝の口調にはどこか意味不明の違和感があった。

「美術館の発行する預り証は、それ自体が詐欺に使われることもあって、扱いが難しいのですよ」

「……そうなんですか」

でも、あなたがここにやってきた本当の理由は、別にあるのでしょうと、陶子は視線に密かな言葉を込めて滝を見た。それを受けて、滝の表情がますます困惑する。元々隠し事のできない性格なのだろう。それはそれで好ましい。時と場合によっては。

「参ったな。まさかあなたがこんな所までやってくるとは」

「ということは、ここにある八咫鏡についてⅠ
「確認しておきたかったのですよ、現物を」

滝が、どうぞこちらへ、と陶子を手招きした。

本殿に形ばかりの参拝を済ませ、滝はそのすぐ右横にある碑へと陶子を案内した。

「これは?」

「読んでみてください」

碑文には、

『八咫鏡発掘並奉献者　春名義雄殿頌徳碑』

とある。要するに八咫鏡を発掘し、赤間神宮に奉納した春名義雄という人物を讃えるための碑であるということだ。さらに碑文を読み進めると、

『――岡山県英田《あいだ》郡作東町土居新町居住の元国鉄美作《みまさか》河井駅長たりし春名義雄君は予《か》ねて郷土史研究家として知られ地元妹尾家文書系図等調査中三種神器の一つ八咫鏡の埋蔵文化財の存在を知るに及ぶや――』

碑文を読んでいるうちに、陶子はいいようのない不思議な気持ちになった。碑によれば、春名という人物が八咫鏡を発掘したのは昭和三十三年のことであるし、場所は関門海峡などではなく、岡山県になっている。いつか滝から聞いた話とはずいぶんと食い違いがあるようだ。

「あの……これは」

「わたしはあなたにお詫びをしなければなりません。いつだったか、ここに奉納され

ている八咫鏡について、ずいぶんといい加減なことをいってしまいましたからね」

「どうして」

「と、いわれると困ってしまうのですが……強いていうならばあなたが八咫鏡に興味を持たないようにするために。そのために八咫鏡などというものはさほど重要なアイテムではないと、暗に説得しようとした。少なくとも正史の中で八咫鏡は二度、破壊され、そして平家物語によれば、安徳天皇と共に海中に沈んだことになっている。それがこの碑によれば、実は岡山にあったともいう。そうしたことを必死で考えるうちに、話が混乱してしまったのですよ」

「あなたほどの人をそれほど混乱させるなんて……」

「宇佐見さんはいいましたね。例の三角縁神獣鏡の写しですが、あれは八咫鏡ではないのか、と」

「ええ、しかも魔鏡ではないかとも」

「鏡に隠し彫りされていたのが八咫烏。しかもあの鏡は鏡背の文様によって、上下の位置関係がはっきりと定められている。たぶん、八咫烏が上下逆さまになるのを防ぐ……というよりは恐れたのでしょう。だとすればあれは単に八咫鏡であるというだけではないことになる」

　滝の唇が、恐ろしい言葉を吐こうとしている。陶子はその予感に背筋を震わせた。

「円は日輪を示し、その中央に八咫烏。宇佐見さん。あの鏡はね、時の天皇を表しているのですよ」

滝隆一朗のあまりの言葉に、陶子は絶句した。

「それほど驚くには当たらない。元々三種の神器は天皇家の証ですからね。ただ、先程も述べたように、神器そのものがなんらかの意味を持つと考え、絶対視する必要はないのです。三種の神器とはある意味での象徴ですし、思想の形状化でもある」

「でもあの三角縁神獣鏡は……思想などというものではない？」

「何者かが、畏れ多くも明治天皇の玉体《ぎょくたい》の分身として、あれを造ったのではないか。そう思うと、どうしてもこの一件からあなたを引き離したかった。失礼を承知でいいます。あの鏡は、市井の古美術商が興味本位で取り扱うべきものではない気がします。いや、誰もが触れてはいけない領域のものではないでしょうか」

「でも、滝さんは興味を持たれた」

「………」

「絵画の預り証云々は、事のついでなのでしょう。それよりも滝さんは、あの三角縁神獣鏡に隠された謎に興味を持たれた。だからこそ、この赤間神宮に奉納されているという、八咫鏡の現物を見にやってきたのではありませんか」

しばらくの沈黙の後、滝が大きく溜息を吐いた。

「まったくあなたという人は」

「済みません、かわいげがないと、別れた夫からもよくいわれました」

二人が同時に笑い声をあげた。

「現物は見ることができたのですか」

「ええ、特別な計らいで。こうしたときに、美術館の学芸員の資格が役に立つのですよ」

ただ、と滝が付け加えた。原形を保っておらず、あまり参考にならなかったらしい。

昼食をとるために、二人は唐戸市場近くの料理屋へ入った。漁港が近いせいか、料理は海産物が主体で、店の奥には生け簀《いす》まである。

料理を注文し、陶子はすぐに本題に入った。

「滝さんは、税所篤という人物をご存じですか」

「ああ、その名前には聞き覚えがある」

「これを見ていただけませんか」

陶子は、税所らが大仙陵古墳で盗掘を行ったときに撮った、写真を見せた。

「横に写っているのが、陵墓から掘り出した石棺です」

「こんな証拠写真が残っていたのか。すると、彼らが仁徳天皇陵、もとい大仙陵古墳を密かに発掘していたという噂は」

「この写真によって、証明されました」

「だが……妙だな」

「ええ、実はわたしもその点がどうしても気になっていたのです。なぜ、こんな写真を撮ったのか」

明治初年、堺の県令であった税所篤の行動は、矛盾と謎に満ちている。天皇を中心とした中央集権国家の要人でありながら、その天皇の陵墓を暴くという暴挙に、なぜ走らねばならなかったのか。

「皇室への不敬を罰する罪、すなわち不敬罪が発布されたのは明治十三年のことです。従って税所が盗掘を行った時代には、まだ法文化されてないことは確かなのですが」

陶子の説明に、滝が頷いた。

「帝国憲法に法文化されているとか、いないとかはこの際関係ないのですよ。大切なのは思想です。確かに明治新政府にとって、天皇家はある種の象徴であったかもしれない。が、しかし侮《あなど》って良い存在では断じてありません」

西暦七〇一年に発布された《大宝律令》で、すでに君主の山陵を暴く罪は、謀反《むほん》についで二番目に重い罪として断ぜられることになっていると、滝は補足した。

「そして次の謎はこの写真です」

天皇家の陵墓を暴く大罪を犯しながら、どうして動かしがたい証拠となる写真を撮ったりしたのか。

「先ほどの滝さんのお話を聞いて、ようやくすべてが繋がった気がします」

「というと」

「税所篤が天皇陵を発掘したのも、そしてそれを写真に残したのも、すべてはあの三角縁神獣鏡に起因していたんです」

　滝の視線が、心なしか熱を帯びてきた。知的好奇心の光とでもいうのか、聡明な視線が微かな刺激となって、陶子に向けられている。それが気持ちよかった。

「続けてください」

「あの青銅鏡を造らせたのは、たぶん税所篤でしょう。そうでないとしたら……つまり税所篤ほどの地位にある人物でさえも、単なる実行役でしかないということですが、この計画を立てた人物は明治新政府のトップの一人ということになるでしょうね」

「十分に考えられることです」

「とりあえず税所が計画の中心にいると仮定します。彼が目指したものはつまり」

「あの三角縁神獣鏡の写しを、本物にしたかった、と」

「そうです。他に考えられますか？」

「見事な推理ですね。彼はあの青銅鏡が、天皇陵から発掘されたことにしたかった」

「だからこそ、あんな写真を残したりしたんです」

明らかにその場所が大仙陵古墳であることがわかるように、わざわざ石棺まで表に引っぱり出し、そして三角縁神獣鏡が今しも発掘されたかのように、見せかけたのが例の写真なのである。

滝がゆっくりと頷いた。

「けれど……」

陶子は唇を引き結んで言葉を切った。

「根本の問題が解決されていませんね」

「そこなんです」

なぜ、税所篤は三角縁神獣鏡の写しを、本物に仕立てなければならなかったのか。敢えて不敬の大罪を承知で天皇陵まで暴き、本物に見せかけた三角縁神獣鏡で、なにをしようとしていたのか。

ふと、陶子の脳裏をよぎったものがあった。

——まさか……ね。

それを口にして良いものかどうか、迷っていると、滝が「どうかしましたか」と、声を掛けてきた。

「実は今、とんでもないことを思いついてしまったものですから」

「お聞かせ願えますか。今はどんな仮説でも検討してみる価値があるはずです」

「というほどのことではないのですが……もしかしたら税所篤は、もう一組の三種の神器をこの世に生み出そうとしていたのではないでしょうか」

「三種の神器を！」

「あまりに突飛すぎるでしょうか」

「……ということは、税所らはもう一つの皇室をつくろうとしていた、と」

「あやふやな記憶で申し訳ありませんが、確か長い歴史の中で皇室は二つに分離したことがありますよね」

「南北朝時代か」

一言、滝は呟いたまま石像と化した。

十四世紀初頭。足利尊氏の叛乱《はんらん》と天皇擁立によって、日本には二つの朝廷が存在していたとされる。これが南北朝時代である。一三九二年の《明徳和約》によって二つの朝廷は統合され、南朝の流れは途絶えたとされる。現在の皇室は北朝の流れを汲《く》んでいる。しかし、南朝の正当性を主張する意見がまったくないではない。南朝の流れを汲むとされる「自称天皇」が起こしたいくつかの事件は、今も昭和史の謎として語り継がれている。

「しかし、明治の世にそんなことが……」

「あり得ないでしょうか」

「ようやく天皇親政の政府を作り上げたばかりの時点で、わざわざ人心を混乱させるようなことをするとは思えませんね」

「人心混乱、ですか。そうですすよね」

なんの根拠もない妄想《もうそう》といわれても仕方がないが、なぜか陶子は「もう一組の三種の神器」という言葉に引っかかりを感じていた。或いはそのような考え方は、いつの世にもあったのではないか。だからこそ、赤間神宮に、安徳天皇と共に海中に没したはずの《八咫鏡》が奉納されるような事が起こりうるのではないか。

「これから宇佐見さんはどうされるのですか」

滝の問いに、陶子は答えられなかった。

特に当てはない。そう答えればよいのか、いったん東京に戻ると答えればよいのか。そもそも、どうして滝がそんな質問をするのか、その真意がわからなかった。無論、滝の質問の中に、邪《よこしま》な狙いが隠れているとは思えない。

「わたしは奈良に行ってみようと思うのですが」

滝が少しだけ照れたような、それでいて困ったような表情を浮かべながらいった。

「なにかお仕事があるのですか」

「そういうわけではないのです。純粋に古代技術研究家としてのですね、その……興味を充塡《じゅうてん》させるというか、視野を広げるというか」

「はあ」と、陶子は思いっきり気のない返事をした。が、滝の口から「青銅鏡がどのように作られたのか、専門的に研究している機関があるのです」という言葉が漏れるや、興味が急速に頭をもたげてきた。

「青銅鏡ですか」

「ええ、それもかなり大がかりに。わたしも個人的にある程度の設備を持っているのだが、その機関にはとても敵わない」

「見てみたいですね」

陶子の中には、そのときまったく別の思惑があった。それを悟られぬように、滝に「わたしが行ってはまずいですか」と問うてみた。

「いえ、そんなことはありません。実はお誘いしてみようかと考えていたのですよ。ずいぶんと青銅鏡に興味をお持ちのようだし。わたしの工房でもいいのだが、どうせなら本格的な設備を見ておいた方がよいかと」

それに、と滝は付け加えた。奈良東大寺の正倉院には、数枚の鏡が納められている。

「でも、見ることはできないのでしょう」

「表向きには非公開です」

「ということは」

「わたしの表の職業は学芸員ですよ」

表の職業という言い回しが、妙に面白かった。人は誠実であればあるほど、時に露悪趣味ともいうべき方向に走りたがるものであるらしい。本当に表と裏とが交錯《こうさく》する、古美術や骨董の世界では、決してこうした表現は遣わない。誰もがジョークと捉えず、大真面目な顔で「そうですか」と、握手をしようとしていた手を引っ込めかねないからだ。

「行ってみますか」という滝の問いに、陶子は、

「是非ともお願いします」

と、答えた。

夕方、新下関駅で待ち合わせることにして、二人は別れた。

2

京都のビジネスホテルで一泊し、翌朝、二人は近鉄線で奈良へと向かった。

その車中で、陶子は滝隆一朗に訊いてみた。

「どうして、古代の技術を現代に蘇らせようなどと思ったのですか」

すると滝は困ったような顔つきになって、

「どうして……なんでしょうかねえ」

「ご自分でも、よくわからない情熱に突き動かされているのですね」

「というわけでもないのですよ。強いていうならば、古代人の持っていた創造性に感動した、とでもいうのでしょうか」

古代人の創造性。納得がいくようで、その実ずいぶんと曖昧な言葉ではないか。吉野ケ里遺跡や三内《さんない》丸山遺跡の例を引っぱり出すまでもなく、古代人の持つ技術力は、意外に高かったことが最近認められている。

「宇佐見さん。果たして現代人の技術力は発達していると思いますか」

「そういう哲学的な文明論は、苦手です」

「哲学的は良かったな。でも我々はコンピュータを操ることはできても、これを作ることはできない」

「でも、それが専門技術と技術者という存在を社会の中で認めるということではないのですか」

「いや、彼らだって、コンピュータのシステムから構造までを一から構築することなどできないでしょう」

「技術力の蓄積ですね」

「蓄積が重なりすぎて、今はもう誰もコンピュータが米国移民用の、パンチカードから生まれたことなど思い出すこともない」

「…………」

「けれど、当時個人の情報を文字以外の別の形で記録するという技術がどれほど画期的で、光り輝いていたか。ノスタルジーではなく、生の情熱をこの手に蘇らせてみたい。たとえば一枚の鏡があります。呪術的にも地位的にも、あらゆる意味で特別な存在です。今は朝鮮半島から海を渡って日本にもたらされているが、いずれはこの国でも鏡を製造したい。そう考えたであろう技術者達が、いったいどれほどの労苦の末に鋳造技術を確立していったのか」

次第に熱を帯びる滝の言葉を聞きながら、この人にとって学ぶということ、研究を進めるということは幸福以外の何ものでもないのだろうと、陶子は思った。

かつての自分もそうではなかったか。

美しいものを見、愛でることがなによりも大切なのであって、商売が成立するか否かは、別の次元であったはずではないか。別に安っぽい反省をするつもりなどなかった。同じ事が、陶子に罠を仕掛けた連中にもいえるのではないか。そう考えたのである。

奈良駅で下車した後は、タクシーを使った。若草山を正面に見ながら、車はさしたる渋滞もないままに、順調に走る。

奈良という土地にまったく勘がないわけではなかった。むしろ旗師であった頃の陶子にとって、土地そのものが遺物の塊のような奈良は、年に数度は必ず訪れる場所でもある。

にもかかわらず、車窓を流れてゆく風景にまったく興味が湧いてこなかった。それどころか、いくつかの道路を右に左に曲がると、そこがもう奈良市内であるのか、もっと別の地名であるのかさえも判然としなくなった。

——敵も……ただひたすらに必死であるとしたら。

先ほど近鉄線の中で考えていたことの続きが、陶子の頭の中を占めていた。かつて駆け出しの旗師であった頃の陶子が、己の美の基準のみを武器に、ものに憑《つ》かれたように走り回っていた、あの純粋さに似たものが敵にもありはしないか。そこには善悪の判断も、常識というブレーキも存在してはいない。結果として陶子には悪意以外の何ものでもない、理不尽極まりない仕打ちになってしまいはしたが、

——本当の目的は、もっと別の所にある。

そのことに比べたら、陶子への理不尽さなど毛ほどの価値もない、なにか。

「陶子さん、つきましたよ」

滝の声に、ようやく我に返った陶子は、タクシーを降りて周囲を見渡した。

「ずいぶんと深刻な考え事をされていたようですね」

「あの……ここは」

「明日香《あすか》村に近いところです。タクシーの中で何度か話しかけたのですが、まるで耳に入らないような素振りでしたよ」

「……すみません」

「別に気になどしていません。さあ、行ってみましょう。工房は」

と、滝が前方を指さした。古い電柱でも払い下げてもらって造ったのか、身の丈ほどの円柱が半ば削られ、《古代工房》と半肉彫りされた文字が見えた。その右後ろに、プレハブの建物が見える。

「古代の技術は皆、質素にして緻密。それを絵に描いたような工房でしょう」

滝の言葉がジョークなのか本気なのかわからず、陶子は曖昧な笑顔を浮かべた。

「面白くありませんでしたか」

「いえ、そんなことは」

滝が工房の引き戸を開けると、途端に形容しがたい臭気と熱気とが、顔面に吹きかかった。

「荻島《おぎしま》君、いるかね」

滝が叫ぶような大きな声でいったが、工房からはなんの反応もない。それから二度、少しずつ声を大きくして「荻島」という人の名前を呼ぶと、ようやく中から「どうぞ、勝手に入ってください」という声が返ってきた。

「今、鋳込《いこ》みの最中なもんですから」

「ああ、わかった。焦らずにやってくれ」

「なんですか？」

「鋳込み。鋳型に溶かした金属材料を……これを《湯》というのですがね。ちょうど注ぎ入れる作業のことです。ひどく危険な作業なんで、気を抜くことができないんですよ」

　部屋の隅に作業台がある。その横には簡単な流し台と、ガスコンロが一台。よほど勝手を知っているのか、滝は作業台へと陶子を案内し、薬缶《やかん》に水を入れてガスコンロにかけた。流しの隣の食器棚から、インスタント珈琲《コーヒー》の瓶を持ってくる。作業台に置かれた湯飲みを簡単に洗い、インスタント珈琲の粉を入れて湯を注いだ。どうぞといわれて、いったんは口を付けたが、奇妙な匂いがしたようで、飲むのをやめた。

　そこへ、盗賊に身をやつしたアラビアのロレンスがやってきた。そうとしか見えない姿形である。首から上を幾枚もの手拭いで覆い、完全に防備しているのは砂漠を行くもののターバンを思わせる。おまけに大きめの丸縁のサングラスときては、盗賊以外の何ものでもない。

　それらを取り去ると、三十歳ばかりの若い男の顔が現れた。

「あっ、先輩、その湯飲み」

「勝手に使わせてもらっているよ」

「いいんですが……金属試料用の反応皿なんですが」

滝が、口から盛大に黒い液体を吐き出した。

「昨日、滝先輩の電話で伺っています。宇佐見陶子さんですね。僕が工房主の荻島順平です」

「宇佐見です。お忙しいところをすみません」

「いいんですよ。忙しいなんて、間違ってもこの工房にはそんな日は訪れないと断言できます」

分厚い、革製の手袋を脱いで、荻島順平が握手を求めてきた。求めに応じると、陶子の掌にはっきりと荻島の手の感触が伝わった。たった今脱ぎ捨てた手袋よりも分厚い、そして固い皮の感触である。それは職人の掌以外の何ものでもない。決して一朝一夕で作られることのない、技術証明のようなものである。

「こいつも元は学芸員だったのですがね。なにをトチ狂ったか鏡造りに目覚めてしまって」

「そうさせたのは先輩ですよ」

工房を案内しましょうと、荻島が歩き出した。

工房はいくつかの作業部署に振り分けられていて、それぞれの場所に、陶子が見たことのない道具が散乱している。もっとも散乱というのは、陶子の眼で見た感想であって、荻島にとっては整然と配置されているのかもしれない。

「青銅鏡の作り方については？」

「ほとんど素人です」

「別に特別な技術がいるわけではありません。基本的な理屈は実にシンプルです。鋳型を作り、そこに熱してどろどろにした金属材料を流し込んでやる。冷めたら鋳型から出し、磨きを掛け仕上げる。これだけです」

「言葉だけ聞くと、本当にシンプルですね」

荻島が、屈託のない笑顔で頷いた。

「誰もがそう思うし、僕もそう思っていた」

「でも、違っていたのですね」

「だからこそ、学芸員の職を辞してまで、こんな立派な工房の主となった僕がいるんじゃありませんか」

立派な、という言葉には韜晦《とうかい》以上の意味が込められている。陶子はそれをはっきりと感じた。

「まずは鋳型を作る方法ですが、これだけでも三種類はあるんです」

そういいながら案内された部署には、いくつかの粘土型が置かれている。

「まず一つ目は、《踏み返し技法》と呼ばれるやり方です。まあ、これがもっとも一般的な鏡の製造方法だともいわれているのですが」

そういって、荻島が作業台の横の戸棚から、直径二十センチ足らずの青銅鏡を取り出した。

「これが原型です」

「原型……というと」

「簡単にいうと、これを粘土に押し当て、型を取って鋳型にするのですよ」

踏み返し技法の利点は、原型がある限り、いくつもの同型鏡を作ることができる点であるという。

「要するに鋳型が壊れてしまっても、また新たな鋳型を作ることができるのですから」

そういいながら荻島は、もしかしたら女王卑弥呼が受け取ったという百枚の青銅鏡は、そうして作られたものではないか、などと説明した。

そのほかにも鋳型を作る技法として《箆《へら》押し技法》と《蠟型《ろうがた》技法》があるという。

前者は粘土を箆で削り、鏡の文様を一つ一つ刻んで鋳型にするやり方、後者は蠟で造った原型を粘土でくるみ、これを焼くことで鋳型を作る技法なのだそうだ。

「しかしこれらの技法は、鋳型を一つしか作れないという点に、難があります」

「逆に唯一無二の鏡ができるということですね」

陶子の言葉に、荻島がにっこりと笑った。

要するに、《踏み返し技法》は量産型、他の二技法は稀少品製造型であると、荻島はいいたいのである。

「面白いですね。同じ権力の象徴でありながら、そこにもちゃんとしたランク付けがあるなんて」

「そこにすぐに気がついたのは、宇佐見さんが初めてですよ」

いつの間にか蚊帳《かや》の外に置かれた滝が、コホンと空咳を一つした。

「ついでに、踏み返し技法を実際に見てもらってはどうかね」

「そうですね、その方がわかりやすいでしょうし」

荻島が先ほどの原型を、まな板状の板の上に置いた。戸棚から持ってきた缶の中身を「重油です」と説明する。それを刷毛《はけ》で、原型となる鏡に塗りつけた。

「重油を塗ることによって、後で型抜きがしやすいように下拵えをしておくのですよ」

「なるほど。型抜きをするときに、鏡背の文様がくっついたりしそうですものね」

次に荻島は冷蔵庫から二つの粘土の塊を取り出してきた。

「こっちの粘土は文様を再現するための粘土で和紙が混入されています」

鏡面に粘土を貼りつけ、その上に小石のようなものを置いた。

「あれをガラといいます。粘土の余分な水分を吸い取り、均一に乾燥させるためのものです。あの作業工程を省くと、次の焼き締めの時にせっかくの鋳型にひびが入ってしまうのですよ」

「ずいぶんと神経を使うのですね」

「考えてみてください。今でこそここは青銅鏡に魅せられた変人の工房ですが」

その言葉が終わる前に、荻島が「しっかりと聞こえていますよ」と、いった。わずかに首をすくませ、滝が続ける。

「遥か古代の世界では、権力と神秘の象徴である、重要なアイテムを制作する場所なのです。確かに失敗はあるやもしれない。しかし、無残な失敗は許されないのですよ」

そのときだった。陶子の頭のどこかで、歯車が軋んだ。

「滝さん、そうした場合ですが、古代の権力者のために鏡を作った技術者達は、どのような末路を辿ったのでしょうか」

「おかしな事を聞きますね。末路とは」

「だってそうでしょう。権力者にとって自らの象徴である青銅鏡は、この世にただ一枚でいいはずじゃありませんか」

　陶子の脳裏に、顔を削られた男の写真が浮かんだ。

　税所篤が大仙陵古墳に盗掘を試みた時に撮影されたと見られる写真には、六人の男が写っていた。だがそのうちの二人までは顔が削られていたのである。あれはいったいなにを意味しているのか。

　権力の象徴としての青銅鏡を作った古代の技術者達は、果たして無事天寿《てんじゅ》を全うすることができたのだろうか。

　二つの疑問が、陶子の頭の中で完全に融合した。

「もしかしたら、例の写真の一件ですか」

　陶子の胸の内を読みとるかのように、滝がいった。

「顔が削られていた人物が二人いましたよね」

「なるほど、六人のうち四人は、八咫鏡贋作計画の中心にいた人物と仮定する」

　八咫鏡贋作計画という言葉が、特別な重みを持って感じられた。

「あの二人は、盗掘作業に雇われただけのただの作業員だとしたら」

「秘密を守るために？」

「考えられませんか。作業が終わった後の、彼らの運命がどのようなものであったか。そして顔を削られたということは」

そういいながら、陶子は滝の頰に柔らかな笑みが浮かんでいることに気が付いた。

「あの……わたしが言っていることは、あまりに突飛すぎるでしょうか」

「いいえ。昨日の南北朝の話といい、もう一組の三種の神器の件といい、宇佐見さんの想像力は我々学究の及びもつかない次元で働いているらしい」

「それって、絶対に褒《ほ》め言葉ではありませんよね」

滝が、大袈裟に掌を横に振った。

「とんでもない。純粋に感心しているんです」

そういいながら滝が、ふと真顔になって「しかし」といった。この「しかし」がくせ者であることを、陶子は既に知っている。

「二人の人物が悲劇的な末路を辿ったと仮定します。そうした可能性がないとは絶対に否定できませんからね。でも、そう考えると大きな矛盾がありますよ。あの写真の原板を持っている人間は、どうして犯罪の証拠になるような、そんな愚かなことをしたのでしょうか。殺害した人間の写真の顔の部分を削り取るなんて、悪趣味もいいところだ」

「そう……ですよねえ」

荻島が「なにか楽しそうな話をしていますね」と、鋳型を手にしながらいった。

「ああ、済みません。せっかく貴重な工程を見せていただいているのに」

「いいんですよ」

荻島がさきほどとは別の粘土を持ってきた。

「これには、スサが混ぜ込んであります」

荻島が粘土を指していった。

「実はこれがもっとも大切なポイントなんです」

滝が補足する。

「スサとは藁《わら》のことです」

「どうして藁など」

スサ入りの粘土をこね、それを先ほどの鋳型の上に丁寧に貼りつける。作業を続けながら、

「これを窯で焼くと、藁の部分は燃えてしまいます。すると、そこにストロー状の細かい無数の隙間ができることになります」

陶子は頷いた。

「この無数の隙間こそが、青銅鏡造りの成否を分ける技術なんですよ。鋳型に溶かした原料を流し込む《鋳込み》作業では、大量のガスが発生します。これをうまく抜いてやらないと、金属材料が均等に凝固してくれないのですよ。そうなるとヒビが入ったり、最悪の場合は割れてしまったりするのです」

「そのガス抜きの穴が」

「ええ、スサが燃えた後にできる、無数の隙間というわけです」

さらに作業がしやすいように鉄筋を入れ、その上にもう一度粘土を被せた後に窯で焼く。これで鋳型ができあがるのだと、荻島がいった。

「先ほど鋳込みをした鋳型が、そろそろ固まる頃です。今度はそれをお見せしましょう」

工房の中央に三人は移動した。

「そういえば滝さん。この工房はなにかの《機関》とおっしゃってませんでしたっけ」

「ええそうです。ここは地方公共団体と、民間企業のメセナとによって出資・運営されているのですよ」

「そうでなかったら、これほど非効率的な作業を続けられませんてば」

と、荻島が笑いながら続けた。

工房の中央に深さ八十センチほどの三つのトレンチ（縦穴）が掘られていて、それぞれ鋳型が納められている。高熱で溶かした金属材料を取り扱う作業だから、相当な危険が伴うのだろう。万が一の事故を防ぐために、鋳型をトレンチに納め、そこへ《湯》を、流し込むのではないか。

荻島が、鋳型の一つを取り出した。

鏨《たがね》を接着面にあて、ハンマーで叩く。やがて鏡背側の鋳型が外れ、光沢のある青銅鏡が現れた。下側の鋳型がはずされると、それを荻島が手に取った。

次の瞬間、陶子は「非効率的な作業」という、荻島の言葉の真実を目の当たりにした。鏡背に小さなヒビを発見した荻島は、実に無造作に、手にしたハンマーで鏡を砕《くだ》いてしまった。

「あの傷では、研いでも跡が残ってしまうのですよ」

荻島の言葉は、そんなものを作っても仕方がないのだと、告げていた。

「ここは地方公共団体と、企業メセナによって運営されていると」

「ええ、その通りです。とてもじゃありませんが、民間では運営できませんよ。まあ、僕がどこかの大会社のボンボンなら別ですが」

「ここで作られた青銅鏡は、どうなるのです？」

「レプリカとして博物館その他に展示されたり。あとは研究機関に提供されたりしているのですよ」

古代とまったく同じ技術で作られた青銅鏡からは、様々なことがわかるという。合金の比率から材料生産地を割り出し、それによって当時の交通事情を知ることができる。技術の面からはその伝播《でんぱ》の道筋を、或いは海の向こうとの交流事情を推測することもできる。考古学や歴史学、民俗学といった学問とは、そうした数珠繋《じゅずつな》ぎによって発展してゆくのだと、荻島と滝が交互に説明してくれた。

結局、三つの鋳型の中で荻島が破壊しなかったのは一面の鏡のみであった。

「これを今度は荒研ぎにかけ、よく洗って、最後にもう一度仕上げ研ぎをかけて完成です」

荻島は一週間ほど前に完成したものだといって、一面の青銅鏡を見せてくれた。その鈍やかな光沢を見た瞬間、陶子は息を呑んだ。例の三角縁神獣鏡に接したときの感動が、完璧なままでに蘇った。

「もしよろしかったら、記念にどうぞ」

「よろしいんですか!」

あまりに無造作な荻島の申し出に、思わず声が上擦《うわず》りそうになった。

「気にしないでください。どうせ」

と荻島がある大学の研究室名を挙げ、そこへの納入が少し遅れるだけですからと、こともなげにいった。

「気にしなくていいのですよ」

と滝までいうから、陶子はこの申し出をありがたく受け取ることにした。

工房を出ると、驚いたことに既に日は落ちていた。時計を見ると、半日以上も経っているとことがわかった。

「……驚きました」

「まるで時間をどこかに置き忘れたような気がしませんか」

　十五分ほど歩けば、タクシーを拾うことができる大通りに出るという。その街灯も少ない夜道を滝と歩きながら、陶子は先ほどの「数珠繋ぎ」という言葉を胸の内で繰り返していた。それがやがて「連鎖」という言葉に置き換えられた。そこへ滝の、

「陶子さん」という、思い詰めたような言葉がかけられた。

　滝隆一朗の声の質が、先ほどとはずいぶんと変わっているように思えて、陶子は歩みを止めた。身体を向けたところで、ようやく人影らしきものが見える程度で、その表情どころか顔つきさえも判然としない。

「どうかしましたか」

「………………」

　自分から声を掛けたというのに、滝は言葉を続けようとはしない。しばらく沈黙のまま、陶子と滝は動かぬ人影と化して向かい合った。やがて、

「大変な目に遭ったそうですね。雅蘭堂の越名君から事情を聞きました」

「その件ですか。でももういいんです」

「いいというのは、すべてを諦めたということですか。そんなはずはありませんね。

だからこそあなたは大阪の市立博物館へ行き、そして下関へ。わたしの誘いに応じるように奈良にまでやってきた」

「これはわたしの戦いなんです」

「失われたものを取り戻せるとお考えですか」

「わかりません。けれど座して時が過ぎるのを待つのは性分に合わないものですから」

滝の足音が近づいてきた。

「その戦いによって誰か他の人が傷ついたとしたら」

「……それだけは……耐えられない」

横尾硝子の言葉が思い出された。硝子はいう。なるべく多くの人間を巻き込め、と。敵が手を出せなくなるほど多くの人間を巻き込むことこそ、もっとも安全な戦いだ、と。戦法の成否を考えるならば、硝子の言葉はまったく正しい。

——けれど。

その戦法のために、誰かが傷つくことを考えると、躊躇いは心の傷の痛みにまで成長しそうになる。だからといって一人で戦うこともままならず、結局は煩悶《はんもん》し、いまだに結論を出せずにいる陶子が、いる。

滝の足音が、すぐ傍にまでやってきた。体温さえ感じられる距離から、

「良かった、あなたが他人の傷や痛みに鈍感でなくて。でなければ、わたしは」

陶子は、言葉の中断の意味を瞬時に読みとった。

「滝さん、まさか」

「わたしも、及ばずながらお手伝いしましょう」

「やめてください！　あなたには関係がない」

「そうでもないのですよ」

「そうでもない？　今そうおっしゃったのですか」

滝の大きな掌が、ぽんと背中を押して「行きましょう」といった。間もなく大きな通りに出ると、荻島の言葉通り、すぐにタクシーを拾うことができた。

陶子が、滝の言葉の意味を知ったのはホテルに着いてからであった。

「ちょっとお見せしたいものがあります」

その言葉に従って、陶子は滝の部屋を訪問することにした。

ビジネスホテルのシングルルームだから、当然の事ながら応接の設備はない。滝はライティングデスクの椅子を陶子に勧め、自分はベッドに腰を下ろした。

「あなたの自宅を訪ねて、しばらく経ってからのことです。わたしの手元に奇妙な葉《は》書《がき》が届きました」

滝の言葉が、陶子の不安を否応なしにかき立てる。奇妙な葉書とはなんだ。胸の奥からわき上がった暗い予感が、唇から噴きこぼれそうになった。

「これです」

滝は、旅行鞄から一枚の葉書を取り出した。

「拝見します」

どことといって特徴のない官製葉書に、たった一行のメッセージが、手書きではない文字で書かれている。

『宇佐見陶子に近づく者、破滅へと』

まったく特徴のない官製葉書であるからこそ、そして多くを語らないからこそ、特殊な効果を確実にもたらすことのできるメッセージである。その文言を眼にした途端、陶子の不安と緊張は一気に臨界点に達した。顔色が変わるのが自分でもわかった。同時に、滝や越名、横尾硝子、蓮丈那智といった人々を巻き込んだ自分を、激しく呪った。いったいなんということをしてしまったのか。目の前に滝がいなければ、床に額を打ち付けていたかもしれなかった。

「まさか……こんなものが！」

「わたしだけではありません。越名君も同じ葉書を受け取っています」

恐ろしい言葉を、滝は平然と口にした。

「じゃあ、もしかしたら」

「横尾硝子さんといいましたか、カメラマンの。彼女も受け取っていますし、民俗学者の蓮丈那智先生の元にも同じ葉書が届いていることを、越名君が確認しています」

陶子は激しく混乱し、完全に言葉を失っていた。

この戦いをやめよう。絶対に続けてはならない。自分のプライド？　性分？　そんなものはゴミ袋にでも詰めて捨ててしまって構わない。本心からそう思った。

「それに先ほどのお話ですがね。例の写真の二人の男。彼らの顔が削られていたのは、盗掘作業の後の彼らの末路を示しているという、陶子さんの説には大いに検証すべき要素が含まれていると思います」

「やめてください。もうすべてお終いにします」

ようやくその一言を絞り出すと、陶子は何度も何度も頭を振った。だが、

「最後まで聞いてください」

滝の言葉は飽くまでも冷静だった。

が、こんな状況に置かれて、どうして冷静になどなれるだろうか。幾分かの非難を込めて、陶子は滝を見た。

「まさか、こんな脅迫状が送られていたなんて」

なにもいってくれなかった越名が、横尾硝子が、そして蓮丈那智が恨めしかった。

「どうもこの事件には、腑《ふ》に落ちないことが多すぎる」

滝の眼が、限りなく細くなったのは、この男が考え事をするときの癖なのかもしれなかった。だがむしろ、陶子には滝の言葉の方が腑に落ちなかった。これほど明々白々な事実はない。陶子には戦うべき敵がいて、その連中は今も自分に仇《あだ》なそうと手ぐすねを引いている。幸いなことに陶子には力強い協力者がいるが、敵がそれを手を拱《こまね》いて見ているはずがない。結果として、この脅迫状がある。

「どうも、辻褄《つじつま》が合っていない。なにもかもがばらばらで、説得力に欠ける。これはいったいどうしたものなのだろうか」

滝の唇から、次々と疑問を示す言葉が吐き出されるが、その意味するところが陶子にはわからなかった。

「事件を一度、整理してみる必要がありますね」

「どういうことですか」

「一連の出来事にはある一定の法則性があるように見えて、そうではないんです。どう考えてみても流れに逆らっている部分、無理をしている部分、わざと綻《ほころ》びを作ろうとしている部分があるような気がしてならない、わたしには」

そういって滝がメモ帳を取り出した。

「事件を最初から再現してみましょう。協力してくれますね」

そういう滝の口調には「隠し事はしないでください」という言葉が明確に込められ

ている。陶子は思わず頷いていた。

「事件の発端は、わたしが競り市で手に入れた、三角縁神獣鏡でした」

だが、それは陶子が競り落としたものではなく、同じく市に参加していた弓削昭之が密かに市の会場ですり替えたものだった。そうしたことを説明すると、

「なるほど、それがすべての始まりですか」

滝が、大きく頷いた。

鏡を巡って二人の男の訪問を受け、やがて三角縁神獣鏡が、弓削の本家から密かに持ち出されたものであることがわかり、陶子はそれを返却した。すべてが終わったと思ったが、そうではなかった。陶子は贋作者の汚名を着せられ、おまけに交通事故まで起こしたことにされて、古物商の鑑札を失った。

「まず、第一の疑問が発生しましたね」

滝の言葉に、陶子は大きく頷いた。鏡を返却した陶子に、なぜさらなる厄災《やくさい》が降りかかったのか。

「三角縁神獣鏡――これはあくまでも写しですが――になんらかの秘密が隠されていたとしても、それを取り戻した連中が、執拗《しつよう》に陶子さんをつけ狙《ねら》った理由がわからない」

「神獣鏡を弓削家から持ち出したとされる弓削昭之は、阿佐ヶ谷で謎の鉄道自殺を遂

げています。そして、わたしに仕掛けられた罠の一端を担っていたと思われる同業者の高塚さんもまた」

「殺害されたそうですね」

滝が立ち上がって、部屋の冷蔵庫からビールを取り出した。それを陶子に勧め、自らも缶ビールのプルトップに指をかけた。

「既に、命二つが失われている、か」

だとしたら、どうして陶子は古物商の鑑札を失う程度のことで済んだのか。

「それが、謎の二つ目」

「彼らは知りすぎてしまったのではないでしょうか」

「鏡に秘められた秘密を、ですか？」

「もちろん、弓削昭之は知っていてもおかしくない立場にあります。知っているからこそ、鏡を持ち出したのでしょうから」

「では、高塚という人物はどうして」

「或いは……知ってしまった秘密を元に、弓削の誰かを脅迫していたとは、考えられませんか」

「あり得る、想像ですね」

だからこそ、保険を掛けることにした。それが例の写真ではないのか。

「では、どうして保険は作動しなかったのでしょうか。これが謎の三つ目です。仮に高塚が脅迫を行っていたとします。当然の事ながら、彼は保険のことを口にするでしょう。自分に万が一のことがあった場合は、すべてが白昼の下に晒《さら》されるだろう、と。そしてその準備は既に整っていると、どうして脅迫者に告げなかったのでしょうか。仮に告げていたとして、どうして脅迫者は、そのことを知りつつ彼を殺害したのでしょうか」

陶子は疑問に応えられなかった。

「例の写真にも疑問があります」

「なぜ、二人の人間の顔が削り取られていたのか、ですね」

「仮に二人の男が、大仙陵古墳の盗掘の後、秘密を守るために殺害されていたとする。ならば、どうしてそのことを示唆《しさ》するような写真が残されていたのか」

「それは、高塚さんの仕業ではないでしょうか」

「だったら写真の一部を削り取るよりも、もっと直接的に情報を残すはずでしょう。男達の名前と、彼らがどうなったのか、をね」

心なしか滝の眼が、輝いているように見えた。

高塚が三角縁神獣鏡の謎を知っていたのなら、どうしてそれを書き残さなかったのか。或いは、謎を知っているふりをして、脅迫を行っていたのか。「辻褄が合っていない」といった滝の言葉を、ようやく陶子も理解しつつあった。

「確かに、奇妙ですね」

「なによりも奇妙なのが、この脅迫状です」

滝が、デスクの上に置かれた葉書を指した。

「どうしてこんな真似をしたのだろうか」

「それはつまり、わたしから協力者を無くすために」

「結果としてどうなりました?」

「……!?」

「あなたは、スタッフを誰一人失っていないどころか、新たにわたしまでもメンバーに加えようとしている」

無論、陶子がそれを望んだわけではない。あくまでも結果論でしかないが、陶子の協力者は増えることになった。

「どうしてこんな奇妙なことが起きてしまったのでしょうか」

「といわれても、わたしには」

「簡単なことですよ。わたしも越名君も、そして他のメンバーも思いは同じです。一連の事件の根底に横たわる謎、そうこれが最大の謎ですが、例の三角縁神獣鏡に秘められた謎に、強い興味を持ってしまったからです。そしてここにこそ、最後の謎と矛盾が隠されている。つまり、我々はあらゆる手段と計略とによって、否応なしに三角縁神獣鏡と、明治五年に行われた大仙陵古墳盗掘の謎に興味を持たされてしまっているのですよ」

興味を持たされている。滝の言葉は、あまりに衝撃的な内容を含んでいた。

「滝さん、それはまさか」

「そうです。誰かが我々をこの戦いに引き込もうとしているんです。或いは敵の側にいるのかもしれない、全くの第三者であるかもしれない。けれど敵の存在と我々の存在の他に、もう一つ別のベクトルを持つ存在、意志があるのではないでしょうか」

「でも、それはあまりに仮説として」

「いいですか。本当に事件を闇に葬りたいなら、こんな陳腐な脅迫状など出さない方がよいのです。捨てておけば話題は自然に消滅したはずです。ことに、わたしのような研究者から見れば、あの三角縁神獣鏡が明治期の写しであることは、一目でわかります。当時、日本にやってきていた諸外国の人々の中には、日本文化に興味を示す者が少なくありませんでした。彼らのために作られた、といわれてしまえばわたしも簡単に納得したでしょう」

「でも、彼らはそうはしなかった」

滝や越名、蓮丈那智らの元に届けられた脅迫状が、陶子の周囲から協力者を消すことが目的ではなく、全く逆の目的で出されたものではないか。そのことが、自分の部屋に戻った後も、陶子の脳裏から離れなかった。


その夜、奇妙な、そして長い夢を見た。

まず、聞こえてきたのは土を掘り返す鍬の音である。間断なく音は続き、ときおり荒い吐息のようなものも聞こえる。

——なにを掘り返しているのだろうか。

すると、低い男の声で、

「畏れ多くも皇室の陵墓をば、発掘し奉《たてまつ》るのだ。くれぐれも無礼があってはならん」

「しかし……さん。本当に良いのでしょうか」

「良いのだ。すべては……様のご内意であれば、我らはそれに従うより他はない。なによりもこれは、新政府に課せられし大いなる試練と知れ」

「しかし、しかし!」

初めのうちは物音と人の声が感じられるのみであったが、やがて周囲の常夜灯がぼんやりと見えてきた。小山のような斜面を、数人の男が掘り返しているのである。中央には、相当に深い穴がある。

鍬を使う音が途切れて、別の男の声が「どうやら石の蓋のようなものが見つかったようです」と、穴の中から、聞こえた。

――そうか、これは大仙陵古墳の発掘の現場なのだ。

だとすれば、現場を指揮しているのは税所篤であろう。映像は次第にはっきりとしたものになっていった。

「相当に大きなものですね」

といったのは、税所に異を唱えていた男のようだ。

「うむ。我々だけでこれを持ち上げることは可能かな」

「いや、とうてい適いますまい。もう少し人数を増やさねば、持ち上がるものではありません」

「ひとを増やす……か。しかし、それは」

陶子には、税所の苦悩が手に取るように理解できた。できることなら、気心の知れた部下のみで、盗掘を行いたいのだ。第三者の数が増えれば増えるほど、あとで盗掘の一件が表に出る可能性が高くなる。たとえ、清掃及び周辺の整備を目的としている旨の届けを出しているとはいえ、危険を冒したくはないのだろう。

「もう少し周囲を掘り起こしてみてくれ給え」

「ですが」

「事は秘密裏に運ばねばならんのだ」

さらに注意深く観察すると、発掘に携わっているのが四人の男であることがわかった。

写真には六人の男が写っていた。

——そうか。人手が足りずに、結局あと二人、現場に参加することになったのか。いつの間にか、現場で発掘に参加している人数が二人増えていた。

「すまんな……君」

「いいえ。気になさらないでください」

税所篤の言葉に、男が応えた。

新たに参加した男の、なぜか優しげな言葉遣いに陶子は不思議な感じを覚えた。おおかたどこかで食い詰めた、土木業従事者を連れてきたのではないかと思ったのだ。江戸時代までは《黒鍬衆《くろくわしゅう》》と呼ばれる、そうした技術者集団がいて、河川工事や城の修復工事に従事していたが、明治政府に替わってからは彼らは仕事を追われ、求職に苦しんだという話をどこかの書物で読んだ覚えがあった。だが、男はそうした職種ではないようだ。意識を集中して、男の風体を確かめようとしたが、どうしてもうまくいかない。ぼんやりとした人影に焦点が合い、姿がはっきりする直前に、再びぼやけてしまうのである。

また別の男が、

「石の蓋が動きそうですぞ」

　税所に報告する。

　——ああ。いよいよ石室が開くのだな。

　気が付くと、陶子はいましも動かされようとする石の蓋のすぐ横に立っていた。六人の男達が、蓋にかけられた荒縄を背中に担ぐように持ち、中腰のまま「せいやあ」と声をあげる。蓋が動いたように見えたが、はっきりとはわからない。

「もっと力を入れんか。すべては日本国家のため。そして……様のため」

　税所篤の声が、穴の中に響き渡った。

　再び六人の掛け声。すると、なにかが抜けるような物音がして、確かに石の蓋がわずかだが持ち上がった。

「そのまま横にずらせ！」

「駄目です、横幅が足りない」

「人ひとりが入れるだけの隙間でよいのだ」

「それくらいならば」

　陶子の嗅覚は、石室内に閉じこめられていた空気の匂いをはっきりと感じ取っていた。

　——この香りは、いったいいつの時代のものだろう。

数百年。或いはもっと古くから石室内に閉じこめられていた空気であるかもしれない。

「石油ランプをよこせ。儂《わし》が入ってみる」

税所篤がそういって、身体を石室内に潜り込ませた。

——そうか、税所はついに陵墓の発掘という、恐ろしい行為に手を染めてしまったのだな。

なぜか陶子の脳裏に《パンドラの箱》という言葉が、浮かんだ。税所は、パンドラの箱を開けてしまったのだ。あらゆる災厄の詰まった、そしてこの箱の底にあるべき希望がどこにもない、もう一つのパンドラの箱を。

——わたしは夢の中にいるのだ。

そのときになって初めて、陶子は夢の世界にいる自分をはっきりと認識した。フロイトの夢判断について耳にしたことはあるが、あれは確かすべての夢を性夢に置き換えてみる作業ではなかったか。無論、これが性に関係しているはずはない。或いは、夢とは人が常識や理性といったもので押さえつけている自由な発想を、無意識のうちに取り入れた情報を駆使してある種の処理を施す精神活動なのかもしれない。

だからこそ、パンドラの箱などという言葉に辿り着いたのではないか。

「税所先生、いかがですか」

「よくわからんが、かなりの大きさの石棺がある。それにしても……空気がひどく澱《よど》んでおるな。これでは満足に息もできん」

「空気が澱んでいるということは、未掘の可能性が高こうございますな」

「そうやもしれぬが……」

　天井を覆う石の蓋が、さらに大きくずらされたようだ。新たに三人の人間が石室内に入ってきた。誰かが「確かにたまらんな」といったようだが、石室内はあまりに暗く、言葉の主はよくわからない。やがて新たな空気が室内に入ってきて、息苦しさはなくなった。大きく広げられた隙間から陽光が射し込み、明るさと暗さが中和されると、中のようすが次第に明らかになった。

「なるほど、確かにこれは石棺」

　空間の中央に、大きな亀が手足を縮めて眠っているような形の石造りの棺がある。税所らの目的は明らかである。この石棺からなにかを取り出すつもりなのだ。けれどすぐにでもその作業に取りかからないのは、石棺がどのような種類のものであるか、それに手を掛けることがいかに不遜《ふそん》の行いであるかを、それぞれが知り尽くしているからに他ならない。

「漆喰《しっくい》で固めてはいないようです」

　別の男がいった。ならば作業に掛かろうという、税所のひとことを皆が待っている。

あるいはそのひとことを恐れている。

さらに沈黙は続き、やがて、

「致そうか」

税所の言葉は、ひどくあっさりとしているようで、万鈞《まんきん》の重みを備えていた。返事の代わりに吐息のようなものがいくつか漏れ、男達は作業に掛かった。ある者は手に鑿を、またある者は今でいうバール状の金属の棒を持って、石棺に近寄った。

その作業を見つめる税所の唇は真一文字に引き結ばれ、すべての感情を押し殺しているようだ。

やがて、ごとりという低い音がした。

「開きました。中を確認いたしましょうか」

言葉付きの丁寧な男がいうのへ、税所は「待て」とそれを止めた。

「そのお役目は儂がいたそう。皆々は石油ランプをその場において、下がってはくれぬか」

いましも皇室の陵墓を暴こうとする税所の口調には、己を律する厳しさと、微かな怯《おび》えとが入り交じっている。

——無理もないか。

夢の中の現実という言い方にはひどい矛盾があるが、そうとしかいいようのない状況にあって、陶子は税所の感情を正確に読みとっていた。

　石棺の前で深々と一礼し、さらに両手を合わせて「不敬の極みではありまするが、どうかお許し下さいますよう、お願い申し上げます」と、税所が呟いた。蓋がずらされ、目の前に開かれた畏敬の空間へと、ランプをかざす。

「いかがですか」

「…………」

　ランプの光が前後に左右に動いて、中を探っていることはわかるが、税所の口からはなんの言葉もない。

「いかがでございますか」

「なにかございましたか」

「……税所殿」

　男達の口から次々に同様の質問が投げられた。

　やがて顔を上げた税所は、

「駄目だ。なにもない」

　今にも涙が噴きこぼれそうな声で一言いった。その頬が絶望と怒りに似た感情でひどく歪んでいる。

「そうですか、やはりありませんでしたか」

「これで、すべてが無駄になったのですね」

「我々は、いったいなにをしてきたのだろう」

そうした男達の言葉を、税所は「黙れ」という一言で制した。

「しかし！」

「まだ手段は残されておる。いや、こうしたときのために、手はすでに打ってあるのだ」

「というと」

「この石棺を表に運び出すのだ」

「それは無茶です。この大きさの石棺となると目方も相当にありましょう」

「無茶は承知。なれど他に我らが取るべき道はない」

——こんな経緯《いきさつ》があったのか。

こうして税所篤は八咫鏡を自ら指揮して製作し、あたかも大仙陵古墳から出土したように見せかけたのである。だがさすがにその理由まではわからない、と思ったところで、陶子は目を覚ました。

ホテル近くの喫茶店で待ち合わせをして、朝食を滝ととっている最中に、「お疲れのようですが」といわれた。

「実はちょっとした夢を見てしまいまして」

「夢？　それはまた」

「決して可愛らしいものじゃないんです」

昨夜の夢の内容を話して聞かせると、滝は「あなたらしい」といいながら、表情を引き締めた。

「滝さんの方でもなにか動きがあったようですね」

「敵わないな、宇佐見さんはまるで剃刀《かみそり》のようだ」

そういって、滝は珈琲カップを口に運んだ。陶子は滝の唇を見つめた。

「昨夜、遅くなってからですが、越名君から連絡が入りました」

「雅蘭堂さんが……それで、なんと」

「あなたと一緒にいるというと、たいそう驚いていましたよ。少々ですが嫉妬《しっと》混じりの驚きようで」

「そんなことよりも」

「写真の中の人物についてですが、素性《すじょう》がわかったそうです」

その言葉に反応するかのように、陶子は例の写真のコピーを取り出した。テーブルに広げると、滝は中の一人を指さした。

「越名君は、税所篤が古美術のコレクターであることから、探りを入れたそうです。

ずいぶんと狭い世界なのだそうですね」

「ええ、それはもう。明治時代でも遠い昔のことではない、という人もいるほどです」

「税所篤の直属の部下で、これもまた当時としては著名なコレクターがいたそうです」

「それがこの人物」

滝は、明らかに言葉を選んでいる。そのように思われた。果たしてその人物の名を口にして良いかどうか、迷っているのである。

「教えていただけますね。滝さん」

「やはり、教えないわけにはいかないのですね」

「そうでなければ、この事件は決着しないのですから」

滝が、目を瞑《つぶ》って首を横に振った。

「彼の名は……弓削道哲」

「弓削……道哲」

その名前に驚かなかったといえば嘘になる。一方でやはり、との思いが陶子の中で複雑に交錯した。やはり事件のおおもと、明治五年の大仙陵古墳盗掘には弓削の一族が絡んでいたのか。やはり自分を罠に掛けたのは弓削の一族の誰かであったのか。

そうしたすべての思いを込めた「やはり」である。

「滝さん、わたしは東京に帰ります」

その言葉に、滝が頷いた。

3

東京に戻るとすぐに、陶子は雅蘭堂の越名に連絡を取った。

「帰りを待っていたのですよ。報告したいことが山ほどある」

快活そうに電話口で語る越名の声に、どこか作り物めいたものを感じた。たぶん脅迫状のことが影を落としているのだろうと、漠然と考えながら、話し合いの日時を打ち合わせた。

陶子の帰りを待っていたといいながら、越名は、

「ちょっと今週は都合が良くないのですが」

と、矛盾した言葉を、いいにくそうに口にした。

「特別な予定でも？」

「まっ、まあ、そうなんですが」

電話口での歯切れの悪い言葉を聞きながら、陶子は思い当たることがあって、「な

るほど」と呟いた。

「競り市があるのですね」

「……ええ、三つばかり重なっていまして」

越名は、陶子を気遣って競り市のことを言い出しかねていたのである。今となってはもう、陶子が出入りを許されなくなった場所。己の眼のみを信じ、競りに臨むときのあの素肌感覚を、すっかりと忘れている自分に驚いた。

電話を切り、マッサージチェアに身を沈めて陶子は、

「少し……疲れたな」

と独りごちた。

偶然に競り市で三角縁神獣鏡を手に入れ、事件に巻き込まれてからかなりの時間が過ぎている。瞬く間に、と表現して良いのか、絶望的悠久《ゆうきゅう》にも似たと表現して良いのか、過ぎた時間の流れを言い表す言葉を陶子は持たない。ただ、日々失われてゆく旗師としての感覚、骨董を扱い、それを生業とするプロフェッショナルとしての感覚が鈍化して行くことが、なによりも恐ろしかった。

「行く末は誰にも見えない」

それは、あまりにも儚《はかな》く、朧気《おぼろげ》な陶子の未来そのものを表すのにもっとも適した言葉である。

戦いに勝てる見込みなどない。勝ったところでなにがどう変わるのかもわからない。

――そして。

戦いに敗れた後に、どんな未来が待っているのかに至っては想像だにできなかった。

ストッカーからイタリア産のルージュワインを取り出し、開封した。旅に出ている間は、殆《ほとん》どアルコールを口にしなかった。

「お帰り、陶子」

舌に転がしたワインは、微かに血の味がした。

十日後。越名が自宅マンションにやってきた。

が、訪問者は彼一人ではなかった。

越名の訪問とほぼ時を同じくして、滝隆一朗がやってきた。わずかに遅れて横尾硝子が。そして蓮丈那智までが陶子の部屋にやってきた。

「どうしてこんなことに」

呆然とする陶子に、硝子はガスパールの入ったバスケットを渡して、

「ダーリンが寂しがっているよ」

と、笑った。バスケットの隙間から鼻面をつきだした茶虎のガスパールが、「そうだ、そうだ」と、抗議の鳴き声をあげる。

「でも滝さんまで、それに蓮丈先生。どうして」

「もちろん、善後策を話し合うため。そのためには各々が持っている情報をすべて公開する必要があるでしょう」

那智が、こともなげにいった。

「それとも……事ここに至ってもまだ、冬の狐は孤高の戦いを続けるつもりかな」

硝子がいう。

「みんなあなたのことが心配なのですよ。と同時に、今回の一件について、ひどく興味をそそられてしまった。今更、引くつもりはないのですよ」

と、滝が硝子に続けていった。

「冬狐堂さん。わたしは……あなたがかつて国立博物館までも巻き込んだ贋作事件に直面しながら、たった一人で戦おうとしたことを知っています。横尾硝子さんから聞いたのですよ。けれどそのときだって、結局は多くの仲間に助けられている。夫であった人や、硝子さん、そして絶対的な神の手を持つ贋作者の老人。今度も同じです。あなた一人では絶対に戦えない。だからわたしたちに協力させてください」

越名の言葉に、陶子は応えられなかった。越名は単にサポートを申し入れているのではない。直面する敵に対して、共に宣戦布告をしようといっている。

「でも……」

なおも言い淀《よど》む陶子の背を、硝子がぽんと叩いた。

「当面の敵は、弓削とかいう連中らしいね」

「そして我々は、一枚の三角縁神獣鏡に秘められた、明治の謎に挑むことになる」

蓮丈那智の声は、あくまでも冷静でありながら、それでいて不思議な熱を帯びている。

「これはまさしく、時を遡る戦いですね」

「さしずめ、時の巡礼ですか」

滝と越名がほぼ同時にいった。

――時の巡礼……というには少々過激すぎる面子《メンツ》だな。

四人の男女を見比べながら、陶子はぐいと唇を噛んだ。そうしなければ、涙腺のゆるみを抑えられそうになかった。

キッチンから、硝子が良い匂いのするポットと人数分のカップを持って現れた。二リッターのパイレックス・ポットに入っているのは紅茶だが、それだけではないようだ。

「アルコールはあとの楽しみとして、まずは体を温めなきゃね。インフルエンザも流行っているようだし」

見ると、ポットの底に、数枚の生姜《しょうが》のスライスが沈んでいる。陶子も好きなジンジャーティーである。カップを唇にあてただけで、特有の香りが鼻腔にまで染み込む。

「では、まず越名君の話を聞こうじゃないか」

滝がいった。

「そうですね」と、越名が例の写真のコピーを取り出した。四人の視線がそこに集中する。

「中央に立っているのが税所篤」

陶子の言葉に、越名が頷いた。そして彼が指さしたのは、税所の右隣で、正面を睨み付けるように立つ男である。広い肩幅の上に、意外なほど小さな顔が乗っている。だからといって、優男《やさおとこ》ではない。引き結んだ唇と横に開いた鼻が、そして大きく見開いた瞳が、男の剛直な性格を表しているかのようだ。

「彼のことを調べるために、わたしはまず、明治時代の古物蒐集家のことを調べることにしました」

明治新政府の発足と同時に、日本の近代史においてもっとも忌まわしい事件の一つとされる、《廃仏毀釈運動》が始まる。その名の示すとおり、一八六八年に出された神仏分離令により、日本という国から仏法を棄却しようとする運動が澎湃《ほうはい》とわき上がったのである。下関の赤間神宮が、元は阿弥陀寺という寺であったこともこの運動に深く関わっている。

だが、人々は単に仏教にのみ非難の眼差しを向けたのではなかった。新時代とは、旧時代の破壊を意味するものでもあった。仏像や仏教美術品だけではない、多くの古き良きもの、伝統と文化の象徴物が反古同然に扱われ、そして闇に消えていった。

「けれど、それをチャンスと考えた人々も、ごくわずかですがいたようです」

「つまり、反古同然だから安く買いたたけると?」

書画骨董、仏像といった物を、あらゆる手だてを講じて手に入れようとしたのが、税所篤らであった。確かに、時代の流れを逆手にとって、彼らが行ったのは体の良い略奪であったかもしれない。けれど、逆の見方をするなら彼らによって日本の文化は守られたのだと、いってもよいのである。

「羨ましいでしょう。冬狐堂さん、眼が旗師に戻っていますよ」

「茶化さないでください」

越名の話は続いた。

悪夢のような廃仏毀釈運動、そして旧弊破壊の名の下に断行された、書画骨董の廃棄運動がようやく収まりを見せるには、十年の時を経て、岡倉天心やフェノロサなどの登場を待たねばならない。

「それまでの期間、税所篤は当時の骨董業界にあっていわば影のパトロンのようなものであったようです」

「以前にファックスで送っていただいた資料によれば、堺県令となった税所篤は、相当に強引な手段で、寺社の宝物を手に入れていたようですね」

「昭和二年の、『文藝春秋』誌での座談会ですね。確かにあれを読む限りにおいて、税所篤という男は異常ともいえる骨董趣味を満足させるために、悪辣《あくらつ》な手段を駆使する策略家のごとくに見えます」

「違うのですか」

「狂気のような蒐集癖は、裏を返せば、それだけ切迫感を感じていたからだとは考えられませんか」

「自らが、古き良きものの守護神となろうとした」

陶子の言葉に、越名が頷いた。メンソールの香りが漂ってきたのは、蓮丈那智が煙草に火をつけたからだ。そちらを見ると、那智がうっすらと眼を細めて、二人の会話に聞き入っている。

「飽くまでも、噂話の範疇《はんちゅう》を超えるものではないのですが」と、越名が断った。

明治から続いているといわれる銀座の老舗古美術商、そこに当時の話が伝わっていたという。すでに八十を超えてなお矍鑠《かくしゃく》とした三代目主人が、祖父から聞いた話であるそうだ。

新時代にあって無用の長物と化したのは、士族ばかりではなかった。かつての貴族、明治時代には華族の身分を与えられた旧家にも、没落寸前の家が数多くあった。彼らの生活を支えていたのは、代々伝わる家宝、書画骨董の売買によって得られる金銭であった。いわゆる竹の子生活である。が、そうした最後の生活の糧をも、時代の流れは断ち切ろうとしていた。ありとあらゆる書画骨董が、たとえそこにどのような由緒来歴があろうとなかろうと、二束《そく》三文の価値しか与えられなくなってしまったのである。

「なんだか、聞いているのが辛《つら》くなりそうな話だね」

と、口を挟んだのは硝子だった。思いは、陶子にしてもまったく同じである。けれど耳を塞《ふさ》ぐわけにはいかなかった。

「今でもそうですが、骨董商や古物商はお得意さまとの繋がりを非常に重んじます」

「だから、たとえ売れなくとも引き取るしかなかった」

「その通りです。中には日本趣味の篤い外国人らに引き取った品物を売りつけ、莫大な資産を築いた者もいたようです」

けれどそれはごく一部のことであったに違いない。

明治初期。多くの骨董商は、捌ききれない書画骨董を抱えて絶望的な危機下にあった。

「そんなときです。彼らの間に、ある種の合言葉が生まれたのですよ」

「それは、抱え込んだ品物を買い取ってくれる人物がいるという?」

越名が頷いた。

「合言葉は、『御上《おかみ》に持ってゆけ』だったそうです」

「御上というと、つまり新政府ですか」

「そういうことになりますね。もしくは、新政府にあって要職に就いている、誰か」

越名の言葉に、

「……税所篤……か」

と、蓮丈那智が呟きに似た声質でいった。

——御上とは、税所篤を指している。

手に負えない品物は、税所篤の所に持ってゆけば、なんとか引き取ってくれる。そうした囁きが、密かに業者の間に伝わっていったのだろう。声高に伝わらなかったのは、税所の側にも都合があったのかもしれない。旧弊をもっとも嫌う新政府の要職に就きながら、その象徴のような書画骨董の蒐集に血道を上げているという事実は、ある種のタブーであったのだろう。

「無論、彼は堺県の県令です。職務繁多《はんた》の税所の所においそれと持ち込むことはできないし、また簡単に会える相手でもありません」

陶子は、越名の話の内容をほぼ読みとることができた。硝子と目を合わせると、目線で「わたしにも読めてきた」と答えが返ってきた。

「つまり、税所の手足、耳目となって古美術品を漁る人物がいたのだね」

「はい。それが」

越名が手品師の手つきで、上着の内ポケットから一枚の古写真を取り出した。どこかの座敷と思われる場所で、火鉢を真ん中において二人の男が座っている。向かって左側の男は、まさしく大仙陵古墳の発掘現場で撮影された写真に写っている、あの男である。

越名が、写真を裏に返した。ごく簡単な線で人影の輪郭が描かれ、その一方に、

『弓削道哲氏像』

と書かれている。

「弓削の横に座っているのは、話を聞かせてくれた店の主人の祖父だそうです」

「弓削氏とは、どのような人物なのですか」

「税所の部下でしょう」

その言葉が終わらぬうちに、

「弓削一族についてはわたしが説明しよう」

そういったのは、那智だった。

那智は足元のアタッシェケースを膝の上に置き、中から書類のようなものを取り出した。その何気ない仕草の一つ一つが、小気味よいほどさまになっている。これほど

アタッシエケースの似合う女性は初めて見たと、陶子は妙な感心の仕方をした。「『倭名 鈔《わみょうしょう》』というのは、今でいう漢和辞書と百科事典を組み合わせたような書物なんだが」

そういって机の上に置かれたのは、古い書物のコピーであることはわかるものの、そこに書かれた内容について、陶子は一字として読み解くことができなかった。「あたしは、パス」といった硝子が、大袈裟に肩をすくめて見せた。

「申し訳ありませんが」

「わたしにもこれはちょっと」

越名と陶子は口を揃えた。滝のみがコピーを手に取り、いつ取り出したのか、拡大鏡を使ってコピーの中身を熱心に見ている。

「弓削庄という地名について、美作《みまさか》（岡山）と河内《かわち》に見られると、ありますね」

弓削庄という限りは、弓削一族が住んでいた場所ということになる。那智はそういいたいのだろうかと、想像を巡らせた。

「続いての資料は……『新撰姓氏録』か。これによると、『弓削宿禰《すくね》』の名が、ニギハヤヒノミコト（饒速日命）の後に見られるとあります。おや……たしかニギハヤヒノミコトといえば、物部氏の祖神ではありませんか」

どこをどう読めばそのようなことが書いてあるとわかるのか、滝は少しも停滞する

ことなく、コピーの内容を正確に読みとってゆく。那智が頷いて、

「河内の弓削庄には弓削神社があり、そこに祀《まつ》られているのはやはりニギハヤヒノミコトです。このことからもわかるように、弓削一族は物部一族と深く結びついていたといえます」

「それは当然でしょうね。《弓削》とは、たしか大和朝廷にあって弓を作る専門職、弓削部に携わる一族のことでしょうから」

　二人の会話についてゆけなくなったのか、途中で硝子が「もっとわかりやすく説明してくれないかな」と、割り込んだ。那智は苦笑しながら、

「ああ、すまない。つまり、弓削というのは弓その他の武器を作る一族の総称なんだ。そして物部一族は朝廷内の軍備を預かる一族だから、当然の事ながら二つの一族はひどく近しい関係にある」

　といった。

「それほど古い歴史を持った一族なのですね」

　陶子の問いかけに、那智の端正な顔が、ゆっくりと縦に動いた。

「美作・弓削庄には奇妙な伝承が残されている」

　そういって、那智が紹介したのは岡山県津山市にある中山神社に伝わる社縁起であった。

その昔、物部肩野乙麿《かたののおとまろ》というものが、この地にオオナムチノカミを祀って住んでいた。ある日、乙麿は奇妙な老人と出会い、博打《ばくち》で負けてすべての土地を失ってしまう。実は老人は金山彦神《かなやまひこのかみ》の化身であった。それ以後乙麿は土地を金山彦神に奉り、自らは美作庄に移り住んで、そこで仏教寺を建てて生涯を終えた。そのときに美作庄を弓削庄に改称した。

「金山彦は、製鉄民族の守護神だ」

「製鉄民族？」

「古代において鉄は神にも等しい存在だった。なぜなら鉄は、農具として莫大な収穫を生み、同時に武器としては恐ろしい殺傷能力を有する。生産（生）と破壊（死）を共に司ることのできる鉄器は、まさしく神の化身以外の何ものでもない」

「あのさ、それと弓削一族とがどう関係するのかな」

と、硝子が問うた。

「つまり弓削一族は、大和朝廷初期のうちこそ弓矢を作る技術集団であったけれど、やがて製鉄民族へと変貌《へんぼう》していった」

補足説明をしたのは滝だった。

「そこは納得した。じゃあ、今度の事件は明治時代の天皇陵盗掘事件と、製鉄民族である弓削との関連は？」

「……それはわからない」

那智は平然とそういった。

「わからないって、那智先生」

「わからないが、一つだけいえるのは、物部、弓削、そして製鉄技術は同一線上に並べられた点であることは間違いない」

陶子は那智の薄い唇を見ながら、

――おそらくこの人は、なんらかの仮説をすでに持っている。

と直感した。仮説はあってもそれを簡単に開帳するような性急さは持っていないのだろう。あるいはそれは、那智のキャラクターに依るものではなく、学者としての基本姿勢であるのかもしれない。

「もしかしたら」

といったのは越名だった。他の四人が一斉にそちらへ視線を向けると、越名は気恥ずかしそうに、

「いや、別に大したことじゃないのですがね」

鼻の横を掻きながら笑った。

「もしかしたら天皇陵を発掘するためには、弓削一族がいなければならなかったのかなと。だって天皇は現人神《あらひとがみ》でしょう。だったらその陵墓を暴くのは極めて神に近い存

在でないと……」

越名の言葉が、途中で途切れた。

「それは極めて民俗学的テイストの強い仮説だね」

越名の話を受け継ぐように那智がいう。言葉とは裏腹に、皮肉めいた響きや茶化すような調子は少しも感じられなかった。なによりも、那智の表情が固く引き締まったままで、怖いほどだ。越名が話を途中でやめてしまったのは、その硬質の視線をもろに浴びてしまったからではないか。

「とはいっても……少し飛躍が過ぎますね」

「そんなことはない。神そのものに対する不敬は、より神に近いものがこれを行うことによって罪を軽減することができる」

「でも」と硝子がいった。そこでもまた言葉が止まる。陶子が代わりに、

「やはり、少し飛躍しすぎではありませんか。明治時代といえばすでに近代ですよ」

というと、

「けれど明治五年の話だよ。わずか数年前までは江戸時代で、神仏や狐狸妖怪《こりようかい》の類が本気で信じられ、そうした寓話《ぐうわ》が巷間《こうかん》に溢《あふ》れていた時代から、幾ばくも経ってはいない」

という答えが即座に返ってきた。

たとえば、民俗学では妖怪や神話、民話の類が研究材料になることが多いと前置きをした上で、

「けれど、そこで大切なのは本当に妖怪がいたかどうかじゃない。なぜ人々は妖怪を信じたのか、民話や妖怪譚《たん》の裏側にある精神史や、実在の事件を探ることが、民俗学という学問だ」

那智はさらに続けて、製鉄民族が《たたら師》と呼ばれていた例を挙げて、これが全国に散らばる巨人伝説《だいだらぼっち》の原型であるという説があることを語った。山を跨《また》ぐほどの大男は、砂鉄を求めて山々を巡る人々をイメージさせ、だいだらぼっちが一つ眼であるという共通項は、彼らが溶鉱炉（たたら）の温度を火の色で判断するために、片目を失明する事故が多いことに起因しているという。

「そうしたことを考え合わせると、先ほどの越名さんの仮説は、十分に説得力を持っていると思う」

那智の言葉に、

「なんだか、税所篤という人物のイメージがずいぶんと変わっちゃったなあ」

硝子が呟いた。陶子もまったく同じ思いだった。

自分の骨董趣味のためには皇室の陵墓を暴くことさえいとわなかった不敬・不遜の男。だがその実は、日本から失われてゆく伝統美術品を、一身で守ろうとした男。そ

してなによりも天皇という存在に対して畏敬の念を抱き、だからこそ万全を期して陵墓に挑んだ男、それが税所篤という人物の真の姿ではなかったか。

「それならば税所コレクションが幻である理由も、はっきりと説明することが可能ですね」

と、滝がいった。

その言葉に、全員の視線が彼へと向けられる。

「幻である理由？」

陶子の問いに答えた滝は、そこでいったん言葉を切った。そして紅茶をひと啜《すす》りして喉を潤《うるお》し、

「彼が単なる盗掘者ではなかったとしたら」

「つまり税所コレクションなどというものは初めから存在していなかった。彼はなにも陵墓から持ち出してはいなかったのですよ」

「でも、それは変です。だって現実にはボストン美術館には、大仙陵古墳から出土したとされる、遺物が残っているじゃありませんか」

陶子にしてみれば当たり前の疑問であったし、その一事をもってしても滝の仮説は否定されるはずだとの思いを言葉に込めたつもりであった。だが滝の表情は憎らしいほど穏やかで一点の動揺もない。

滝は、税所篤らが発掘現場で撮影した写真を指さし、

「だからこそ、このようなことが起きてしまったのではありませんか」

男にしては細い滝の指が、顔面部分を削られた男をこつこつとノックした。

その横顔に近よりがたいものを見た気がして、陶子はふと息苦しさを覚えた。

「そういうことですか。この男は陵墓から勝手に遺物を持ち出したのですね」

越名が、納得するようにいった。

「もしかしたら、陵墓発掘を隠蔽《いんぺい》するための口封じの意味もあったやもしれない。が、税所が真に許せなかったのは、男達が勝手に陵墓を荒らしてしまったことではなかったでしょうか」

ほんの一瞬だが、陶子の脳裏に、怒りに顔色を朱に染めた税所の肖像がイメージされた。

「男達は触れてはいけない領域の遺物に手を付けてしまった」

「ええ。それによって生じた凄まじいばかりの怒りの炎に身を焼かれた、とは考えられませんか」

陶子はふと、

――滝さんはロマンチストなのだな。

と、場違いな感想を胸に抱いた。研究者とは緻密なロマンチストでなければならな

いことは、想像に難くない。が、それだけでは満足させることのできない好奇心や、想像の翼は、彼をして一研究者の座に止めておくことができないのかもしれない。だからこその《古代技術研究家》なのだろう。

滝の言葉を引き継ぐように那智が続けた。

「そして税所は一枚の青銅鏡を作り、これを陵墓から発掘した遺物であるかのように見せかけた」

「これで、手持ちの材料はすべて揃ったね」

と硝子が確認のようにいった。

残された謎は、まだある。

「わざわざ盗掘の真似事までして、税所はなにをしようとしていたのか。大仙陵古墳から発掘されたと見せかけた、あの青銅鏡の使用目的はなんだったのか」

那智の言葉に全員が頷いた。

明治という遠い昔の企てでありながら、それは現代にも少なからぬ影響を与え続けている。だからこそ、今の陶子がある。

「それについて、一つ考えたことがあるのですが」

陶子は、手元のバッグから手帳を取りだした。

「いよいよ、真打ちの登場だね」

茶化す硝子を軽く睨み、

「疑問といってもよいのです」

陶子はいった。

「聞かせてください。あなたの発想には、我々研究者にはない光るものを感じます」

「滝さん、おだてないでください。大したことではないんです。ただ、税所篤が大仙陵古墳を発掘したのが明治五年であるという点。そして……彼が西郷隆盛と親交があったという点がどうしても気に掛かったのです」

陶子の言葉にまず反応したのが蓮丈那智であった。

「そうか、翌六年には西郷隆盛は政府要職を離れて下野《げや》している」

「征韓論ですね」といったのは滝である。

征韓論。一般的には西郷らが唱えた、朝鮮半島における武力制圧論であるといわれている。明治新政府成立直後、彼らを悩ませたのは、士族の扱いであったとされる。維新回天の原動力となった、倒幕軍の解体もまた然りである。長州藩にあって、旧武士団解体と徴兵制度による軍隊の編成を早くから唱えていた大村益次郎《ますじろう》は、明治二年に刺客に襲われ、その傷がもとで横死している。犯人は旧士族、しかもその中には旧長州藩の人間も混じっていた。こうした不平士族のマイナスエネルギーを、どこかで発散させることが、征韓論の大きな目的の一つであったとされる。

だが一方で、征韓論には別の目的があったのではと唱える研究者も少なくない。

「明治六年、西郷隆盛は征韓論に反対する岩倉具視《ともみ》らとの政争に敗れ、故郷の鹿児島に帰るのです」

「たしか、佐賀の江藤新平もそのときに下野しているのではなかったかな」

と、滝が補足した。

「そうなんです。翌年に江藤新平は佐賀の乱を起こして斬首刑に、西郷も三年後の明治十年には西南戦争を起こしています」

「まるで旧士族を道連れにするかのようだね」

「でも滝さん、税所はそうしなかったのです」

西郷と親交のあった税所篤は、どうして共に下野しなかったのか。

「それは……西郷の盟友であった大久保利通だって政府に残ったのだし」

「彼は、征韓論に反対の立場をとっていました」

「だったら税所篤も、同じ事がいえるのじゃないかな」

「そうなのですが……」

西郷隆盛に従って、すべての旧薩摩藩士が下野したわけではない。新政府に残った者の方がむしろ多いくらいであったし、その中のひとりが税所篤であった可能性は十分にある。だが、陶子は「税所が西郷と親交があった」という一点がどうしても気に掛かるのだった。歴史の研究者ではないから、これといった根拠があるわけではない。あくまでも直感である。けれど直感という名の感性が、時に理性よりも正しい答えを導き出すことを、陶子は知っている。

「確かに、征韓論というのは謎の多い論説なんだな」

助け船を出すように那智がいった。

「謎が多いというと？」と、硝子が問う。

「大久保は征韓論反対の理由として、国力が充実していない点を上げている。にもかかわらず、西郷下野の翌年には、政府は台湾出兵を断行している。しかもそのときの司令官は、西郷の弟の従道《つぐみち》なんだ」

「そりゃあ、めちゃくちゃだ」

「だから謎が多いとされるのだが」

那智と硝子のやりとりを聞きながら、陶子は自分の仮説にある程度の確信を得た気がした。

「もしかしたら、征韓論にはもう一つの顔があったのではないでしょうか」

その言葉一つで、陶子は全員の視線を集めることになった。

「征韓論のもう一つの顔！」

那智と滝とが同時にいった。

「それがどのようなものであるかは、まるでわからないのですが」

「税所篤は、そのために動いていたと？」

那智の問い掛けの言葉に、心なしか剃刀の鋭さが加わった気がした。

「そんな気がしてならないのです」

「飽くまでも、宇佐見さんの勘として、だね」

「それ以上でもそれ以下でもありません」

那智が腕を組んだまま、動かなくなった。その薄い唇が小さく、「面白い」とだけ呟いた。

「我々の動きに、敵がどう反応してくるか。それが問題ですね」

越名の言葉が、部屋の空気を一瞬で冷たいものに変えた。誰かの喉がこくりと鳴った気がしたが、それは陶子の空耳であるかもしれなかった。

熟考するまでもなく、陶子とその周辺の人間には、監視の目が光っていることだろう。それがどれほどのレベルのものであるかは、推定のしようがない。だが、越名は同業者のつてから弓削道哲の存在を摑んでいるし、陶子は大阪から山口県下関市、奈良へと、途中から滝を伴って回っている。こうした動きが弓削側に知られていないとは、考えづらかった。

——だからこその、脅迫状だもの。

　問題は、越名のいうように敵が打つであろう、次の一手である。

「ずいぶんと派手に動き回ったからねえ」

　ひどくのんびりとした口調で、硝子がいった。晒されている危機的状況を、むしろ楽しんでいる風さえある。あるいは、調査という名の戦いに、未だ自分が直接参加できないことが、不満なのかもしれなかった。

「弓削一族と、明治五年の大仙陵古墳発掘の秘密にまで、我々が迫ったことを知ったら、相手も相当に焦ることだろうね」

　と、那智。

「とにかく、周囲にだけは気を配ることにしましょう」

　という、滝の言葉が合図になって四人の訪問客はそれぞれ腰を上げた。

「陶子、あたしのいったこと、覚えているかい？」

「硝子さんの……言葉というと」

「ほら、もしかしたら事件の直接の要因は、もっと身近なところにあるかもしれないという」

「ああ、覚えているけれど」

「どうも、あたしにはピンとこないんだ。古墳の発掘も、征韓論とやらも。まあ、歴史に疎《うと》いからだといわれてしまえば、それだけなんだけどサ」

帰り際に、硝子が付け加えるようにいった。

「……身近なところにある要因」

「百年も前のことで、人が幾人も命を失うかな」

「そういわれてみればそうなんだけど」

「こんなアドバイスしかできないのが、我ながら辛いところなんだけれどね」

「そんなことはないわ。そうね、事件の根っこは深いけれど、直接の原因は浅いところにあるのかもしれない」

硝子のアドバイスが、先程から考えていたことを、実行に移すきっかけとなった。

陶子は玄関まで駆けていって、滝の背中に「すみません」と声を掛けた。

「なにか、言い忘れたことでも」

「実は、滝さんにお願いがあるんです」

「わたしにできることであれば、なんなりと」

陶子が依頼を手短に話すと、滝は一瞬驚いた表情になり、そして頷いた。

その日から約二ヵ月、陶子は滝の工房に通い詰めた。

闇からの招待

1

　気がつくと、いつの間にか春は桜の開花と共にやってきて、そして、花と共に去ろうとしていた。そうした花鳥風月の移り変わりに、陶子はまるで眼を向けることができない状態にあった。

　滝の工房での作業が一段落つき、放心にも似た数週間を過ごしたときには、春は完全に舞台を退き、季節は初夏を待とうとしていた。

　ソファーでうたた寝をしているところへ、ガスパールがやってきて胸の上にとんと乗った。拾ったばかりの頃は掌に乗るほどだった子猫も、今ではすっかりと成獣の風貌を全身に宿しつつある。

「お腹が空いたのかな」

陶子の問いかけに「そんな事じゃないよ」と受け取れる声で、ガスパールは「ニィ」と鳴いた。耳の後ろを撫で、続いて喉元を撫でてやると、意志とは関係なくそうなるのか、喉が鳴る。だが、ガスパールの表情は少しも快感に酔ってはいない。その証拠に右の前足が、陶子の手の甲を軽く引っ掻いた。血が滲むほどではないが、その一撃で完全に目が覚めた。

「どうかしたのかな。ご機嫌斜めのようだけれど」

動物の超能力などと大袈裟なことを語るつもりはないが、この茶虎の猫に不思議な直感があることを陶子は認めている。あるいは、それを信じたくなるほどに、陶子自身の気持ちが弱くなっているのかもしれなかった。時計を見ると、すでに午後三時を回っている。

居間のデスクに備えたノート型パソコンを立ち上げた。電話は盗聴のおそれがある。これからのやりとりはパソコンの通信機能を使った方がよいだろうという、蓮丈那智の提案で購入したものだ。メールの受信機能を動かすと、三通の着信を確認した。

『宇佐見陶子さま。例の件ですが、そろそろ仕上げにかかろうと思います。うまく効果が表れると良いのですが。あまり期待せずにお待ちください』

とあるのは滝隆一朗からのメールである。

――よろしくお願いします。

言葉にはせずに、胸の中でそういった。二通目は越名からだった。

『日々是好日。なにもないのは嬉しいことですが、かえって不気味な気がします。そうそう、先頃の市で競り落とされた古伊万里ですが、どうもきな臭いとの評判です。相変わらずの狐狸妖怪話に満ちあふれた世界ではありますな』

三通目のメールを開いた陶子は、自分の頬が緊張で引きつる感覚をはっきりと覚えた。発信者の名前は、田中一正。陶子のコレクションに紛れ込んだ三角縁神獣鏡を引き上げていった、二人の男の片割れである。

『宇佐見陶子さま』

と書かれたメッセージの続きを目で追った。

『ご無沙汰しております。いつぞやは大変お世話になりました。宇佐見さまにおかれましては、いかがお過ごしですか。大変な交通事故に遭われたというお話を小耳に挟み、林原共々心配しております。一度お見舞いがてらお宅に伺いたいと存じますが、ご都合はいかがでしょうか。ご返事をお待ちしております。

田中一正』

田中の名前の下に、メールのアドレスが入っている。それをアドレス帳機能に登録してから、陶子は考えた。

「まったくよくやってくれる」

言葉にしたあとで、奥歯をキリリと噛みしめた。電話では盗聴のおそれがあるからこれからの連絡事項はメールで行うことにしよう、という那智の提案は、あくまでも「そんなことはあり得ないだろうが、念のために」という前提の下に成り立っている。だが、田中一正は陶子らがメールでのやりとりを始めたことを、正確に把握した上で、いつの間にか、アドレスまで調べ上げて、こうしてメールを送りつけている。これはどういうことか。

「つまりは、通信を始めるという電話での会話が、その時点ですでに傍受されていたということか」

そういいながら、陶子は先ほどの田中のアドレスに向けて、メールを送った。

『このアドレスをどこでお知りになりましたか？　一般には公開していないはずですが』

電話回線を繋ぎっぱなしにしておくと、二十分ほどして、

『それをお知りになりたいですか。今度お会いしたときのお楽しみにしておきましょう。ところで、ご都合はいかがですか』

リターンメールが返ってきた。

『どうしてそれほどまで、わたしに関わりを持ちたがるのですか』

『あなたはいつだって気になる存在です。善きにつけ、悪しきにつけ』

『だからといって、人の電話回線を傍受するのは、完璧な犯罪行為ではありませんか』

『情報を、非合法的手段によって手に入れたと速断するのは危険です。今や市場でもっとも価値があるのは《情報》です。そこにはおかしな美意識や、好奇心が介入する余地はありません。情報こそが、完璧な価値観を持ちうるのです』

陶子は、いったんパソコンのスイッチを切った。

「これが……次の一手の始まりか」

田中は、自らの監視態勢をあからさまに告げることで、陶子を挑発している。背筋に二度、三度震えが走ったのは、もちろん寒さのせいではない。

田中からのメールを受け取った三日後。横尾硝子が作業服姿の若い男を連れてきた。その男に向かって、陶子は「お願いします」とだけいった。男は持参したアタッシェケースを開け、中から一昔前のラジオのような機械と、アンテナを取り出して組み立て始めた。

「だけど、この部屋の電話の内容が盗聴されていたって、本当かい」

「そうとしか考えられないもの」

「しかし、それをわざわざ告げるために、メールを送りつけるなんて、敵さんもやるねえ」

「冗談じゃない。気持ちの悪い」

硝子が連れてきたのは、部屋に仕掛けられた盗聴マイクを探し出すプロである。硝子に頼んで、探してきてもらったのだ。男は居間から寝室、台所、ストッカーに至るまで、アンテナ付きの機械を作動させながら歩き回る。一回りした後に、今度は二、三のダイヤルを調整して、再び歩き出した。途端に、機械が金属音を発した。

「ありましたよう、たぶんこれは……コンセントの中に仕掛けられた自立式の盗聴マイクですねえ」

少し間延びした声で、それでもこの仕事が楽しくて仕方ないといった風で、男が床に近いところにあるコンセントを指さした。マイナスドライバーでネジをはずし、コンセントそのものを壁から剝離《はくり》させると、その裏側から親指大の箱を取り出した。

「この大きさで集音と通信までこなすんだから、大したモンでしょう。まったく日本の技術力は世界一だな」

男が嬉しそうにいった。

「それは、どれくらい盗聴が可能なんですか。つまり電池はどれくらい持つのですか」

　陶子の問いに「永久」と、これもまた嬉しそうな答えが返ってきた。

「永久？」

「自立式といったでしょう。コンセントそのものから電気を吸収するんです。だから永久」

　問題は、いつこれが仕掛けられたか、である。もっとも可能性が高いのは、いつかストッカーから村山槐多の水彩画が盗まれたときである。だがピッキングによって、この部屋は、ごく一部の人間にとって出入り自由の状態であったことを考えると、簡単にそうと決めつけるわけにはいかない。

　男はさらに一時間ほど室内を探し回り、別に二個の盗聴器を見つけだした。

「それからさっきの電話の盗聴だけど……たぶん電波を盗聴されていると思うよ」

　何気ない調子で男がいった。

　最近の電話は親機と子機とに分かれている機種が主流だ。それぞれ、電波で音声を飛ばしているから、外部から簡単に盗聴できるのだという。

　盗聴器発見業者が帰ったあとで、

「部屋の様子は三つの盗聴器によって、完全にスケルトン状態、おまけにコードレス電話の電波まで筒抜けになっているとはね」

さすがに事態が尋常ならざる事を感じ取ったのか、硝子がやや緊張の面もちでいった。先日、蓮丈那智や越名集治、滝らと交わした会話もすべて、田中一正や弓削一族に関わる人間に伝わっていることになる。

――だからこそ、田中はコンピュータのハッカーまで使ってわたしのアドレスをハッキングした。

尋常ならざる事態、という言葉は陶子らのグループにのみ当てはまるのではない。むしろ弓削一族にとってこそ、陶子らのグループの存在が尋常ならざる事態そのものではないのか。

「その田中って男からの誘い……」

「受けてみようと思うの」

「だろうね。必ずそういうと思った。でも注意の上にも注意が必要だよ」

「もう同じ手は食わないもの」

「また違う手を考えてくるさ。連中はどうしても陶子の存在が邪魔なんだ。そこまでしつこく絡んでくる理由はわからないけれど」

「だからこそ、思い切って正面からぶつかってみるつもり。連中の外堀は埋めることができた。あとは内堀を埋めて、本丸を攻めるのみ」

「冬狐堂・夏の陣だね、こりゃあ」

　無論気持ちにゆとりなどあろうはずがない。だからこそこうして、事態を戯画化することで、あろうはずのないゆとりを得ようとする。

「三十路《みそじ》の女はまったく、意地っ張りなんだから」

　硝子が、背中をぽんと叩いた。

「だからこそ、怒らせると怖いのよ」

「その意気だ。女だからって……か弱い個人業者だからってなめてかかった連中に、手痛いしっぺ返しを食らわせてやるんだ」

　あるいは、と陶子は思った。必ず勝てるという保証はどこにもない。そのときは、すべてのリスクを自分一人で被って、硝子や那智には累を及ぼさぬようにする。

　――そのための準備はすべてできた。

「硝子さん、あのね」

「自分にもしものことがあったら、なんて台詞を口にしたら、承知しないよ」

「かなわないなあ」

「なんだったらあたしも同席してやろうか」

　その申し出に、陶子は黙って首を横に振った。相手に無用な警戒心を与えるのは得策ではない。逆に、たかが陶子一人と侮ることで、墓穴を自ら掘ってくれるかもしれない。それを狙っていた。

硝子が無言のまま、テーブルをこつこつと叩いた。陶子がそちらへ視線を向ける前に、硝子の指が自らの唇に垂直にあてられる。無言のままこちらを見ろということだ。

テーブルの上に置かれたメモに、

『隠しマイクを持ってゆけ。用意しておく』

と、走り書きされている。専門のプロが調査したとはいえ、相手側にそれを凌《しの》ぐ専門家がいないとは限らない。この部屋での会話は、すべて相手側に知られていると考える方が無難だ。硝子のメモが、そのことを告げている。陶子は黙って頷き、

「すべてが片づいたら、どこか旅行にでも行きたいわねえ。のんびりと」

そういいながら、『よろしくお願い』と、メモに書いた。硝子は硝子で、

「京都にいい店を見つけたんだ。北山の金閣寺の近くなんだけれどね」

そういって、メモに『二日以内になんとかする。それまでは時間稼ぎを』と書く。

陶子は首を小さく縦に振った。

「じゃあ、連中からアプローチがあったら連絡をおくれ。間違っても一人で暴走するんじゃないよ」

そういって横尾硝子は帰っていった。

一人になると、緊張感で胃がきゅんと締まる気がした。ソファーに半身を横たえ、

目を瞑ると闇の奥に光の欠片がいくつも見える。

「まったく……トラブルメーカーなんだなあ、わたしは」

口にすると、自然と頰に笑みが浮かんだ。そのあたりの筋肉が弛むのではなく、逆に引き攣ってできる笑み。だらりと垂らした掌を、いつの間にすり寄ってきたのかガスパールが舐めた。肉食獣特有のざらりとした舌の感触が、陶子の心のどこかにポッと灯をともした。

「どうしたんだい、ハニー」

そう聞こえる声で、ガスパールが鳴いた。その身体を抱き上げ、胸の上に載せた。暖かな体温が、そこから伝わる。やがてぬくもりは胸部から腹部へ、そして首筋、両手、両足へと徐々に広がってゆく。そのまま抱きしめ、陶子自身猫のように丸くなりたい気分だった。急速に眠気が襲ってきた。

——ああ気持ちがいい。このまま眠り込んで……。

朝になったら、これまでのことはすべて悪い夢の世界での出来事で、陶子は今も旗師の冬狐堂のままだったら、どれほど嬉しいことか。

そんなことを考えながら、陶子は深い眠りの淵へと沈んでいった。

——……!?

遠くで電話のベルが鳴っているのを聞きながら。

陶子は、一時的なホテル住まいを決めた。

とりあえずドアのロックをピッキングが不可能といわれるデジタルロックに交換し、室内には警備会社と契約を結んで、赤外線センサーを取り付けた。

海外旅行用のスーツケースに必要最低限の衣料とノート型パソコンを詰め込み、新宿のシティーホテルに移動した。一ヵ月の長期滞在である。

すでに田中一正によってメールアドレスをハッキングされていると認識した上で、パソコンまでも持ち込んだのは、ダミーの情報を流すことができるかもしれないからである。無論、そのことを相手も警戒しているに違いない。騙《だま》す側と騙される側、真実の情報と贋《にせ》の情報。

——白と黒の世界。

神経をすり減らす戦いがすでに始まっていることを、陶子は改めて理解した。

他の人間との連絡は、基本的に携帯電話を使用することにした。驚くほど単純な方法だが、今現在の技術では、もっとも盗聴されにくいのが、デジタル形式の携帯電話であるとわかったからだ。

フロントで手続きを済ませると、「お荷物が届いております」と、小包を渡された。差出人は「蓮丈那智」となっている。部屋に入って包みを解くと、中身は一冊の文庫本だった。『征西従軍日誌・一巡査の西南戦争』とある。

そのタイミングを待っていたかのように、携帯電話の着信音が鳴り出した。

「陶子さん？　蓮丈だけど」

「ちょうどよかった。今、包みを開けたところです」

「そう。あまり参考になるかどうかわからないけれど、面白そうだったから。暇つぶしにでも読んで頂戴」

「ありがとうございます」

「ところで、今夜食事でもしながら話ができるかな」

「大丈夫です。じゃあ、ホテル内のレストランででも」

「そうね。なるべく人の多いところがいい」

話をしながら、陶子は那智の口調に異質なものを感じ取った。相変わらず冷静そのものの物言いの中に、別の感情が加味されているようだ。

「なにか……ありましたか」

「その件については、会ったときに」

時間を惜しむように、というよりは必要最低限の会話で済ませることを義務としているように、那智の電話は切れた。

シャワーを浴び、持参の部屋着に着替えて、陶子は那智が送ってくれた文庫本に目を通し始めた。ベッドにうつぶせたまま、頁をめくってゆく。

それは一人の巡査が最前線で見聞きした、レアな西南戦争の記録であった。

『城兵たちまち莨《たばこ》を尽くし鬱《うつ》を慰するの友を失う。某氏いまだ少しく粉を存せり。僕に一ぷくを恵まれよ。某氏不快の意ありといえども辞することあたわざるの情あり。その煙草入れを借りて戯れ、謂いて曰く、「居候くんでのむの情をここに発明せり」と。継《つ》けて二、三ぷく吸う。某氏驚き立ちて曰く、「ことごとく尽くすべからず」と、これを取り戻す。ついには一ぷくを乞う者あれば煙管出すべしと。これに粉を詰めて恵投す』

日誌の筆者は本郷森川町に勤務する巡査で、名を喜多平四郎《きたへいしろう》という。明治十年、九州地方の不穏の動きを察知した明治政府は、熊本城に置かれた鎮台府に喜多ら六百名の巡査を出張させた。西郷隆盛が鹿児島で私学校の生徒を中心に部隊を編成する直前のことだ。

このことからも、新政府が鹿児島の動きをかなり早くから察知していたことがわかる。

熊本鎮台府での戦いが始まって間もなく、喜多は運悪く負傷する。日誌の前半は、城内病院に入院し、治療中に見聞きをしたものであるためか、その所々には暖かなユーモアさえ漂っている。記述が一変するのは、約一ヵ月の療養を終え、前線に喜多が復帰してからである。文章と文章の間からは、血と硝煙の匂いが立ち上り、戦闘の過酷さ、それによって生じる理不尽が克明に描かれている。

正義か否かを問えば、錦の御旗は政府軍の許《もと》にある。けれど喜多の胸には茫漠としたやりきれなさがどこかにあったのではないか。喜多だけではない。政府軍のあらゆる兵士の胸の中に、この戦いの持つ意味への疑問があったのではないか。

陶子にはそんな気がしてならなかった。

薩摩軍はやがて敗退に次ぐ敗退を続け、追いつめられてゆく。ここの戦闘では勇猛果敢な薩摩隼人《はやと》ぶりを見せつけることがなかったわけではない。けれど近代兵器を装備し、数の面でも圧倒的に勝る政府軍を前に、敗北はあらかじめ決められた約束事のようなものであったに違いない。

——どうして税所篤は、戦闘に参加しなかったのだろうか。

本を半ばにして閉じ、陶子は再び自らに問いかけた。参加できない理由がどこかにあったのだ。これまでの調査の中から浮かび上がった、税所篤の人物像が、そのことを告げている。

気が付くと、那智との約束の時間が迫っていた。慌てて服を着替え、ロビーに下りてゆくと、すでにいつものスーツ姿の那智が待っていた。

「お待たせしました」

「わたしも今来たところだよ」

最上階のレストランに行き、席に着くとすぐに、那智がＢ４サイズの封筒を差しだした。

「なんでしょうか」

「横尾硝子君からの預かりものだ」

「硝子さんが？」

「自分一人蚊帳《かや》の外にいるのはごめんだといってね」

封筒の中身は、分厚いファイルだった。『弓削家に関する基本調査結果』と、書かれている。

「これは！」

「現在の弓削一族に関する調査結果だそうだ。硝子君が、独自に興信所に調査を依頼したらしい。それによれば現在の当主は弓削妃神子・十七歳。五年前に両親を相次いでなくし、弓削本家は彼女一人となってしまったらしい」

どうやら、那智は調査報告書にすでに目を通しているようだ。陶子は急いで報告書を走り読みした。

「報告書によれば、弓削一族には、妃神子の父親の兄、つまり伯父に当たる人物の流れがあるようだね」

「ええ。でもその伯父という人も、すでにこの世の人ではないと、あります。病弱ゆえに家督を継げなかったのですね」

「その息子が二人。つまりこれが一族の分家筋ということになる。長男が弓削佐久哉・三十七歳。そして次男が……」

「……弓削昭之」

弓削の家から三角縁神獣鏡を持ち出し、鉄道自殺を遂げた人物である。

「ところでね、陶子さん。一つ聞いておきたいことがあるんだが」

「なんでしょうか」

「あなたは、どうして今まで弓削一族のことを調べようとはしなかったの。彼らへの疑いは早くから持っていたはずでしょう。正直いって、硝子君からこのファイルを受け取ったとき、わたしはこんな基本的なことを今まで放って置いたあなたという人物が、わからなくなってしまった」

口調は飽くまでも静かだが、蓮丈那智の言葉には明らかに非難の意味が込められている。それに答える言葉を、陶子はうまく見つけることができなかった。

弓削一族について、興信所を使って調査することを、考えなかったわけではない。けれど、そんなときに決まって胸の裡《うち》に浮かぶのが、例の弓削妃神子のことだった。天使の笑みをごく自然に身につけ、人の心を暖かくせずにはいられない空気を身にまとったあの娘が、自分を陥れたとは、考えたくなかったのである。結果として、「確信が持てるまでは調査依頼はやめておこう」と、陶子は決めた。

そのことを、幾度か言葉に詰まりながら説明すると、那智は腕を組んだまま塑像《そぞう》と化した。

やがて料理が運ばれ、仕方なしにとでもいいたげにナイフとフォークを操る那智は、それでもまだ無言のままだ。

ようやく食事も終わろうとする頃、那智が唐突に、

「社会の最小単位はなんだと思う」

といった。あまりに唐突すぎて言葉の意味が分からず、陶子は「はあ」とひどく間の抜けた返事をしてしまった。

「それは、あの……家族でしょうか」

那智が無言のまま頷いた。

ウェイターが、二人の前にデミタスカップを置き、エスプレッソ珈琲を注ぐ。それを一口啜って、

「家族の延長線上に社会は成り立っている。そして家族も社会も、二つの形態に分類されるとする。民俗学上の論争がある。すなわち母系社会と父系社会」

那智のいっていることがよくわからず、陶子は聞き役に徹することにした。

「たとえば天照大神《あまてらすおおみかみ》は母系社会の象徴といわれている。また彼女を邪馬台国の卑弥呼の変形だとする説もある。とすると、天照大神のエピソードとして知らぬもののない《天岩戸隠れ》伝説はどのような事件を指しているのだろうか」

「卑弥呼が鬼道を以て統一した邪馬台国は、明らかに母系社会ですよね」

その卑弥呼と天照大神を同一視すると、そこに起きた事件の性質が見えてくると、那智はいっている。

「天岩戸に隠れた天照大神は、やがてその暗い穴から出てくると伝説はいう。けれど本当に彼女は岩戸から出てきたのだろうか。彼女の身体はそこで朽ち果ててしまったとは考えられないだろうか。その後にやってくるのは父系社会だ。その支配者達にとって、母系社会を滅亡に追いやった事実は、どうしても隠しておきたかった。だからこそ伝説をねじ曲げ、天照大神を岩戸から出してしまったのではないか」

「つまり、天岩戸隠れ伝説は、父系社会による母系社会抹殺の事実を伝えていると？」

それには答えずに、「ではどうして母系社会は破滅に追いやられねばならなかったか」と、那智はいった。

「わかりません」

「母系社会は常に破壊と生産の歴史を刻まねばならなかったから。たとえば山姥《やまんば》が人を食らうのは、女性が持つ永遠の象徴、すなわち生命の生産という作業を裏返しにしたものだといわれている。また、卑弥呼が鬼道を以て邪馬台国を統一したという事実も、そこでは合理性よりも神秘性を重んじたことを示している。神秘性といえば聞こえはいいが、そこでは残酷な史実や儀式だってあったに違いない」

話を聞きながら陶子は考えた。どうして那智は突然民俗学の講義など始めたのだろうか。今回の事件と、この講義は、どこかで繋がっているのだろうか。

那智が「そこで」といった。

「弓削一族にこの考えを当てはめてみる」

「つまり弓削一族は、現在母系社会の最小形態をとっていると」

「すると、どのようなことが考えられる？」

一族にとって妃神子は唯一無二の存在であるに違いない。そこに感じられる神秘性は、陶子も認めている。彼女をあがめ、必死になって守ろうとしている人々がいるにちがいない。

——でもその一方で……。

母系社会を壊そうとする者達がいる。母系社会を破滅に追いやり、父系社会を構築しようとする者達が、妃神子の周囲にいるとしたら。

「彼女を守ろうとする人々は、必死になって戦うでしょうね」

そういってから、陶子は気が付いた。妃神子を中心とする弓削一族に仇なそうとする輩、たとえそれを意識せずとも、成り行き上、破壊者に荷担している愚か者こそが、自分ではないのか。そのことを口にすると、那智が表情も変えずに頷いた。

「どうすればいいのでしょう」

「どうしようもない。彼らにとってあなたはすでに敵側の人間でしかない。そしてわたしも越名さんも、硝子君もその協力者だ」

「説得……は効かないのでしょうか」

「それはわからない。これからの成り行き次第だね」

二人は席を移し、バーラウンジに腰を落ち着けた。那智が「マティーニを。マラッカジンと、ヴェルモットはノイリープラットで」と注文をする。陶子もそれに倣った。舌を刺激する辛口のカクテルが、喉を通過して胃に落ちると、そこに小さな火が灯ったような気がした。

「わたしの研究室に、弓削佐久哉と名乗る人物からアプローチがあった」

あまりの突然の言葉に、陶子はカクテルグラスを取り落としそうになった。

「先生に……ですか」

「違う。わたしの助手に、手紙が来たようだ。本人は隠しているが、なにせそんな器用なことができる男ではなくてね」

蓮丈那智の研究室に勤務する、内藤三國《みくに》という助手に手紙が届いたのは一週間ほど前のことだそうだ。

「どうやら製鉄伝説について、考察するところがあるから研究を手伝って欲しいといってきたようだ。佐久哉は在野の研究家を名乗っている」

「それはいったい……」

「まだ相手の出方がよく見えないが」

十分な注意が必要であると、那智はいいたいのである。見ると、カクテルグラスの中身がすでにない。

「弓削佐久哉か」と、陶子は呟いた。

那智と別れ、部屋に戻った陶子は、珈琲を淹《い》れた。ペーパーフィルターとちょうど一杯分の珈琲の粉とが一対になったタイプで、ホテル暮らしにはまことに都合がいい。室内に漂う香ばしい香りを嗅ぎながら、デスクのパソコンを起動させた。

メールが一通。田中一正から届いていた。

『ご自宅に何度か連絡を差し上げましたが、いつもご不在なので、メールで失礼いたします。一度お会いしたい旨、ご検討いただけましたか。宇佐見さまは、私どもについて大きな誤解をしているようにお見受けいたします。あるいは私どもも、宇佐見さまのことを誤解しているのかもしれません。そろそろ互いの誤解を解く、良い潮時ではありませんか。あなたがお知りになりたいことを、わたしはきちんと筋道を立ててご説明できるかと存じます。どうかわたしのために少しばかりの時間を御融通くださ い』

その馬鹿丁寧な文章を読みながら、陶子は「よくいう」と、小さく漏らした。

パソコンをつけっぱなしにして、横尾硝子が興信所に頼んで調べた調査報告書を、改めて読み始めた。ことに、初めて事件に登場する弓削佐久哉については、なるべく詳しいデータが欲しかった。彼がなぜ、蓮丈那智本人ではなく、その助手にアプローチを試みたのか。弓削佐久哉の意図はどこにあるのか。

が、ごく簡単にまとめられただけの報告書からは、なんの答えも得られなかった。

ページを最後までめくり、閉じようとした陶子は、そこに一枚の写真が貼り付けられていることに気がついた。写真の下に「弓削佐久哉氏」とある。その写真を見つめたまま、陶子は動けなくなった。いったいどれほどの時間、そうしていただろうか。我に返って珈琲を一口啜ると、カップの中身はすっかり冷め切っていた。

突然、陶子は笑いだした。最初は小さく唇からそれらしき空気を吐き出すだけであったが、やがて声をあげて笑いだした。

「なんだ、そういうことだったの。弓削佐久哉、あなたは最初から姿を見せていたのね」

カップの中身が床にこぼれることも気にせずに、陶子は笑い続けた。そうでもしていないと、精神に異常をきたしてしまいそうだった。

陶子は田中一正にリターンメールを送った。

『誤解は早く解くに限ります。当方、目下のところ蟄居《ちっきょ》中にて、時間はいつでも作ることが可能。そちらさまの都合に万事合わせることができます。ご予定をお聞かせください。弓削佐久哉様』

それだけ打って、改めて弓削佐久哉の写真を見た。それは他でもない田中一正の写真であった。

なんのことはない。弓削佐久哉は《田中一正》として、初めから接触をしていた。そのことがかえって陶子を戦慄させたのである。恐怖が背骨を伝って、ゆっくりと頭部まで侵入するのを感じた。悪意の触手といってよいかもしれない。そしてそれは、陶子ばかりではなく、那智の助手にまで伸ばされようとしている。そう考えると、一刻の猶予もならない気がした。

――なんとしても先手を打たねば。

田中一正＝弓削佐久哉に会うことで、果たして先手を打つことができるのか。確たる自信があるわけではなかった。だが、ここで彼を避けていては、ますます後手に回ることになる。勘がそう告げていた。

弓削佐久哉からのメールが、一時間ほどで返ってきた。五日後の日時が指定してある。

『承知しました。場所は渋谷のTホテルのロビーではいかがですか』

『結構です』

メールを使っての会話を終え、陶子はコンピュータのスイッチを切った。部屋着に着替えて、ベッドに横たわる。珈琲でいったんは醒ましたはずのカクテルの酔いが、再び頭の芯を鈍く刺激するのを感じた。あるいは、神経の高ぶりと動揺がそのような効果をもたらしたのかもしれない。

のろのろと起きあがって、アタッシェケースの中から二十センチ四方の箱を取り出した。蓋を開け、親指の先ほどの盗聴マイクと小型の録音機とを取り出した。横尾硝子が揃えてくれたものである。それが正しく作動することを確認した上で、硝子の部屋に電話をかけた。

「ちょうどよかった、ガスパールがさあ」

慌てたような声で、硝子が「きゃっ、止しなさいって、ガスパール」と、続けた。

「どうしたの、硝子さん！」

「ガスパールの様子が今朝から変なんだよ。妙に気を高ぶらせちゃって、もう大変」

「電話口に出せるかな」

「ガスパールをかい？　そりゃあ、まあ……」

がさごそと雑音がして、やがて「ニィ」という、鳴き声が受話器から聞こえた。「ガスパール、わたしは大丈夫だよ。ぜったいに負けやしないんだから。だから安心して」

ゆっくりと言い聞かせると、遠くで「驚いた、人の言葉がわかるんだ、彼は」と、硝子の声が聞こえた。どうやらガスパールは落ち着いたらしい。

「なにがあったの」

電話口に出た硝子に、弓削佐久哉との経緯を説明した。「いよいよだね」という硝子の言葉に、陶子は受話器に向かって頷いた。


金曜日。約束の時間に陶子が渋谷Tホテルのロビーに到着すると、弓削佐久哉はすでに来ていて、テーブルから手を挙げて合図を寄越した。薄鼠《うすねず》色のカジュアルジャケットが、よく似合っている。三角縁神獣鏡の一件で、佐久哉とコンビを組んでいた林原にばかり目がいって、気がつかなかったが、意外に年若いのである。硝子が寄越した調査書によると、陶子よりも一つ若い三十七歳。若いと言い切ることができるかどうか微妙な年齢だが、少なくともまとった空気は、若々しい。

陶子はジャケットのポケットに手を入れ、録音機のスイッチを入れた。袖口に仕込んだ盗聴マイクからコードを延ばして音を拾えるようにしてある。同時にマイクは、上の階の一室に部屋を取った硝子の許へ、二人の会話を飛ばすことができる。

——お願いね、硝子さん。

我知らずのうちに握り拳を固め、弓削佐久哉へと近づいていった。

「お待たせしました」

「いえ、僕も先ほど到着したばかりですから」

「僕」という一人称が、よく似合う笑顔と声とで弓削佐久哉がいった。

「お久しぶりです。例の鏡の一件では宇佐見さんには本当にお世話になりました」

「とんでもない。こちらも過分な代金を頂戴いたしまして、ありがとうございました」

なんでもない会話の一つ一つが、陶子の緊張感を次第に高めてゆく。

「あれから大変な目にお遭いになったとか。なんでも僕たちとの食事の直後だったそうじゃありませんか」

「まあ……その件についてはいろいろ差し障りもありますし」

「それに、他にも良くない噂を耳にしました」

「いろいろと、毀誉褒貶《きよほうへん》の激しい世界なんです」

「でも、お元気そうでなによりです」

「ありがとうございます。いつまでも落ち込んでいるわけにもいきませんわ」

陶子の唇は、一つの言葉を用意している。それをいつ吐き出すか、タイミングを計っていた。

「……いろいろと調べものをなさっているようで」

佐久哉の言葉付きが、少し変わった。確かにそう感じた。それまでの笑顔にわずかばかりの翳《かげ》りが現れ、薄い唇が嘲笑を浮かべているようだ。

「調査は、何事につけ、私たちの世界では必要なことですから、それはもう念入りに」

「けれど、あまり畑違いのことに首を突っ込むのは感心しませんね」

「そうでしょうか、弓削佐久哉さん」

返信メールの際と同様のとっておきの言葉を口にしたというのに、弓削佐久哉の表情にはなんの変化も表れなかった。そのことがかえって陶子を当惑させた。かつて自分が田中一正と名乗っていたことなど、すっかり忘れていたとでもいいたげな薄笑いを浮かべながら、

「さすがは、冬の狐を名乗るほどの女性だ」

佐久哉がいった。

「どうして、田中という偽名を使ったのですか」

「その方が都合がよいからですよ。できれば例の鏡について、あなたがなんの疑念も

好奇心も抱かずにいてくれたら……そう思ったものでね」

　ところが、陶子はあの三角縁神獣鏡が八咫鏡を模して作られたものではないかと、林原と佐久哉の前で不用意にも口にしてしまった。その一言が、事件のすべての原点であることを、陶子はふいに悟った。

「おまけにわたしは、あの鏡を作らせたであろう、税所篤についても調べ始めた。彼が明治五年に行った大仙陵古墳発掘のことまでも調べ上げ……」

「そこに誤解が生じたのですよ！」

　思いがけないきつい口調で、佐久哉がいった。

「なにが誤解だったのでしょう」

「税所篤が畏れ多くも大仙陵古墳の発掘を行ったのは事実です。けれど、それは彼が古物や骨董といったものに、異常なほどの執着心を持っていたゆえの暴挙です。それ以外の何ものでもない」

　その言葉で陶子は、佐久哉が陶子の部屋で行われた那智らとのディスカッションの内容をすべて把握しているという事実を確信した。

「では、どうして税所は八咫鏡のレプリカなどを作らせたのですか」

「さすがに、八咫鏡まで自分のものにすることには気が引けたのでしょう。旧薩摩藩の出身で、明治維新の偉業は自分たちのみでやり遂げたと慢心しているような男でも」

「三種の神器にだけは、恐ろしくて手を付けられなかったと?」

「当たり前でしょう」

「けれど、税所篤が作らせたレプリカには特殊な仕掛けがありました。魔鏡としての機能、しかも八咫烏の像を鏡に封じ込めたのは、どうしてですか」

「それは、あなたの錯覚だ。たぶん、微妙な歪みが鏡のどこかにあって、そのように見えるだけではありませんか」

危うく陶子は、最後の切り札を口にしそうになって、思いとどまった。

——このカードを今は切るわけにはいかない。

「では、飽くまでも税所の発掘は、彼一人の意思で行われたものだと」

「その証拠をお見せしましょう」

佐久哉が思いがけないことをいった。

その提案に、陶子は戸惑いを隠せなかった。

「証拠……ですか」

頷く佐久哉の顔には、満面の笑みと自信とが溢れているようだ。

「お見せしますよ。税所篤が大仙陵古墳から発掘した品々を。政府の高官であったために自らの許に置くわけにはいかず、私ども弓削の家に預け置いた数々の秘宝、あなた方が《税所コレクション》と呼んでいるものを見れば、わたしのいっていることが納得できるはずです」

「あるのですか！　そんなものが」

「いったはずです。私どもがお預かりしていると」

「どうして、弓削一族が……税所コレクションを」

「それほど信用されていたのですよ。コレクターとは極めて特殊な考え方をする人種です。もってはいけないとされるものだからこそ、己の危険を顧みずに、いつでも愛玩できる場所に置いておこうとする。そして税所篤という男は、蒐集癖の権化のような人物でもあった」

　佐久哉が口にする税所篤像は、例の『文藝春秋』誌上で語られたものと完全に一致している。そのことが逆に陶子に疑惑の念を抱かせた。あくまで推測の枠を出ないとはいっても、陶子が調査の中で知り得た税所篤は、断じて強欲な蒐集家などではない。彼の大仙陵古墳発掘には、別の意図があったはずである。そのことを口にすると、佐久哉は「単なる買い被りです」とにべもなくいった。

「そうかもしれない。だとすればわたしは、あなた方の手元にある幻の税所コレクションを確認しなければならない」

「そうなりますね」

「コレクションはどこにあるのですか」

「堺の弓削の屋敷にはありません。さすがに我々とてもおいそれと保管できるものではありませんからね」

「ではどこに」

佐久哉が、ポケットから取り出した煙草ケースからスリムタイプの紙巻きを抜き、火をつけた。メンソールの香りが静かに周囲に漂った。言葉を選ぼうとしているのか、そうすることで会話の間合いを取ろうとしているのか、陶子にはわからなかった。

「岡山県に弓削庄と呼ばれる場所があります。そこに弓削の一族が管理するいくつかの山林があるのです」

そういって弓削が陶子の目を覗き込むような仕草を見せた。

──山林……か。

人里離れた場所、それが意味することを思うと、陶子の中で危険信号が点滅を始めた。

弓削佐久哉の言葉は、誘蛾灯《ゆうがとう》そのものだ。しきりと危険を告げる声が、頭の奥で聞こえるのだが、反対に抗いがたい魅力を秘めていることも確かである。

「山林の奥に、古墳があります。とはいってもすでに盗掘に遭っていましてね、学術資料としての価値は皆無に等しい。けれど、盗掘にあっているからこそ、ある種の物品を隠しておくには、これほど相応《ふさわ》しいところはない」

ある種の物品。すなわち大仙陵古墳から持ち出した品々である。

「確かに、古墳の石棺の中に埋葬品があったとしても、誰も見とがめる者はいませんね。たとえそれがよその古墳から運び込んだものであったとしても……」

「どのように言い抜けることも可能です」

陶子は迷った。自らの身の危険もさることながら、どうしてもわからないことが一つある。

――内藤三國という、那智先生の助手は、今回の一件でどのような役割を負わされているのか。

このことである。那智の話によれば、弓削佐久哉は在野の研究家として内藤に接触を図っているという。それも、製鉄文化に関して考察するところがあるといって、彼に共同研究を持ちかけているらしい。

弓削一族が、仏教戦争で知られる物部一族の分流であること、そして大和朝廷で製鉄に関わった一族であることは那智が調べてくれた。そのことに関係しているのは確かであろうが、なぜ製鉄文化なのか、なぜ那智ではなく内藤三國なのか、それがまるでわからない。こうした状況において、「わからない」とは即ち、かなりの危険をはらんでいるということでもある。

「弓削さんは、歴史にかなりの興味をお持ちだとか」

陶子は、思い切って訊いてみた。だが、それさえも想定済みなのか、弓削佐久哉の表情にはわずかな動揺も見ることができない。

「古い家柄ですからね。調べるとあれこれ面白いこともわかります」

「たとえば、製鉄文化について……もですか」

「弓削は元々、弓矢を中心とした武器の製造を担う一族です。それがやがて製鉄に関わるようになったとしても不思議ではない。弓削は物部の一族です。そして代々我が祖先達が信仰してきたオオナムチは、別名大国主命《おおくにぬしのみこと》。製鉄の神でもあるのですよ。『古事記』にある素戔嗚尊《すさのおのみこと》から大国主命への国を譲る話、あれは青銅器文化から鉄器文化へと、国の覇権が動いたことを指しているのですよ」

よどみなく話を続ける佐久哉の口調が、やがて熱を帯びてきた。それは、佐久哉の話が一朝一夕に思いついた出任せではなく、長く温め続けた自説であることを示している。

「青銅器文化から鉄器文化への、覇権の移動……」

「そうです」

「それは弓削さんの自説ですか。それともそのような学説が存在するのですか」

「わたしの持論と思ってくださって結構です。このような話は退屈ですか」

陶子は黙って首を横に振った。

神話の民俗学的な解釈とでもいうのだろうか、佐久哉の口から語られる説は、十分すぎる魅力を含んでいる。退屈どころではない。そのことが余計に危険を感じさせるほどだ。

「けれど、製鉄文化という切り札を持っていたはずの物部一族は、仏教戦争を契機に蘇我一族に滅ぼされてしまう」

弓削佐久哉の顔に、不意に面白くて仕方がないといった表情が浮かんだ。

「仏教戦争ねえ……確かに歴史上ではそうなっているが」

「違うのですか」

「仏教の信仰をしきりと広めた蘇我馬子《そがのうまこ》という男、どのような人物であるか、ご存じですか」

陶子は、また無言のまま首を横に振った。

「彼は、物部一族を滅亡させた後、聖徳太子の叔父に当たる崇峻《すしゅん》天皇を謀殺しています。あらゆる権謀術策《けんぼうじゅっすう》に長じ、必要とあらば天皇さえも殺害してしまうような男ですよ、蘇我馬子とは。彼が欲しかったのは仏教などではありません。仏教というカラーに惑わされてはいけない。当時の仏教は宗教であると同時に、医学、建築学、冶金《やきん》学といった最先端の学問と技術の集大成なのですよ」

「というと、もしかしたら仏教戦争として語られる、蘇我と物部の戦いとは」

「新旧製鉄技術の争いのことですよ。そして蘇我が手に入れた新しい製鉄技術のことを、『日本書紀』はこう記しているはずです。『蘇我馬子は試しに舎利《しゃり》を鉄床《かなとこ》の上に置いて鉄の槌《つち》で打った。槌と鉄床は破《わ》れ砕けたが、舎利は損なわれなかった』と」

「それは……？」

「仏教を信じた馬子がある日、仏舎利《ぶっしゃり》（仏陀の遺骨）を得ることができたことを伝える話です。つまり新たな技術で作られた鉄のことを、仏舎利という言葉に置き換えたのです」

この話を蓮丈那智が聞いたなら、どのような意見を持つだろうかと、ふと思った。あるいは内藤三國はどうだろうか。那智の助手だから、当然の事ながら民俗学の研究者である内藤は、この説を目の前にして、どのような反応を見せるだろうか。一笑に付すだろうか。

――そうさせないためには……。

陶子の中で、幾通りもの仮説が生まれては消えた。

――物的証拠だ。それも研究者である内藤三國を納得させることができるだけの。

税所篤が単なる盗掘者であることを証明するために、《幻》と呼ばれる税所コレクションの現物を見せようと弓削佐久哉はいう。それと同じ事を、別の視点から佐久哉は、内藤三國に仕掛けようとしているのではないか。

弓削佐久哉が、腹立たしいほど挑戦的な目つきで見ている。その視線を受けながら、陶子は必死になって思考を巡らせた。専門の研究者ではない陶子には、佐久哉の述べる説が、考古学に属するのか民俗学に属するのかさえもわからない。けれど話を聞く限り、その内容は知的な好奇心を十分に刺激してくれるものであるようだ。陶子にはそう思える。

明らかなことが一つある。

佐久哉のいう山中の古墳に、税所コレクションが果たして実在するのかどうかはわからない。けれどそれを素直に見せるつもりがないことを、彼のこれまでの言動が示している。陶子を山中の古墳へと招くこと、そして内藤三國が巻き込まれるであろう何事かの企みは、必ず一点で結びついている。自分が内藤をすでに巻き込みつつあることを、那智を通じて陶子の耳に入れたのは、他でもない弓削佐久哉なのである。

――まさか！

陶子は一つの構図を思い描いて、慄然とした。陶子自身が巻き込まれた贋作騒ぎの構図である。内藤の前に弓削佐久哉は実においしい新説を提示し、なおかつ研究者をも欺くほどの物証を用意してやる。当然の事ながら、内藤は佐久哉と共同名義でその説を発表することだろう。その上で、説が全くのでたらめであることがわかったとしたら、どうなるか。在野の研究家である佐久哉にはさしたる影響はないだろう。笑い話で済むやもしれない。だが、内藤はどうか。さらにいえば彼の研究を見守る立場にある那智への影響は、どうか。これはまさしく、陶子が巻き込まれた事件とまったく同じ構図を有する策謀ではないのか。それを阻止するためにも、

「わたしは、岡山にゆくしかないのですね」

いくつもの意味を込めて、陶子はいった。

「………」

佐久哉の不敵な笑顔が「そうだ」といっている。

これは罠だ。罠とわかりつつ、その渦中に赴く以外にない事態を、陶子は痛感した。

——あるいは、那智先生の口から内藤氏に忠告ができないだろうか。

これが悪質な罠であることを告げて、弓削佐久哉との繋がりを断ち切れば。そう思って陶子は目を瞑った。

不可能という文字が脳裏に浮かんだ。

内藤三國を納得させるには、この事件の経緯をすべて話さねばならない。たった一枚の青銅鏡から始まって、一人の旗師が贋作事件に巻き込まれ、そしていくつかの命が奪われたかもしれない事件の全容を、どうやって説明するというのか。たとえうまく説明をしたところで、それを内藤に信用させることが、果たして可能なのか。当事

者である陶子でさえも、これが夢の出来事ではないかと、時に疑うほどだ。

だいたい、弓削佐久哉とその仲間達がなにゆえ一枚の青銅鏡、三角縁神獣鏡を模して作られた複製の鏡にこれほどまで執着するのか、人の一生をぶち壊してでも、それに関わる人間を貶《おとし》めようとしているのか、陶子にさえもまだわかっていない。たとえ那智が絶対的な権力を持って内藤に臨んだとしても、それは彼にとって単なる理不尽でしかないのではないか。

ひどい喉の渇きを覚えて、陶子は目の前のグラスの水を一気に飲み干した。「これもどうぞ」と、佐久哉が自分のグラスを差し出す。これまでの人生の中で一度として感じたことのない種類の殺気を込め、

「ご親切に、どうも」

そういうのがやっとであった。

「いつがよろしいでしょうかね、岡山へゆくのは」

わざとなのか、それとも気持ちのゆとりがそうさせるのか、嫌らしいほどゆっくりとした口調で、佐久哉がいった。

「……ご存じのように、わたしは今完全にフリーの立場です。いつでも、弓削さんのご予定に合わせます」

陶子にも切り札がある。それにこの会話は二重に記録されている。主導権を完全に

渡したわけではないと、言葉に込めた。

「では、来週ではいかがでしょう」

「結構です」

「宇佐見さん、あなたは来週一つの歴史に立ち会うことができるのですよ」

「それを光栄に思うべきだと？」

「そうとは、いいませんがね」

「もしも品物が素晴らしいものなら、買い取りを考えてもよろしいのでしょうか」

「それは……もちろん個人コレクターとしてですね。あなたはそれを売買する資格をお持ちではない」

反論できずに陶子が黙っていると、弓削佐久哉が手持ちの書類バッグから、奇妙な板状のものを取りだした。下敷きのようでもあるが、相当に厚みがある。

「最近は便利なものがあります。発信式の盗聴器などの機能を無力化する機械です。ある種の妨害電波をスクリーンのように出すのだそうです。まあメカニズムについては聞き齧《かじ》りですが」

そういって弓削佐久哉はにっこりと笑った。

では、改めてご連絡をしますといって、佐久哉が帰ってゆくのを、陶子は唇を噛んだまま見送るしかなかった。完敗だなという言葉が、何度も胸の中で繰り返される。

「やられたね」

陶子を代弁するような、沈んだ声が背中からかけられた。いつからそこにいたのか、ワンピース姿の横尾硝子が立っている。スカートをはいた硝子を、陶子は初めて見た。が、そのことで軽口を叩く気にはどうしてもなれなかった。

「硝子さん、どうしてここに！」

「上の部屋では、今頃、例の盗聴器発見屋のお兄ちゃんが困惑しているだろう」

「じゃあ、録音作業は」

「専門家に任せた方がいいと思ってね」

急に下半身の力が抜けた気がして、陶子は再びソファーに沈み込んだ。

「まさかあそこまで用意周到だとは思わなかった」

口にすれば敗北を認めるようなものだと、わかってなお、陶子はその言葉を呟いた。

「悔しいけれど役者が、あたしたちより一枚も二枚も上だったね」

「でも弓削佐久哉は一つだけ失敗をした」

「そう。彼はあたしがすぐ後ろに座って、聞き耳を立てていることに気が付かなかった」

わずかに気持ちのゆとりを覚え、袖口に仕込んだマイクを取り外した。再生のスイッチを入れると、先ほどの二人の会話が録音されている。とはいっても、佐久哉が見せた盗聴防止用機械のせいなのか、音質は驚くほど悪い。陶子の身に何事かの異変が生じたときに、警察に提出する資料にはなりそうにない。そうした陶子の思いを読みとったのか、硝子が背中を軽く叩いた。

「大丈夫だよ。あたしがいるじゃないか。この耳は確かに陶子とあの男の会話を記憶している」

「ありがとう」

「それよりも、岡山行きはどうするつもりだい」

「わたしが行かなければ、那智先生の所の助手がスケープゴートにされてしまう」

「なるほど、古代の製鉄技術に関する学説をでっち上げられた挙げ句に、論文を発表した時点で足下を掬《すく》われるというわけか」

「だからわたしは、敢えて彼の仕掛けた罠に挑まねばならない」

「相変わらず、きつい戦いをしているね」

その言葉の裏には、一人の戦いではないと、改めて念を押す響きがある。そこへ「すみません」と半分泣き出しそうな顔で、盗聴器発見業の青年が現れた。青年に向かって陶子は精一杯の笑顔を向けた。

2

蓮丈那智から「内藤君が休暇願を出した」との連絡を受けたのは、五月に入って間もなくだった。それに呼応するかのように、弓削佐久哉からは「岡山の準備ができた」とのメールを受け取った。そこには、滞在は弓削の屋敷で、とも書いてあったが、敢えて近い場所にホテルを予約し、その旨をメールで伝えた。硝子が同行するといって聞かないから、弓削の屋敷に寝泊まりするわけにはいかないのである。

長期滞在になることはないだろうが、それでも身の回りの衣類、その他を荷物にまとめるとかなりの量となる。荷は、宅配業者を使って岡山のホテルに送った。

――あとはガスパールか。

硝子が同行するのであれば、動物専用ホテルを予約しておかねばならない。電話帳を調べ、いくつかの業者に当たってみたが、運悪くどこもふさがっていた。最悪の場合は移動用のバスケットに入れて、岡山に連れてゆくしかない。

フロントから「蓮丈さまがロビーにお見えですが」と連絡が入った。旅の支度を途中で止め、一階に下りると、エレベーターのすぐ近くに那智の姿があった。初夏の気温が続き、半袖姿の客も多いというのに、相変わらず一分の隙もないダークグレーのスーツである。ただしいつもと違う点がただ一つ。右手に大きなバスケットを提げている。今はまだ硝子の許にいるはずのガスパールが、バスケットの中から「狭いぞ、ここは」と鳴き声を上げた。

「どうしたんですか」

ロビーのソファーに腰を下ろす前に、陶子は訊いてみた。

「うん。先ほど硝子君の所から預かってきた。彼女もどうやら旅に出るそうだから。本来ならわたしも行くべきなのだろうが、学会の準備で手が離せなくてね」

ちょうど猫の手も借りたい時期なんだと続けた那智のジョークを、笑い飛ばす気になどなれるはずもない。

「では先生が」

「わたしの研究室で、番犬の代わりでも務めてもらうことにしよう」

「あの……かなり、そのやんちゃな性格で」

硝子の部屋でも相当に手間をかけたはずだと告げると、那智はバスケットの中のガスパールをじっと見た。気が強すぎて、その悪戯ぶりに時に手を焼くほどのガスパールが、那智の視線の前で猫の形をした塑像に変わった。

「十分にいい子じゃないか」

「……はあ」

居住まいを正すように背筋を伸ばした那智が、「ところで」と口調を変えた。

「あちらはなんといってきたのかな」

古代製鉄民族としての弓削一族のこと、また日本書紀に仏教戦争として描かれた蘇我と物部の戦いが、実は新旧の製鉄技術を巡る戦いであったという、佐久哉の自説を聞かされたことを、陶子は説明した。

「そうか、弓削一族こそが《だいだらぼっち》だったのか」

蘇我と物部の戦いに話が及ぶと、那智の形の良い眉が一瞬歪み、呻き声に似た呟きが唇から漏れた。以前、陶子の部屋で交わされた会話の中に、だいだらぼっちという単語が混じっていたことを陶子は思い出した。

「だいだらぼっちというと……蹈鞴《たたら》を使った製鉄技術集団《蹈鞴師》が転訛《てんか》する事で生まれた、巨人伝説であるという」

「そういう説が確かにある。蹈鞴とはふいごを使った高熱の溶鉱炉のことだよ。当然の事ながら、製鉄技術としてはかなり高度なもので、日本で本格的に蹈鞴製鉄が行われるのは近世に入ってからのことだ」

製鉄にふいごが使われたという記録は、『日本書紀』などにも記述が見られるのだが、その規模はさほど大きいものではないそうだ。蹈鞴がさらに転訛して《高殿（たたら）》となり、大規模な製鉄所もしくは製鉄技術そのものを指す言葉として登場するのは、近世になってからだと、那智は説明した。

「では弓削一族が、蘇我・物部の時代にすでに大規模な蹈鞴製鉄を行っていたと？」

「元々、岡山という土地は砂鉄が大量に採れることで知られている。鉄器文化もしくは製鉄技術を指し示しているとされる伝承も数多く残されているんだ」

「ちょっと待ってください。その説には致命的な欠陥があります。だってそうでしょう、弓削一族が物部の眷属《けんぞく》であることを調べてくれたのは那智先生じゃありませんか」

「そうだよ」

「もしも弓削一族が、古代における最新の製鉄技術を持っていたのだとしたら、蘇我に滅亡させられるはずがない」

那智の指が、こつこつとテーブルを叩いた。どうやらそれが、この異端の民俗学者が思考するときの癖であるらしい。水晶を思わせる透明感のある白皙《はくせき》の素肌に、わずかに血の色が通って、そして元に戻った。

「物部肩野乙麿という名前を覚えているだろうか」

「製鉄の守護神である金山彦神の化身に博打で負けて、土地を失ったという話でしたね。彼は移り住んだ土地を弓削庄と改めて、仏教寺を開いたという」

「その伝説に大きな意味が隠されているのではないだろうか。つまりは、弓削佐久哉が説いた説、蘇我・物部の仏教戦争が、実は新旧製鉄技術の戦いであったという説の、秘密が」

　再び那智の指が、テーブルを打ち始めた。

「……那智先生」

「物部肩野乙麿は、元々はオオナムチを奉じる一族の人間であった。オオナムチは火と関連の深い神で、古代製鉄技術を示すシンボルでもある。だが乙麿は金山彦神に敗れ、自らの領地を金山彦神に奉じて、美作庄に移り住む。そこを弓削庄と改め、仏教寺を開く」

　那智の唇は言葉を吐き出すけれど、それは陶子に向けられたものではなかった。自らの思考を整理するためのある種のアイテム、あるいは儀式のようなものかもしれない。不意にテーブルを叩く指が止まり、瞬きさえも忘れた那智の目が、この世に存在するどこでもない場所を凝視した。

「……わたしは……とんでもない愚か者だったのだな。こんな単純なことに気づかなかったなんて」

「なにかわかったのですか」

「ああ、わかった。少なくともそのつもりだ」

　陶子は、那智が頬に笑みを浮かべるのを初めて見た。それは魅惑的であるというよりは悪魔的で、そして笑みを見たものを別の世界へと引きずり込む引力を持っているかのようだ。

「物部の眷属が、仏教寺を開くはずがないじゃないか」

「そういわれてみれば！」

「その矛盾は以前から感じていたんだ。だが単純に物部が蘇我に敗れた事実を指し示しているものとばかり考えていた。だが、両者が新旧の製鉄技術によって戦いを展開していたとしたら、話は違ってくる。これに、乙麿が美作庄を弓削庄に改名したという伝承の要素を加えてみれば、自ずから一本の道筋が生まれてくるんだ」

「その……つまりは」

「弓削一族は元々は物部の眷属だ。そこで製鉄に従事していたんだ。だが、彼らは蘇我が仏教という伝道ルートを使って、最新の製鉄技術を手に入れたことを知る。そのとき、弓削一族はどのような行動に出ただろうか」

「自らの技術を使って、蘇我に戦いを挑んだのではないのですか」

「技術者とは、冷徹な論理主義者でなければ務まらないよ。負けるとわかっている戦いに敢えて挑む、ドンキホーテになれるものだろうか」

一方の蘇我にも弱みはある。いくら技術を手に入れたといっても、それだけで鉄は作れない。蓄積された技術が必要であったに違いないと、那智はいった。

「つまり、弓削一族は」

「物部を裏切ったんだ。蘇我が手に入れた最新の製鉄技術に目がくらみ、物部もオオナムチもすべて裏切った。その忌まわしい事実を、伝承は示していた」

　那智の言葉が熱を帯びてきた。

　伝承中の物部肩野乙麿こそは弓削一族の象徴で、そのことを彼が美作庄を弓削庄に改名したという逸話が示している。そう考えると、弓削佐久哉の説は、なんの矛盾もなくなることになる。

　那智の言葉を聞きながら、陶子は微かな違和感を覚えた。頭の隅で、どこかが違ってはいないかと、しきりと警告する声が聞こえるのである。

「そうなると、先生の助手でもある内藤氏の立場はどうなるのでしょうか」

「というと？」

「弓削佐久哉の口振りからして、彼は内藤氏を罠にはめるつもりでいます。そうさせたくなかったら、わたしに岡山まで足を運べといっているのだと、解釈していたのですが」

「その話は横尾硝子君から聞いた。わたしも多分そうだろうと思う」

「でも、那智先生のお話を聞くと、蘇我・物部の仏教戦争の陰に古代の製鉄技術が絡んでいたことは、真実であるように思えてきました。そうなると、内藤氏を罠に陥れることができなくなってしまいませんか」

　それは陶子の仮説を否定するばかりか、弓削佐久哉の意図までも不明にしてしまう。佐久哉が内藤に触手を伸ばす理由が、なにひとつ無くなってしまうのである。だが、陶子の問いに那智は黙って首を横に振った。

「簡単なことだ、それは」

「でも学説が正しければ」

「そもそも民俗学という学問は、曖昧な部分を多く含んでいる。学説といってもその殆どは仮説であり、個人の見解の発表といっても良いくらいだ……」

　そういったまま、那智が突然唇の動きを止めた。「どうしましたか」と尋ねても答えが返ってこない。恐ろしいほどの速度で回転する思考の流れを、蓮丈那智が沈黙に変えていることを察して、陶子もまた唇を引き結んだ。

「もっとも効果的な学説の発表とはなにか。いやそれよりも、内藤君に例の説を納得させるには、どうすればよいか」

「物証を見せればよいのではありませんか」

　そのことは陶子にも容易に想像することができる。証拠を見せて初めて内藤は納得するであろうし、学説として発表しようとするはずだ。

「ではその物証とはどのようなものだろうか」

「さあ、そこまでは」

「同じ岡山県に《キナザコ製鉄遺跡》と呼ばれる、八世紀頃の溶鉱炉の跡がある。溶鉱炉とはいっても一メートル足らずの小さな規模のものだ。だが弓削佐久哉は、六世紀の後半にはそれを凌ぐ製鉄技術が存在したと主張している。だとすれば……」

いつの間に取りだしたのか、那智の指に細い紙巻き煙草が挟まれている。だがそれに火をつけることなく、那智は言葉を続けた。

「朝廷の軍事を司る物部一族を遥かに凌駕し、滅亡に追いやることのできる蹈鞴製鉄技術だ。規模からいってもキナザコ遺跡のように小さなものであるはずがない。ではその溶鉱炉とはどれほどの大きさのものだろうか。二メートル四方か、三メートル四方か」

いかに高度な製鉄技術とはいっても、六世紀のテクノロジーであることに変わりはない。大きさには自ずと限界があるだろう。

――二、三メートル四方の溶鉱炉というと。

当然の事ながら、炉の材質は石でなければならない。

「さらにいうなら、高温で融解した砂鉄を冷やすためには、炉から流してやる必要がある。とすれば溶鉱炉を山の斜面に作ってやるのが一番だ」

陶子にも、おぼろげながら那智のいわんとしていることがわかりかけてきた。

「炉の温度を維持するために、あるいは天候に左右されないためには、炉は屋内になければなりませんね」

那智が頷いた。その表情からすでに笑顔は霧散している。代わりにひどく固い、緊張の色が見て取れた。

屋内に炉を作るといっても、山の斜面では簡単な作業ではない。ではどうすればよいか。

「相当な広さの横穴を斜面に掘り、そこに炉を設置すればいい」

陶子は、その完成図を想像してみた。斜面に掘られた横穴と、そこに設置された二、三メートル四方の四角い炉。周囲の壁を補強するために石積みを作れば、なおのこと都合がいい。弓削佐久哉が、内藤に「これが弓削一族が作り上げた踏鞴製鉄の炉の跡ですよ」とでもいって紹介するであろう遺跡は、

「見方によっては……」

「古墳といっても通るかもしれない。そうですね、那智先生」

そして佐久哉は陶子にこうもいっている。失われた税所コレクションは、弓削一族が大切に保管している。物が物だけに、すでに盗掘にあった古墳の石棺に隠している、と。

「済まない」と、那智が一言いった。

「どうしたんですか」

「君と内藤君との接点を、弓削佐久哉なる人物が巧妙に設定したことまではなんとか想像することができたが……それから先のことはまるで読めない」

だが、内藤が事件に絡んでしまった以上、那智は陶子を止めることができない。それがいかに予測不能で危険な罠であったとしても。

それゆえの「済まない」なのである。

考えれば考えるほど、弓削佐久哉という人物の策謀には得体の知れない深さがある。先を読もう、先手を取ろうとすると、さらにその先まで考え抜かれた佐久哉の罠が見え隠れするようだ。

しかし、だからといって陶子は引くことができない。

「それは、内藤氏が関係してしまっているからではありません。むしろ、わたし個人の戦いに皆さんを巻き込んでしまったことを、後悔しているほどなんです」

「そういってくれると、少しは救われるよ」

那智が、内藤という男は絵に描いたような好人物で、騙され易いという一点において、ある種の才能を感じることさえあると、真顔でいった。

「できうる限りのことをしてみます。大丈夫、わたしには強力な助っ人がいますから」

カメラマンの横尾硝子とは、かつて共に贋作事件に巻き込まれたことがある。そのときもなんとか罠を嚙み破ることができた。だから今回も大丈夫、と言い切ることはできない。が、たとえ自分の身に万が一のことがあっても、硝子は佐久哉との会話を耳にしている。彼とても無事では済まないのである。そのことを切り札の一枚として使うことができる。

さらに別の切り札を滝隆一朗が握っている。彼と雅蘭堂の越名がうまく連動してくれれば、これもまた敵側の脅威となるはずだ。

——一方的にやられることはない。

不意に「誰かが裏切りさえしなければ」という言葉が聞こえて、陶子は思わず周囲をうかがった。もちろん、本当に誰かが発した声ではない。

「どうしたのかな」

那智の問いに、陶子は答えることができなかった。黙ってテーブルに目を落としていると、今度は「ごめん」という、男とも女ともつかない声が聞こえた気がした。誰が、どうして謝る必要などあるのか。それは「我が身が可愛いんだ。だから寝返らせてもらうよ」という意味なのか。今から千四百年あまり昔、弓削一族が主家筋である物部を裏切ったように、今度は自分が誰かに裏切られるのか。そうなれば戦いは絶望的なものとなる。裏切り者以外の人間は再起不能の痛手を負わねばならない。

「那智先生……あの……」

「急に顔色が悪くなったようだ」

　誰かが裏切ることはあるのでしょうかなどと、聞けるはずもない。その可能性が蓮丈那智にないとは言い切れないのだから。なによりも、そんなことを考える自分が情けなかった。

　もっとも大きな脅威、その一つが他ならない自分の中にあることを知って、陶子は急に恐怖に襲われた。

　こめかみのあたりを、厭な感触の汗が伝った。

　横尾硝子が、所有するＲＶ車にカメラ機材を積んで東京を離れてから三日目、陶子もまた新幹線を使って岡山に向かった。途中、大阪に寄って市立博物館の常岡に、以前に世話になった礼をいうと、「例の三角縁神獣鏡を見せてくれるという話はどうなった」と、予想したとおりの問いが返ってきた。もうしばらく時間はかかるかもしれないが必ず、と答えると「必ずだよ」と幾度も念を押されてしまった。

　強いて常岡に用があったわけではない。なるべく回り道をして、もしかしたら存在するかもしれない追跡者を、混乱させるのが目的だった。

　いったん京都に戻り、そこで二日間、寺町あたりの古文書屋を覗いたり、骨董屋を訪ねたりしたのも理由は同じだ。次に堺市へと足を延ばし、市立図書館で郷土資料な

ど を調べるふりをした。

――そろそろいいだろう。

存在するかもしれない追跡者を混乱させるため、とはいったが正確にはそれだけではない。時間稼ぎと自らの内部に気が満ちるのを待つことも目的だった。戦いに正面から立ち向かうための気力、傷つくことを恐れない気力、そうしたものが全身に満ちるのを陶子はずっと待っていた。

「こちらの準備は整ったよ」

という、硝子からの連絡がある種のスイッチになった。携帯電話を使ってモバイルコンピュータから、弓削佐久哉にメールを送った。

『明日、そちらにうかがう予定ですが、ご都合はいかがですか』

『ご連絡をお待ちしていました。当方はいつでも結構です』

こうしたやりとりの後、陶子は岡山行きの新幹線に乗り込んだ。

あらかじめ到着時間を報せておいた陶子を、佐久哉は岡山駅で待っていた。

「遅くなりました。いろいろと寄るところがあったものですから」

「そのようですね」

相変わらず、人懐こい笑顔を見せながら、佐久哉はこともなげにいう。陶子の動向を逐一報告するための態勢が整っていることを、隠そうともしない。市内のはずれにあるホテルの名前を告げると、「ああ、良いホテルを選ばれました」と、佐久哉は自ら運転する車で、その場所へ案内してくれた。

フロントでチェックインすると、すでに荷物は部屋に入れてあるという。

「少し、お話があるのですが」

という佐久哉の言葉に、陶子は黙って頷いてロビーの椅子へと移動した。

「実は状況が少し変わってしまって」

佐久哉が、椅子に腰掛けるなり笑顔そのままにそういった。

「そう……ですか。状況が変わったというと」

「少しお時間をいただきたいのですよ」

弓削佐久哉の言葉に、陶子は表情が強張るのを感じた。時間をいただきたいとは、即ち何事かを仕掛けるということではないのか。いや、そんな間の悪いことをこの男がするはずがない。先の先まで読み込んで、あらゆる所に仕掛けを施すのが彼のやり方ではないのか。では、彼をもってさえ予測し得ない事態が起こったのか。こうした言葉が次々に浮かび、消えていった。

「準備は整ったとお聞きしたはずですが」

「申し訳ありません。実は例の場所から少し離れた場所に、ゴルフ場がありましてね。そこが今、問題になっているのです」

佐久哉がそういって、昨日付けの夕刊紙を取り出した。一面にゴルフ場の写真が掲載され、

『有毒廃水、垂れ流しか？』

と、大きな見出しがその上に被さっている。

「ゴルフ場という奴は、芝の管理が大変なのだそうです。そのために、使用の許可されていない農薬を大量に使うこともあるらしい」

「それが不法に流されたのですか」

「あのあたりは田畑の多いところでしてね。住人は水質に敏感なんです」

「めったやたらに廃水は流せない、というわけですね」

そのほかのことは夕刊の記事に詳しく書いてあった。有毒廃水の処理に困ったゴルフ場側は、いったんは地下の貯水槽に廃水を貯め、それを深夜密かに数キロ離れた場所にポンプで送って、流していた疑いがあるというのだ。ゴルフ場関係者は、その事実を完全に否定している。

「この記事がなにか」

「ゴルフ場が廃水を流していたと見られる地点が、例の場所のすぐ近くなのですよ。そんな困ったことに、市民団体が明日からでも周辺を調査するといっているらしい。そんなことになると……」

「やはり、まずいですか」

「人目に付くことを恐れるからこそ、あの場所に保管してあるのですよ」

「古墳があることも、知られてはならないと」

「もちろんです」

佐久哉の言葉には説得力があった。記事についても、これが新聞のコピーなら別だが、現物を見せられては疑う余地はない。

「お時間は大丈夫ですか。もしよろしければ、二、三日待っていただきたいのですが」

その言葉に陶子は頷いた。

夜になって、ホテルの部屋を硝子が訪ねてきた。

「どうやら大丈夫みたいね」

というと、返事の代わりににやりと笑顔が返ってきた。あたりに、陶子達の動向をうかがう者はいないということである。

「ここまで誘い込んだことで、弓削佐久哉も安心したのかもしれないね」

「だといいのだけれど」

岡山県に入ってからは、監視の目があるとないとでは行動の仕様がずいぶんと違ってくる。かといって、相手はプロである。可能性は極めて高い。監視の有無は陶子達にはわからない。だったら、こちらもプロを雇えばいいじゃないかと提案したのは、硝子だった。人知れずターゲットを見張るにはそれなりのテクニックがあるのだろう。それを逆手にとって、陶子達を見張る監視の目が周囲にあるか否か、別のプロに確認してもらうことにしたのである。東京の興信所にそれを依頼したのは硝子だ。一日、二日で済む仕事ではないから、報酬は相当に高い。が、陶子には伊賀古陶を萩脇美術館に売って得た資金が潤沢にある。

「さしずめT資金のおかげといったところかね」

「いったい何人の探偵さん達が岡山入りしているの」

硝子が片手を広げた。

「だったら安心していいわね」

「もちろん。準備は万端、あとは敵さんの動き次第」

部屋に備え付けの珈琲メーカーに、京都で買ってきた豆をセットした。すぐに香ばしい香りがあたりに充満し始める。淹れたての珈琲をカップに注いで渡すと、硝子がそれを両手で抱えるようにして、唇をつけた。

「うん。面白い味だね、相当に酸味が強い」

陶子が京都でそれと知られた専門店の名前を挙げると、「これが、あの店の」という、呟きが返ってきた。

「ところで、蓮丈先生の研究室の……」

「内藤氏のことだね。そちらも抜かりはないよ。旅館は調べてあるし、それにいつでも出入りができるように、架空の名義で部屋を取っておいた」

そういって硝子は「津田秋江」という名前を口にした。その名義で一週間ほど部屋を予約してあるという意味だ。

「部屋代は前金で払っておいたから、旅館の人間に怪しまれることはないはずだよ」

「まるで本物の探偵みたいね」

「仕事にあぶれたら、転職でも考えようか」

「そのときは助手にでも雇ってもらおうかな」

「うちは能力給だからね」

二人してひとしきり笑うと、気持ちにゆとりが生まれてきた。無理にでもゆとりがあるのだと、思いこもうとした。

「まずは、内藤氏に会わなければ」

そう呟くと、即座に「いつにする」と硝子が反応した。内藤に会って、警告だけはしておかねばならない。

——しかし、どのような形で。

弓削佐久哉と内藤三國とは、頻繁に連絡を取り合っていることだろう。ミーティングと称して、内藤の部屋に出入りすることも多いに違いない。その合間をかいくぐるように内藤に会って、なるべくさりげない形で警告を与えねばならない。ストレートに事件の経緯について話をしたのでは長くなりすぎるし、またあまりに荒唐無稽な話だと受け取られかねない。

「……硝子さん、行こう」

「行こうって、今からかい」

陶子は唇を結んで頷いた。

「まさか弓削佐久哉も、今夜のうちにわたしが彼に接触するとは思ってもみないはずだもの。だったらチャンスは今夜しかない」

「そうかもしれないね」

そういって硝子は、携帯電話を取りだした。間もなく相手が出たのか、「今から移動します。場所は」と、旅館の所在地を告げた。陶子達の動きに反応して動き出す追跡者がいないかどうか、五人の監視の目が光っている。少しでも怪しい動きがあれば、硝子にすぐさま報せが来ることになっているのである。

「車を動かしてくる。五分後にロビーで待っていて」

カップを置いて硝子が、部屋を出ていった。いわれたとおりの時間をおいて、陶子も部屋をあとにした。ロビーには十人ほどの客が、それぞれ談笑をしたり、新聞を読んだりしている。このうちの何人かは硝子が東京から連れてきた興信所の職員なのである。が、とてもそうとは見えない。

間もなく硝子がやってきて、二人は車に乗り込んだ。

暗い窓の外の風景を見ながら、陶子は内藤へのアプローチの方法を考え続けた。

「ふふ、ふ」

「おや、ずいぶんと性根の悪そうな笑い方をするじゃないか」

「だって、わたしは冬の狐だもの」

「誰かを化かすつもりでいるね」

それには答えずに、

——内藤という人はずいぶんとミステリーを読むのが好きであるらしい。

蓮丈那智から断片的に得た情報を元に、陶子は考えをまとめ始めた。

エアコンをつけずに走る車内に、小さく開けた窓から夜風が入ってきた。

「気持ちのいい風だが、少し湿気があるね。何日かのうちには天候が崩れるかもしれない」

硝子が誰にいうでもなく呟いた。

岡山市内から車で三十分ほど、中国山地の山影を正面に見ながら走ると、弓削地区に到着する。車を降りてあたりを見渡したが、どこといって特徴のない街である。普通の人々が普通に暮らしている街。衰退も隆盛もなく、今日と同じ一日が日々繰り返され、そこになんの疑問も失望も生まれるはずのない街。

そこに立つ異邦人としての自分を、陶子は強く感じた。同じ事を思ったのか、

「なんだか、気持ちの和む街並みだねえ」

硝子の言葉に黙って頷いた。すでに商店街の多くは店を閉めているが、人通りは少なくない。通りを抜け、しばらく歩いたところに「三好屋旅館」と書かれた看板を見つけた。「わたしは車に戻っているから」といって硝子がその場を離れるのを見送って、陶子は旅館の玄関口に立った。

「すみません、予約をしておいた津田ですが」

声を掛けると、すぐに中年の女性が現れて、

「お待ちしていました。どうぞお部屋へ」

よく磨かれた廊下を案内してくれた。簡素ではあるが、掃除の行き届いた和室へと通され、宿帳を差し出された。津田秋江という偽名を書き込み、職業の欄で、陶子はふとペンを止めた。

「こちらにはどのような御用で」

仲居の中年女性が、中国地方独特のイントネーションで尋ねるのへ、

「商用です、ちょっとした」

と答えて、職業欄に「会社員」と書き込んだ。

「大学や企業の研究室に、事務用品などを納めている商社なんです」

「あらま、大学の。そういえば昨日からお泊まりの方も、東敬大学とかいうところへお勤めじゃとか」

「そうなんですか」

「なんでも民俗学ちゅうんですかいな……その研究室におられるとか」

「そりゃあ、偶然にしても好都合」

仲居の女性からさりげなく、内藤の部屋を聞き出すと、もうその話題には触れることなく、当たり障りのない世間話でお茶を濁した。

ちょうどよいことに、内藤の部屋は、襖《ふすま》を細めに開けておけば、観察できる位置にある。

——さて、準備は整ったが。

接触のタイミングをどう取るか、あれこれと考えているうちに、陶子の視界に浴衣姿の若い男性が現れた。内藤の容姿については、あらかじめ蓮丈那智から写真を受け取っているから、すぐに彼とわかった。次の瞬間、陶子は部屋をするりと抜け出し、内藤に向かって歩き始めていた。

「蓮丈先生の研究室の方ではありませんか」

陶子は、浴衣姿の内藤三國に向かってそう話しかけた。内藤がきょとんとした表情で「そうですが、あなたは」と、応える。

「もしかしたら弓削さんの依頼でこちらに来られたのですね」

「はい、そうです。わたし、蓮丈研究室の内藤三國と申しますが」

「よかった、では蓮丈那智先生もすでにこちらに？　一度お話をしてみたいと、かねがね思っておりました」

陶子は、敢えて那智と既知であることを伏せることにした。そうしなければ、どうして彼女と知り合うことになったか、いちいち説明をしなければならなくなる。その時間はなかった。なるべく端的に内藤の好奇心とプライドを刺激して、注意をある方向に向けさせなければならない。

「ちょっと待ってください。先生は来ませんよ。今回は純粋に僕自身の研究のためにですね」

「そう、先生は来ないのですね」

わざと落胆の響きを込めて、陶子は呟いた。

「あなたは何者ですか」

質問を無視するように、陶子はじっと内藤の目の奥を探った。途端に内藤は視線をそらせて、横を向く。それでも陶子は内藤を見つめ続けた。それだけのことで、内藤の心の奥に静かな波紋が広がることを計算した上で、沈黙と視線とを武器にした。

しばらくの後、

「あなたの身に危険が及ぶかもしれない。注意してください。わたしにはなんだかそんな予感がします。けれどわたしにはそれを防ぐ手だてがない。あるいは蓮丈先生ならなんとかなるかもしれないとも思ったのですが……それもままならないのでは仕方がありません。とにかく周囲に気をつけてください」

陶子は敢えて、弓削佐久哉のことを告げなかった。

「いったいなんのことです」

「そしてもう一つ。この言葉について調べてご覧なさい。《税所コレクション》です。この言葉があなたにとっての運命線になるかもしれない」

「税所コレクション……それはいったい」

「調べてみればわかります」

「あなたはいったい誰なんです。どうしてそんなことを、急に……その……」

「わたしは《狐》。またお会いすることがあるでしょう」

それだけいって、陶子は動転する内藤を後目《しりめ》に自分の部屋とは反対方向に走りだした。直後に、背後で「内藤さん」という、弓削佐久哉の声が聞こえた。

陶子はさらに足を早め、我が身を隠した。

「どうしましたか、内藤さん」

「いや……別に」

内藤と弓削佐久哉のやりとりを物陰でうかがいながら、陶子は我知らずのうちにじっとりと汗をかいていることに気が付いた。

――あ……危なかったな。まさか彼が来ているとは思わなかった。

まさしく間一髪のタイミングだった。だが、逆にいえばそれだけ陶子が運に恵まれているということでもある。人の世の中はすべてが合理性によって動くものではない。ことに今回の戦いのように、互いがぎりぎりの叡知《えいち》を絞り出して、しのぎを削らねばならない場合において、運に恵まれる恵まれないは、勝敗に大きな影響を及ぼすことを、陶子は経験として知っている。

しばらく様子を窺い、二人が部屋に入って議論に熱中するのを確認した上で、自分の部屋に戻った。硝子を待たせてあるから、のんびりしているわけにはいかなかった。すぐに部屋を出て、帳場に、今夜は商談で遅くなる旨を伝えて、三好屋をあとにした。

「どうした、頰が紅潮しているよ」

陶子の表情に異変を読みとった硝子が、不安げにいった。首を横に振りながら、

「参ったな。まさか弓削佐久哉があんな所にいるなんて……危なかった」

「ということは、最悪の事態だけは避けることができたんだね」

「内藤氏にも会うことができた」

「忠告したのかい。気をつけろって」

内藤とのやりとりを簡潔に説明すると、ようやく硝子の口調にもゆとりが出た。

「狐……とは恐れ入ったね。まるでスパイ小説のコードネームみたい」

「謎の要素は曖昧なほどいい。勝手に向こうが想像の翼を広げてくれるもの」

硝子が携帯電話で、調査員の一人に電話連絡を入れた。どうやら佐久哉に尾行をつけるつもりらしい。電話を切ってから「防御だけじゃしゃくに障るからさ」と、硝子は笑った。

「さて、これからどうする」

「こちらが為すべき事はすべて終わり。あとは弓削佐久哉の出方次第だと思う」

「そうだね。奴がいったいなにを企んでいるのか」

弓削佐久哉は同じ遺跡を、陶子には税所コレクションを隠した古墳を見せるといい、内藤には古代の溶鉱炉の跡を見せるといっている。そのことを硝子に告げると、

「やるねえ。なかなかの策士じゃないか」

感心したような言葉が返ってきた。

いったんホテルに戻った陶子と硝子は、一時間ほどかけてこれからの対応を協議した。陶子と内藤との接点を、弓削佐久哉が山中の古墳に設定したことはわかっても、

それ以上のことは想像さえすることができない。

「それにしたって、どうして内藤氏なのかね。ありゃあ人柄はいいけれど……」

そういって、硝子が言葉を濁した。

「確かに、善良を絵に描いたような人だけれど」

と、陶子も言葉を続けることができない。内藤三國という人物、蓮丈那智が助手にしておくくらいであるから、研究者として優秀でないはずがない。だが、どこか鋭さに欠ける人柄は、いかにも頼りない。

「だからこそ、弓削佐久哉のターゲットに選出されちまったか」

と、硝子が溜息混じりにいった。蓮丈那智と何度か仕事を組んだことのある硝子には、内藤三國の性格がよくわかっているのだろう。溜息の裏側に「不憫《ふびん》な」という一言が隠れている。

「あるいは、蓮丈先生では明晰《めいせき》すぎて、仕掛けに気づいてしまうかもしれないと考えたか」

「たぶん、その両方だろうねえ」

もう一度硝子が溜息を吐いた。

「問題は彼の役割ね」

「常識的に考えると、内藤氏はなにかの証人となるはずなんだがなあ」

自らの言葉がこの場にいかにそぐわないかを硝子自身気がついたのか、「常識的って事もないか」と自嘲めいた嗤《わら》いを浮かべた。

内藤が証人となるべき状況、それは即ち陶子への荒事を意味している。

「でも、弓削佐久哉がわたしになんらかの危害を加えるとして、どうして内藤氏が証人にならねばならないの。犯行の現場は誰にも見られない方がいいに決まっているじゃない」

「そこだよ、考えどころは。あの策士のことだ、とんでもないことを仕掛けてくるに違いない。傍目《はため》にはどうやっても事故にしか見えない方法で、殺意を剝《む》き出しにしてくる、とかね」

「そのために、例の古墳が必要だと？」

硝子が毛ほどの笑顔も見せずに頷き、「先に古墳の場所さえわかっていたら」と付け加えた。

「どうするつもり？」

「1000ミリの超望遠レンズを持ってきている。それをさらに二倍にするテレコンバーターもね。こいつがあればかなり遠くからでも、陶子達を監視することができるんだ」

ただし機材はかなりの重量だから、あらかじめ車で運んでおく必要があるのだと、表情を硬くして硝子はいった。

硝子が東京から招いた興信所の調査員、その一人から思いがけない連絡が入ったのは翌日のことだった。電話で一言、二言話した後、

「ビンゴ！」

硝子が親指を突き立てて、小さく叫んだ。

「どんな朗報が入ったのかしら」

「弓削佐久哉が、内藤三國を伴って動き出した。車で三十分ほど走った後、徒歩で山中に向かっているそうだ。さらに追跡を続けるかと聞いてきたから、当たり前だといってやった」

「……というと」

「つまりは佐久哉が、内藤を例の遺跡に連れて行くところだろうね」

「まずは彼に、溶鉱炉遺跡として見せた後に」

「次は幻の税所コレクションを保管する古墳として、あんたを案内する」

「さて、そこでなにを企んでいるのか」

「それを阻止するのが、この横尾硝子さんというわけだ。今夜中にカメラ機材を運んでおこう」

「わたしも手伝うわ」

だが、陶子は手伝うことができなかった。午後になってから、弓削佐久哉から連絡が入ったのである。税所コレクションの一部を、遺跡から持ち出してきたと、佐久哉はいう。

「わたしに見せてくれるのですか？」

「そのために、山中から持ち出してきたのですよ」

その言葉にどれほどの真実が込められているのか、推し量ることはできなかった。あるいはすべては陶子達の邪推と妄想に過ぎず、真実の輝きは弓削佐久哉が握っているのかもしれない。そうした思いがほんの欠片《かけら》でもある限り、陶子は佐久哉の申し出を断ることが出来なかった。あるいは、弓削佐久哉という人物は権謀術策の達人であると同時に、人心掌握の天才なのかもしれない。ホテルから弓削庄へと向かうタクシーの中で、陶子はそんなことをふと思った。

最寄り駅まで迎えに来た佐久哉の車に乗り換え、十五分ほど走ったところで、「ここですよ」と、周囲を圧倒する規模の邸宅に案内された。

「ここが……弓削一族の？」

「分家ですがね、うちは。堺の本家はもっと大きい」

応接間に通され、しばらく待たされた後に佐久哉が二十センチ四方の桐の箱を持った。


て現れた。応接机の上に静かに箱を置き、恭《うやうや》しく一礼した後に蓋を取り去る。その仕草が本意によるものなのか、あるいはただの作為なのか、陶子には判断できなかった。

朱の袱紗《ふくさ》を取り出し、掌の上で開いた。

古美術品の中でも特に発掘物を扱うことの多い陶子でなくとも一目でわかる、翡翠の勾玉《まがたま》が現れた。

「どうぞ」といって、佐久哉が袱紗ごと勾玉を陶子に手渡した。全長が十五センチあまり。勾玉としては相当に大きいものであるが、重量はさほどではない。にもかかわらず、陶子は掌にかかるせいぜい百グラムほどの重みを、

——重い！


と感じた。所々に浅い亀裂と、欠損がある翡翠細工の装飾品。あるいは祭祀のための古代の神器。そのような説明がどうでもよくなるほどの風格を、勾玉は備えていた。

しばらくの間、見入った後、陶子は喉をこくりと鳴らした。

「いかがですか、これが税所コレクションと呼ばれるものの一部です」

「もちろん、本物なのでしょうね」

「おかしな事をいわれますね。それを判断するのはあなたでしょう」

「あるいは、後世の模造品であるかもしれないと？」

「どのようにとられても結構です。けれどこれこそが、我が家に伝わる税所篤のコレクション。彼の骨董趣味が高じ、ついには畏れ多くも天皇家の陵墓まで侵して、手に入れたもの。わたしにはそうとしかいいようがないのですよ。贋物に見えますか？」

思わず陶子は首を横に振っていた。

亀裂や欠損がまるで気にならないほど、勾玉は気品と風格とを備えている。これが贋物であるというなら、発掘品に真正物などあり得ないと、断言してもよいほどだ。

「確かに……これは真正の勾玉です」

「これほどの大きさのものは、滅多に掘り出されることがない。たとえ出雲の工房遺跡であっても、ね」

「そうでしょうね」

勾玉は古代国家における権力の象徴でもある。

「まさかこれは……三種の神器の一つ！」

自らの言葉に驚き、そしてあまりの衝撃に、陶子は声を上擦らせた。

「さあ、どうでしょうか」

冷静になれと胸中に言い聞かせ、言葉を慎重に選んだ。

「でもそれはおかしい。税所篤といえども三種の神器にだけは手を付けることができなかった。だからこそ八咫鏡のレプリカを作らせたのだと」

そういったのは、弓削佐久哉本人である。記憶の糸を手繰《たぐ》りながら陶子がいうと、

「真実は遠い過去にしかない。果たしてそれがどこまで正しく伝わっているか、わたわたしにもわからないのですよ。あるいは税所篤とは、我々が想像する以上の化け物だったのかもしれませんね」

陶子は口唇《くちびる》を噛んだ。弓削佐久哉が自分を翻弄《ほんろう》しようとしていることは確かだ。かつて田中一正と名乗り、それが偽名であることが露見しても平然としていた男。佐久哉は税所のことを化け物と呼ぶが、その称号は彼にこそ相応しいのではないか。

ホテルに戻ってからも、陶子の興奮は収まるものではなかった。珈琲を幾度も淹れなおしてはそれを口に運び、ときおり「そんな馬鹿なことが」と呟く自分に気がついたのは、二時間ばかりが過ぎてからのことだ。

果たして《税所コレクション》は実在するのか。だとすれば税所が別の目的で盗掘を行ったとする仮説は砂上の楼閣でしかなくなる。

「そんなことはない、あるはずがない」

そういって首を何度か横に振り、そして「でも、あるいは」と呟くしかない自分を、陶子は持て余していた。すべてが弓削佐久哉の詐術であると、陶子の理性が声をあげている。一方で旗師としての、というよりは古美術の世界に生きてきた者だけが持つ貪欲な感性が、「この世界に〝ｉｆ〟は付き物だ。だからこそうま味があるんだ」と、

蠱惑《こわく》の囁きを繰り返している。

帰り際のことだ。佐久哉は喫茶店にでも誘うような調子で「明日、例の場所へご案内しましょう」といった。都合が良いも悪いもない。陶子は、幼児のように頷いたのみだった。果たしてこれほど不安定な気持ちのまま、佐久哉の誘いに乗ってもいいのか。今さら変更することなどできるはずもないが、それでも迷いはある。

携帯電話の着信音が、陶子の逡巡を断ち切ってくれた。硝子からの連絡である。

「ようやく準備が整ったよ。とんでもない山の中でさ、二度も往復して機材を運び込んだよ」

「ごめんなさい、なんの手伝いもできなくて」

「そりゃあ、いいんだ。こんなことは慣れっこだからね。だが……陶子、少し声の調子がおかしいようだが、なにかあったのかい」

「ウウン、別になんでもないわ」

「そうかなあ。佐久哉の所にいったのだろう。そこでなにかがあったんじゃないのか」

「なんでもないって！」

思わず飛び出た言葉のきつさに、陶子自身が驚いた。

「………」

硝子の沈黙が理性を取り戻すきっかけとなった。

「ごめん。弓削佐久哉に、勾玉を見せられたの。それも見事な」

「例のコレクションの一部として？」

「もしかしたら、税所コレクションは実在するのかもしれない」

電話の向こう側を、沈黙が支配した。ややあって、硝子が「馬鹿だね」と、一言いった。

「わたし……恐ろしくなってしまった。どうしてかわからないけれど」

「あんた、佐久哉の罠にまんまと引っかかったんだよ。そいつは最後の伏線って奴じゃないのかな。あんたを確実に遺跡に導くための」

硝子の言葉で、ようやく佐久哉のマインドコントロールから解放された。

「そういうことか」

「そういうこと、だよ」

鑑札を失い、古美術の世界から引き離されてもなお、陶子の奥深いところに旗師としての自負と矜持が今も強く根を張っている。むしろ、その世界に戻ることが絶望的であるからこそ、余計に気持ちがそちらに傾いているのかもしれない。

――弓削佐久哉は、そこを突いてきた。

たとえ遺跡近くへと導くことができたとしても、陶子が途中で警戒心を抱いて引き返してしまうかもしれない。だが、勾玉を見せられ、ほんの欠片でも迷いを抱いた陶子は、遺跡内部へと入らざるを得ないのである。本当に税所コレクションが存在するのであれば、是が非でも自分の眼でそれを確かめなければならない。そうさせるための、佐久哉の最後の伏線が、あの勾玉なのである。

「とすると……罠は遺跡内部にあるということだね」

「ええ、そうなるわね」

「果たして、どんなことを仕掛けてくるのか。遺跡の内部に入られたのでは、わたしのカメラではどうにもならないか」

「大丈夫。罠があるとわかっていれば、わたしだって無抵抗じゃないし」

「むざむざやられるほど、冬狐堂は甘くないもんね」

　佐久哉の動きに少しでも不審なところがあれば、即座に硝子による監視の目があることを明かせばよい。そこで、多少の時間を稼ぐことができる。遺跡の内部から飛び出しさえすれば、佐久哉は陶子に手を出すことが不可能になる。

　硝子に、明日、佐久哉と二人で遺跡に行くことを告げると「ちょうどよかった」という声が返ってきた。

「だったら、あたしは今夜はここに泊まるよ。車があるから、そこでひとねむりするさ」

「不自由じゃない？」

「カメラマンの仕事は、こんなことばっかり。車はあたしの移動宿泊所だよ」

そこで二人は黙り込んだ。

いよいよ一連の出来事は大詰めを迎えようとしている。最終幕は大団円となるのか、あるいは悲劇で終わるのか。そんなことは誰にもわからない。けれど少なくとも硝子は、終幕の後に再びカメラマンの生活に戻ることができる。

——でも、わたしには戻るべき場所がない！

そもそもこの戦いには意義などというものがないのかもしれない。そう考えると陶子はなにもいえなくなってしまった。硝子が「切るよ」といって、交信を絶った。

その夜半。

急転直下の異変が起きた。

3

みっしりと詰まった闇の中、陶子は浅い眠りをなにかの電子音で妨げられた。

どうやら携帯電話の着信音のようだ。ベッドサイドの明かりをつけ、備え付けの時計を見ると午前二時を過ぎている。テーブルに置いた携帯電話を取り上げ、発信者を確認すると硝子である。急に胸騒ぎを覚えて、急いで受信スイッチを入れた。

「もしもし、陶子かい」

「どうしたの硝子さん、こんな時間に」

「ちょっとおかしいんだよ。月明かりの具合が気になって、カメラ機材のところへやってきたんだ。雨にやられちゃいけないと思ってね」

「じゃあ、今は表？」

「ああ。それで何気なく遺跡に向けてセットしたカメラのファインダーを覗くと、ね」

「なにがあったの」

「人影が見えるんだ。あいにくと暗視レンズは持ってきてないから、星明かりと月明かりを頼りの影絵しか見えないんだが」

硝子は、人影が複数動いていると告げた。

「というと……かなり大がかりな仕掛けを作っているという事かしら」

「そうともいえる。でもなあ」

いつになく歯切れの悪い硝子の口調には、不審とも当惑ともとれる響きがこもっている。

「なにかおかしなことでもあるのかしら」

「どうも、影の動きが奇妙なんだ。その……互いが協力しあっているという風ではなくてね。なんだか片方が片方に悟られないように動いているとしか見えないんだよ。もちろん、影の動きだけだから、はっきりとはわからない」

「というと、まったく別の二つの集団？」

「いや、片方は一人。もう片方も一人か、あるいは二人」

弓削佐久哉が深夜、密かに遺跡にやってきて、工作を行っていることは十分に考えられる。

鈍い音と共に、硝子の息づかいが急に荒くなった。言葉を発することも忘れているようだ。

「どうしたの、硝子さん！」

「わからない。でも今、凄い音がした」

「凄い音ってどういうことなの」

「だからわからないってば。なんだか地滑りにも似ているし、岩が崩れるような感じでも」

硝子は遺跡から数百メートル離れたところにカメラを据えているはずである。そこからでさえ「凄い音」に聞こえる音とは、どのような種類のものなのか。陶子には想像もできない。

「陶子、あたしが見てくるよ」

「だめ！　硝子さん、絶対にそこを動いちゃ、だめ！」

陶子は電話に向かって叫んでいた。硝子が聞いた音の正体が、想像もつかないだけに、余計に恐ろしい気がした。

「行ってはいけない。硝子さん！」

叫びと同時に携帯電話がぷつんと切れた。

陶子はベッドを飛び出し、すぐにフロントに電話をかけてタクシーを用意してもらった。寝巻きから行動しやすいスラックスへと着替え、上着をひったくるようにして部屋を出た。

遺跡の場所は、あらかじめ硝子から聞いている。その場所をタクシーの運転手に告げると、

「今から……ですか。そんな場所に、どうして」

驚いた声が返ってきた。

「親戚の家が近くにあるの、そこの人がいよいよ危篤で」

「ああ、そういうことですか。だったら精一杯、急ぎましょう。なに、警察の一斉取り締まりもやっちょらんようじゃし」

「お願いします」

タクシーの運転手は、自分の言葉が単なるリップサービスでないことを証明するかのように、夜道を飛ばしに飛ばした。めまぐるしく後方へと去ってゆく街灯の明かり、ネオンの明かりが、これほど頼もしく思えたことはなかった。

――今すぐに行くから、硝子さん、早まった真似だけはしないで。

目を見開いたまま、陶子は必死に祈った。

陶子が指定した場所は、周囲に街灯がたった一つあるだけの、地区の集会場前だった。

「本当にここでいいのですか」

と問うタクシーの運転手に、一万円札を二枚渡して「親戚の者が迎えに来ることになっています」といって、帰ってもらった。そのテールランプが見えなくなるのを待ってから、陶子は夜道を歩き出した。集会場の裏手から山道に入るのである。

満月にうっすらと暈《かさ》がかかっている。

日頃山歩きなどしたことのない、ましてや夜の山道に慣れていようはずのない陶子は、歩き出して間もなく足を踏み外した。あっという間もなかった。左の足が斜面を滑り、なにかの木の根に当たっておかしな方向へと曲がった。筋肉と骨とを分離させるような激痛が走った。その場に座り込み、おそるおそる足を斜面から引き上げた。いったん革のスニーカーを脱ぎ、前後左右に足首を動かしてみた。どうやら骨が折れた様子はないが、それでも相当に痛む。陶子は奥歯を嚙みしめ、唇を引き結んで立ち上がった。

そして再び夜道を歩き出した。

ときおり、バッグから国土地理院発行の二万五千分の一の地図を取り出し、遺跡の位置を確認した。硝子が地図上に印を付けておいてくれたおかげで、道に迷う心配はない。けれど、

――急げ、急げ、急ぐんだ。

いくら胸の中で己を叱咤激励《しったげきれい》しようとも、左足首の激痛は収まるどころかますますひどくなってゆくし、それに伴って歩みは歯がゆいほどに進まない。手にした懐中電灯の光がひどく頼りなげで、今にも周囲の闇に呑み込まれてしまいそうだ。それはまさに陶子の心象風景そのものだった。

夜道の傾斜角度がさらに増した。息が上がって、心臓の激しい鼓動が耳の下にも感じられる。その場に座り込んで、胃の中のものをすべて吐き出してしまいたいほどだが、陶子は歩みを止めなかった。なにものかに突き動かされるように、右の足、左の足、そしてまた右の足と、進み続けた。歩いている限りは、いくら時間がかかろうともいつかは遺跡にたどり着ける。その思いだけが、今や陶子の唯一のエネルギー源であるかもしれなかった。

「うぐっ……うっ」

何度か意味不明のうめき声をあげた後、陶子は急に体が軽くなったのを感じた。どうやら山道の傾斜がそこで終わったらしい。

そのとき、道の右側の斜面から、淡い光の輪がこちらに下ってくるのが見えた。反射的に陶子は懐中電灯のスイッチを切った。向こうの光源にいるのが硝子であるとは限らない。

——もしかしたら、弓削佐久哉かも。

そう思うと、陶子はその場にしゃがみ込み、息をひそめた。ともすれば荒くなりそうになる呼吸を、必死の思いで制御しようとした。

「誰だい！　そこにいるのは」

闇の向こうからの呼び声に、陶子は安堵《あんど》のあまり放心しそうになった。聞き違えようのない、硝子の声だった。

「硝子さん！」

「陶子かい？　どうしてここに」

声が斜面をすべりおりてきた。小枝が折れる音が、激しく周囲に響き渡る。その音に驚いたのか、山鳥らしい鳴き声が、ぎゃあ、と続いた。

まばゆい光と共に、硝子が姿を現した。

「だって、あまりに心配になったものだから」

「そうか……それは済まなかったね」

近づこうとする陶子が足を引きずっていることに気がついたのか、硝子が目線で左足を示して「どうしたの」と尋ねた。

「大したことはないわ。それよりも」

硝子が激しくかぶりを振った。

「驚いちゃあ、いけないよ」

「いったい遺跡でなにが起こったの」

「本当は、自分の目で確かめるのが一番なんだろうが、その足じゃ無理だね」

山を下りながら話そうと、硝子が歩き出す。その右手が陶子の左の脇の下にぐいと差し入れられた。陶子の左半身を担ぐような形になった。

「大丈夫かい。相変わらずやることが過激なんだから」

「ありがとう。でも本当に大丈夫」

「その歩き方は、大丈夫って歩き方じゃないね」

どうやら硝子は一刻も早くこの場を立ち去りたいらしい。声にも歩き方にも、そうした思いが滲んでいるようだ。

「……硝子さん」

「遺跡が崩れた。跡形もなく、ね」

「跡形もなくって……それはいったい」

「わからない。でも遺跡を形成していた石積みが、完全に崩落してしまっている」

硝子が聞いたという凄い物音の正体を、陶子は初めて知った。古代の遺跡であるなら、そうしたことはあり得るのかもしれない。だが大切なのは、その場に複数の人物がいたということなのである。遺跡の崩落が人為的なものである可能性が、十分に考えられる。

そんなことよりも、もっと恐ろしい可能性がそこにあることに気が付き、陶子は歩みを止めた。「陶子」と一言呟いた硝子が、こちらをじっと凝視しているような気がした。

「近くにいた人はどうなったの」

もしも崩落に巻き込まれたのであれば、救出の必要がある。たとえそれが、自分を陥れるために、なにかの工作をしようとしていた人物であったとしても、だ。

「わからない」

「じゃあ、急いで警察か消防署に連絡を取らなきゃ」

「取ってどうするつもりだい」

「どうって、でも！」

「この状況をどう説明するつもり？　なによりも、あたし達がここにいる理由をどう説明する」

　硝子の言葉は正鵠《せいこく》を射ている。たぶん現場を目の当たりにした硝子といえども、崩落した遺跡の中に人がいるのかどうか、判断はつかなかったのだろう。

　——なによりも……。

　仮に人が内部に残されていたとして、それが救出可能であるか否か、現場を見た硝子だからこそわかるのではないか。

「あたしもあんたも、この場所にはいなかった。今はそう考えるしかないんだよ」

「どうしてこんなことに」

　その問いに、答えはついに返ってこなかった。

　崩落事故のあった現場から、ホテルに戻ってきたのはもう明け方近くだった。緊張が一気にほぐれ、そのまま硝子と同じベッドに入って眠りについた。

　翌日、陶子が目を覚ましたのは午後をだいぶ過ぎてからのことだった。上半身を起こして硝子の姿を探すと、浴室からシャワーを使う音が聞こえた。間もなく、バスローブをまとった硝子が出てきて、

「おはよう、よく眠れたかい」

と、感情を押し殺した声でいった。「ええ」と応えて時計を見ると、すでに午後二

時を回っている。

「よく眠れるのは健康の証だ。それに……こんな時にこそ、睡眠だけはしっかりととっておかないと」

身体ばかりではない。神経も参ってしまうからと硝子がいった。ベッドを抜け出し、陶子もシャワーを使うことにした。ユニットバスの湯温調整をやや熱めに設定したのは、一気に目を覚ますためだ。噴き出すお湯をまず顔に当て、それから全身の汗と埃《ほこり》とを洗い流した。同時に、身体のそこここに澱んだ疲労までも、洗い流されるような気がした。洗髪を含めておよそ二十分あまり、シャワーを使って浴室を出ると、ルームサービスのサンドイッチとオレンジジュースが用意されていた。それが眼に入った途端、足の痛みをどこかに置き忘れたように、陶子の腹部がきゅうと鳴った。髪を乾かすのももどかしくなり、そのままサンドイッチにかぶりついた。

「いい食欲だね」

「はしたないなんていわないでね」

「いうもんか」

オレンジジュースで最後の一切れを流し込み、ふうと息を吐いた。

「さて、これからどうするか、だね」

「崩落現場に行ってみるの？」

場合によっては偶然を装って、事故を警察に通報してはどうかというと、

「そりゃあ、まずいね。あんな山奥だもの、他の目的があって偶然通りかかったという言い訳は、絶対に通用しないよ」

きっぱりとした返事があった。

「でも……そういえば近くのゴルフ場から、廃液が不法に流れ出ているというニュースがあったじゃないの。その取材ということでは、どうかな」

「そんなもの、すぐに身元を照会されて、嘘がばれるに決まっている」

嘘がばれれば、今度は疑いをかけられる。どんな瑕瑾《かきん》も見逃さないのが、警察というところだと、硝子が腕を組んだまま考えこんでいった。

何気なくテレビをつけ、ニュース番組にチャンネルを合わせた二人は、画面に釘付けになってしまった。そこに映っているのは、例の遺跡の映像だった。

テレビ局の記者が、実況中継を行っている。

『現在自衛隊による、救出作業が行われている模様です。しかし崩落した遺跡の石積みはあまりに多量で、作業は難航……あっ、今、警察関係者になにか報告があったようです』

記者が走り出すと同時に、カメラマンも移動を開始したのだろう。映像が激しく揺れて、彼らが現場へと向かう様子が生々しく伝えられる。

画面がスタジオのキャスターに切り替わった。

『現場の状況がはっきりするまで、改めてスタジオから状況を繰り返しお伝えします。本日未明、岡山市弓削地区の山林に存在するこれまで未発見の遺跡内で、崩落事故が発生しました。その遺跡の発見者である弓削佐久哉さんが、昨夜以来家に帰っていないことを心配した関係者が、今朝早朝から遺跡に捜索に出かけたところ、崩落事故を発見しました。周囲には弓削佐久哉さんのものと思われる遺留品が残されており、連絡を受けた地元警察署は自衛隊に捜索を要請。崩落した石積みの撤去作業が懸命に続けられています。現場の』

キャスターが、現場記者の名前を呼ぶと、画面は再び遺跡近くの映像に切り替わった。

『どうやら遺跡内部から、弓削佐久哉さんと見られる遺体が発見された模様です。繰り返します、ただいま、石積みを取り除いた遺跡の内部から、弓削佐久哉さんと見られる遺体が発見された模様です』

興奮気味の口調で、記者が同じ言葉を繰り返している。陶子も硝子も、しばらくの間、言葉を忘れた。そのかわりに硝子が、やおら立ち上がって、備え付けの冷蔵庫から缶ビールを二本、取り出した。一本を陶子の掌に預け、自分はライティングデスクの椅子に座って、プルトップを引いた。

飲んでなきゃ、やってられないといいたいんじゃないよ。ちょっとは頭の血の巡り

ていた。なにがなんだかわからなくなりそうなんだ。硝子の無言がそういっているような気がした。

　思いは陶子も同じだった。硝子に倣ってプルトップを引き、よく冷えた液体を喉に流し込んだ。実際のところ、改めて注意をしなければそれがビールであることもわからないほど、意識が混乱している。ようやく口にすることができた、

「やっぱり事故だったのかな」

　という一言は、そうであって欲しいと願う気持ちの表れに他ならなかった。

「陶子、急いで岡山を離れよう」

　部屋の中空を睨んだまま、硝子が決然といった。

「どうして」

「あとで説明する。急いでチェックアウトの準備を」

　硝子の言葉は、絶対の響きを持っている。

　硝子が携帯電話を使って、方々に連絡をつけている間に、陶子は荷物を手早くまとめた。フロントに連絡を取って会計手続きを済ませ、部屋に置いた荷物を指定の場所に宅配してもらうよう、手配を済ませた。

「準備はいいかい」

「大丈夫。でもどうしてこんなに急ぐの」

「胸騒ぎがするんだ。物狂おしいほどの、ね」

横尾硝子とのつきあいは、決して短くはない。その経験が、彼女が決して浅学なオカルティストでも、占いマニアでもないことを断言する。ということは、硝子の言葉の裏には、もっと現実に即した判断が隠れていることになる。陶子は、黙って彼女の言葉に従うことにした。

チェックアウトを済ませ、硝子の愛車に乗り込んでも沈黙は続いた。最寄りのインターチェンジから高速道路へと入り、スピードメーターが安定して百キロ近くの速度を示す頃、

「あれが事故であるかどうかは、あたしにはわからない。でもね、こんなことを考えてみたんだ」

ここに一人の女性骨董業者が登場する。正式には「元骨董業者」である。彼女と弓削佐久哉とはかつて職業上の繋がりがあった。

「陶子、あんたも考えて御覧。未発見の古墳と、古物商の鑑札を失った悪徳業者、そして古墳の発見者。この三つの要素でどんな三題噺《ばなし》ができるだろうか」

硝子が敢えて「悪徳業者」という言葉を遣ったところに、彼女の胸騒ぎの正体がある。陶子はそう思った。

「つまりは、裏の取引でしか生きられなくなった元骨董業者は、弓削佐久哉と組んで、

古墳の盗掘を企んだ」

「その古墳が、すでに盗掘にあっているかどうかは関係ないよ」

「でも……崩落事故はわたしのせいじゃない」

「そうだね。でも残念なことに、それもあまり関係がない。ある種の人間にとってはね。お宝ブームで空騒ぎする世間への警鐘、現実にはどろどろした闇の部分が確かに存在する、骨董業界の告発。そうしたことが自らの正義の証明であると、勘違いする連中は、そこここにいる」

硝子の言葉に、陶子は戦慄した。

「そうしたことを、恣意《しい》的にマスコミに流す者がいたとしたら」

陶子は徹底的な取材攻勢に晒されることだろう。当方にやましいところがないと、いくら主張したところで、彼らは陶子の周辺を執拗なまでに嗅ぎ回るに違いない。

――その挙げ句に待っているものは。

「わたしは社会的に抹殺されてしまう」

硝子の沈黙は肯定の証だった。

車は中国自動車道から名神高速道路へ、そして東名高速道路へと入った。途中のどこかで一泊するつもりはなく、そのまま東京へと走り続けるつもりであることが、わかった。

「まだ資金は十分にあるのだろう」

　硝子が「十分に」といったのは、伊賀古陶を売って得た資金のことである。「ええ」と応えると、

「じゃあ、ホテルも替わった方がいいね。いや、できれば今のホテルをダミーとして借りたままにして、別のホテルを借りた方がいい」

「わかった、そうするわ」

　ただ一度だけ、パーキングエリアで小休止をとったのみで硝子は運転を続け、十時間ほどで東京に到着した。その夜は硝子のマンションで仮眠をとり、明けてすぐに陶子は行動を開始した。ホテルを替えるのは、万が一陶子の存在がマスコミに漏れた場合のことを考えての措置だ。新宿のホテルはそのままにして、横浜市内に新たなホテルを借りることにした。

　その夜。陶子は下北沢の越名の許に連絡を入れた。

「お帰りなさい。大変なことに巻き込まれてしまいましたね。ええ、横尾さんから話は聞いています」

「そうですか。でも弓削佐久哉が死んだことで、事件は収束に向かうでしょう」

　しばらくの沈黙の後に、「だといいですね」という、控えめな声が返ってきた。

　骨董の競り市や業者間の寄り合いで、自分についてなにか噂になってはいないか。

たとえば裏の取引に関わっているといった噂を耳にしてはいないかと、陶子は尋ねてみた。

「特にそのようなものは……しぶとい商売敵がいなくなって、喜んでいる連中は、まま見かけますが」

その言葉を聞いて、少しだけ安心すると同時に、陶子はある決意を固めた。

「雅蘭堂さん、一つお願いがあるのです」

「なんなりと」

内容を聞くこともなく、願いを聞くといってくれた越名の厚情に、陶子は感謝の言葉もなかった。

もうじき、滝隆一朗がある品物を完成させて越名の店に持ってゆくだろう。その品物の処置について、陶子と越名は長い時間かけて話し合った。

「それが、あなたの切り札なのですね」

「……たぶん。そうなると思います」

「わかりました。でもその切り札をわたしが切らずに済むことを、祈っていますよ」

「ありがとうございます」

そういって通話を終えた後、今度は滝の許へ連絡を入れた。幾度めかのコール音の後、滝本人の声で不在を告げるメッセージが聞こえた。

留守番機能への伝言のかわりに、陶子は滝に簡単な手紙を書いて送った。内容は越名と話し合ったことと大部分が重複している。最後の行に、これまでずいぶんと迷惑をかけたことへの礼を書き入れながら。

——遺書でもあるまいに。

と、陶子は苦笑した。ついでに、横尾硝子にも短い手紙を書いておいた。それは投函せずに、アタッシェケースの底に入れた。なにか不測の事態が起きたときには、手紙は警察の手によって硝子に渡されるだろう。彼女に託したのは、あくまでも越名への依頼の補助作業のようなものだ。

——これで準備はすべてすんだ……いや、違う！

翌日、蓮丈那智の研究室に電話をして、三軒茶屋にあるビア・バーで待ち合わせる約束をした。その場に内藤三國も連れてきてもらうよう、いっておいた。那智のみならず、内藤にまで迷惑をかける結果となってしまった。そのことだけは謝罪しておきたかったからだ。

午後八時。約束の時間に三軒茶屋の店にゆくと、すでに二人はテーブルに座っていた。陶子を見るや、店の主人が「いらっしゃいませ」と、声を掛けてきた。エプロンに刺繍《ししゅう》されたヨークシャーテリアにどこか似た、人懐こい笑顔が、「お帰りなさい」といっているようで、嬉しかった。席に着き、ビールを注文すると、

「大変なことになったね」

と、那智がいった。その横で内藤が、どこか釈然としない面もちで頷いている。

「彼にはおよそのことを説明しておいた。《税所コレクション》との関わり、それにあれが古墳であったことや、弓削佐久哉がわざと内藤君に近づいたこともね」

「じゃあ、彼が古墳を製鉄民族の遺跡に見せかけようとしたことも」

それならばもう、迷惑をかけたことへの詫び以外は、なにもいうことはない。

主人の出してくれた料理に、陶子は手を付けなかった。「自分へのご褒美には少し早いから」というと、それだけで主人は快く料理を下げてくれた。

「いよいよ、大詰めに掛かるんだ」

「いつまでも振り回されては堪りませんから」

「すべてが片づいたら、またここで」

「楽しみにしています」

そういって、陶子は店を出た。わずか二杯余りのビールの酔いが、急速に全身に回る気がした。夜空を見上げると、上弦の月が陶子を見下ろしている。そのとき不意に、幾粒かの雨が頬に降りかかった。雨はほんの数分で止んだ。

——フフフ。夜の狐雨か。

ホテルに戻った陶子は、林原睦夫に連絡を取った。

夏の狐

1

京都駅に降り立った陶子は、初夏の日差しに眼を細めるように、蒼天《そうてん》を仰ぎ見た。その吸い込まれそうな青の中に、一年余りの出来事がスライドのように映し出された気がした。

——一年もの長きにわたって、というべきか。それともわずか一年の間に、というべきか。

なぜだか禅問答のような疑問が胸にわき上がった。

駅から市営地下鉄に乗り、さらに阪急電鉄に乗り換えて、終点の嵐山《あらしやま》に向かった。桜のシーズンは既に過ぎ、大きな催し物のない嵐山は、平日のせいもあって、人影は少なかった。渡月橋《とげつきょう》を渡りきり、京福《けいふく》電鉄・嵐山駅方面へと歩いて、これを通り過ぎる。さらに歩くと、目の前に見えるのが阿弥陀寺である。そこを左に折れて、五分ほどの所にある料亭の前で、陶子は立ち止まった。左右を竹林に囲まれた平屋建て。そのいかめしい門構えの前で、大きく深呼吸をした。

死んだ弓削佐久哉の一件で、どうしても会って話をしたいという陶子に、この場所を指定したのは林原睦夫だった。堺市にある弓削の本宅を指定すれば陶子が警戒するだろうし、また、東京近辺では今度はどこに陶子に近しい人間の眼があるやもしれない。ならば互いに土地勘のない、京都ではどうかという林原の申し出を承諾したのである。

玄関口で和服姿の従業員女性に名を告げると、すぐに奥座敷へと通された。まだ林原は到着していないという。出された茶に手を付ける気にもなれず、陶子は手入れの行き届いた中庭を、ぼんやりと見つめるばかりだった。

弓削佐久哉の一件で、と話を持ちかけたのは陶子だが、実のところなにをどう話せばよいのか、思案に暮れていたのである。林原という男、とても一筋縄ではいきそうにない。ことによったら、あの弓削佐久哉をも凌ぐ策士ではないかと、陶子は見ている。

事件の発端となった三角縁神獣鏡は、いったいなんのために作られたのか。それを持ち出した弓削昭之はなにをしようとしていたのか。そして彼はなぜ死なねばならなかったのか。

偶然とはいえ、鏡を手にした我が身に降りかかった災厄と理不尽の数々は、なにゆえなのか。あの鏡を手にしたものは、すべてそうなる運命にあるのか。

弓削佐久哉は一体なにを企んでいたのか。そして彼を襲った死の翼は、誰の差し金なのか。

聞きたいことは、数限りなくある。しかしそれに林原がどう応えるのか、想像すらできない。あるいはすべては偶然の産物であり、事件そのものが宇佐見陶子という人間の妄想が生み出した仮想劇に過ぎないと、一笑に付されるのだろうか。

陶子は座敷に近づく足音を耳にした。

敷居を跨《また》いだその人物、というよりはその表情を見て、陶子は思わず声をあげそうになった。暗いというよりも、むしろ陰惨といった方がよいのだろうか。以前とはまったく別人の顔つきで、

「どうも。お待たせしましたか」

と、林原睦夫がいった。その声までもが、やりきれない重さを含んでいる。

林原が到着するのを待っていたかのように、まず朱塗りの提子《ひさげ》が運ばれてきた。それを追いかけるタイミングで、半月の盆に三点盛りされた、肴《さかな》が運ばれる。

「京都に土地勘がないというのは、やはり嘘だったのですね」

店の人間のあまりの手際の良さに、陶子が皮肉混じりにいっても、

「前に二度ばかり、利用しただけです」

林原の態度はにべもない。そのときになって陶子は、林原の口調から、あの陽気な関西訛りが完全に消えていることに気がついた。だとすると、あれも演技であったのか。そうではない気がした。むしろ林原の本来の気質は、例の関西訛りに象徴される陽気なものではあるまいか。感情を押し殺しているがために、自然、関西訛りも封印を課されているような気がしてならなかった。

「弓削佐久哉氏は、お気の毒なことをしました」

陶子は、いきなり本題に入ることにした。こうした雰囲気の中で、表面的な駆け引きは無用と思われたからだ。

「いいえ。あれはあくまでも事故ですから」

「事故。本当にあれは事故だったのですか」

「面白いことをいわれますね」

盃を口に運びながら、林原が初めて笑った。笑ったように見えたが、それを笑顔と

呼ぶにはあまりに切なく、苦い表情である。

「あのあたりは地盤が弛んでいましてね。ああした事故がいつ起こってもおかしくはなかった。少なくとも警察ではそう見ていますし、近いうちに事故として処理されることでしょう」

だが、弓削佐久哉がなにかを企んでいたことだけは間違いない。でなければ、陶子には古墳に隠した《税所コレクション》を見せると持ちかけ、蓮丈研究室の内藤三國には、古代製鉄に関する遺跡を見せると持ちかけた理由がわからない。

そのことを問い詰めると、

「さあ、そこまではわたしの関知するところではないので」

林原の応対はまるで手応えがなく、空気でも相手にしているかのようだ。すべては弓削佐久哉個人のことで、弓削の家にも関係がない。林原はそういっているのだ。

「でも、わたしは見てしまったんです」

陶子は、横尾硝子が見た出来事を、自らの体験に置き換えて、ぶつけてみた。

「見た？　なにを見たのです」

「あの夜、弓削佐久哉氏らしき人物が遺跡の周辺を歩き回って、なにかを画策しているように見えました。それとは別に、佐久哉氏を避けるように動く人影を確かに見たのですよ」

そういってみても、林原の表情は少しも変わらなかった。淡々と盃を口に運び、それを飲み干しながら陶子の話を聞いている。陶子の話など遠い世界の夢物語、とでもいいたげな林原の奇妙なゆとりに、苛立ちを覚えた。

「このことを警察に話せば、きっと再捜査が始まるでしょう。そうなれば」

「そうなれば？　事故が別の形で処理されるとでもおっしゃりたいのですか」

「現場をもっと詳しく調べれば、必ず不審な形跡が見つかるはずです」

「そうでしょうか。仮に……あなたが見たという人影が事実であったとします。けれど、それが本当に弓削佐久哉さまだという確証はどこにあるのでしょうか。あるいは写真でも残っているのでしょうか」

それは、と陶子は絶句した。現実に人影を見たのは硝子なのだ。しかも遠く離れた場所から、望遠レンズを通しての像である。月明かり、星明かりのおかげで、シルエットははっきりと確認できたが、それが誰かはよくわからない。電話で連絡をしてきた硝子は、そういったはずだ。写真などのあろうはずがない。

「写真などなくとも、警察がわたしのいうことを信用してくれたなら」

「ふふふっ。あなたを警察が信用する？　過度の飲酒で事故を起こした上に、著名な画家の贋作事件に関わって、古物商の鑑札まで失ったあなたを、警察の誰が信用するというのです」

林原の言葉を聞いた途端、陶子はこめかみのあたりで血が滾《たぎ》るのを感じた。だが、言葉はない。あまりに的確な嘲《あざけ》りに、陶子の唇は機能を失った。

「それに……仮に誰かが工作をしたとして、遺跡の石積みは簡単には崩れませんよ。千年以上もの風雪に耐え、形状を維持してきた遺跡を破壊することができるのは、やはり自然のみです」

「そうでしょうか」

「他に方法があると？」

ようやく陶子は反撃の糸口を掴むことができた。

「わたしは専門家ではありません。けれどこんな話を聞いたことがあります。建設業界には、極めて特殊なセメントが存在すると」

特殊なセメントのことを教えてくれたのは、蓮丈那智である。なぜ民俗学者の彼女がそんなことを知っているのか、尋ねてみたが、返ってきたのは謎めいた笑顔のみだった。

「特殊な……セメントですか」

「そうです。ビルなどの解体に使われるのだとか。林原さんもニュースなどでご覧になったことがありませんか。海外でビルを爆破によって解体する、映像を。複数の火薬を爆発させ、一瞬のうちにビルを解体してしまうのです。その際、あらかじめビルの要所要所にドリルで穴を開けておき、特殊なセメントを注入しておくのだそうです。このセメントの特性は、水に触れると数倍に体積を増やしながら乾燥することだそうですね。そのためにビルは内側からひびだらけとなり、最小限の火薬で解体することが可能になるのです」

「それが、どうかしましたか」

林原の表情が、急に硬くなった。表情ばかりではない。声も、そして全身から噴き出す気の中にも熱く、暗い感情が混じっている。

——これは、殺気だな。

だが、恐ろしくはなかった。ようやく無表情の壁を壊すことができたと、陶子もまた感情を高ぶらせた。まっすぐに林原を見据え、

「同じものを土に混ぜ、遺跡内部の石積みの隙間に詰め込んだら、どのようなことになるでしょうか」

そういった。また少し、林原の目の奥で怒気の光が威を強くしたようだ。

「このセメントは水と反応しない限り、全くの無力、無害といっていい。誰かを遺跡の中に誘い、その人物が内部にいる間に密かに水と反応させることができれば、人為的な崩落事故は不可能ではありません」

「それほど都合良くゆくでしょうか」

林原の声はあくまでも抑えられている。盃を置き、「愚かなことを」と呟いたようだが、庭先の竹林のざわめきにかき消されてよく聞き取れなかった。

「たぶん……計画当初は雨天を利用するつもりではなかったでしょうか。しかしそれではあまりに不確実ですし、下手をすると本人も崩落事故に巻き込まれかねません。そこで佐久哉氏は考えた。都合の良いことに、近くのゴルフ場が廃液を垂れ流しにしているらしい。それをうまく利用できないか、と」

問題はセメントを反応させるための水を、いかに自由にコントロールするかだ。

――あの時。

弓削佐久哉は遺跡へ案内するのを、数日待ってくれといった。彼の頭の中では、ゴルフ場からの廃液を利用する案が練られていたのではないか。

「宇佐見さん、つまりあなたはこういいたいのですね。策を弄した佐久哉さまは、自ら仕掛けた罠にはまって、亡くなった愚か者である、と。それならば、それでいい。やはり佐久哉さまは事故によって命を落とされたのだから」

「いいえ、違います。あれは事故ではありません」

あの場所にいたのは、佐久哉一人ではなかった。別の人影はなにをしていたのか。

「たとえばこんなことが考えられます。弓削佐久哉氏は遺跡内部の石積みに、特殊セメントを詰める作業に没頭していました。そこへやってきたのが、第三者の某氏です。

某氏は、たぶんポリタンクに入れた水でも用意していたのではないでしょうか。弓削佐久哉氏に気づかれないよう、遺跡の外に露出した石積みに向けて、少しずつ、少しずつ水を注いでいったのです」

その様子を想像しながら、陶子は「少しずつ、少しずつ」の所を強調した。陶子の中で、遺跡に水を注いでいる人物、それは、

「林原さん、あの場所にいた某氏とは、もしかしたらあなたではありませんか」

と、思いきって切り札の一枚を出してみた。

「どうしてそう思われるのですか」

「某氏の条件。それは弓削佐久哉氏の計画を完璧に知りうるものでなければなりません。また、佐久哉氏本人が、計画を簡単に人に漏らしたとは考えにくい。とするなら、某氏は弓削佐久哉氏の傍にいつもいる人間でなければなりません」

「なるほど、それで、わたしですか」

「違うのですか」

やがて膳が運ばれてきた。小ぶりの鮎《あゆ》を天ぷらに揚げ、それに夏野菜の揚げ物を添え合わせてある。だが、陶子は箸をつける気になれなかった。給仕の女性が下がるのを待って、もう一度「違うのですか」と、林原を問い詰めた。

「それはすべて、あなたの想像に過ぎません。特殊セメントのことも、なにひとつ証

拠があるわけではない」

「それはわたしの証言次第でしょう。なんでしたら匿名《とくめい》の手紙でも書きましょうか」

「匿名……ねえ。そんなことで地元の警察が動かせると思っているのですか。弓削の家はそれほど脆弱《ぜいじゃく》ではありません。それにもし、そのような匿名の手紙が届いたときには、あるいは」

林原の口元に、笑みが浮かんだ。残酷極まりない言葉を、今しも吐き出そうとする唇が、確かに笑った。陶子にはそう見えた。

「別の匿名の手紙が時を同じくして届くことになるでしょう。事故現場に居合わせたという、女性に関する手紙が、ね」

そういって林原は盃の酒を飲み干した。

林原の言葉に、陶子はおぞましいものを感じた。

「わたしに関する……匿名の手紙？」

「だいたいが妙な話ではありませんか。その女性は、弓削佐久哉さまが深夜、遺跡でなにかの工作をしているのを見たという。また、それとは別の人影もそこにはいたという。それだけでも十分に奇妙だが、もっと奇妙なのは、その女性がどうしてそんなものを見ることができたか、という点ではありませんか。例の場所は、ゴルフ場の他には民家が疎《まば》らにあるだけの、他にはなにもない場所です。ましてや遺跡はかなり深い山の中にあり、だからこそ、これまで未発見だったのですよ。彼女はそんな場所で、いったいなにをやっていたのでしょうか。それとも」

　林原は声のトーンを少しずつ上げて詰問口調となり、そして「それとも」のところで、急にふざけて見せた。

「彼女はひと気のない山中で、しかも深夜、アバンチュールを楽しむ趣味でもあったのでしょうか」

「馬鹿なことを！」

　あまりに露骨な侮蔑の言葉に、陶子は瞬間的に理性を忘れて声を荒くした。

「そうですね、馬鹿なことです。でも他にどのようなことが考えられるでしょうか」

「わたしは弓削佐久哉氏に招待されたのです。彼が寄越したメールはコンピュータに保存してありますし、警察の力をもってすれば、発信源も特定できるはずです」

「だからどうだというのです？」

「どうって……それはつまり」

「警察は必ずこういうはずです。『あなたと弓削佐久哉は、そこでなにをしようとしていたのですか？』しかもあなたは、かつて古物商だった。冬狐堂を名乗っていたあなたは、特に発掘物を得意としていたそうじゃありませんか。絵画の贋作に絡んで古物商の鑑札を失った人間が、あの場所でどんなことをしようとしていたのか。そのことを問う匿名の手紙が、警察に届けられるかもしれませんね」

林原は、横尾硝子が口にした危機を、そっくりそのまま忠実に再現している。

――これは、切り札の出し合いだ。

膝の上に置いた拳、その内側にじっとりと溜まる汗を握りしめて重圧に耐えた。

気持ちにゆとりさえあれば、まるで子供達が夢中になっている、トレーディングカードのゲームのようだと茶化すこともできるのだろうが、今の陶子にそのようなものがあろうはずがない。お互いが、相手のカードよりも少しでも強いカードを切り続けてゆく。手持ちの切り札がなくなったときが、即ち敗北の瞬間だ。

陶子は、負けるわけにはいかなかった。

失うものなどすでにない。そんな言葉を簡単に口にする人間を陶子は信用しない。人は失うものをいくつも抱えている。だからこそ時には人前で弱みをさらさねばならないし、逆に是が非でも掌の中にあるものを奪われまいとして、牙を剝き出しにするのである。

それは林原にしたところで、同じではないのか。かつて陽気な関西訛りの言葉を操り、陶子に接触を図った男が、まったく別の人格をさらけ出して、こうして対峙《たいじ》している。そこに込められているのは不退転の決意に他ならない。

「弓削佐久哉氏は、わたしにこういいました。弓削庄の山林に、未発掘の古墳がある。

すでに江戸時代に盗掘にあっている遺跡で、学術的な価値はない。その代わり、あるものを隠匿するには、これ以上の場所はないのだ、と」

「あるもの、ですか」

「明治時代に一人の政治家がいました。名は税所篤。彼は大仙陵古墳を始めとして、いくつかの天皇陵を発掘しています。もちろん、天皇親政の明治時代に、そのような暴挙が許されるはずがありません。そこで彼は、陵墓の整備を隠れ蓑《みの》にして、密かに発掘を行ったのです。そしていくつもの遺物を持ち出したとされるのに、なぜか、彼のコレクションは闇に散逸してしまった」

「弓削佐久哉さまがあなたに見せようとしたのは、そのコレクションであると？」

「確かに、そういいました。彼とホテルのロビーで交わした会話を、わたしの友人がはっきりと聞いています。彼女はわたしのような《傷物》じゃない。警察も彼女の証言ならば耳を傾けるでしょう」

陶子は、敢えて自らを《傷物》と表現した。そんな言葉くらいで自己嫌悪に陥るほど、柔な精神は持ち合わせてはいない。

「けれど、その方もあなたとご一緒に岡山へ行っているじゃありませんか。警察は身内同然の証言をまともに取り上げてくれますかな」

「税所コレクションのことから始まる、一連の経緯を丁寧に説明します」

「税所コレクションとは……またずいぶんと幼稚な言葉です。徹底した合理主義者である警察官が、そんな説明で納得するものでしょうか」

仏教には《折伏《しゃくぶく》》という言葉が存在する。悪人・悪法を威をもってくじいて、仏法に従わせることである。陶子と林原は、まさしく折伏の法を互いに掛け合っている。ただしそこには確固たる善はなく、負けた方が悪となるのだ。

「果たして税所はなにをしようとしていたのか。彼の暴挙の根源こそが、今回の事件すべての根源でもある」

陶子は、最強のカードを切ろうとしていた。

後世、税所篤は常軌を逸した骨董趣味の持ち主として語られ、多くの人々が彼の行動について否定的な意見を残している。

「けれどわたしにはどうしてもそうは思えないのですよ。明治という激動の時代にあって、失われてゆく日本の伝統、ことに美術品を守るために一人孤軍奮闘を続けた人物ではなかったでしょうか」

「そのような人物が、畏れ多くも天皇家の陵墓を盗掘同然に暴いたりするものでしょうか」

「そこに大きな誤解があるのではないでしょうか。彼が貪欲に古美術品を集めたことは事実です。また、寺院の貴重な宝物を、詐欺同然に取り上げたこともあったでしょう。けれど考えてみてください。廃仏毀釈という破壊運動の津波が全国に広がった当時、仏具、経典、寺院そのものでさえも次々と破壊されてゆきました。あの時代に貴重な遺物を守るためには、ああするより他なかったのではないでしょうか」

　そこに、急激な欧化政策の津波が重なった。古きものはすべて滅すべしの号令の下、数百年の歴史を刻んだ蒔絵《まきえ》の細工物は竈《かまど》の灰と化し、鉄製の茶釜は鋳潰《いつぶ》されて別のものに作り替えられた。

「そんな中で税所が取るべき道は一つしかなかった。少なくとも彼はそう考えたのではないでしょうか。だからこそ弓削一族を使って、古美術品を蒐集した」

「それでは、彼が犯した大罪の説明になっていませんね。まさか、廃仏毀釈や欧化政策の脅威が、やがては天皇陵まで破壊すると、彼は考えたのでしょうか」

　林原は絶対的なゆとりを言葉の端々に漂わせ、この論争を楽しんでいるかのようにも見える。

「ですから、それが大きな誤解だったのです」

「どうして誤解なのです」

「彼の骨董趣味と、大仙陵古墳の発掘は、まるで違うベクトルを持っているのです」

　すべてを綯《な》い交《ま》ぜにして考えるから、明治という天皇親政を目指す国家の中枢にいながら、神格化されるべき天皇家の陵墓を暴く、化け物のような人物像ができあがってしまった。

「二つの行為は、まったく別物であると考えなければならないのです。日本の伝統や美術を守ろうとする税所篤と、天皇陵を敢えて暴いてみせた税所篤は、まったく別人なのです」

「実に面白い！　税所篤が二人いたということですか。それは西郷隆盛南方脱出説よりも、遥かに奇抜な発想ですぞ」

林原が、正真正銘の悪意を漲《みなぎ》らせた表情と笑い声を、陶子に向けて放った。陶子はそれを正面から受け止め、反撃の言葉を選択した。

「税所は一人です。けれど思惑は二つあった」

「……二つの意図」

「そうです、そして二つ目の意図こそが、彼をして大仙陵古墳への不敬行為へと走らせることになった」

そういって、林原を見た。すでにその表情には笑みはなく、うっすらと細められた目の奥に、判読不能の光を見た気がした。

「元々、彼には大仙陵古墳から埋葬物を取り出す意思などなかったのです。必要であったのは、税所篤という政府の要人が、確かに大仙陵古墳に手を付けたという、事実のみだったのですよ」

陶子は、バッグから税所篤らが大仙陵古墳の発掘現場で撮ったと見られる写真のコピーを取り出した。これは殺害された骨董商の高塚が、自分に託した写真だと断った上で、

「税所は、なぜこんな写真を残さねばならなかったのか。見てください、撮影された人物のひとりが手にしているものこそ、例の三角縁神獣鏡なのですよ。あたかも鏡は、大仙陵古墳から発掘したものだといわんばかりの写真でしょう。これこそが彼の目的です」

「それが、あなたのいう二つ目の意図であると?」

「意図のさらに一部です」

税所篤は、自らが指示して作らせた三角縁神獣鏡を、是が非でも本物にしたかった。だからこそ敢えて大仙陵古墳を発掘したかのように見せかけ、写真まで撮らせたのである。それが、天皇家への不敬の証になるにもかかわらず、そして後世、自分にどのような評価が下されるかを承知の上で、税所は敢えて写真を撮らせたのではないか。

「税所は、もう一つの三種の神器を作らせたかったのですよ。いや、あるいは八咫鏡だけでも良かったのかもしれない。鏡は、三種の神器の中でももっとも象徴的な存在といえますからね」

不意に、蓮丈那智の顔が脳裏に浮かんだ。那智ばかりではない。越名集治が、横尾

硝子が、滝隆一朗が陶子の胸の奥深いところにいる。言葉を続けるうちに、その思いはますます強くなっていった。

「どうして、三種の神器を作る必要があるのですか」

「もちろん、もう一つの天皇家を作るためでしょう」

「馬鹿な！　あまりに不敬が過ぎると、後悔することになりますぞ」

林原が、間髪を容れずにいった。だが、言葉つきこそ激しいものの、そこには先程までの絶対的なゆとりはすでに失われている。陶子はひるまなかった。

「遠い昔、天皇家は南北に分裂した歴史を持っています。現在の天皇家は北朝方。そして税所篤は、南朝方天皇家を再興しようとした」

「いったい、なんのために！」

「それは」と、陶子は言葉に詰まった。

なにゆえ、税所篤は南朝方天皇家を再興しなければならなかったのか。その答えを陶子は持っていない。というよりは、それを知ることさえできれば、様々な顔を持つ今回の事件の輪が、きれいに綴《と》じることを疑わなかった。

「……わかりません。どうして税所はそんな壮大な暴挙を思いついたのか。いえ、それは彼の考えではないでしょう。税所篤はあくまでも実行者であって、計画者ではない」

「ほう。では誰がそのようなことを計画したというのですか」

「たぶんですが、西郷隆盛か、あるいはその地位に匹敵する薩摩閥の誰か」

それは西郷の征韓論にも関係してくるであろうし、明治十年に彼が引き起こした西南戦争も無縁ではあるまい。そうしたことはぼんやりと見えてくるのだが、確信には至っていない。

「ずいぶんと曖昧なことをおっしゃる」

これで論議は終わりだとでもいうように、林原が勝ち誇った声でいった。

「すべてはあなたが考えた、妄想に過ぎません。なんの証拠もなく、そして考察の価値もない」

「そうでしょうか」

「あなたは歴史の専門家ですらない。そんな人物のいうことなど、誰も相手にするはずがない」

「でも、例の鏡さえあれば」

「あれは当家にとって門外不出の品。今回はたまたま事故によって、門外に出てしまっただけのことです」

たとえ誰かが興味を持ったところで、あれは二度と人目に触れさせることはないと、林原の口調が問わず語りに宣言している。だが、陶子の胸の中に、絶望感はなかった。

——すべては予定の通り。

切り札は、これからようやく本領を発揮するのである。陶子は茶で喉を潤した。

「確かにわたしは、歴史に関して素人です。でも世の中には専門家だってたくさんいるのです」

「それがどうかしましたか」

「彼らがあの三角縁神獣鏡を専門的な眼で研究すれば、税所篤を突き動かしていたものの正体がわかるかもしれません」

「鏡は門外不出です」

「正確なコピーであれば、研究はできるはずです」

「コピー？」

「そうです。三角縁神獣鏡をあなた方に返却する前に、わたしは粘土で型を取っておいたのですよ。それは立派な鋳型となります」

林原の唇が、ゆっくりと動いた。

陶子は林原の唇の動きを凝視した。これから吐き出される言葉は、敗北宣言以外にはあり得ない。

すでに滝隆一朗の手によって、三角縁神獣鏡のコピーは五枚ほど完成している。彼の工房で、作業の途中までを手伝ったのは、他ならぬ陶子である。最後の《磨き》を任せて、岡山へ出かけたのだから間違いない。そして陶子の言葉一つで鏡は越名の許に届けられ、今度は越名の手によって市場に流される。同時に鏡に関していわくつきの噂が市場関係者、研究者の間に広まることになる。陶子の身に、なにかが起きた場合も手筈はまったく同じだ。

——チェックメイトですね、林原さん。

彼は陶子に対して、自らが知りうるすべてを話す以外にない。その上で陶子を罠にかけたことを警察に告白して、彼女の身の潔白を証明する以外にはないのである。

陶子は、長い戦いの終わりをはっきりと感じた。

林原の唇に浮かんだ、薄ら笑いを見るまでは。

「それがどうしたのですか」

林原は、満面の笑みでもって、そういった。

「どうって。すでに鏡のコピーは五枚ほど完成しています」

そういって陶子は、それから先の手筈を説明した。

「なるほど、鏡のコピーが市場に流れる、と。おまけに研究者への噂、ですか。なかなかやるものですな。さすがは冬の狐と自ら名乗るほどのお方だ」

不意に、陶子は背中に薄ら寒いものを感じた。

「鏡が市場に流出しても、構わないと？」

「いえ、困ります。ましてやいわくつきの噂などとんでもない。非常に困ります」

そういいながら、林原の笑みは絶えることがない。

「わたしは、本気ですよ」

「でしょうねえ。あなたなら本当にやりかねない。それほど業が深い、ということでしょう」

でなければ、と林原が膝の横に置いたアタッシェケースから、袱紗に包まれたものを取り出した。

「本当に業の深い、恐ろしい人だ。こんなものまで作ろうとなさるのですから」

袱紗を開き、林原が取り上げたものを見て、陶子は言葉を失った。言葉ばかりではない、頭の中に様々な光が弾け、不意に漆黒の闇が訪れた。

鏡である。

——三角縁神獣鏡。

かつて陶子の手元にあったものではないことは、金属の艶の具合からも明らかであった。「どうしてそれが、あなたの手元に」という言葉が、どうしても喉から外に出てくれない。その時。

「済みません」と、座敷の次の間から襖を開けて、一人の男が入ってきた。

2

陶子は、自分の膝を食い入るように見つめた。拳をぐっと握りしめたまま、どうしても顔を上げることができなかった。声を聞いただけで、男の正体はすぐに知れた。それを己の眼で確認することが怖くもあり、悔しくもあったからだ。

男の気配が林原の隣に座るのを感じた。同時に「済みません」という、先ほどと同じ言葉が繰り返された。

「滝……さん！」

陶子は、顔を上げずに声を絞り出した。喉に感じる焼け付くような痛みが、精神的なものなのか肉体的なものなのかさえも、よくわからない。

ようやく正面を見ると、滝の困ったような、それでいてどこか人懐こそうな顔が、そこにあった。

「最初から……こうするつもりで？」

わたしに近づいたのですか、という言葉は続けることができなかった。

「実は、林原とは二十年来のつき合いでしてね。それに返しきれないほどの恩義もある」

「では、古代技術研究家というのも嘘だったのですね。わたしに接触するための、すべては方便」

「いや、それは本当です。本当にその方面の研究家であるからこそ、林原はわたしに今回の一件を依頼した」

「でもどうして」

「林原は、あなたが三角縁神獣鏡の鋳型を取ることまで、予測していたのですよ。オリジナルを取り戻しても、鋳型が残ったのでは意味がない。だからこそわたしはあなたに接近し、なんとか鋳型を使って三角縁神獣鏡のコピーを作らせるよう、仕向けていった」

仕向けるという言葉が、刃物の鋭さで陶子のプライドを裂いてゆく。それを詫びるかのように、「申し訳ないことをしたと思っています」と、滝がいう。その言葉そのものが、これもまた陶子にとっては凶器以外のなにものでもないというのに。

山口県下関市にある赤間神宮、そして奈良の青銅鏡の工房を二人で回ったことを、不意に思い出した。あれがすべて綿密に計画された、作為の上に成り立っていたと思うと、腹が立つよりも悲しい気持ちになった。しかも陶子は滝の工房まで出かけて、三角縁神獣鏡のコピー作りを手伝っている。

あたかも生あるものの如く、息づくようなオレンジの光を湛えた灼熱の《湯》。それを鋳型にそそぎ込むときの緊張感。掌に、頬に、いくつもの火傷の跡がついたけれども、その痛みさえも忘れて熱中した青銅鏡造り。すべてが、この裏切りの一瞬に奉仕していたにすぎなかったのだと、考えただけで胸の奥深いところに青白い炎の存在を感じた。思わず「いつからですか」と、ガラスをゆっくりと踏み破るように、陶子はいった。

「なにをいっても、今となっては言い訳に過ぎません」

「そんな！」

ある日部屋に現れて「お手持ちの青銅鏡を見せてください」と、人懐こい笑顔を見せた滝も、陶子が手に入れ、そして事件に巻き込まれるきっかけとなった三角縁神獣鏡、その秘密を夢中に追った滝も、すべては悪意の上に付けた仮面であったというのか。

「嘘です。あなたが最初からわたしを裏切るつもりで、近づいてきただなんて」

そうでしょう、という祈りを込めて陶子はいった。その問いに、「滝を差し向けたのはわたしです」と、答えたのは林原だった。

「こいつは、つくづくお人好しでね。だからこそ十五年ほど前に大きな詐欺に引っかかってしまった。まあ、その時は弓削一族の人脈で、なんとか穏便に取りはからってやりましたがね。そんな男が、最初から企みづくで動けるものですか。わたしがけしかけたのですよ。面白い古鏡を所有している旗師がいると」

露悪的な口調の林原を、視線に力を込めて、見た。それをいささかも気にする様子もなく、林原の話は続いた。

「まさか、宇佐見さんが初めて出会う滝に、例の鏡を見せるとは思わなかった。あれだけは予想外でした。なにも知らない滝は、たちまちあの鏡に秘められた秘密に夢中になった。仕方なしに、あれが弓削一族にとって、門外不出の一品であることを、そして、あれが持ち出された経緯《いきさつ》を、話してきかせたのです」

その時になって、ようやく滝が言葉を発した。

「初めは、あなたと弓削昭之とがぐるだと教えられました。なんとかして鏡は取り返す。だが鋳型を取っているかもしれないから、それを奪い返す手筈を調えてくれ、と」

「じゃあ、わたしに自作の魔鏡を見せたのは」

「三角縁神獣鏡が魔鏡であるはずがないと、あなたの意識に擦り込むのが目的の一つ。そして、青銅鏡を作ることは可能であると擦り込むのが、もう一つの目的でした」

「その仕上げが、奈良での工房見学だったのですね」

「済みません。でもね、わたし自身、次第に鏡に秘められた秘密の解読にのめり込んでいったのです」

「というと、もしかしたら」

「滝は……こいつには秘密の全容までは話していません」と、林原が会話に割り込んだ。その唇がはっきりと「誰にもいえるはずがない」と続けたのを、陶子は聞いた。

「あなたやあなたの仲間と接触するうちに、次第にわたしは林原の言葉に疑問を抱くようになった。宇佐見陶子という女性が、弓削昭之とぐるになどなるはずがない。いっそ林原を裏切って、あなたと一緒に鏡の秘密を解き明かしてみたいと、幾度も思ったのですよ。本当です」

「でもあなたは結局、林原氏を裏切らなかった」

わたしを裏切ったのだと、いってやりたかった。

滝自身も、例の鏡に秘められた謎は、知らされていないという。知らされなくとも、林原の依頼とあらば引き受ける。たぶん十五年前の事件とやらが関係しているのだろう。そうした絆《きずな》の強さを非難する言葉を、陶子は持たなかった。ただ、

「どうか林原を責めないで欲しい」

滝がそういったときだけは、感情があらわになるのを制御できなかった。

「責めないで欲しい？　いったいどこからそんな言葉が出てくるのです。一連の事件で、いったいどれほどの命が失われたというのですか。確かに鏡に秘められた謎は魅力的です。けれどわたしがいいたかったのは、そんなことじゃない。生きている者が、

命を失った者に対する責任として、わたしは真実を知らねばならないのです。違いますか」

「責任ならば」

滝がそういって、林原を見た。「彼は十分に取っているよ」という一言は、あまりに小さく、はっきりとは聞き取れなかった。

「もういいじゃないか。どうやら宇佐見さんは切り札をすべて出し終わったようだ。これですべてを終わりにしよう。宇佐見さんはまだお若い。いくらでも生活の道はおありだろうから」

その時だ。陶子の胸の中に恐ろしい疑惑が湧いた。

滝と雅蘭堂の越名とは古いつき合いであるという。

「まさか、越名さんまでがあなたとぐるになって」

なにかいおうとする滝を押し留め、林原が「もちろんです」といった。滝が下を向いたまま、なにもいわなくなった。

「越名さんだけではありません。東敬大学の蓮丈那智先生にもわたくしの意見に賛同していただきました。結局あなたはたった独りで戦っていたのですよ。いや、戦っているつもりだっただろうが、広い舞台の上で賢《さかし》らに飛び回っていただけのことです」

「そんなことは……」

「あり得ないとどうしていえますか。誰も無益な戦いはしたくないものです。ましてやそれが勝ち目のない戦いであれば、なおさらでしょう。たとえ学界で異端視され、孤高の民俗学者と呼ばれていたとしても、その地位は惜しむものです」

「那智先生はそんな人ではありません」

「ことここに至ってまだそんなことをいわれるとは。人生は時に理不尽の波に身を任せることがあっても仕方がない。あなたにこう伝えてくれといったのが誰か、ご存じですか」

「まさか」

「ご友人の横尾硝子さんですよ」

　横尾硝子。その名前がゆっくりと胸の中に浮かび、実在感を持って、刻みつけられた。頭の奥に、冷たい炎が宿った。それが次第に熱を帯び、やがて陶子の闘争本能と化した。決して口にしてはならない一言。

　──林原、あなたはそれを口にした。

　林原のあまりに不用意な言葉が、最後の切り札を取り出すきっかけとなった。

「それは……あなたのブラフですね。越名さんのことも、蓮丈先生のことも、わたしを絶望させ、事件から手を引かせるためのブラフです」

　林原が挑戦的な笑みを浮かべて「どうしてそう思われるのですか」と、いった。そ

れには応えずに、

「本当に終わりだとお思いですか」

陶子は挑戦を受けて立つ笑顔を敢えて作った。

一瞬。奇妙な間ができて、三者の間の空気が歪んだような気がした。

「三角縁神獣鏡のコピーがこちらにある以上……いや鋳型そのものももう破壊してしまったし」

滝の声が、心なしか上擦っている。それに伴って、林原の表情にも曇りが見え始めた。

「滝さん、あの鋳型ですが、どれくらいの分量の粘土でできていると思われます？」

「鋳型に使った粘土の分量？」

滝が言葉を詰まらせる間に、陶子は自分のバッグを引き寄せた。中から袱紗の包みを取り出す。つい先ほど、絶対的なゆとりを持って三角縁神獣鏡のコピーを取りだした林原の仕草を、忠実になぞるように、陶子は包みを卓上に置いた。

「せいぜい粘土は二キロもあれば」

滝の言葉に、陶子はゆっくりと頷いた。

「けれど、あの鋳型を作るとき、わたしは粘土を四キロほど買ってきたのですよ」

「まさか！」

林原と滝の叫び声が完全に重なった。それに応えるように、陶子は袱紗を開いてみせた。

「そうなんです。鋳型はもう一つあったんです」

「なんということを！」

林原の唇が絶望にうち震えている。それを見ても、なぜか勝利の高ぶりは湧いてこなかった。というよりは、大切な友人である横尾硝子まで裏切り者扱いにしようとした、林原睦夫という人物への怒りがいまだ収まっていなかった。

「これが、もう一つの鋳型で作られたコピーです」

三角縁神獣鏡を見つめる二人の男の呻き声にも似た溜息が、室内に充満していった。殺気めいた気配に、陶子は息苦しさを覚えた。

「いったいどこでこのようなものを」

「奈良です。荻島氏の工房で作ってもらいました」

「馬鹿な！」と、滝が怒りを滲ませた声でいった。

陶子に粘土の鋳型を使って三角縁神獣鏡のコピーを作らせるには、そうした現場と工程とを直《じか》に見せることも重要だ。陶子のイメージの中に「鏡を作る」という意識をはっきりと植え込むためのデモンストレーションであったのだ。ただし、陶子が荻島の工房に鏡造りを発注する可能性もある。きっと、陶子が再び訪ねてきたら、当方に報せてくれ、とでもいっておいたのだろう。それくらいの準備もなしに、不用意に青銅鏡作りの工房を案内したりするはずがない。少なくとも林原と、その意をくんだ滝ならば。だが今度ばかりはさらに先の手を、陶子は打ったことになる。

「岡山に赴く前に、数日間に亘《わた》って関西を歩き回ったことはご存じですね」

あれは陶子を追跡するその道のプロを、混乱させるための行動であった。

「それがどうした。あのときは大阪を回って京都、そして再び大阪に行っただけで、あなたは奈良には寄ってはいない」

林原の声には明らかに棘《とげ》がある。

「わたしは寄ってはいません」

「まさか……横尾硝子さんが」

滝の言葉に、陶子より早く反応したのは林原だった。

「あれは、カモフラージュだったのか!」

「それだけではありませんが……横尾硝子さんに荻島氏の工房に寄ってもらい、今度の事件とはまったく関係のない第三者として、鏡の制作を発注してもらいました。所持していた青銅鏡が割れてしまったが、幸いなことに鋳型が残っているから、再現してくれないだろうかと、持ちかけたんです」

横尾硝子の注文によって、鏡は五枚作られた。鋳型から取り出すところまでを確認して、硝子は岡山に向かったのである。五枚、という言葉に林原が敏感に反応した。

「本当に、五枚作らはったのですな」

「また、言葉付きが変わりましたよ、林原さん」

「そんなことはどないでもよろし！　ほんまに鏡は五枚きりなんでしょうな」

「そうとは限りません」

陶子の言葉に滝が「それこそ、ブラフだ」と、いった。だが、声は今も苦しげだ。

「滝君、そら、どういうことや」

「あの鋳型は、あくまでも素人である宇佐見さんが取ったものだ。溶かした青銅の湯を何度も入れて、鏡が作れるほど頑強なものではない。たぶん五枚の鏡を作るので精一杯だったはずだ」

「そっ、そうか。それやったらなんとか」

林原の声に喜色が滲んでいるのが、わかった。五枚の鏡であれば、たとえ市場に出回っても、すべて回収できると踏んだのだろう。

「そうはいかないんです」

陶子は、林原に敗北の旗を渡す準備を始めた。

青銅鏡を作る製法はいくつかある。

原型となる鏡から型どりして鋳型を作り、それを用いるのが《踏み返し技法》。滝に制作を依頼した鏡はこの製法で作られた。

そのほかに、竹の篦《へら》を使って粘土に文様を彫り込み、鋳型を作るのが《篦押し技法》。蜜蠟で原型を作り、これを粘土でくるんで焼き締めて、蠟が流れ出したあとの空間に青銅を注ぐのが《蠟型技法》である。

原型がある限り、踏み返し技法は同型の鏡をいくつでも製造することができる。他の二つの方法では、量産がきかない。

「では、たった一つしか残っていない鋳型で、いくつものコピーを量産するにはどうすればよいか」

陶子の問いに、滝は答えられなかった。林原に至っては、目を一杯に見開き、今にも摑みかからんばかりの凄絶な表情となっている。

「とても簡単なことだったんです。要するに鋳型を使って、蠟型をいくつも作ったのですよ。灼熱の青銅と違って、蠟はいくら熱せられていても鋳型をさほど損傷するわけではありません。現に、五枚の蠟型を取った今でも、例の鋳型はまったく無傷です」

あと、何枚の蠟型を取ることができるのか不明だが、少なくとも五枚限りでコピー製造が不可能になるわけではない。

「そういう手があったか……」

滝の唇が、ようやく言葉を吐きだした。

「最初は、一枚のコピーを製造し、それを原型にすることも考えたのですよ。けれどそうするとどうしても文様の細かい部分が鈍重になってしまうのです」

「そこで、鋳型を使って蠟型を取った、か」

「非常に満足のゆくものができあがりました」

「当然のことながら、鋳型は荻島の工房から引き上げてあるのだろうね」

「はい、大切なものですから」

荻島の工房にないのでは、手を回して回収することもままならない。ふっと滝が吐き出した溜息は、そうしたことをすべて物語っているようだ。

「一つだけ聞いてよろしいですか、陶子さん」

「なんでしょうか」

「あなたは……いつからわたしを疑っていたのですか。これほどまでに周到に段取りを組んだということは、かなり以前からわたしのことを怪しいと睨んでいたのですね」

陶子は、滝の顔をまっすぐに見た。年齢不詳だと思っていた滝が、急に老け込んで見えた。

「疑うなんて。わたしはずっと滝さんのことを仲間だと思っていましたよ。先ほど、

れた。
それまでの怒りがすっと収まり、なんとも形容しがたい、苦いものが胸の中にあふ
胸の中を、薄ら寒い風が吹き過ぎていった。
あなたが姿を見せるまで」

「ではどうして」

という滝の言葉の中にも、同じ苦さを感じ取った。

「あなたを疑ったことなど一度としてありませんでした。むしろ、事件に巻き込んだことを済まないと思ったほどです。三角縁神獣鏡のコピー制作を依頼したとき、あなたの身に降りかかるかもしれない危険《リスク》を、できうる限り分散したいと思ったのです」

「そうでしたか。それで横尾硝子さんに鋳型を託して」

室内を、再び沈黙が支配した。林原には林原の思惑が、滝には滝の思惑が室内に浮かんでは消え、また浮かんでは消えて行くようだ。なすべき事をなし、いうべきことをすべて言い終えた陶子だけが、奇妙な空白感を覚えていた。さほど長い時間が過ぎたとは思えなかったが、「これで、すべてが灰燼《かいじん》に帰するか」といった林原の声が、びっくりするほど弱々しく聞こえた。体つきも一回り小さくなったようだ。

「林原、我々にはもう打つ手がなくなったようだ」

滝の言葉には、むしろさばさばとした明るさのようなものが感じられた。

「……終わりか」

「ああ、もう宇佐見さんを止めることはできない」

「三角縁神獣鏡のコピーが大量に、出回るよりは」

「彼女にすべてを話してしまうんだ。わたしもこの鏡に秘められた秘密を知りたい」

「どいつもこいつも勝手なことをいう」

「勝手？　確かにそうかも知れない。だが宇佐見さんにとっては、我々のしてのけたことすべてが、それこそ身勝手の極みだろう。ましてや我々は勝負に負けた側だ。それなりの賭け金を支払わねばならない」

こうした二人のやりとりを、陶子は辛抱強く聞いた。ややあって、林原が「宇佐見さん」と、陶子の方へ向き直った。

「これまでのご無礼の数々、すべてについて深くお詫びをさせていただきます。あなたを陥れたのは、すべてわたしと弓削佐久哉さまであることを警察に届け出て、あなたの地位の回復を図らせていただきます。もちろん、この鏡の由来についてもこれからお話ししましょう。だがただ一つ、ただ一つだけ、手前共の最後の身勝手を聞いてはもらえませんかな」

「わかっています。鏡の秘密は一切口外しないことをお約束します」

「ありがたい。ならば、この鏡がなぜ税所篤によって作られたか、お話しいたしましよう」

言葉付きこそ穏やかだが、林原の目つきが尋常ではなかった。己をここまで追いつめた者への、怨嗟《えんさ》の光が、そこにはある。

長い、長い物語が始まった。

「税所篤がどのような人物であったか、今はもうその真実を知ることはできません。ただし、世間一般にいわれるような、単なる骨董趣味の人ではなかったようです。それは宇佐見さん、あなたが推察された通りです。また平気で天皇陵を発掘できるような、不敬の人物でもなかった」

次第に林原の顔から表情が消えてゆく。自らの中にある物語を、なんの感情も交えずに語り継いでゆく語部《かたりべ》である。陶子は自らの額に浮かぶ汗に、その時になってようやく気づいた。

「明治新政府とは、そもそもが矛盾の塊でした。薩長土肥という四藩が中心となって、維新回天の偉業を成し遂げたのは周知の通り。けれどその原動力となったのはなにか。所詮は武士の力ではありませんか。いくら長州の高杉晋作《しんさく》が奇兵隊を編制したとはいえ、それは幕府という巨獣を倒すための、ほんの一部の兵力でしかなかった。武家の頭領である征夷大将軍と、それを支える武士団・幕府を倒したのは、別勢力としての武士団でしかなかったのです。しかし維新が成し遂げられるや、新政府は今度は彼らを持て余し始めました。戦う以外に能力のない、ただそれだけで禄《ろく》を食《は》もうとする武士団は、近代日本にとって無用の長物でしかなかった。とはいえ、彼らの功績を無視するわけにはいかない。ちょうどそのころ、明治新政府は長州の大村益次郎を中心として、近代国家に相応《ふさわ》しい国軍を編制しようとしていたのです。大村益次郎の発想は大胆で、国民皆兵制度（徴兵制）を敷き、西洋兵学に基づいた軍隊を作ろうとしていたのです」

「そこでも旧武士団は無視をされてしまったのですね」

「そのために大村益次郎は京都で暴徒に襲われ、その傷が因で亡くなります。けれど、彼が死んだからといって、軍の編制方法が変わったわけではありません。結局、武士団は士族という身分は与えられたものの、時代の狭間《はざま》に取り残されて怨嗟《えんさ》という負のエネルギーを貯めることになるのです」

いずれ、充満した武士達のエネルギーが爆発するときが必ずやってくる。そうさせないためには、ガス抜きの作業が必要となる。ことにそれを痛感していたのが、薩摩閥の上層部であった。

元が勇猛で知られる薩摩武士団。それは裏を返せばいつでも新政府の危機の原因となりうるということでもあった。薩摩閥は警察組織を押さえていたから、そちらに士族を振り分けようとしたが、その数があまりに多くポジションが足りない。

「有り余る負のエネルギーを外部に向けようと、彼らは考えました」

「それが征韓論なのですね」

林原が頷いた。

征韓論。朝鮮半島を武力によって制圧し、これを日本国の支配下に置くという論、一般的にはそう解釈されているが、実は征韓論には多くの謎があると指摘したのは、蓮丈那智である。

奈良から帰って、間もなく陶子の部屋で行ったミーティングのことを思い出した。その場には滝もいた。グループの一員としての滝に対し、尊敬の念こそあれ、疑う気持ちなど欠片もなかったあの日のことを思うと、悔し涙がこぼれそうになった。人が心の中に抱えた珠玉ともいえる大切なものを、

――誰が、どうして、無残に壊してしまったのか。

陶子は、その答えを聞くためにこの場にいる。

「ただし、征韓論を単なる朝鮮半島の制圧と、余った士族の兵力分散を目的にしたものであると考えてはいけない。薩摩閥の指導者達、それが西郷隆盛であったか、大久保利通であったかは今はもうわかりませんが、彼らが胸に抱いていたのは、もっと壮大な構想だったのです」

「それが、税所篤による八咫鏡のコピー作りと繫がっているのですね」

コピーという言葉に、林原がわずかに反応した。唇を歪めて、自嘲の笑みを浮かべたような気がしてならなかった。

「ところで、宇佐見さんは源義経がモンゴル帝国の創始者であるチンギスハンと同一人物であるという説はご存じですかな？」

唐突な林原の言葉に、不意をつかれた形となった。ぴくりと身体を震わせて「ええ」と答えるのが精一杯で、他になにをいってよいのかわからなくなった。

「元々は、江戸時代の講釈ネタに過ぎなかったこの珍説が、明治から大正にかけて学界を揺るがすほどの大論争になったことは？」

「聞いたことがあります。なんでも日本が大陸に進出するためのプロパガンダに利用されたとか」

「それだけ、ご存じならば十分です。では、西南戦争に敗れた西郷隆盛が、実は薩摩を逃れて大陸に渡海したという説は？」

「聞いたことがあるような……気がします」

「どうして源義経は大陸に渡らねばならなかったのか。また西郷隆盛はどうして、大陸に渡らねばならなかったのか」

「それは、この日本にいられなくなったからでしょう。義経は兄・頼朝《よりとも》に疎まれ、奥州の衣川《ころもがわ》で自害したことになっていますし、西郷隆盛は国家に反旗を翻した逆賊として、これもまた日本にいられなくなった」

「そういうことではないのです！」

思いがけない強い口調に、陶子は気持ちが怯《ひる》んだ。怯んだが、視線だけは逸《そ》らさなかった。

義経＝チンギスハン説の中でももっとも大きな論争とされるのが、大正末期、小矢《こや》部全一郎《べぜんいちろう》の書いた『成吉思汗《ジンギスカン》は源義経なり』という論文を基にしたものだ。

それを遡ること約四十年前、やはり『義経再興記』なる本が出版されて話題になっている。また昭和に入ってからは、ミステリー作家の高木彬光《たかぎあきみつ》が、あまりに有名な『成吉思汗の秘密』を上梓《じょうし》してこの問題に一石を投じている。

こうしたことを説明した上で、林原は改めて、

「別に、義経がチンギスハンになる必要性はどこにもなかったのですよ」

と、驚くべきことを口にした。

「どういうことですか、それは」

「誰でも良かったのです。義経でも、西郷隆盛でも」

「それは、矛盾のあるお話ではありませんか」

衣川で死んだはずの源義経は、生きて渡海し、モンゴル帝国の創始者にならねばならなかった。また西郷隆盛が終焉《しゅうえん》の地を実は逃れて、「大陸に渡らねばならなかった」

というのであれば、真偽はともかく納得することができる。その必要がなかったとは、どういうことなのか。

「大切なのは、アジア大陸なのです。我が祖国の誰でも良い。広大無辺のアジア大陸に、誰かの足跡が一点でもいいから、ありさえすれば良かった。その地で偉大なる功績を残したのだという実績さえあれば、大陸進出の言い訳となる。なにもこれが初めてではない、かつてあなた方は我々日本人を受け入れた過去があるのだ、と。そう考えた人物が、明治政府の中枢部に、ことに薩摩閥と呼ばれる人々の中にいたのです」

「すると、どうなるのですか」

「理由ができます。屁理屈であろうとなかろうと構わない。そこに……」

　そういったまま、林原が口を閉ざした。その唇は沈黙を守ったまま、容易には開かれそうになかった。言葉を選んでいるのだろうと思ったが、陶子は奇妙に急《せ》かされる思いを、抑えきることができなかった。

「そこになにができるのですか」

「第二の皇軍です。しかももう一つの皇室を中心とした、第二の皇軍を作ることができる。そしてそこには、不平士族達を集結させることができる」

　第二の皇軍、という言葉が持つ意味のあまりの大きさに、陶子は思考が停止するのを感じた。

ない」

――それが……真の意味での征韓論？

「あの、それって、満洲帝国のことではありませんか」

「正確に言えばそうではない。あれは戦前の軍部が暴走したために行った愚挙に過ぎない」

「でも、第二の皇軍を大陸に作るのでしょう」

「目的が違うのですよ。鎖国をしていた江戸時代ならばともかく、いったん国を開いてしまえば、我が国がアジア大陸に及ぼす地理的影響は明らかです」

林原の口調はあくまでも静かだ。

陶子は瞬間的に、世界地図のアジアの部分を思い描いてみた。同時に学生時代の古い記憶から幕末当時の出来事、特に諸外国との交渉について、取り出そうと試みた。

「江戸幕府が崩壊する七十年あまりも前、ロシアのラックスマンは、漂流民であった大黒屋光太夫を伴って根室に上陸、幕府に通商を要求しますが、幕府はこれを拒絶しました。すでにそれ以前から蝦夷地《えぞち》に何度か上陸していたロシアは、以後数度に亘って同じ要求を繰り返すのです」

まるで陶子の意図を見透かすように、林原は説明を続けた。

「それらは、すべて日本の地理的条件を利用するのが目的であったと？」

「他にどんな理由が考えられるというのです。たかだか東洋の島国と通商を結ぶために、大国ロシアが、どうしてそこまで執拗にならねばならないのですか。ロシアだけではない。続いてイギリスが、米国が、日本と通商を結ぶために次々と来日しているのです。彼らの目的はただ一つです」

世界地図を改めて思い浮かべるまでもない。陶子は、そのことにようやく気がついた。

「確かにそうですね。だからこそ、今もって米軍は横田基地を返還する気はないだろうし、キャンプ沖縄も、キャンプ岩国もまた然りですね」

「その通り。いくら時代が移ろうとも日本列島の位置が大きく変わらぬ限り、状況は常に同じです」

「つまり、日本は対アジア大陸戦略の橋頭堡《きょうとうほ》となりうる」

日本と通商さえ結んでしまえば、国内の土地を租借するという形で、あとはいかようにでも軍事施設を設けることができる。そうなればすでに、そこは日本であって日本ではない。そのことは、アヘン戦争以降、香港返却までの中国とイギリスとの歴史が如実に示している。

「それだけは避けねばならなかった。ことにロシアの意図は危険だと、考えた人物がいたのです。後に南下政策となって現実のものとなるロシアの動きは、日本国に彼らのアジア大陸戦略の犠牲になることを、強いかねないものでした」

ロシアが日本を制圧下に置くことができれば、彼の国の対大陸戦略は絶対的に有利に運ぶ。中国も朝鮮半島も、南北から挟み込むことができるからだ。しかも千島列島・蝦夷地・本州というラインを利用すれば、軍隊を殆ど無傷のまま、日本に送ることができる。

「それを予防するために第二の皇軍を」

「どうしても、大陸内に置く必要があったのですよ。アヘン戦争で敗れたりとはいえ、当時の清国もまた侮りがたい脅威でした」

陶子は不意に息苦しさを覚えた。

林原の話は、すでに陶子の理解を遥かに超えている。それは一枚の青銅鏡の由来どころの話ではなかった。明治維新という激動の時代にあって、国を開いたばかりの、いわば外交の赤ん坊に過ぎない新政府が、いかに諸外国の脅威から国を守るか。そうした外交、防衛の両面に亘る機密に触れている。

林原の目が、じっとこちらを見ていることに気が付いた。無表情だが、意思がないわけではない。これが、知りたがっていた三角縁神獣鏡の秘密だ。だがほんの一端に過ぎないのだと、その目が雄弁に語っている。林原の目が持つ迫力に、陶子は屈しそうになった。本能の一部が、

——これ以上、鏡の秘密に踏み込んではならない。

　そう警告を発しているのがわかった。だが、陶子は「それで？」と、敢えて続きを促した。

「薩摩閥の上層部は考えました。ロシアが日本を橋頭堡《きょうとうほ》にしようとしているなら、その発想をそのままこちらにいただいてしまおうではないか、と」

「アジア大陸の一部に第二の皇軍を置き、ロシアを牽制《けんせい》する計画ですね」

「さすがに、飲み込みが早い」

「でも、そんなことを清国、現在の中国が許すでしょうか」

「許すも許さないもないのです。彼らがそれと気づいたときには、すでに我が国の皇軍はそこにある」

「すると……まさか！」

　そういったのは、これまでずっと沈黙を守り続けていた滝隆一朗だった。

「まさかチベットおよびモンゴルに」

「そうだ。二つの民族と軍事同盟を結び、中国とロシアとを牽制するのが、計画の全容なのだ」

　滝に顔を向けて林原はいった。

　ロシアと中国との間に位置するモンゴル、中国の西の果て、インドの北部に位置するチベットと軍事同盟を結ぶ。頭に描いた地図に陶子はその模様を書き込んだ。

元々中国はモンゴルの民に対して遺伝的ともいえる恐怖心がある。その表れが例の万里の長城なのだ。またモンゴルはロシアのアジア植民地化政策の脅威に常にさらされ、やはり不信感が燻《くすぶ》っている。軍事同盟を結ぶことはさほど難しくはなかったはずだ。そこでは、義経＝チンギスハン説などという、漫画的プロパガンダでさえも、真実の光に輝いたかもしれない。

林原の説明によって、明治政府の描いた政策が真実の重みを帯びてきた。

――でも……。

チベットはどうだろうと、陶子は考えた。

「高地民族の集まるチベットは、平和な部族と聞いています。果たして彼らが日本との軍事同盟に賛同したでしょうか」

すると、林原が感心したように頷いた。

「チベットもまた、十八世紀の前半からしばしば中国、当時の清国の干渉を受けています。元々が非戦闘的な民族であったにもかかわらず、彼らの歴史は同時に、外敵からチベットを守る歴史でもあったのです。また、チベットとモンゴルは密接な関係を保っていたことも確かです。モンゴルとチベットの一部族が軍事同盟を結び、チベット統一を図ったこともありますし、二十世紀にはいってからはチベットの象徴であるダライ・ラマが、モンゴルに亡命したこともあるのです。とはいえ、彼らが簡単に日本との軍事同盟に賛同したかどうか、それは宇佐見さんの仰有るとおりですよ」

では、どうすれば良かったのか。

林原の顔に、歪んだ笑みのようなものが浮かんで、すぐに消えた。息苦しさがまた増したようだ。

――三種の神器の象徴でもある八咫鏡のコピー。そこには八咫烏の像が魔鏡として刻み込まれ、時の天皇を意味する、日輪と八咫烏の意匠まで凝らされている。

「……林原さん、例の鏡は……」

林原はなにもいわなかった。

「南北朝時代を経て衰退した南朝方天皇家を復活させて、チベットに送り込む」

呻くような声の主は、滝だった。「そんなことが」という言葉が、後に続いた。

「南朝方天皇家を介して国と国との契りを結び、陛下はそのままポタラ宮に、そして不平士族を中心とした第二の皇軍を、チベットの地に駐留させる。これが明治初頭に密かに計画され、表面上は征韓論という名で推し進められた政策なのですよ。そして、例の鏡は、その使命を帯びた密使が、親書と共にチベットの地に運ぶ一種の手形だった」

一気にそう言い放ってから、林原は大きく呼吸した。

どうだ、鏡の由来を聞いたことを後悔しただろう。なにも知らない方がよかったと、臍《ほぞ》を噬《か》んでいることだろう。だが、もう遅い。歴史の闇に触れた者がみな辿った末路を、今度辿るのはあなたの番だ、と林原の目がいっている。

明治五年。壮大な構想の元に大仙陵古墳は発掘され、そこから出土したという形を取って、三角縁神獣鏡が作製された。鏡は密使の手によって親書とともにチベットにもたらされる手筈となっていた。手筈といっても二年、三年で整う種類のものではない。壮大な計画と緻密な作業が数年にわたって押し進められたが、計画は思わぬところでいったん頓挫《とんざ》したという。

「それは……つまり西南戦争、ということか」

「そうだ。西郷隆盛を御輿に担ぎ、不平士族は明治新政府に叛乱《はんらん》の狼煙《のろし》を上げてしまった。こうなっては第二の皇軍も、チベットとの軍事同盟もあったものではない」

西南戦争の締結とともに新政府は落ち着きを取り戻し、計画は一部閣僚の胸深いところにしまい込まれた。

「そのはずだった」

「だった？」

「日清戦争だ。明治二十七年、日本は清国との戦争に突入してしまった」

「だが、日清戦争は我が国の勝利に終わっただろう」

「直後になにが起きた。ロシア・ドイツ・フランスの三国による三国干渉だ。次第に大陸を取り巻く情勢は、きな臭さを漂わせ始めた。事実、明治三十七年には日露戦争の泥沼へとのめり込んでいったではないか」

そのような情勢の中で、政府の間に亡霊のように浮かび上がったのが、例の構想だった。

チベット・モンゴルの民と結び、第二の皇軍を大陸の中心部に置く。

「確か……その時代にチベットに経典を求めて旅だった僧が一人、いたね」

滝の言葉に、林原は首を横に振った。

「河口慧海《かわぐちえかい》だろう。だが、密使は彼ひとりではなかった。慧海はある意味でメッセンジャーの役割を担っていたのだ。真の密使……青銅鏡を持ってチベットへと旅立った男がいた。もっとも彼自身、そのような役目を負っているとはつゆ知らぬ身であったろうが」

「他にもいたのか！」

「ああ、だが彼は成功しなかった」

「それはいったい」

「大仙陵古墳発掘に携わった一人の僧がいた。密使は……その遠縁にあたる男だよ」

林原が、一人の男の名を口にした。

その男。

彼の名を記憶の片隅にでも残しておくことを、陶子は許されない。その約束で林原の話は始まったのだから。けれど男が歩んだ道はあまりに壮絶で、その名前共々容易には消去できるものではなかった。

男は明治元年、島根県の寒村に生まれた。生家は真言大谷派《しんごんおおたに》の寺で、長男が生来病弱であったために次男である彼が、早くから寺を継ぐことになっていたという。十一歳で得度、様々な寺での修行期間を経て、檀家《だんか》からの援助によって慶應義塾、哲学館（現在の東洋大学）などで学んだという。すべての学問を修めた彼が、立派な住職となって島根の地に戻ってきてくれると、檀家達は信じて疑わなかった。

その彼が、突然本山である東本願寺にチベット渡航の支援を嘆願したのである。表向きには「仏教典の原点であるチベット語大蔵経を入手するため」であったという。

確かに敬虔《けいけん》な仏教徒として、今しも滅びの道を歩まんとする日本の仏教を、原点に立ち返ることで救いたいと願う気持ちに嘘はなかった。けれどすでに河口慧海がチベットへの渡航を決定している。慧海は黄檗《おうばく》宗徒とはいえ、同じ仏教徒が二人してチベットを目指す必要はない。男の嘆願は無駄に終わるであろうと、地元檀家衆は思ったに違いない。

ところが、東本願寺は彼を正式な学僧として認め、本山法主からダライ・ラマ十三世への親書を携えて渡航することを許したのである。

と、表向きにはなっている。

しかし、明治新政府が東本願寺を通じて与えた密かなる使命は、仏教典の入手などではなかった。

それはそれで勝手に入手すればよい。費用も政府が用意しよう。けれど真なる使命を忘れてはならぬ。ダライ・ラマ十三世には親書とともに、この鏡を渡すのだ。これこそは畏れ多くも今上天皇の玉体を模した第二の皇族の証。失われし南朝方皇統の正当性を示すものだ。命に代えても、これをラッサの地に運ぶべし。

ただしこの密命を本人は知らない。知らぬからこそ彼は純粋に教典を求め、ひたすらにラッサを目指したのである。

河口慧海に遅れること一年半。

男は、明治三十一年、神戸港から上海を目指して旅立った。

河口慧海がインド・カルカッタからダージリンを経て、ネパールとブータンとの国境を縫うようにしてラッサを目指したのに対し、男は上海から長江に沿うように四川へと進んだ、と記録は語る。

言葉にすればあまりに簡単だが、旅は過酷としかいいようのないものであったという。当時鎖国を続けるチベットにとって、侵入者とはすなわち侵略者であった。この時代、すでに国力を失っていた清国に成り代わり、チベットを虎視眈々《こしたんたん》と狙っていたのは明治新政府ばかりではなかったからだ。不凍港確保を狙うロシア、インド支配に続いてチベットまで触手を伸ばそうとするイギリス。そうした思惑が交差する中、チベットの中心地たるラッサは、各国の意を受けた探検家達の憧憬的存在であった。費用は国が供出してくれる。最後の秘境を陥落させた名誉はなにものにも代えがたい。ラッサへ。ひたすらラッサへ。多くの探検家達がチベットの地を目指し、そして秘境を目の当たりにすることなく歴史の闇に消えていった。

男の旅が、楽であるはずがなかった。

「彼はダルツェンドの地で、念願の経典の一部を手に入れている。それでもラッサへの旅をやめようとはしなかった」

林原が、絞り出すようにいった。

「つまり……彼の純粋な思いは明治政府に利用されたのですね」

「他に方法がなかったのだ。迫り来るロシアの脅威を前にして明治政府は男のチベット入りに……仕方がなかったのだ」

「すなわち、日本国を守るために、か」

「二年半にも及ぶ旅の挙げ句、男は消息を絶った」

滝と林原のやりとりを聞きながら、陶子はなおも釈然としないものを覚えていた。誕生したばかりの明治政府が抱え込んだ矛盾。そしてその中枢にいた人々の、奇想ともいえる思惑。驚愕という言葉以外では表現できない事実の連続に、陶子は圧倒されるばかりだ。

にもかかわらず、あまりの現実感のなさが、陶子には苛立たしかった。

モンゴル・チベットの民と軍事同盟を結ぶべく、その密命を帯びた密使が日本を発ってから、ゆうに百年の歳月が流れている。だが陶子が直面しているのは、そのような悠久の時の彼方に漂う史実などではない。三角縁神獣鏡を持ち出した弓削昭之は謎の鉄道自殺を遂げたし、骨董商の高塚要は強盗に殺害された。そしてついには、罠を仕掛けた側にいたはずの弓削佐久哉までもが、落盤事故で命を落としたではないか。これは明治維新史の裏側に隠された秘話などではない。失われた三つの命の代償として、すべての真偽を質《ただ》すために、自分はこの場所にいるはずではないのか。

林原と滝の会話に耳を傾けながら、陶子はそのことのみを考えていた。

征韓論の裏話はもう十分だ。そう口にしようとして、陶子はふと蓮丈那智のことを思い浮かべた。日本人離れした容貌と、鉄の意志を持つ異端の民俗学者。彼女ならば、これらの事実をどう判断するだろうかと、考えてみたのである。

返す。

——伝承は死なず、必ず蘇る。封じられた怨念は、深き業を糧に何度でも息を吹き

いつか那智から聞いた言葉を、陶子は胸の中で反芻《はんすう》してみた。時の彼方に消えてしまったはずの史実が、現代に蘇るためにはなにかのスイッチが必要なのではないか。そしていったん蘇った史実は、現代に生きる者を巻き込み、傷つけずにはおかないのだ。だからこそ三つの命は、この世から消えてしまわねばならなかった。それは征韓論と無関係ではないだろうが、高度な政治判断や戦力そのものではなく、もっと生々しく、また忌まわしい現実ではないのか。

「……弓削……妃神子」

なぜだかその名前が、唇をついて出てきた。弓削一族の当主にして、不思議な透明感を持つ少女。彼女の名前を自分が口にしたことに陶子は驚いた。そして弓削妃神子の名前が出るや、林原の持つ雰囲気がまったく変わってしまったことに、さらに驚いた。

「なにをいうか！」

林原の怒声は、限りなく悲鳴に近かった。それがかえって陶子を冷静にさせた。

「明治初頭の秘史はともかくとして、そのことが理由で殺人を犯すほど、人はロマンチストではありえない」

当初からそれを指摘していたのは横尾硝子だ。彼女の顔を思い出し、決して独りぼっちの戦いではないことを陶子は実感した。

「封じられた怨念を蘇らせるためのスイッチ。封印を解き放つための鍵といっても良いでしょう。それは、弓削妃神子さんなのではありませんか」

そういった途端、目の前になにかが迫って、額に衝撃を与えた。飛んできたものが林原が手にした盃であることを認識したのは、額で砕けた陶器の欠片が皮膚を切り裂き、そこから生暖かいものが流れるのを感じてからのことだった。

「宇佐見さん！」

滝が駆け寄ろうとするのを、掌で制した。ハンカチを額に柔らかく当てると、赤い染みが広範囲に広がっているのがわかった。出血の具合から見て、傷は意外に深いのかもしれない。だが痛みは少しも感じなかった。静まり返った水面にも似た冷静さを、陶子は少しも失わなかった。ハンカチを額に当てたまま、林原を凝視した。彼には彼の怒りがある。今も握り拳を震わせたままの林原の全身から、激しい感情が噴き出しているのを、陶子は真正面から受け止めた。

「まったく、無茶ばかりするんだから」

背中で、横尾硝子の声を聞いた気がした。

「それこそが業の深さかもしれない」

別の声は、蓮丈那智のものだ。

「冬狐堂さん！」

雅蘭堂の越名集治も背後で支えてくれている。

——だからわたしは誰にも負けられない。

意識のすべてを二つの眼に集中し、陶子は林原と対峙《たいじ》した。どれほどそうしていただろうか。時間を計る感覚のみがまったく欠落しているのかもしれない。瞬きも許されないほどの、三人の間に張りつめた空気に最初に耐えられなくなったのは、滝隆一朗だった。大きく息を吐いて、

「強い人ですね、あなたは」

組み紐《ひも》の結び目でも解くように、緊張感を弛めていった。なおも林原は怒気を全身から噴き出していたが、やがてはそれも消えてしまった。一回りも小さくなった感じの林原の口から、

「そう。この人は強い。そしてその強さに我々は負けてしまった」

事実上の敗北宣言ともとれる言葉が漏れた。「感情が激したとはいえ、済まないことをしました」と続ける林原の声には、もはや生気さえ感じられなかった。

「なにがあったのですか、弓削一族の中で」

陶子の問いに、林原はしばらくの間、答えを出さなかった。どこから話を始めて良

いのかわからないのかもしれない。ややあって、

「すべては、昭之さまの恋慕の情から始まったのです」

林原は俯いたまま、そういった。

恋慕の情。あまりに古風な物言いに、自ら照れたのか、林原はうっすらと笑った。笑顔というにはあまりに儚げで、おまけに顔色は先程から蠟細工を思わせるほどに白い。その肺腑《はいふ》から一言、一言絞り出される言葉に、陶子は耳を傾けた。

「前にもお話しさせていただいたとは思いますが……昭之さまは、弓削は弓削でも分家をお継ぎになる身でございました。ところが生来、自負心の強いお方であったせいか、分家では我慢ができずに、弓削本家の当主になることを強く望まれたのでございます。いや、それだけではございませんでした」

次第に、なにかに憑《つ》かれたように、林原の口調には熱が籠《こ》もり始めた。

弓削昭之は、単に弓削本家の当主になることを望んだのではなかった。そこには、弓削妃神子を我が妻に迎えたいという、強い欲望があったのだそうだ。昭之のような人物にとって、欲望とはかなえるために存在する感情であり、それを耐え忍ぶという発想は根源からなかった。ある意味での己の欲望に正直この上ない、しかしそのためには他人が傷つくことをもいとわないのが、弓削昭之という人物だったのである。

「弓削本家の当主になるために、妃神子さまを妻にしたいというのではないのです。

あの方は当然のこととして、本家当主の地位と妃神子さまを両方望まれた。妃神子さまがまだ年若いとか、あるいは妃神子さまが昭之さまのことをどう思われているかなどといったことは、あの方にとっては些末《さまつ》な問題でしかなかったのです」

なによりも、といったまま林原が大きく息を吸って、吐き出した。

その一呼吸の意味を陶子は理解した。

「それだけではなかったのですね。弓削の当主にもなりたい、妃神子さんも欲しい。そして、弓削昭之はもっと大きなものを望んだのですね」

——つまり、それは《税所コレクション》！

「彼は分家筋で、税所コレクションという言葉は知っていても、その仔細《しさい》までは知らなかった」

林原が、大きく頷いた。

「その通りです。税所篤さま、弓削道哲さまがどのような使命ゆえに大仙陵古墳を暴かねばならなかったか。使命を生かすためにどのような噂を流し、その後、長きにわたる《不敬者》の悪名に耐えねばならなかったか。昭之さまはなにひとつお知りではなかった。ただ、実際はありもしない《税所コレクション》に欲望を募らせたのです」

「どうして、すべてを説明しなかったのですか」

「しましたとも！　ですが、あのお方はわたしの説明など一笑に付されるばかりで、信じようとはしなかったのですよ」

悲劇はそこから始まった。

ありもしない宝物を必死で探すトレジャーハンター。それが弓削昭之だった。だが、傍から見ればただの愚か者に過ぎなくとも、本人は必死だった。本気でコレクションの存在を信じるからこそ、あらゆる手だてを尽くして本家の秘密を探ろうとした。

「秘密といっても大したことはありません。先祖より受け継いだ不動産の一部を先代が切り売りし、それを資金にいくつかの事業を立ち上げたことで、現在の弓削家の経済状態は保たれています。ただ……有価証券及び道哲さまが集めたコレクションなどを保管する貸金庫のことを……いや、そこにもう一つ、本家筋でもごく一部の人間しか知らぬ、もう一つの隠し金庫があることを突き止めてしまわれたのです」

「それが例の？」

「三角縁神獣鏡の保管場所でございました」

保管場所さえわかってしまえば、それを手に入れる方法はいくつもある。鍵を手に入れ、弓削妃神子の委任状を偽造してしまえば造作もないことだし、事実、昭之はその方法で三角縁神獣鏡を手に入れた、と、林原は吐き出すようにいった。

「よくわかりませんね。あれは明治時代に複製されたものですし、そのようなことは骨董商の許に持ち込めばすぐにわかることではないですか。いわば、明治新政府が生まれた当時の裏の歴史を知らなければ、なんの価値もない」

「その通りです。けれど昭之さまは納得しなかった。それどころか、保管されていたのが鏡一枚と知るや激怒されて、とんでもないことを言い出されたのです」

弓削昭之は、林原と弓削佐久哉に向かってこう言い放ったという。

『これを市場を通じて、世間の眼に晒してやろう。そうなれば税所コレクションの存在が再びクローズアップされることは間違いない。お前達がせこく隠しているコレクションを、表の世界に出さざるを得ないようにしてやろう。そうなればこっちのものだ。妃神子を妻に迎えた上で本家の当主となり、コレクションを莫大な資産に換えてやる』

その言葉がスイッチとなった。

「そして昭之は、三角縁神獣鏡を持ち出した」

「はい。あとは宇佐見さんがご存じの通りです。わたしたちも人を使って昭之さまを追いかけました。が、あと少しで手が届くというところで見失ってしまい……」

「彼はわたしが参加した市に紛れ込んでしまった」

「あの市に出品することは、最初から計画していたことなのでしょう」

「登録がなければ、勝手に参加することはできませんからね」

ということは、弓削昭之はかなり周到に計画を練り、業者の鑑札まで手に入れていたことになる。

陶子は、競り市でたった一度だけ見た、弓削昭之の顔を思い出そうとした。自らの欲望に限りなく忠実で、それを達成するためには、あらゆる権謀術策をいとわぬ執念の人物。競りに参加した彼の顔に、そのような翳りがあったかどうかをイメージしようとするのだが、あのときの手の動き、指の形まで覚えているのに、顔だけがはっきりしない。それほど長い時間が経過したのだと、陶子は改めて思い知らされた。

「鏡は昭之さまの手から、あなたの許へと移動した」

「でも、どうして昭之さんはそんな面倒なことを。自らが売り手となって競りにかけ、誰かが落とすのを待てば良かったのに」

「きっと、他人が競り落とした鏡と密かにすり替え、それをあとで取り戻すことで、奇妙な噂が広がることを狙ったのでしょう。より大きな効果が得られると読んだにちがいありません。古美術・骨董の世界は狭いそうですから、小さな波紋もすぐに大きく広がると、考えたのかもしれません。そうした狡知《こうち》に、長けたお方でした」

その時、わずかに林原の表情が動いたことを、陶子は見逃さなかった。自分で口にした言葉、そこに含まれる毒や苦みといったものに、辟易《へきえき》するかのような表情である。

「そうだったのですか。昭之のそんな性格が、弓削佐久哉氏には許せなかったのですね」

「…………」

唇を引き結んだ林原の沈黙が、陶子の問いに対する明確な答えだった。

弓削佐久哉はあらゆる手だてを講じて、鏡の行方を追い、それが陶子の許にあることを知った。彼は、なんとか手を打てば鏡を取り戻すことはできると、考えただろう。と同時に、これがすべての終わりではなく、始まりに過ぎないことにも気が付いたに違いない。弓削昭之という人物は、決して諦めることがない。今回の企みが失敗に終わったからといって、弓削妃神子を諦めることは絶対にないし、いったんはあると確信した税所コレクションを忘れることも決してない。

「佐久哉氏は、絶望の中で決意したのでしょう。いつか自分も林原さんも、昭之の執念に負けてしまう、と。だからこそ」

それから先の言葉を口にする勇気は、陶子の中にはなかった。林原が言葉を補足した。

「そうです。ああするしかなかった」

中央線の駅のホームから突き落とされる弓削昭之。その現場を急いで立ち去ろうとする弓削佐久哉。そうした映像が、瞬きと瞬きの隙間に現れて、消えた。

「鏡を取り返すべく、わたしにアプローチをかけ、同時に粘土の型を取っていないかを確かめるために、滝さんを寄越したのですね」

林原と弓削佐久哉は、陶子の手から三角縁神獣鏡を取り戻し、そして昭之への制裁も終えた。では、事件はどうしてそこで終幕を迎えなかったのか。陶子には、ようやく事件の全貌が見えてきた。

「弓削佐久哉氏という人物は、恐ろしく先の読める人だったのですね。だからこそ、わたしをさらに追い込むような真似をした。贋作事件に巻き込まれ、鑑札まで奪われてしまえば、わたしが必ず反撃に転じるであろうと」

「その時は、わたしがサポートする振りをして、鋳型を奪う計画だったのですよ」

滝が口を挟んだ。言葉の裏には、「失敗してしまいましたが」という、自嘲の響きがあった。

「それだけではないのですよ。わたしも佐久哉さまも、あなたを恐れていました。あなたの洞察力や行動力といったものを」

「なぜ……わたしは一介の旗師です」

「あなたは、あの三角縁神獣鏡が魔鏡であることを、そしてそれが八咫鏡の複製であることを一目で見抜いてしまった」

「わたし一人で気づいたわけではありません。滝さんのアドバイスがあったからこそ」

陶子の言葉を引き継ぐように、

「あの一件については、僕も済まないと思っているんです。僕も一目見て、あれが特殊な構造を持っている鏡であること、特別な意図の下に作られたものであることがわかった。それを安易に口にしてしまったために、君を大変な目に遭わせてしまいました。でも、僕にしても、瞬間的に自分の使命を忘れてしまったほどの衝撃だったのですよ。あとで林原を問い詰めもした。あの鏡の目的はなんだ、とね。だが林原は、決してその秘密を明かしませんでした。今日、このときまで」

滝がいった。

「高塚さんは、どうして殺されなければならなかったのですか」

そう問いながら、陶子はひどい疲れを覚え始めた。全身から熱が奪われるようだ。

「あの男は、宇佐見さんを陥れる計画に積極的に乗ってきました。もちろん、相当の報酬を要求した上のことですが」

「そして、計画が終わると、相当以上の報酬を要求したのですね？」

「我が家には、税所《さいしょ》さまと道哲さまが集められたコレクションがあります。それをすべて自分の手で捌《さば》かせろ、と、あの男はいいました」

「でも……高塚にだって弱みはあるのだから」

「事件のことを、妃神子さまに話すといわれたのです」

その言葉が、またも佐久哉を阿修羅《あしゅら》にした。

どのようなつてを使ったのかはよく知らないが、と林原が続けた。

「佐久哉さまは、不法に滞在するアジア系の犯罪組織に依頼して、高塚を殺害させたのですよ」

「けれど、高塚もまた強《したた》かな男だった。自分の身に不測の災難が降りかかることを想定して……」

そこから先の言葉が続かなくなった。

脳髄の一部を、冷たい触手が撫でていったような、そのために言葉を発する機能が一時的にシステムダウンを起こしたような気がした。

——どこかが、おかしい。

高塚が送りつけてきたのは、明治五年、税所篤が大仙陵古墳で行った発掘作業の現場で撮影した写真の複写である。八咫鏡が複製ではなく、天皇陵から発掘された本物であることを証明するために、撮影された写真。それがあったからこそ、紆余曲折《うよきょくせつ》の末に陶子は真相に辿り着くことができたといっても過言ではない。無論、陶子一人の力ではどうにもならなかった。そこに多くの人間の頭脳と行動力とが惜しげもなく投入されたからこそ、真実の光を得ることができたのだ。

では、どうして高塚は明治初頭の国家機密から現代に至る壮大な事件の背景を、知りうることができたのか。彼の情報収集能力は、越名集治や横尾硝子、蓮丈那智といったメンバーによって構成された陶子のチームを、遥かに凌ぐものがあったのだろうか。

頭の奥で「否」という声がした。

では、高塚の知力はどうか。たった一人の力で真相に辿り着けるほど、鋭敏かつ柔軟であっただろうか。膨大量の予備知識を持ち、同時に定説にとらわれない大胆な発想が可能であっただろうか。

再び「否」という声を聞いた。

第一、あの写真を高塚はどこで手に入れることができたのか。

あるいは弓削昭之が生きていたなら、彼に力を貸したかもしれない。けれど高塚が事件に関係したのは、昭之の死後でなければならない。

答えは一つしか考えられなかった。にもかかわらず、それはあまりに荒唐無稽すぎて、容易に口にすることができなかった。

「どうされたのですか」

と、滝がいった。

「わたしは……ただただ愚かな人間であったのかもしれない。わたしだけじゃない。滝さんも、那智先生も、越名さんも、いいえ、あの先を読むことにかけては天才的だった弓削佐久哉氏でさえも、ただの操り人形ではなかったのでしょうか」

それは林原に発した質問でも、滝に発したものでもない、内なる自分への問いかけだった。

「写真を送りつけたのは、あなたですね。林原さん」

林原を見据えていったものの、答えはない。

どうして林原が、敵対する陶子に重要なヒントになりうる写真を送りつけなければならなかったか。事件がこれほどまで複雑に入り組んだ理由が、そこにあるのではないか。

「確かに……鏡の謎を提起し、あなたの許にあるかもしれない粘土型を、手に入れるのが第一の目的でした」

ようやく林原が口を開いた。

「ちがいますね。たぶん、それは佐久哉氏への言い訳に過ぎなかったのではありませんか」

「そう、それもあった」

「でも、本当の理由は別にあるのでしょう」

「仕方がなかったのです」

「仕方がなかった?」

「佐久哉さまは、次第に狂気の淵に立たれるようになってしまわれた。そもそも、人様を陥れ、その命を奪うようなことができるお方ではなかったのです。ただ、佐久哉さまは純粋に妃神子さまの盾になりたかっただけなのですよ。当主である妃神子さまを傷つけることは何人たりとも許すことができない。そのためになら」

阿修羅になっても良い。狂気を友にすることも厭わない。

ある意味では、昭之もまたまったく同じ思想の持ち主であったといえるかもしれなかった。二人は、妃神子という一点を中心に回る、双子星ではなかったか。

「昭之さまを手に掛けた頃から、すでにその兆しはございました。宇佐見さんを陥れ、高塚を殺害させたときには、もうあの方の暴走は止まらなくなってしまわれた。だからこそ、あなたには佐久哉さまの暴走を止める抑止力になっていただきたかったのですよ」

「それは、あまりに矛盾しているのではありませんか。わたしが三角縁神獣鏡の謎に迫れば迫るほど、佐久哉氏の狂気に歯止めが利かなくなることぐらい、わかりそうなものじゃありませんか」

「そう。佐久哉さまの狂気がますます暴走することは目に見えていました」

という林原の眼の中に、悲愴な想いを見た気がした。

「そうか！　彼の行動が大きくなれば、その一部が妃神子さんの耳にも入るかもしれない。彼女に暴走を止めてほしかったのですね」

林原はうなずいた。

「佐久哉さまにも気づいて欲しかった。あなたが狂気に走れば走るほど、宇佐見陶子という人は真相に近づいてゆくのだ、と。誰も構わなければ、いかに宇佐見陶子の知力・行動力が優れていようとも、真相に触れることはない、と」

「でも、彼は狂気の度を加速していった」

「そしてついには、あなたの殺害をも計画し始めた」

幾分声を震わせながら、事件の真相を語る林原を見ながら、陶子は忌まわしいものにでも接している気分になった。弓削妃神子という一人の女性を守る盾となるべく、自らの狂気を怪物の領域にまで育て上げてしまった弓削佐久哉。その協力者でありながら、抑止者でもあった林原睦夫。結局は二人の間で派生したせめぎ合いの余波を、自分も高塚も被っただけではないのか。

「林原さん、あなたは弓削佐久哉氏を止めようとはしなかったのですか」

言葉に含まれる棘をはっきりと意識しながら、陶子はいった。

「止めましたとも、いくらなんでもやりすぎだと。いかに事故に見せかけようとも、宇佐見陶子という人間の周囲では、わずかの間に不審なことが立て続けに発生している。それを警察が不審に思わないはずがない。いくら佐久哉さまが周到な計画を立てたおつもりでも、所詮は素人の仕事です。昭之さまの一件、高塚の一件、すべてが表沙汰になれば……」

けれど佐久哉の暴走は止まらなかった。陶子を岡山県の弓削庄におびき寄せ、すでに盗掘された古墳に案内して殺害することを企てたのである。陶子が警戒心を抱いて弓削庄に来ないことまで想定し、蓮丈那智研究室の内藤をも、佐久哉は巻き込んだ。

だが、結果はまったく意外な方向に転がった。

そのことを思うと、陶子はやりきれない気持ちになった。あれほどの策士ぶりを見せつけた佐久哉の、あまりにあっけない最期と、その愚かさがやりきれない。

――なによりも。

陶子は最後の謎を提示するときが迫りつつあるのを知った。

「だからといって……」

言葉を続けることが躊躇われた。

この部屋に入ってきた直後、滝のいった言葉が甦《よみがえ》った。彼はこういったのだ。

「彼は十分に責任をとっている」

責任とは、即ち弓削佐久哉の死のことではないのか。そのことは陶子自身、この会談の最初の時点で指摘し、そして一笑に付されている。無論確証があったわけではない。というよりも、林原を精神的に揺さぶるための、ブラフのようなものだった。

「どうして、弓削佐久哉氏を殺害したのですか」

ようやく口にした陶子の問いを、林原は意外にも淡い笑顔で受け止めた。

「止められなかった。でも止めなければならなかった。佐久哉さまが、特殊なセメントを使用し、そこへゴルフ場から不法に排出される廃液を流すことまで突き止めたわたしは」

林原は笑顔のまま嗚咽《おえつ》した。

事件の夜、横尾硝子がかけてきた電話の内容を、陶子は思い出した。たぶん佐久哉は深夜、密かに仕掛けを古墳の中に施していたのだろう。仕掛けといってもさほどのものではない。土に、水分を含むと急激に膨張する特殊セメントを混ぜ、古墳内の石積みの要所要所に塗り込めるだけの単純な作業であったはずだ。

単純な仕掛けであるからこそ、効果は確実で、しかも第三者から疑われることがない。

その作業の様子を、じっと物陰から見ていたのが林原である。抑止力であるはずの自分に、すでにその能力がないことを知った林原は、最後の手段を講じたのである。

佐久哉の計画では、次に廃液の排出口からビニール管を引き、簡易のバルブを取り付けるつもりではなかったのか。そうすれば任意の時点で廃液を流し、特殊セメントの効果を得ることができる。

林原は、その作業を佐久哉のかわりに行ったのである。ただし、佐久哉が古墳内の石積みに仕掛けを施している最中に、そして佐久哉がそのことに気づかぬよう、慎重に。

「作業といっても大したことはありませんでした。佐久哉さまが、あらかじめ作業の段取りの大半を終えた上で、現場に持ち込んでいたものですから」

「そして、あなたはバルブを開いた」

「佐久哉さまが古墳内部での作業を終える前に、石積みは崩落したのです」

「どうしてそこまでして」

わたしの命を守ってくれたのか。そう問いかけるつもりだった。だが、林原は首を横に振り、

「勘違いをしてはいけません。あなたの命を助けるといった意識は欠片ほどもありませんでしたよ、わたしには」

「でも結局、あなたはわたしを助けてくれた」

「結果論に過ぎません。わたしが守りたかったのは」

また、言葉が途切れた。それを口にすることが、あまりに畏れ多くて、憚られるといったふうだ。だが、ややあって林原はそれを口にした。

「弓削妃神子さま。わたしがお守りすべきは妃神子さまのみです」

予想していた言葉であるとはいえ、弓削妃神子の名は陶子に少なからぬ衝撃を与えた。

弓削昭之は彼女を手に入れようとして自らを滅ぼし、佐久哉は盾にならんとして、彼もまた命を落としてしまった。

そして林原の言葉である。

あの少女のどこに、そのような魔性があるのか。いや、魔性などであろうはずがない。その言葉からもっとも遠くに位置し、そしてあまりに儚い印象の少女だからこそ、周囲は正気を忘れるのか。

陶子の記憶の中に、妃神子の無邪気な笑顔が甦った。その笑顔を弓削昭之は独り占めにしようとした。昭之の野望を阻止しようとした佐久哉は彼を殺害、連鎖的に殺人を犯して、自らも死んだ。

「殺すことはなかったのではありませんか」

佐久哉を、という自らの言葉に、陶子は白々しい響きを感じた。

「このままゆけば佐久哉さまには早晩、司直の手が伸びることになりましょう。忌まわしい連続殺人者の汚名を着せられた佐久哉さまを、妃神子さまに見せるわけにはいかなかったのです」

「まさか、そのために！」

「昭之さまは自らの所業を恥じて鉄道に飛び込み自殺。高塚という骨董業者は、仕事上のトラブルに巻き込まれて死亡。そして佐久哉さまは趣味の考古学研究が高じて未発掘の古墳に立ち入り、そこで事故死」

言い切ってなお、林原の眼から涙が途切れることはなかった。

悲劇ではある。高塚はともかくとして、妃神子の周囲から、唐突に二つの命が消えてしまったのだから。だが、それにしたところで、眷属同士が血で血を洗うが如き抗争の末、互いに命を失った、しかもその中心には妃神子自身がいる。そのような現実を見せるよりは、と林原は決心したのである。

——主家を守るための主人殺し、か。

あまりに古風すぎて滑稽《こっけい》だが、この林原という男にはそれがよく似合うと陶子は思った。

「……名づけて卑弥呼という。鬼道につかえよく衆をまどわす」

突然、滝が古文書の一部をそらんじてみせた。

「それは？」

「『魏志倭人伝』。邪馬台国について書かれた件《くだり》の一部ですが」

「鬼道というのは、呪術のようなものでしょう。同じ読みを持つ妃神子さんが、呪術を使っていたとでも？」

「まさか……けれど呪術とは本来修得するものではなく、その人物の中にあるある種の能力を、様式化したものと考えることもできるでしょう」

二人のやりとりを聞いていた林原が、

「どうでもいいことだ。我々は妃神子さまを守りさえすれば、それで良かった」

一つ一つの言葉に力を込めて、いった。これですべて言い尽くした、という響きが陶子の耳に届いた。

「で、宇佐見さん、これからどうしますか」

滝の問いに、陶子はしばらく答えられなかった。

「あまりに話のスケールが大きすぎて」

ようやくそれだけいったが、後が続かない。ややあってから冷め切った煎茶で唇を湿し、宣言した。

「お約束です。今日聞いた話はすべてわたしの胸三寸に納めておきます」

3

久しぶりに戻った自宅マンションに、さっそく来客があった。まず横尾硝子が越名集治を伴ってやってきた。続いてガスパールをコンテナに入れた蓮丈那智が。だが、滝隆一朗は、結局現れなかった。

「お疲れさま、大変だったね」

横尾硝子が、よく冷えたシャンパンの栓に真っ白なクロスをあてがってそういった。

ポンッ、という乾いた音がして、それぞれのグラスに黄金色の液体が注がれた。繊細な泡がふざけたように躍り、いつまでもいつまでも見つめていたい気分になる。ことに、長きにわたって陶子を苦しめ続けた肩の荷を、ようやく降ろした今は、である。

そして、乾杯。

「古物商の鑑札はどうなるのですか」

と、越名がグラスを片手にいった。

「わたしが関わった事件は、すべて弓削佐久哉が仕組んだということになるようです。もちろん林原睦夫氏も共犯ですが、これは主家の命令で仕方なく協力したということに」

「なんだか納得がいきませんね」

滝隆一朗について、陶子は他の誰にも真実を告げていない。実は彼が、林原の命を受けてメンバーに入り込んだ、いわばスパイであったことを越名には知らせたくはなかった。

ふと横を見ると、那智が自分のグラスの中身を小皿にあけ、ガスパールに与えている。それを、さも当然といいたげな顔つきで平らげ、「おかわりを！」といいたげに、ガスパールが一声鳴いた。

「あの……先生、それは」

「実はね、うちの研究室で酒の相手をさせていたら、すっかりと気に入ったらしくて」

はにかんだように笑う蓮丈那智を、陶子は初めて見た。あの、ガラス細工を思わせる端正な、だがどこか冷たい印象が、今日はない。

「でも、いくらなんでも未成年でしょう、彼は」

横尾硝子がそういいながら、自分のグラスの中身を小皿にあけた。

「シャンパンが好物とは、世界で一番贅沢な猫かもしれないぞ。しかもこいつは特上だ」

「そうやって硝子さん、ガスパールを不良にしないで」

陶子の言い回しがおかしかったのか、ひとしきり笑ったあとで、

「じゃあ、また元の冬狐堂に戻れるのだね」

蓮丈那智が真顔でいった。

「ええ、これからまた先生の商売敵になるつもりです」

「本当にこれで良かったのだろうか」

越名が、再び同じ疑問を口にした。その思いは陶子とても変わらない。事件が一応の解決を見たからといって、三つの命がこの世から消えた事実が変わるわけではない。その罪は、誰かが贖《あがな》わなければならないのではないか。

その一方で、

——わたしたちは断罪者ではない。

との思いが陶子の中にある。

「正義の形は決して一つではない」

陶子をフォローする形で、那智が呟いた。

「でも蓮丈先生。人が現に死んでいるのですよ」

静かな、けれどはっきりと抗議の意を込めて、越名が反論する。

「確かに、あたしも納得はいかないんだけれど」

横尾硝子が口を挟んだ。膝の上にガスパールを乗せ、その喉のあたりを撫でながら、

「これが現実であることは間違いない。けれどとても現実のものとも思えないことも事実なんだ。明治時代の壮大な国家戦略が、この平成の世で暴かれようとした。だいたい、第二の皇軍をチベットからモンゴルを結ぶラインに常駐させ、そこにはもう一つの天皇家をおくなんて発想自体、まともじゃないよ。しかも、事件の直接のきっかけとなったのが、たった一人の少女だったなんて、ね」

壮大な構想と卑近な問題。それはマクロとミクロの問題と言い換えて良いかもしれない。ミクロとマクロは互いに補完し合うことが理想だが、それがどこかで齟齬《そご》をきたすと、時にとんでもない負のエネルギーを溜め込み、暴発させてしまう。

「これは、あたし達が大きく関わってはいけない問題じゃないだろうか。我が身に降りかかった火の粉は払わなければならないけれど、それ以上はのめり込まない方がいい。だって、警察にこんな話を持ち込んだところで、歴史オタクの妄想だと笑われるのが、せいぜいじゃないかな」

　硝子の言葉に、越名はまだ不満げながら、頷いた。あるいは、この場に滝隆一朗がいないことが、越名には気になるのかもしれない。

　京都で見聞きしたことを話して聞かせるのは、林原との約束を破ることになる。が、陶子は三人に敢えて事件の概略を話して聞かせたのである。あの五里霧中での戦いを、支えてくれた者達への、それは礼節といって良い。越名も十分に理解しているはずだ。だからこそ滝がいないことを、気にかけているのではないか。

「一つ考えていたことがあるの」

　陶子は、話題を変えるようにいった。

「林原は、弓削妃神子を悲しませないために、敢えて佐久哉に手を下したといった。これはもしかしたら」

「妃神子は、佐久哉に仄《ほの》かな思いを抱いていた」

そういったのは那智だった。

「仄かな思い」などという言葉が、那智の口から出たことが、皆を驚かせた。その視線を浴びても動じることなく、異端の民俗学者は、

「感情と論理は相対するが、別物ではない。時には感情を論理で推し量ることも、可能だよ」

那智にかかると、森《しん》羅《ら》万《ばん》象《しょう》解読できぬものはないと思わせるから、やはりこの民俗学者はただ者ではない。

「林原は、殺人者としての弓削佐久哉を妃神子に見せたくなかった。その中心に自分が深く関わっていることを知って、嘆き悲しむ姿を見たくなかった、と。しかしそれだけで、人は簡単に絶望の淵に立つだろうか。若いということは、精神の回復力が早いということでもある。だがそれ以上の衝撃が予想されるとしたら」

「恋する男が、自分のためにいくつもの命を抹殺したことを知ったとき、ですね」

那智の言葉を引き継いだ硝子に向かって、陶子は頷いて見せた。

陶子は、妃神子という少女を自分の眼で見て知っている。好きな男が、自分のために犯罪に手を染めたことを知って、「そこまで愛されたら本望だ」などと考えることのできる人間ではない。下手をすると、精神のバランスを崩してしまうのではないか。

林原がもっとも恐れたのは、その点なのだ。

　だから佐久哉の一件はどうしても事故でなければならない。不慮の事故、唐突なる別れ。それでも悲しみは彼女の胸の中に、雪の如く降り積もるだろうが、それは決して永遠ではあり得ない。

「なるほどね、一人の少女の未来のために、真相はすべて隠されるべきだ、と」

　初めて、越名が納得したようにいった。

「もうこれ以上、事件が後を引くことは絶対にありませんから」

　陶子がいうと、

「そりゃあそうだ。だったら新たに傷つく人を作る必要はありませんね」

　越名がすぐに反応した。

「どうする。シャンパンが空いちゃったけど。今日はここで陶子のストックボトルを飲み干しちゃいますか。でもつまみがなにもないんだなあ」

　硝子の言葉が、事件に関する話題の打ち切り宣言となった。「四人で三軒茶屋に行こう」と持ちかけたのは陶子である。久しぶりに、例のビア・バーに行ってみたかった。相談がまとまり、先に陶子を除く三人が店に行くこととなった。陶子は部屋を片づけてから合流することにした。

　キッチンで片づけをしていると「陶子さん」と、背後から声を掛けられた。

蓮丈那智だった。

「どうしたんです、那智先生。忘れ物かなにか……」

部屋を出ていったはずの那智が、これまで見たことのない表情でキッチンの入り口に立っている。

「忘れ物？　そうだね、越名氏と硝子君にはそういって、ここに戻ってきた。確かに忘れ物は、ある。だがそれは、物質的なものではない」

「………」

那智が「少し良いかな」といって、リビングに誘った。陶子はオールドファッションドグラスに氷を満たし、那智の後に従った。グラスを用意したのは、那智の視線がそれを要求しているように思えたからだ。

応接用のソファーに深々と腰をかけた那智の姿は、凜々《りり》しさを通り越して、なにか特別のオーラでも発散しているかのようだ。グラスをテーブルに置き、対峙する形でソファーに座ると、那智がバッグから二本のステンレスボトルを取りだした。それぞれに、タンカレーのマラッカジンとノイリープラットが詰められていることは、先刻承知だ。「よくわかったね」といいながら、那智が二つのグラスに二種類の液体を注いだ。

即席のマティーニ・オンザロックスである。

差し出されたグラスに唇をつけると、強いスピリッツの香りが鼻腔に流れ込んだ。むせるほどではない。

「忘れ物というのは他でもない」

グラスの中身を三分の一ほど空けてから、那智が切り出した。その視線が、陶子の胸の裡を射すくめる。そんな気がした。

「先ほどの話だが、わたしは大切なことを聞き忘れているような気がしてならない」

「やはり……先生には隠し事はできませんね」

「よくできた話だ。いや、確かにあれは林原氏があなたに話した内容、そのものだったはずだ。だが、すべてではない。あなたは肝心なことを、うまく処理してわたしたちに聞かせた。違うかな」

「はい、その通りです。どうしておわかりになりましたか?」

「とても大切な二つの要素が抜けていたからだよ。実のところをいうと、例のモンゴル・チベットの民と同盟を結ぶという話。そしてそこにもう一つの天皇家をおくという話は、歴史学者にとってはさほど耳に新しいものではないんだ。太閤出兵で知られる朝鮮出兵の折にも、同じ構想を秀吉は持っていた。時を経て、昭和に起きた二度目の世界大戦。このときの満洲国建国も、日本の傀儡《かいらい》政権を作るという点では、一致している」

那智の口調は淡々としているけれど、しかし曖昧な回答を許さない絶対的な響きを持っている。

陶子は自分が京都で知り得たもう一つの秘話を、語って良いものかどうかしばらく迷った後、「お話ししましょう」と、口を開いた。

京都で、弓削一族と税所コレクションにまつわる謎を聞かされた陶子は、これを外部には漏らさないと約束した。それを信じるといって、林原はもう一つの秘密を打ち明けたのである。

「征韓論という名の対大陸戦略は、今も死んではいないのですよ。この現代に至ってもなお」

「つまりは国家機密に属すると」

「それはなんともいえません。けれど同じ思想を密かに温め続けている人々が、いるのは確かです」

百年も昔の戦略を世にさらけ出す。そこに純粋無垢《むく》の少女の存在が関係する。それも真実だが、それだけで三人の命が失われて良いはずがない。また、佐久哉の理性も完全に破壊されていたわけではなかった。

「弓削一族は、今も秘密を守り続けなければならない宿命を負っているのだそうです」

「国家レベルの意思が働いている可能性もある、か」

陶子は頷いた。どうして林原が、そこまで打ち明ける気になったのか。無論、陶子を信用したこともある。が、たとえ一部分であっても国家の意思が働いていることを打ち明け、それをもって機密漏洩《ろうえい》の抑止力としようとしていることは、話の途中で気が付いた。だからこそ、この話は越名や那智、硝子に聞かせてはならないと心に決めたのである。米中間の問題、日米問題、日中間問題。そこには一介の旗師やカメラマン、学者が踏み込んではならない領域が確かに存在する。

「でも、どうしておわかりになりましたか」

「例の鏡をもって大陸へと旅だった密使の話。あなたは話の端緒だけ述べて、それを詳しく語ろうとはしなかった。それが不思議で仕方がなかった」

「なるほど」と陶子はうなずき、そして続けた。

林原が語った、一人の男の物語だった。

「彼は……明治の探検家であり宗教家である河口慧海と、並行する形でチベットを目指しました」

「ふむ！」

「しかも、自らが密使であることも知らされず……。新妻を残しての旅立ちでした」

だが、彼は旅の途中で客死している。彼が書き残した様々な記録や書簡。その一部を基に、林原が説明してくれた旅の内容は、酸鼻《さんび》を極めるとしかいいようがない。それでもなお、任務を遂行しようとして前進を続けた男の姿は、想像するだけで背筋に冷たいものが走った。

大陸へと密命を帯びて旅だった男の名前は、その死とともに歴史の片隅に追いやられ、彼の生涯についても長く顧みられることがなかった。

それは密使としての運命であったかもしれない。

「確かに、過酷な旅だったろうね」

陶子は、敢えて男の名前を那智に伝えなかった。学者特有の好奇心は、時として本人の命運を危うくする虞《おそれ》がある。

——特にこの件に関しては。

密使の使命は、男の死とともに消えてなくなったわけではない。弓削一族に、第二の皇統を示す目的で作製された三角縁神獣鏡のオリジナルが、残されていたことからも、それは明らかだった。オリジナルさえあれば、いつでも新たに鋳型を作ることができる。そして男が失敗すれば次なる密使が、それが失敗すればまた別の密使が、皇統を示す三角縁神獣鏡を携え、ラッサに向けていつでも旅立てるように、オリジナルは弓削一族の許に保管されたのである。

『征韓論という化け物は、決して死んではいない』

会談の最後に、林原が語ったことがもう一つあった。

「那智先生は、先ほど第二次大戦中の満洲国建国について触れられましたね」

「ああ。満洲国の皇帝・溥儀《ふぎ》は、明らかに日本政府の傀儡であったし、その政策は日本人の血に代々受け継がれてきたものだといっても良いはずだ」

「その時、密かにもう一つの政策は実行に移されていたことは、ご存じですか？」

那智が首を横に振った。

「一人の男がやはりラッサを目指して旅に出ました」

男は名前を変え、チベット人ラマ僧として、大陸の奥深くを目指して旅を続けている。その目的はただ一つ。

「チベットの民と密かに軍事同盟を結ぶことが彼の目的だと思われます」

「それがつまり……今も征韓論という名の大陸政策が生きている、なによりの証」

「そうです」

だが、男もまた、密使としての役割を全うすることはなかった。大陸を網の目のように走る川を越え、時に凍傷に悩みながら山岳地帯を踏破して、彼がラッサに到着したとき、日本はすでに終戦を迎えていたからだ。

「帰国してのち、男の生涯は決して恵まれたものではありませんでした」

ある意味で、彼の失敗が征韓論――という名の大陸政策――の命脈を、今も絶つことができないでいる原因であるかもしれない。

「徹底的な失敗、もしくは任務の完遂の時まで、この思想はいつまでも生き続けるのだね」

「そうです。永い眠りの中で、復活の時を待つ怪物のようなものですね」

「できれば、ずっと眠りについていて欲しいものだ」

「……たぶん」

陶子は言葉を濁した。それを見て那智がゆっくりと頷いた。いわんとすることは通じているようだ。

林原もまた、同じ事を願っているのだ。そのような怪物が蘇る日が来ないことを、願っているからこそ、彼は敢えて主人殺しに手を染めたのではなかったか。

那智は、それ以上密使のことを追究しなかった。話を変えるように、

「そしてもう一つ。それほど大きなプロジェクトの心臓部に当たる、鏡の製作。これを受け持った者達はどうなったか」

たとえ噂話程度のことでも、外部に漏れてはならない機密事項である。そして人間は噂を撒《ま》き散らす能力を持っている。悲劇は、必然性をもって彼らに襲いかかったはずである。ただし、そのことを林原はなにも話してはくれなかった。

ある一族を、もしかしたら嵐のように巻き込んだ悲劇について、陶子はそれ以上の

ことを語る資格を有さない。

「すべては想像にすぎません」

といいうしかなかった。

「なるほど。やはり闇の向こうに消えてしまったのか」

「あるいは……。酷い話ですね」

「だが、そうでもしなければ秘密は保持できない。そして闇に葬ったはずの者達は、必ず時を超えて蘇る。それが定めだ」

那智が予言のようにいった。

グラスを長い間掌で包んで、陶子はその中身を見つめ続けた。氷の表面で乱舞する光の粒は、当然の事ながらなにも教えてはくれない。

解答も、また正しい判断といったものもこの件に関しては存在しないといっていい。ただ受け入れ、それを胸の奥深い場所に仕舞っておくことのみが許されている。それがどれほど理不尽であろうとも、である。

「これで納得した」と、那智が立ち上がった。陶子もそれに従った。

二人は部屋を出て、三軒茶屋を目指した。

途中の地下鉄の中でも、二人はなにも話さなかった。会話は不要であったし、そうする気にもならなかった。

地下鉄の駅を出て、商店街のアーケードをまっすぐに進む。途中で左に折れて、さらに右に左に路地を歩んでゆく。そこここに深い闇の潜む狭い路地で、那智がフイに立ち止まった。

「もしかしたら」

「はい」

「わたしたちはまた、いつかこの事件に関わることになるかもしれないね」

「わたしも、そんな気がします」

「これもまた、宿命かもしれない」

「先生でも宿命なんて言葉、使われるんですね」

「そうとでもいわなければ……」

珍しいことに、蓮丈那智が言葉を濁した。しかし、その続きを陶子は正確に理解した。

新たな闇が、待っている予感が確かにある。

それがまた我が身に降りかかるかどうかは定かではない。けれど、来るか来ないか定かではない闇に怯えるほど、愚かではないつもりだった。

「だが宿命という言葉には負けられない」

「また、新たな闇に襲われたとしても……」

「その時はその時でまた、考えるしかないか」

那智が再び歩き始めた。

——その時はその時、か。それまでは……。

いずれ戻ってくる古物商の鑑札のことでも考えていようと、陶子は思った。あるいは、競り市のことを思って、胸躍らせよう、と。

越名と硝子が待つビア・バーの、等身大の白い提灯が、闇にぽってりと浮かんで見えた。

参考資料一覧

能海寛　チベットに消えた旅人　江本嘉伸（求龍堂）
気まぐれ美術館　洲之内徹（新潮社）
帰りたい風景　気まぐれ美術館　洲之内徹（新潮社）
セザンヌの塗り残し　気まぐれ美術館　洲之内徹（新潮社）
日本の美術　No.393古代の鏡（至文堂）
墓盗人と贋物づくり　玉利　勲（平凡社）
王陵の考古学　都出比呂志（岩波書店）
図解　技術の考古学　潮見　浩（有斐閣）
にせもの美術史　トマス・ホーヴィング　雨沢泰＝訳（朝日新聞社）
平成10年度春季特別展　近つ飛鳥工房（大阪府立近つ飛鳥博物館）

＊このほか多くの資料を参考とさせていただきました。しかし物語の都合上、資料の表記と異なる部分がいくつかあります。従ってすべての文責は、著者が負うものとします。

解説

千街晶之

北森鴻を知っていますか。

というのは、著者の「香菜里屋《かなりや》」シリーズの最終作『香菜里屋を知っていますか』（二〇〇七年）のもじりだが、二〇一〇年一月二十五日、北森鴻が四十八歳の若さで逝去してから、もう十年余りも経ったのかと思うと、時の流れの速さを痛感せずにはいられない。特に私の場合、著者が東京創元社主催の第六回鮎川哲也賞を『狂乱《きょうらん》廿四孝《にじゅうしこう》』で受賞してデビューしたのと同じ一九九五年、同社主催の第二回創元推理評論賞を受賞しており、同時に授賞式の壇上に立ったという縁がある。小説家と評論家の違いこそあれ、その意味では同期の関係だっただけに、「北森鴻がこの世にいない世界をもう十年も生きてしまったのか」という感慨がある。

生前は人気作家であっても、亡くなって十年も経てばかなり高い確率で忘却の淵に沈むのが厳しい現実である。北森鴻の場合はどうか。確かに、今では手に入りづらい作品も増えてはいるのだが、根強いファンが存在し、彼らのあいだで今なお愛され続けているという意味では、恵まれた作家と言えるのではないか。しかも、今回の「旗師・冬狐堂」シリーズの再文庫化のように、その作品群にスポットライトを当てようとする企画が今も生まれるくらいなのだから。実際、一足先に再文庫化されたシリーズ第一作『狐罠』（一九九七年）の今回の解説は、二〇一〇年に著者が亡くなった後に初めて北森作品を読んだという作家の阿津川辰海が執筆している。一九九〇年代生まれの阿津川のような若い世代にも北森作品は読み継がれている――あの世の著者がこれを知れば、小説家冥利《みょうり》につきると感じるのではないだろうか。

さて、本書『狐闇』は、『狐罠』に続く「旗師・冬狐堂」シリーズの第二作である。初出は「愛媛新聞」二〇〇〇年十月二十五日号～二〇〇一年七月四日号で、その後「岩手日報」「静岡新聞」「新潟日報」「岐阜新聞」「南日本新聞」「大分合同新聞」「山口新聞」などの地方紙に順次連載された。単行本は二〇〇二年五月に講談社から刊行されており、二〇〇五年五月に講談社文庫版が刊行された。

前作『狐罠』で、腕利きの「旗師」（店舗や事務所を持たず、マーケットで仕入れた品物を同業者や顧客に売って利鞘《りざや》を得る骨董商）としての活躍が描かれた「冬狐堂」こと宇佐見陶子《うさみとうこ》だが、本書の冒頭では、そんな彼女が骨董業者の鑑札を剝奪されてしまった衝撃的な姿が描かれる。どうしてそんなことになってしまったのか……というところから、物語はすべての発端へと遡る。

陶子はある日、客の依頼で骨董の競り市に参加し、二面の青銅鏡を競り落とした。その後、自宅で鏡が入った桐箱を開けた陶子は愕然とする。というのも、競り落とした二面は確かに海獣葡萄鏡《かいじゅうぶどうきょう》と呼ばれる青銅鏡だったのに、そのうち一面が違う品物にすり替わっていたからだ。しかも、それは世間に商品として出回る筈がない、謎に満ちた三角縁神獣鏡《さんかくぶちしんじゅうきょう》だったのである。

この時から、陶子の身辺に奇妙な出来事が続発する。明らかな偽名で彼女のもとに電話をかけてきて、鏡を戻してほしいと要求する正体不明の男。競り市で奇妙な行動をしていた人物の変死……そして陶子は用意周到な罠にはめられ、冒頭で描かれたような鑑札剝奪の憂き目にあい、骨董商としての仕事ができなくなってしまうのだ。

前作『狐罠』でも陶子は危機に陥っていたけれども、今回の窮地は桁違《けたちが》いである。前作の彼女は、「目利き殺し」と呼ばれる謀略に立ち向かっており、その作品世界はコン・ゲーム的な面白さに溢れていた。ところが今回は敵が——というか、その背景となる歴史の闇が、どう考えても一介の骨董商の手に余る巨大さである。何しろそれは、古代から明治にまで繋がる、正史に記されることのない暗部なのだから。

だが、苦境を前にするとかえって闘志を掻き立てられ、反撃を試みるのが宇佐見陶子という人間なのだ。中盤からはそんな彼女のもとに、心強い協力者たちが集まってくる。

まず、前作でも陶子と手を携えて闘ったカメラマンの横尾硝子《よこおしょうこ》。下北沢に店を構える骨董商、「雅蘭堂《がらんどう》」こと越名集治《こしなしゅうじ》。その越名の友人で、古代史について専門知識を持つ滝隆一朗《たきりゅういちろう》。そして、冷徹そのものの異端の民俗学者、蓮丈那智《れんじょうなち》。この上なく頼もしい援軍の顔ぶれである。

彼らのうち、蓮丈那智は『凶笑面　蓮丈那智フィールドファイルⅠ』（二〇〇〇年）を第一作とする「蓮丈那智フィールドファイル」シリーズの主人公として、著者の小説のファンにはお馴染みだ。この『凶笑面　蓮丈那智フィールドファイルⅠ』に収録された「双死神」は、本書の後半で描かれる出来事を、那智の助手・内藤三國《ないとうみくに》の視点から描いている。この短篇の初出は《小説新潮》一九九九年十月号なので、本書の新聞連載より先に、一種の予告篇として発表されたことになる。また、『孔雀狂想曲』（二〇〇一年）は、「雅蘭堂」越名集治を主人公とする連作短篇集である。本書にしばしば出てくる、陶子の馴染みの店である三軒茶屋のビア・バーは、「香菜里屋」シリーズの舞台・香菜里屋に他ならない。

といった具合に、本書は北森作品のオールスター大集合の趣《おもむき》を呈しているけれども、他作品との関連という点で言えば、注目すべきことは他にもある。それは、本書に登場する三角縁神獣鏡の存在である。

本書の結末では、現代の連続殺人事件の謎はすべて説明されているし、その背景となる歴史的謀略についても全容はほぼ明らかとなる。だが、意図的にぼかされているように感じる箇所もある。著者は何故、そのような書き方をしたのだろうか――という、本書そのものに残された謎を解き明かす鍵こそが、この三角縁神獣鏡なのだ。

本書に残された謎のひとつは、三角縁神獣鏡と縁が深いある一族に関わるものである。それについて、蓮丈那智は「そして闇に葬ったはずの者達は、必ず時を超えて蘇る。それが定めだ」と予言めいたことを口にしており、更に、自分や陶子がいつかまたこの事件に関わるだろうとも述べている。

つまり続篇の予告なのだが、これは著者の作家人生の終盤において実現されることとなった。蓮丈那智シリーズの唯一の長篇で、著者の死去により連載中に未完状態となったものの、彼の公私ともに亘《わた》るパートナーだった浅野里沙子の筆によって完結した『邪馬台』（二〇一一年。連載時のタイトルは『鏡連殺』）のことである。邪馬台国の研究に着手しようとしていた蓮丈那智のもとに、「雅蘭堂」越名集治から「阿久仁村遺聞」という古文書が届く。明治時代に消滅させられた阿久仁村の生き残りが書いたと思われるそれは、内容も文体も統一されていない二十五の断章から成っていた。だがその後、越名の様子がおかしくなる。そして、那智と内藤の周囲で不可解な事件が続発する……という内容だ。

この『邪馬台』こそ、本書の事実上の続篇であり、宇佐見陶子も登場して那智たちに協力する。そして、扱われている謎は、まさに本書で語り残された一族と関わっているのだ。つまり、本書が新聞に連載された二〇〇〇〜二〇〇一年の時点で、その一族のことを描くという『邪馬台』の構想はある程度存在していたと推測される。もしかすると、本書でもそれについて言及する予定だったのが、そこまで含めるとあまりに長大な物語になってしまうため、別作品として切り分けた可能性もある。

そして本書に残された謎のもうひとつは、終盤で言及される、ある僧についてだ。この人物については、作中では名前が紹介されない。その理由については一応、作中に説明があるけれども、よく考えれば、それは「陶子がその人物の存在について口止めされた」ということの説明にしかなっていない。事件関係者の口から語られた他の重要な秘密が作中に記されている以上、小説として、そこだけを伏せておく必然性はあまりないのではないだろうか。

実はこの点についても、著者の他の作品を読むことで納得できるようになっている。それが歴史冒険小説『暁《あかつき》の密使』（二〇〇六年）だ。この作品は、明治期にチベットに渡った実在の僧侶・能海寛《のうみゆたか》を主人公としている。その中では、本書で語られた歴史上の謀略が、物語の展開に大きく関わっているのである。つまり、著者の中では本書を執筆した時点で既に『暁の密使』の構想もあり、それをいずれ執筆することを見越して、本書では（読者に手の内を明かさないために）敢えて能海の名を伏せておいたのではないか。生前、自分の頭の中には十年先までの構想があると語っていた著者のことである。本書を執筆した時点で、そのくらい予定していたとしても不思議はないだろう。

発表順でいえば「双死神」→『狐闇』→『暁の密使』→『邪馬台』と連なるこれらの作品は、「北森史観」と言うべき独自の壮大かつ伝奇的な歴史観で貫かれている。それは、美術、歴史、考古学などさまざまな分野に亘る博覧強記と、何よりも大胆な想像力でそれらを繋ぎ合わせる才に恵まれた著者ならではの、虚実皮膜の愉しさに溢れている。その史観の要に位置する作品として、本書は北森ワールドへの入口に最適の一冊なのである。

「旗師・冬狐堂」シリーズは本書のあと、『緋友禅』（二〇〇三年）、『瑠璃の契り』（二〇〇五年）と続く。これら二冊も徳間文庫から復刊される予定なので、本書で興味を持った読者は、是非楽しみにしていただきたい。

二〇二〇年十一月

この作品は2005年5月講談社文庫より刊行されました。なお本作品はフィクションであり実在の個人・団体などとは一切関係がありません。

徳間文庫

旗師・冬狐堂(二)

狐《きつね》闇《やみ》

2020年12月15日 初刷

著者 北《きた》森《もり》鴻《こう》

発行者 小宮英行

発行所 株式会社徳間書店

東京都品川区上大崎三−一−一
目黒セントラルスクエア
〒141−8202

電話 編集〇三(五四〇三)四三四九
販売〇四九(二九三)五五二一

振替 〇〇一四〇−〇−四四三九二

印刷
製本 大日本印刷株式会社

ISBN978-4-19-894606-7 (乱丁、落丁本はおとりかえいたします)

徳間文庫の好評既刊

共犯マジック

北森 鴻

人の不幸のみを予言する謎の占い書『フォーチュンブック』。読者の連鎖的な自殺を誘発し、回収騒ぎに発展したこの本を偶然入手した七人の男女は、運命の黒い糸に絡めとられたかのように、それぞれの犯罪に手を染める。そして知らず知らずのうちに昭和という時代の〝共犯者〟の役割を演じることに……。錯綜する物語は、やがて驚愕の最終話へ。昭和史最悪の事件の連鎖。その先にある絶望。

スーサ　あさのあつこ
空色勾玉　荻原規子
白鳥異伝〈上下〉　荻原規子
薄紅天女〈上下〉　荻原規子
風神秘抄〈上下〉　荻原規子
あまねく神竜住まう国　荻原規子
おもいでエマノン　梶尾真治
さすらいエマノン　梶尾真治
まろうどエマノン　梶尾真治
ゆきずりエマノン　梶尾真治
うたかたエマノン　梶尾真治
たゆたいエマノン　梶尾真治
クロノス・ジョウンターの伝説　梶尾真治
つばき、時跳び　梶尾真治
サラマンダー殲滅〈上下〉　梶尾真治
ダブルトーン　梶尾真治
桜大の不思議の森　香月日輪
エル・シオン　香月日輪
魔法使いと副店長　越谷オサム

千年鬼　西條奈加
魔法使いハウルと火の悪魔　D・W・ジョーンズ　西村醇子訳
アブダラと空飛ぶ絨毯　D・W・ジョーンズ　西村醇子訳
チャーメインと魔法の家　D・W・ジョーンズ　市田泉訳
魔法？魔法！　D・W・ジョーンズ　野口絵美訳
雷獣びりびり　高橋由太
吸血鬼にゃあにゃあ　高橋由太
疫病神ちちんぷい　高橋由太
化け狸あいあい　高橋由太
明日きみは猫になる　高橋由太
ショートケーキにご用心　高橋由太
紫鳳伝　王殺しの刀　藤野恵美
紫鳳伝　神翼秘抄　藤野恵美
竜宮電車　堀川アサコ
水中少女　堀川アサコ
花咲家の人々　村山早紀
花咲家の休日　村山早紀
花咲家の旅　村山早紀
花咲家の怪　村山早紀

竜宮ホテル　村山早紀
魔法の夜　村山早紀
水仙の夢　村山早紀
アカネヒメ物語　村山早紀
ぶたぶた　矢崎存美
刑事ぶたぶた　矢崎存美
ぶたぶたの休日　矢崎存美
夏の日のぶたぶた　矢崎存美
クリスマスのぶたぶた　矢崎存美
ぶたぶたの花束　矢崎存美
地を這う捜査　徳間文庫編集部編
悪夢の行方　徳間文庫編集部編
憑きびと　徳間文庫編集部編
現代の小説2014　日本文藝家協会編
現代の小説2015　日本文藝家協会編
現代の小説2016　日本文藝家協会編
現代の小説2017　日本文藝家協会編
現代の小説2018　日本文藝家協会編
現代の小説2019　日本文藝家協会編

マザコン刑事と呪いの館　赤川次郎
マザコン刑事とファザコン婦警　赤川次郎
華麗なる探偵たち　赤川次郎
百年目の同窓会　赤川次郎
さびしい独裁者　赤川次郎
クレオパトラの葬列　赤川次郎
真夜中の騎士　赤川次郎
不思議の国のサロメ　赤川次郎
誰？　明野照葉
ロック、そして銃弾　浅暮三文
夢裡庵先生捕物帳〈上下〉　泡坂妻夫
奇跡の男　泡坂妻夫
高原のフーダニット　有栖川有栖
螺旋宮　安東能明
金融探偵　池井戸潤
アキラとあきら　池井戸潤
耳をふさいで夜を走る　石持浅海
凶腕の獣、樹海の鬼　伊東京一
クラリネット症候群　乾くるみ

蒼林堂古書店へようこそ　乾くるみ
悪意のクイーン　井上剛
きっと、誰よりもあなたを愛していたから　井上剛　栗俣力也原案
死なないで　井上剛
怪談の道　内田康夫
ふりむけば飛鳥　内田康夫
津和野殺人事件　内田康夫
上海迷宮　内田康夫
明日香の皇子　内田康夫
耳なし芳一からの手紙　内田康夫
沃野の伝説〈上下〉　内田康夫
華の下にて　内田康夫
箱庭　内田康夫
風のなかの櫻香　内田康夫
「首の女」殺人事件　内田康夫
「紫の女」殺人事件　内田康夫
「萩原朔太郎」の亡霊　内田康夫
美濃路殺人事件　内田康夫
博多殺人事件　内田康夫

「信濃の国」殺人事件　内田康夫
鞆の浦殺人事件　内田康夫
北国街道殺人事件　内田康夫
隅田川殺人事件　内田康夫
「紅藍の女」殺人事件　内田康夫
御堂筋殺人事件　内田康夫
龍神の女　内田康夫
城崎殺人事件　内田康夫
「須磨明石」殺人事件　内田康夫
夏泊殺人岬　内田康夫
歌わない笛　内田康夫
はちまん〈上下〉　内田康夫
こわれもの　浦賀和宏
究極の純愛小説を、君に　浦賀和宏
愛されすぎた女　大石圭
殺さずに済ませたい　大石圭
きれいなほうと呼ばれたい　大石圭
わたしには鞭の跡がよく似合う　大石圭
自分を愛しすぎた女　大石圭